300불로 떠난 이민, ✈
20년 세계일주가 되다

300불로 떠난 이민, 20년 세계일주가 되다

대책 없는 가족의 생활 거주형 세계여행기

김현성 글   이명환 그림

UNITED
STATES OF
AMERICA

MEXICO

COLOMBIA

CHILE

거주지

여행지

GERMANY

FRANCE   CZECH
SWITZERLAND   HUNGARY
        AUSTRIA
SPAIN
    ITALY   TURKEY
TUNISIA

CHINA   REPUBLIC   JAPAN
        OF
        KOREA

SINGAPORE

AUSTRALIA

NEW
ZEALAND

나를 믿어 준 어머니와
곁을 지켜 준 아내에게 바칩니다.

저 낯선 곳에는 누군가 우리를 기다리고 있다

이 책을 내기까지 참으로 긴 시간이 지나갔다.

조금씩 정리해 놓아야지 하는 마음은 있었지만 이 여행이 언제까지 지속될는지 알 수 없었을뿐더러, 내 스스로도 계획은커녕 이렇게 되리라고는 상상도 못 한 일이었다. 그저 그렇게 하고 싶다는 꿈만 꾸었을 뿐이다.

하지만, 올해로 20년째 나는 여전히 세계의 낯선 도시를 가족과 함께 돌아다니고 있고, 그곳에서 생활할 집을 얻고 아이들을 현지 학교에 보내며, 생계를 꾸려 가고 커뮤니티 활동을 하면서 현지인들 속에 들어가 살고 있다. 1998년 IMF가 한국을 거칠게 몰아붙이고 있을 때, 그해 봄 우리 가족은 한국을 떠났고 지구를 한 바퀴 돌아 지금은 2013년부터 독일 베를린에 머물고 있다.

우선, 한국을 떠나게 된 계기는 익숙하고 당연시되는 모든 것들로부터 벗어나 낯선 곳에서 새로운 나의 길을 찾아보고 싶었다. 특히, 내가 살아오면서 겪었던 조그마한 우물의 편견과 관념에서 내 자식들을 그대로 아니 오히려 더 혹독하게 견뎌 내고 이겨 내라고 말하고 싶지 않았다. 그냥 세상이 만들어 준 기준대로 사는 게 아니라 주어진 재능대로 스스로 삶의 행복을 느끼며 살아가고 싶었고, 또한 살아가길 원했다.

그다음은 내 아이들이 우리 부부의 품을 떠나기 전까지 세계 일주를 하며 온 가족이 함께하는 진한 추억을 만들어 보고 싶었다. 우리는 낯선 곳에 도착하면 하염없이 걷고 또 걸었다. 거리에서 마트에서 학교 앞에서 우리 가족은 추억을 만들고 그렇게 지구를 한 바퀴 돌며 말 그대로 수많은 족적을 함께 남겼으며 결코 지워지지 않을 가족의 모습과 기억들을 시간과 공간 속에 새겨 놓았다.

더불어 그렇게 떠난 발걸음이 머무는 곳마다 우리 가족은 사람을 만난다. 내가 그 땅에 가지 않았으면 보지 못했을 사람, 전혀 관계의 끈이 연결되지 않은 미지의 사람, 우리 가족은 그런 이들을 만난다.

결국, 내 발걸음이 향하는 저 낯선 곳엔 누군가가 우리를 기다리고 있었다.

난 그 누군가가 너무 궁금하다. 내가 발걸음을 옮기면 내 앞에 나타나 그의 삶을 나눠 줄 그 누군가가… 그들의 이름과 얼굴을 알아 가고 그들과 함께한 시간 속에서 인생의 다채로움과 희로애락을 나누었다. 내가 가지 않으면 결코 만나지 못했을 사람들, 그 낯선 곳엔 우리를 기

10

다리는 이들이 항상 있었다. 첫발을 내딛는 공항에서는 아무도 우릴 환영해 주지 않지만 그 땅을 떠날 때 공항에서 우리 가족을 배웅하는 이들은, 분명 우리 가족이 그 땅에서 보낸 시간 속에서 얻은 선물임에 틀림없다.

또 한 가지, 이렇게 세상을 돌아다니다 보니 세상은 넓기도 하지만 무한한 다양성을 우리에게 보여 준다. 자연환경도 다르고 인종도 언어도 종교, 문화, 역사, 풍습 등 사는 모습이 너무나도 다르다. 그래서 적응하기 힘들지만 같이 생활하며 그들을 이해하고 받아들이며 내 스스로의 삶의 스펙트럼을 넓혀 갈 수 있어서, 마치 내 삶이 아름다운 색채로 멋지게 그려지는 기분이었다.

아메리카 인디언의 삶부터 마오리족의 이야기, 일본 내 재일교포와 파독 광부, 간호사의 삶까지 그들과 부대끼며 지내 온 20여 년의 삶의 색채는 우리 가족만이 소유할 수 있는 가장 값진 보물이라 믿는다.

우리 가족은 다름이 존중받고 그 가치를 공유하는 사회를 꿈꾼다.

군이 뭐라고 정해지지 않아도, 그렇지 않을지라도 우리는 각자의 삶을 살아간다. 남과 다르다는 것이, 세상의 기준을 따르지 않는다는 것이 이상하고 간혹 루저가 되어 버리는 세상을 부정하고, 7가지 무지개 빛깔이 모여야 아름다운 무지개가 되는 그런 삶과 사회를 꿈꾸고 있다. 그 누구도 꿈꾸어 보지 못한 여행을 시작했고 용케도 여태까지 건강하고 행복하게 가족들과 함께 살아왔다.

이제야 비로소 지구 반대편 남미 대륙의 멕시코에서 시작해 칠레, 미국, 중국, 뉴질랜드, 일본을 거쳐 독일까지 생활 여행기를 이곳에 가족과 벗들 그리고 우리 가족을 응원해 준 많은 이들을 위해 최선을 다하여 기록해 보고자 한다. 참고로 칠레에서 머물렀던 시간은 그리 길지 않아 그 부분의 내용은 본문에서 생략했다.

하여간 어느덧 19년이라는 긴 시간이 흐르고 갓 돌을 지내고 엄마 품에 안겨 멕시코행 비행기를 탔던 큰애는 벌써 20살의 청년이 되었다. 이 글이 아이들에겐 기억할 수 없는 어린 시절의 이야기를 들려주는 곳으로, 우리 가족이 걸어온 발자취를 추억할 수 있는 곳으로 만들어 보고 싶었다.

또한, 시간이 흐르면 희미해지고 잊히는 게 사람의 기억일 텐데 늦게나마 이렇게라도 정리해 두지 않으면 우리 가족의 삶의 여정이 먼지같이 흩날려 사라져 버릴까 하는 걱정도 많이 되는 게 사실이기도 했다.

그리고 우리 가족이 오랜 시간 낯선 자리에서 겪었던 다양한 삶의 체험과 배움을 다른 이들과 함께 나눌 수 있는 기회와 함께, 현재를 살아가는 모든 세대들에게 살아있는 '날것' 그대로의 느낌으로 다가가 어색하고 마땅하지 않은 것에 대한 포용과 수용이 일어나서 세대 간, 계층 간 소통과 교류의 기회가 되길 바라는 마음이다.

이 책을 준비하며 지난 20년간의 편린들을 퍼즐 맞추듯이 되짚어 보는 시간 동안 희미한 기억을 짚어 보고 이제는 잊힌 이들을 다시 회

이스탄불 모스크

고할 수 있어서 참 행복한 시간이 되었다. 우리 가족의 세계 여행은 지금도 진행 중이라는 의미에서 엄밀히 말하면 아직 20년이 안 되었지만 내 임의로 20년이라 제목을 붙였고, 본문에서도 19년이 아닌 20년이라는 표현을 대부분 사용했다.

마지막으로 나와 우리 가족이 생활했던 다양한 국가에서의 체험 에피소드가 재미나게 읽혔으면 좋겠다는 마음과 함께 혹 이민이나 세계 여행을 준비하는 분들에게도 조그마한 도움이 되었으면 하는 바람이다.

Ⅰ 휴먼노마드 가족의 탄생

내 맘대로 세계 여행가,
휴먼노마드족

군대를 다녀온 이듬해인 95년도에 꿈에도 그리던 비행기를 타게 되었고 그 첫 번째 행선지는 멕시코였다. 그 당시에 나는 교환학생 신분으로 낯선 타국에서 첫발을 디딘 것이다. 그렇게 시작된 삶의 수레바퀴는 20년을 굴러 굴러서 20대의 나 혼자가 아닌 40대 한 가족의 가장이 되어 현재 독일 베를린에서 살아가고 있다.

이제는 기억하는 것보다 잊힌 것이 조금씩 더 많아져 가는 삶의 한 지점에 서서, 잠시 살아온 절반의 추억을 떠올려 보면 별 희한한 짓을 다 해보며 좌충우돌과 유아독존의 모습으로 버티며 살아온 듯하다. 예전 어릴 적 바라본 마흔이 넘은 중년의 아저씨에 대한 이미지와 지금 내 모습을 오버랩 시켜 보면 배도 더 많이 나오고 머리카락의 수도 많이 부족하지만, 한 가지 더 나은 점이 있다면 그건 저항과 정열이 아직 내 가슴에서 살아 꿈틀댄다는 것이다.

부잣집 머슴살이에 밥 세끼를 얻어먹기보다는 매서운 비바람을 맞으며 노마드의 삶을 보낸 20여 년이었다. 상당한 개고생(?)은 했지만 스스로 선택하고 만들어 가는 삶이라 자족하는 방식도 스스로 깨우치게 되었다. 그리고 이젠 휴먼노마드라는 일족을 거느리는 족장이 되어 이 여행을 계속하고 있다.

최근에 이곳 베를린에 있는 호스피스 단체에서 주관한 조그만 강연 모임에 참석을 한 적이 있다. 강연 내용 중 '우리 각자가 가장 듣기 싫은 질문은 무엇일까?'라는 소주제가 나왔고, 강연자께서는 "나이가 어떻게 되세요?"라는 질문이라고 답하시면서 그 이유로 "그 나이 먹도록 나는 무엇을 했나?" 싶은 마음이 들어서 싫다는 것이었다.

그 순간 나도 같은 질문을 스스로에게 해보니 "하시는 일이 뭡니까?" 하는 질문이 가장 답하기 껄끄럽고 듣기 싫은 질문이었다.

'왜일까?' 하고 잠시 생각해 보니, 역시 나를 규정지을 만한 직업이나 경력이 뚜렷하지 않아서임을 곧바로 자각할 수 있었다. 대개의 경우 나이가 40이 넘어가면 지금도 일을 하는 경우가 대부분이고 혹 다른 일을 시작했어도 과거의 경력이 자기를 규정지어 주는 게 일반적인데, 나의 경우는 젊은 시절부터 이때까지 줄곧 바람처럼 정처 없이 세상을 돌면서 그때그때 형편 닿는 대로 살다 보니 건방지게도 이 세상 단어로는 나를 표현할 만한 적합한 단어를 찾을 수 없었다. 그렇다고 뭐 거창한 말을 갖다 붙일 만한 처지도 아니다 보니 참으로 곤란한 질문이다.

학교라는 울타리를 벗어나 사회에 나가 새로운 사람을 만날 때면 자기를 말해 줄 명함을 주고받으며 통성명을 하는 경우가 대부분이고,

서로 과거에 안면이 있다 치더라도 오랜만의 동문회 자리나 사교 모임에 나갈 때도 그동안 달라진 자기의 현 모습을 알려 줄 명함을 교환하는 게 일반적인 관례이다.

이런 사회적이고 보편적인 관례 때문에 나 역시도 명함을 지니고 다니면 "하는 일이 뭐냐?"는 질문에도 여유롭게 넘어갈 텐데 아쉽게도 나는 어른이 되어 사회생활을 하면서도 변변한 명함 한 장이 없다. 명함의 필요성을 부정하는 건 아닌데 '왜 난 나를 드러내는 명함이 없을까?' 하고 곰곰이 생각해 보니 위에서도 언급했지만 내 명함에 나란 사람을 뭐라 규정해야 할지 정하지 못해서이다.

어느 조직에 속해 있는 사람도 아니고 그렇다고 내세울 만한 자영업을 유지하는 것도 아니기 때문이다. 단지 여러 나라를 유목민처럼 돌아다니다 살다 보니 매번 주소도, 하는 직업도 일정 시간이 지나면 그 생명력을 잃어버리게 되는 것이다.

그래서 매번 다른 곳에서 낯선 이들을 만났을 때 "뭐하시는 분이냐?"라는 질문을 받으면 과거의 나와 현재의 나, 미래의 내가 전혀 다른 세 개의 삶의 이름을 가질 수밖에 없기에 그 질문에 답하기가 너무 힘들다. 그렇다고 나를 설명하기 위해 짧은 인사 가운데 너저분하게 구구절절 설명하기도 힘드니, 한동안 이 문제를 가지고 친구들과 고민한 끝에 내 자신에게 '내 맘대로 세계 여행가'라는 타이틀을 주게 되었다.

이 타이틀이 지난 나의 20여 년을 상징적으로 드러내 줄 수 있는 멋진 타이틀이기는 하다. 하지만 문제는 이렇게 내 자신의 과거를 나타

캘리포니아 솔뱅

낼 이 타이틀을 갖자마자 곧 다가올 여행의 끝마칠 시점에 나는 내 이름 위에 또 뭐라는 타이틀을 붙여 주어야 할지 고민이 시작되었다.

'그럼 정말 나는 뭘 하고 다니는 것일까?'

'왜 그러고 다니는 것일까?'

'앞으로는 어떻게 하고 다녀야 할까?'

이런 내면의 질문들이 40줄에 들어서서 내 인생을 한 번은 정리해 보고자 하는 이 시점에 계속 내 주변을 맴돌며 나를 어지럽히고 있다. 가끔은 꼭 이렇게 중간 정리를 해야 하나 싶기도 하고 골치 아픈데 그냥 모른 척 지나가 버리는 건 어떨까도 싶지만…

　과거 십대 이십대 초반의 치열한 삶에 대한 고민이 이후 40줄이 된 지금까지 내 삶의 모습과 방향을 정한 걸 알기에, 중년의 초입에 들어선 이 시점이 후반기 나의 모습을 만들어 주기 위한 중요한 또 다른 전환점이란 확신이 들기에 계속 고민해 보고 부딪쳐 보기로 했다. 각자 주어진 삶의 모습이 다르긴 해도 결국 우리 모두가 살아가야 할 삶의 길이는 비슷하고 누구든 비슷한 지점에서 삶을 한 번 정도는 돌이켜 보는 게 맞는 일인 듯하다.

　인생을 4쿼터로 나누었을 때 난 이제 2쿼터 전반을 정리할 시점에 다가온 듯하다. 이제 곧 전반전 종료를 알릴 버저가 울릴 때이고, 나는 환상적인 버저비터를 준비하고 있다. 다만 이 화려한 전반전이 다가올 후반전을 어떻게 만들어 갈지 두려움과 설렘에 오늘도 나는 나의 후반전을 고민하고 있다.

휴먼노마드
가족의 여정

　태어나서 자라온 곳보다 낯선 타국 땅을 밟으며 사는 게 더 익숙해져 버린 지금, 우리 가족은 스스로의 정체성에 대해 많은 시간 동안을 고민하였다.

　"왜 돌아다니느냐?", "다음엔 어디로 가느냐?", "무엇을 해서 먹고사느냐?" 등등 수많은 질문에 답하면서 가끔은 내가 무슨 말을 하고 있는지 모를 때도 사실 많았다. 우리 삶의 방식이 너무 특이하다 보니 주변에 많은 이들로부터 끊임없는 질문 세례를 받게 되고 이를 종합해 보니 결국 정체성의 문제로 귀결이 되는 듯싶었다.

　그래서 스스로에게 수없이 자문해 보았다. 남들이 아닌 내 자신에게 들려줄 수 있는 납득할 만한 대답들을… 그렇게 우리 가족의 '정체성'을 찾아보고 싶었다. 삶의 어느 시점에 불현듯 진지한 물음으로 다가온 정체성의 문제는 오랜 시간 많은 사람들과 서로 다른 시공간을 공유한 끝에 하나의 단어로 정리되었다.

근 20여 년의 긴 삶의 여행에서 얻은 대답은 바로 '휴먼노마드'였다.

노마드는 유목민을 뜻하는 말이다. 이정표도 길도 없는 드넓은 초원에서 가축들을 몰고 푸른 초지를 찾아 떠돌아다니는 이들이 노마드이다. 그들에게 길은 초지를 향해 가는 발자취 그 자체가 길이 되고 목적지는 그 길의 끝에 펼쳐진 초지가 된다. 그 누구도 노마드족에게 방향을 제시하지도 않으며 시간을 정해 주지도 않는다. 뜯을 풀이 없어지면 그냥 떠날 뿐 그 모든 결정엔 삶을 살아야 하는 절대적 당위성만 존재할 뿐이다.

우리 가족에게 초지는 사람이었다.

내 가족을 포함해 20여 년의 여행 중에 우리 가족이 만났던 수많은 가족과 사람들, 그 다양한 인연의 줄들이 얽히고설키어 우리 가족의 삶에 '휴먼노마드'라는 큰 무늬를 새겨 넣었다. 그렇게 휴먼노마드라

는 일족을 거느리는 족장으로서 우리 부족의 생활양식을 잠시 정리해
본다.

첫째, 우리 부족은 계획을 세우지 않고 나간다.

처음 멕시코를 출발할 때부터 특별히 준비를 하거나 무엇을 할지
정하지 않고 어느 날 갑자기 사표를 던지고 떠난 길이 20년째 전 세
계를 여행하는 노마드 여정이 시작되었다. 어느 나라를 갈 건지 고민
은 매번 치열하게 한다. 그럼에도 불구하고, 우리 가족의 목적지는 항
상 계획과 이성적인 판단과는 동떨어진 감정적이고 즉흥적인 선택에
의해 결정되었다. 무작정 타게 되는 비행기 안에서 설렘보다는 걱정을
산더미만큼 하다가 도착지 공항에 내렸을 때 '아, 이곳이구나' 하고 눈
앞에 닥친 현실과 맞닥뜨린다.
  그렇게 우리 가족은 그 땅에 발을 딛는 순간 거기서부터 그 나라 버
전의 휴먼노마드 삶의 모험을 시작한다. 마치 TV 프로그램 「정글의
법칙」처럼 낯설고 모른다는 것은 두려움과 동시에 새로움, 놀라움 그
리고 고마움을 선물한다.

둘째, 우리 부족은 현지에서 일상생활을 한다.

우리 가족의 세계 일주는 어느 나라를 방문해 관광지를 돌아보고
사진을 찍고 다른 나라로 이동하는 그런 식의 세계 여행을 지양한다.

휴먼노마드 가족답게 외국 현지에서 짧게는 6개월에서 길게는 5년 이상을 머물며 삶의 여행을 즐긴다.

가족 구성원 모두 각자의 자리에서 공간과 시간을 살아 낸다. 아이들은 말도 안 통하는 현지 학교를 다니고 아내는 냄비 그릇 하나부터 집안 살림을 꾸리며 가족들을 위해 헌신하고 나는 생활에 필요한 돈을 벌기 위해 경제 활동을 하면서 현재 발 딛고 있는 사회의 한 구성원으로 자리를 잡아 간다.

그들 속에 동화되어 살면서 삶을 나누고 교류하고 체험하면서 마치 오래전부터 그곳에 살았던 이들처럼 일상을 보내다 일정 기간이 지나면 그곳 생활을 정리하고 또 다른 낯선 땅으로 떠난다. 매번 떠날 때마다 우리 가족을 아껴 주시는 많은 분들이 행선지를 물어 오지만, 아무도 심지어 나조차도 그곳이 어딘지를 모르니 왔을 때처럼 가방 한 개만 들고 떠나게 된다.

그렇게 시간이 흘러 새로운 곳에 자리 잡으면 옛 벗들에게 바쁘게 연락을 하는 경우가 대부분이다. 결국 이렇게 현지 생활을 장기간 하다 보니 세상 한 바퀴 도는 데 시간이 참 많이 걸렸다.

셋째, 생활에 필요한 모든 것은 현지 조달을 한다.

여행을 떠나기에 앞서 우리 가족 네 명은 각자 20kg 가방 하나, 개인 소지품 백팩 하나, 그리고 비행기 탑승 시 작은 캐리어 하나 정도의 짐을 들고 떠난다. 비행기가 허락하는 기준이 우리 가족 짐의 총량이기에 예전에 40kg 가방을 가져가도 될 때엔 더 많이 가지고 다녔고 최근에는 반 강제적으로 짐이 단출해졌다.

짐을 꾸리기 직전 도착할 나라의 기후 정도를 체크해서 입을 옷가지를 정하고 비상약 정도와 개인 비품 정도 챙겨서 떠나게 된다. 그 외에 살림살이, 비자, 직업, 학교 등 모든 필요사항들은 현지에서 밑바닥부터 훑으며 하나하나 만들어 간다. 돈도 비행기 삯과 당장 먹고살 약간의 비용 그리고 집 보증금 낼 한두 달치 방세 정도만을 소지하고 떠난다.

불행인지 다행인지, 짐을 가지고 가고 싶어도 혹은 컨테이너에 싣고 싶어도 보낼 주소가 없기에 절로 짐에 대한 욕심은 사라진다. 마찬가지로 생활을 정리하면서 가지고 가고 싶은 짐이 있어도 한국에서 마땅히 보관할 곳이 없어서 많은 물건을 현지에서 버리든지 나누든지 한다.

넷째, 휴먼노마드 여행은 온 가족이 함께하는 시간과 공간을 나누는 삶의 여행이다.

가족이 한 집에 모여 살듯이, 우리 가족은 나와 아내, 아들, 딸 이렇게 4인 가족이 꼭 함께 여행을 떠난다. 군이 여행이란 단어보다는 삶의 여정을 함께한다는 표현이 더 어울릴 듯하다. 다만, 장소가 외국이고 가끔 이사 다니는 게 특이점이긴 하지만 글로벌 세상이 요즘 시대의 화두인 걸 감안하면 현 시류를 아주 잘 따르는 가족이라 자부한다.

큰아들이 돌 지나고 두 살이 채 안 되어 떠난 길에서 작은딸은 길

위 낯선 현지에서 낳았고 그렇게 4인 노마드 부족이 되어 현재까지 다니고 있다. 개인이 아닌 일족이 다니다 보니 체류 비자도 중요하고 아이들 학교 문제도 중요하고, 또한 민생고를 해결할 밥벌이도 중요하고 밥숟가락에 냄비, 그릇 하나까지 정말 모든 것이 다 중요하다. 머무는 곳이 외국일 뿐 우리 가족도 그곳에선 남들처럼 살아야 하므로 보통의 여행자에 비해 필요한 게 참 많다. 하지만, 이 모든 불편함을 다 감수하면서도 행복을 느낄 수 있는 것은 바로 가족이 함께하기 때문이다.

무엇보다 중요하고 의미 있는 이 여행의 가장 큰 선물은 처음엔 낯선 이방인으로 들어가지만 떠날 땐 더 이상 이방인이 아니며 정든 땅을 뒤로하고 많은 추억과 사람들을 남겨 두고 떠남에 있다. 난 종종 이렇게 말한다. 우리가 처음 공항에 나갈 때는 아무도 우릴 반기지 않지만 떠날 땐 우리 가족을 배웅하는 사람이 많이 나오도록 하자고. 바로 그들이 우리가 그 땅에서 얻은 보물이고 결실이기에 우린 더 이상 이방인이 아니라 현지 교포이고 이젠 언제든 돌아와 편안히 쉴 곳이 있는 내 고향과 같은 곳이라고.

우리 가족
그리고 세계 일주 경로

우리 가족은 통계청 조사에서 인용하는 평범한 4인 가족으로 우리 부부, 큰아들 그리고 막내딸까지 성비의 조합까지 완벽한 가족이다. 우리 가족 삶의 모습도 이와 같이 풍족하지는 않지만 구색은 다 갖춘 격이라 볼 수 있다. 우리 가족 구성원들의 이야기를 잠시 풀어 보고자 한다. 물론 내가 아는 한에서…

현모양처가 꿈이었다는 아내는 직장 다니는 남편을 만나 집에서 살림하고 아이 키우며 사는 생활을 그렸지만, 본인의 이상형과는 정말로 너무나도 다른 나를 만남으로써 인생이 완전히 꼬였다고 자주 말하곤 한다. 나중에 들은 이야기이지만, 처음 회사를 그만두고 외국으로 떠나자고 할 때, 아내는 젊은 남편의 길을 막고 싶지 않아서 반대하지 않았단다.

바로 이 순간이 현모양처의 가능성을 보여 준 배려 깊은 판단이었다고 나는 생각한다. 아내의 생각으론 젊은 날 외국 생활 한 번 해보며 경험하는 것도 그리 나쁘지 않겠다고 생각했겠지만, 그 한 번이 무려 20년째 이어지고 있다 보니 지금은 후회막심이라고 투덜대곤 한다.

반대로, 나는 아내에게 나 같은 남편을 만나서 세상 구경 한번 제대로 해보는 거 아니냐 하며 대들어 보기도 하지만 아내는 그런 거 하나도 안 고마우니 직장에 들어가 또박또박 월급 받아와 한곳에서 오래도록 살고 싶다고 말한다. 지금도 나에게 9급 공무원 시험에 합격해 안정된 직장에서 월급을 받아 온다면 더 할 나위 없겠다고 말한다. 하지만 난 이제 그런 어려운 시험을 공부할 만한 머리도 없고 능력도 안 된다. 하여간 그런 연유로 세계 일주를 하고 유럽 땅에 살고 있어도 생색은커녕 욕 안 얻어먹으면 다행인 게 요즘 내 신세다.

큰아들은 돌 지나고 얼마 되지 않아 데리고 나왔는데 이젠 어엿한 청년이 되었다. 어릴 때는 부모를 따라서 동가식서가숙하며 살아왔지만 고등학교 입학 이후로는 우리 가족의 목적지를 정하는 데 큰 영향력을 행사할 만큼 자기 의견도 생기고 가족을 배려하는 듬직한 큰아들로 자라 주었다. 어려서부터 세계를 제 마당처럼 활개를 치고 다니다 보니, 동서양의 언어들을 자유자재로 구사하면서 다양한 문화와 세계를 경험했고, 그 덕에 21세기 글로벌 시대를 살아갈 수 있는 아주 강력한 전투력을 갖게 되었다.

하지만 너무 어릴 때부터 한 나라가 아니라 여러 나라를 다니며 약간의 변화에 대한 수용이 아닌 총체적인 변화를 이겨 내야 했기에 자기 나름대로 참 많은 고생을 했다. 우선, 가는 나라마다 언어가 달라지니 계속 새로운 언어를 배우기 위한 노력을 끊임없이 해야 했다. 한국

말을 시작할 즈음 멕시코로 들어와 아파트 계단에서 말도 못하고 소리만 지르며 놀던 때가 아직도 눈에 선하다. 내색은 하지 않았지만 아이가 감당하기에는 너무나 어려운 일이었을 것이다. 그리고 교우 관계가 가장 중요한 10대 시절에 학교를 옮기다 보니, 정들만 하면 친구들과 헤어지는 게 가장 힘들었다고 말할 때면 진심으로 미안했다.

하지만 이렇게 모든 게 새로워지는 일을 벌써 7번이나 경험했으니 진귀하고 희한한 인생 경험을 한 것은 분명 맞을 터이다. 다행인 건 이런 일이 잦아지다 보니 삶의 한 방식처럼 익숙해지고 자연스러워져서 어려워도 티도 많이 안 내고 가는 곳마다 큰 무리 없이 적응하고 큰 병 없이 건강하게 잘 자라 주었다. 현재 다니는 독일의 김나지움에서는 학교에 편입한 지 2년 만에 학년 대표를 맡고 있고 자기 말로는 "Ich bin ein Berliner(나는 베를린 사람이다)."라고 할 정도로 베를린 사투리도 잘한다고 하니 정말 대견스럽다.

막내딸 역시 제 오빠랑 다를 게 없는 처지이지만, 그래도 오빠가 있어서 조금은 나았을 거라고 생각해 본다. 사춘기가 뭔지도 모르고 지나 버린 큰애와 다르게 막내라 그런지 제 오빠보단 사춘기의 특권을 더 많이 누리는 것 같기도 하다. 물론 때가 때인지라 우리들이 슬슬 피하긴 하지만 아주 심각한 게 아닌 일상생활에 누구나 겪는 정도라 그런대로 넘어가곤 한다. 다만, 유럽에 온 직후부터 2년간 공부도 안 하고 독일어도 안 하고 한류의 영향 때문인지 한국에 가서 살고 싶다고 졸라 대곤 했었다.

막내딸은 멕시코에 살 때 미국에서 낳았다. 그래서 일생 동안을 외

독일 브란덴부루크 문 앞

국에서 나서 외국으로만 이 나라 저 나라 옮겨 다니는 태생부터가 유목민 그 자체라고 볼 수 있다. 요즘 독일에서 세상의 쓴맛을 조금씩 알아 가면서 자기 삶의 시간을 책임져야 한다는 사실을 배워 가고 있는 듯싶다.

많은 분들이 우리 부부가 자녀들에게 아주 귀한 경험을 시켜 준다며 격려해 주시기도 하지만 아이들 공부 때문에 너무 많이 희생하며 돌아다니는 게 아닌가 하고 걱정을 해주시기도 한다. 하여간 그런 이야기를 들을 때마다 꿋꿋이 잘 견뎌 주는 아이들에게 고맙고 미안한

생애 최초 남매 둘만의 프랑스 여행

마음뿐이다. 왜냐하면, 우리 가족이 여러 나라를 돌아다니며 사는 건 아이들 공부를 위한 것도 아니고, 돈이 많아서 돈을 쓰고 다니며 호의호식했던 건 더더욱 아니기 때문이다. 돌아다니며 살다 보니 아이들은 현지에서 적응하며 살아남기 위해 매우 고통스러운 과정의 시간을 보내며 오히려 부모인 우리들에게 짐이 되지 않으려고 노력해 주었다.

우리 부부도 생활 전선에서 생계를 꾸리고 살림을 하느라 아이들에게 많은 관심을 기울이지는 못했다. 다만, 항상 같이하려고 노력했었고 서로의 어려움을 허심탄회하게 공유해 왔었다. 일가친척, 친구 한 명 없는 낯선 곳에서 우리 가족은 넷이서 똘똘 뭉치지 않으면 안 되었고 가족 안에서 위로받는 힘으로 삶의 에너지를 채울 수밖에 없었다. 이젠 아이들도 다 커서 각자의 진로를 고민하는 나이가 되었고 우리 부부도 중년의 고개를 넘어가면서 새롭게 변화되는 현실을 목도하고 있다.

19년간의 세계 일주는 이제 마지막을 향해 달려가고 있음을 가족 모두가 인정하고 있으며 새로운 20년을 어떻게 맞이할 것인지가 요즘 밥상머리 우리 가족의 주된 이야깃거리가 되어 버렸다. 어느덧 아이들도 자기 색깔의 삶을 만들어 가야 할 독립적인 어른이 되었다. 더 이상 아빠로서 그들의 삶에 깊이 개입하면 안 되겠다고 하루하루 새롭게 결심하곤 한다. 그래서 지난 19년간의 노마드의 삶과는 다른 변화가 필요하게 되었다.

그런 이유로 독일에 들어간 후부터는 '떨어지기 연습'을 하고 있다. 예전 같으면 함께 떠났을 여행도 이젠 우리 부부와 아이들이 따로 여행을 하기도 하고 아이들만 독일에 놔두고 우리 부부만 한국에 나와 두 달여를 지내기도 했다. 항상 품에 끼고 있던 자식을 하루아침에 떠나보내는 건 쉽지 않은 일이고 아이들도 마찬가지일 터, 온 가족이 커다란 변화를 받아들이기 위해 천천히 연습을 하는 중이다.

뭐라 할까? 지난 19년, 행복하고 멋진 삶을 접어놓고 다른 색깔의 노마드 삶을 찾는 전환기에 놓여 있다고나 할까.

하여간 이별 연습 중인 우리 가족에게 그동안 살았던 곳과 여행했던 곳을 한번 정리해 보는 것은 매우 중요하다는 생각에 간단히 우리의 여정을 살펴봤다.

1998년 멕시코를 시작으로 멕시코 3년, 칠레 3개월, 미국 5년 4개월, 중국 1년 10개월, 뉴질랜드 2년 1개월, 일본 6개월, 독일에서 현재 4년여 생활을 하고 있다. 장기 체류 하며 살아 본 도시로는 멕시코의 과달라하라와 멕시코시티, 칠레의 산티아고, 미국의 로스앤젤레스, 중국의 대련, 뉴질랜드의 오클랜드, 일본의 오사카, 독일의 베를린 등이다. 그리고 중간중간에 방문한 나라로는 콜롬비아, 호주, 싱가폴, 터키, 이탈리아, 스페인, 스위스, 오스트리아, 프랑스, 튀니지, 체코, 헝가리 등이 있었다.

물론, 한 나라를 정리하고 바로 다른 나라로 옮겨 가는 게 아니라 한국에 와서 몇 개월 체류하며 가족도 만나고 친구들도 보고 아이들 데리고 전국일주도 하고 교육도 시키며 다음 나라를 준비하는 시간으로 사용하였고 그동안은 한국의 서울이나 고향인 광주에 머물렀다. 나와 아내는 한국에서 나고 자라서 한국을 잘 알지만 아이들은 나면서부터 외국에서 쭉 살다 보니 아무래도 한국, 한국인이라는 자기 정체성이나 역사의식, 가족, 친척 등을 알게 해주고 한국을 직접 경험하게 해주기 위하여 매번 외국 — 한국 — 외국, 이런 패턴으로 중간 기착지처럼 한국을 계속 들렀다.

여행한 도시로는 멕시코 각 주의 십여 개가 넘는 도시를 장사하면서 가끔은 가족들과 함께 장사도 하고 여행도 하며 돌아다녔고, 미국 서부는 패키지여행으로, 라스베가스, 하와이는 자유 여행, 일본 도쿄 자유 여행, 한국 전국일주, 뉴질랜드 북섬 자동차 여행, 호주 시드니 자유 여행, 싱가폴 자유 여행, 교토, 나라, 고베 자유 여행, 상하이 항주 패키지여행, 이스탄불 자유 여행, 카파도키아 패키지여행, 밀라노, 피렌체, 쾰른, 프랑크푸르트, 하이델베르크, 뮌헨, 드레스덴, 라이프치히, 비텐베르크, 로스토크, 파리, 바르셀로나, 세비야, 그라나다, 코르도바,

마드리드 등은 자유 여행, 튀니지 수스, 스팍스 자유 여행, 체코 프라하, 헝가리 부다페스트, 오스트리아 비엔나, 잘츠부르크 등등.

이렇게 해외여행을 많이 했다고 자랑하려는 것이 아니라 우리 가족의 여정을 기억 속에서 잊어버리지 않기 위해 나열한 것이니 오해는 하지 않으시기를 바란다.

정글의 법칙과
가방과의 전쟁

매주 지상파 방송에서 방영하는 「정글의 법칙」이라는 프로가 있다.

각 대륙의 오지에 들어가 현지에서 외부 문명 세계와 단절된 채, 일주일 정도를 정글에서 지내며 일어나는 돌발 상황과 출연진들 간의 에피소드들을 보여 주는 프로로서 우리 가족도 즐겨 본다. 하루라도 디지털 문명에서 벗어나 살 수 없는 현대인들이 짧은 기간일지언정 문명 세계를 떠나 자연과 동화하고 때론 저항하며 보여 주는 원초적인 본능과 도전 의식이 매우 흥미롭고 새롭게 다가온다.

하루는 정글의 법칙을 딸과 함께 보고 있는데, 우리 슬이가 대뜸 나에게 이렇게 말했다.

"아빠, 정글의 법칙은 우리 가족에 비하면 아무것도 아니야."

"어, 그게 무슨 말이야?"

"생각해 봐 아빠. 정글의 법칙 팀은 오지에 가기 전에 계획하고 답사하고 다 준비해서 가잖아. 그리고 비행기 값도 대주고 현지에 내리

면 가이드가 기다리고 있다가 데려다주고 통역사가 있어 말도 다 전달

해 주고 촬영하다 아프면 의사가 대기하다가 조치를 취해 주고 응급

상황엔 헬기나 배로 구해 주고 정 안되면 비행기 타고 한국에 오면 되

고 결정적인 건 촬영 끝나면 호텔에 머물다 쉬고선 많은 출연료를 받

고 집으로 돌아오잖아."

　그러면서 작정한 듯이 딸은 또 말을 더한다.

　"그런데 우리 집은 계획도 없이 무조건 떠나서 비싼 비행기표 살려

고 끙끙대고 그렇게 떠나 도착하면 마중 나온 가이드도 없고 말도 안

통하고 어디로 가야 할지도 모르고 아프면 웬만하면 참고 현지에서

어떻게든 살아남아 이제 살 만하면 다 버리고 떠나고 그리고 돈도 없

고…"

　그리고 마지막으로 말을 덧붙인다.

"그리고 또 떠나고…"

쉴 새 없이 조잘대는 말을 가만히 듣고 있으니 자기 나라에서도 먹고살기 힘들어 아우성인 세상에 낯선 이국으로 떠나 밑바닥부터 온몸으로 도시 정글을 헤쳐 가는 우리 가족의 생활이 하나의 정글이란 생각이 들었다. 딸아이 말처럼 우린 문명 속 도시 정글의 한가운데를 각 대륙별로 옮겨 다니며 버텨 내고 살아가고 있었다. 세상에 기댈 곳 하나 없이 말이다. 물론 고액의 출연료나 후원자도 없다.

'우리 가족의 정글의 법칙'. 그렇게 우리는 방송보다 더 진한 삶을 19년째 이어 오고 있었다. 우리 가족 나름의 도시 정글의 법칙은 고정 출연자 4명에 각 나라별 다양한 조연들로 꾸며진 재미있고 흥미로운 리얼 생존 프로였다. 개인적 욕심일 수는 있지만 이 흥미로운 방송이 나와 내 가족에게 조금 더 지속되었으면 좋겠다. 그저 길들여지는 삶보단 거칠고 불완전한 '날것' 같은 삶이 더 좋기 때문이다. 그래도 가끔씩 김병만의 「정글의 법칙」에서처럼 그들이 가진 혜택 중 한두 가지 정도의 도움만이라도 있다면 훨씬 편안하게 살 수 있을 텐데 하고 상상해 보곤 한다.

하여간 정글처럼 사는 우리들은 살던 곳을 떠나 한국으로 잠시 들어올 때면 그리 많은 고민이 없다. 물론, 정든 곳을 떠나는 것도 사람들과 헤어지는 것도 모든 게 아쉽긴 하지만 가족들이 있는 고국으로 가는 길이고 삶의 한 장을 마무리하고 떠나는 마음이기에 아쉬움을 많이 달랠 수 있었다. 게다가 고향으로 돌아가면 맛있는 음식과 친구들 그리고 얼마간이나마 어머니의 품에서 잘 쉴 수 있기 때문이다.

그러나 아직 끝나지 않은 여정으로 인해 새로운 목적지를 정하고 떠나게 될 때까지 많은 갈등과 고민이 생기는 건 어쩔 수 없는 일이다. 어느 조직이나 회사에 속해 있어 누군가 정해 주는 일정과 장소로 옮겨 가는 것이 아니라 순전히 우리 가족 스스로가 결정해서 움직이는 것이기에 주춤거리고 걱정하고 미적거리기 일쑤이다.

"애들 학교 문제도 있는데 떠날 건지 아니면 이젠 한국에 머물 건지 빨리 정해 줘요."

"아빠, 우리 이제 어디로 가?"

"나도 몰라. 어디 가고 싶은데 있어?"

혹시나 하고 가족들에게 구원의 손길을 내밀어 봐도 모두들 나의 결정만을 기다리고 있다. 잠에서 깨어나서 행선지를 정하기도 하고 길에서 친구를 만나 이야기하다가 정하기도 하고 대륙을 돌아다니다 정하기도 하는 등 밑도 끝도 없이 우리 가족의 길은 만들어졌다. 새로운 목적지가 정해지고 떠날 날짜가 정해지면 뭔지 모를 긴장감이 스멀스멀 밀려온다. '또 다시 가야 하나?'라는 본원적인 질문부터 불확실의 시간과 미지의 공간이 주는 두려움으로 인해 온갖 잡다한 걱정거리들이 머릿속을 헤집고 다니기 시작한다.

이런 번잡한 마음을 정리하기에 딱 좋은 게 짐 싸기이다. 한 달 간 혹 6개월의 시간을 한국에서 머물기도 했지만 결국 떠나기 위한 짐을 싸고 있다. 짐을 싸는 사이에 흔들리는 마음은 어느새 바꿀 수 없는 현실이 되어 있다.

우선 떠나기 전날 20kg를 담을 수 있는 큰 가방 4개를 펼친다. 가방의 기준은 비행기에 실을 수 있는 총량 기준이기에 예전에는 40kg도 가지고 다녔지만 요즈음에는 23kg정도다. 각자 가방 하나씩 맡아 옷가지를 비롯한 무거운 짐을 담는다. 그러고 나면 아내가 각 가방을 차례대로 검사해 필요한 짐들을 빼고 넣고 하는 1차 검열을 하게 된다.

그 와중에 아이들과의 약간의 다툼은 필연적이다. 예를 들어, 인형이나 게임팩 등등 자기들이 원하는 물건을 들고 가고 싶어 하지만, 이런 물건들은 당장 우리 가족에겐 필요가 없기에 가급적이면 생활에 직접적인 쓸모가 있는 물건들로 걸러지게 된다. 그러는 동안 내가 아내에게 제공하는 정보라고는 우리가 가야 할 나라의 기후와 현재 온도 등을 알려 주는 정도다. 큰 가방엔 주로 옷가지를 담아 가기에 날씨는 아주 중요한 정보이다.

그러면 아내는 그에 맞게 걸러 내고 추가해서 큰 가방을 꾸린다. 그 다음은 비행기에 가지고 들어갈 핸드캐리 가방 4개를 챙긴다. 큰 가방에 들어가지 못한 짐을 우선 집어넣고 당장 가면 써야 할 소품들을 위주로 가방을 정리한다. 마지막으로 개인 백팩을 하나씩 준비하는데 이 가방이야말로 자기가 가지고 가고 싶은 물건들을 최대한 담는 것이다. 이 개인 백팩은 아이들이 무얼 넣든 가능한 한 건드리지 않으려고 하고 자유롭게 내버려둔다.

그렇게 크고 작은 가방 12개가 정리되면 아내는 따로 꼭 챙기는 물건이 있다. 그건 다름 아닌 숟가락과 젓가락 네 벌이다. 이 세트는 항상 새 걸로 준비해서 가지고 간다. 우리 가족의 세계 일주는 여행의 호사가 아니라 삶의 고단한 여정이고, 우리 가족은 어디서든 잘 먹고 건

강해야 한다는 의미이자, 현실적으로 어디를 가든 먹고사는 게 가장 큰일이기 때문이다.

그렇게 떠난 나라에 도착하면 첫날 밤 아내가 꼭 하는 이벤트 아닌 이벤트가 있는데…

아내는 낯선 이국의 첫날 밤 그 장소를 불문하고 저녁은 한국에서 가져 온 김치와 김을 반찬으로 흰 쌀밥을 꼭 해서 먹인다. 첫날 밤 낯선 땅에서 앞일을 모른 채 배고프고 허하고 지친 상태에서 먹는 따뜻한 밥 한 공기는 우리 가족의 굳었던 얼굴을 웃게 하고 새로운 땅에서 끈끈한 가족애를 느낄 수 있는 최고의 요리이고 바닥에 깔린 신문지는 최고의 식탁이다. 이 식사 후 이 밤을 보내고 나면 가족 모두 내일부터는 낯선 땅에서 자기 자리를 잡기 위해 꽤 오랜 시간 고군분투해야 한다. 가지고 나온 12개의 가방들이 자리를 잡을 때까지 매일매일 전쟁과 같은 치열함으로 살아가야 한다.

고군분투,
언어와의 전쟁

우리 가족이 — 주로 내가 결정하긴 하지만 — 새로운 여행지를 결정할 때면 가급적이면 완전히 새로운 곳을 찾는다. 말 그대로 모든 게 낯선 곳으로 가다 보니 가장 직접적으로 느껴지는 어려움은 언어의 장벽이다. 요즘이야 영어가 세계 공용어로 어느 정도의 의사소통은 되지만 기본적인 것 외에는 자국의 언어가 꼭 필요한 경우가 너무 많다.

이곳 독일에 온 지도 벌써 3년 반이 지났건만 아직도 일반편지나 관공서의 편지 등이 오면 온 집안에 긴장감이 흐르고 편지 겉만 봐도 스트레스가 쌓인다. 결국 가까이 지내는 한인분들에게 가져가 확인을 하는데 이것도 번번이 민폐인지라 참으로 곤혹스러운 일 중에 하나이다. 그래도 시간이 흐름에 따라 이제는 편지 겉봉을 보면 대충 뭔지 눈치로 알게 되고, 아이들의 독일어 실력이 늘어서(내가 늘어서 알게 되면 더 좋을 텐데, 그냥 눈치만 늘고 있다) 그 안의 내용도 대부분은 파악할 수 있게 되었다.

44

이런 연유로 처음엔 어느 곳이든 수업료를 내게 되는데 그 대부분이 연체료인 경우가 대부분이다. 중국에서는 세금을 어디에 내는지도 모르는 데다 종이쪽지에 적어서 문 앞에 붙여 두는 전기 수도 세금 고지서의 정체도 처음엔 몰랐었고 나중엔 물어물어 찾아간 곳에서 연체료와 함께 뭔 소리인지도 모른 채 계산기에 나온 숫자대로 돈을 내고 온 적도 있다.

그나마 세금 고지서의 경우엔 대충 봐도 그럴 것 같아서 최악의 경우에도 연체료와 함께 해결할 수 있는데 문제는 서류나 계약서 같은 경우이다. 한국어로 읽어도 이해할 수 없는 경우가 많은데 이건 구글 번역기를 돌려도 사전을 찾아도 혹은 지인에게 물어봐도 잘못 알려 주는 경우가 있기에 여간 스트레스가 쌓이는 게 아니다.

얼마 전엔 서류에 서명을 잘못한 바람에 지금 살던 집에서 나갈 뻔한 일도 있었다. 아파트 리모델링에 관한 수십 페이지짜리 서류 안에 몇 장을 서명해서 건물주에게 보내야 되는데, '리모델링에 동의 안 하고 이사하겠다'라는 곳에 버젓이 서명해서 보내려고 했던 것이다. 더더욱 의심하지 않았던 이유는 이곳에 10년 이상 산 지인에게 보여 주고 한 서명이기 때문이다. 다행스럽게도, 리모델링에 관한 아파트 입주민 회의가 열렸고 아들이 우리 집 대표로 다녀와서 입주민 대표와 메일을 주고받고 하더니 독일인이 우리 집 앞으로 내려왔다. 그리고 이내 그 서류에 대해 설명하면서 서명한 종이를 확인하더니, 이렇게 말하는 것이었다.

"너희들은 이사할 거야?"

"아니, 여기 그대로 계속 살 예정인데???"

"오, 그러면 여기에 서명하는 게 아니야. 여기에 서명하면 집을 비
운다는 것이니 다 지워야 해."

그렇게 해서 얼떨결에 집에서 쫓겨날 뻔한 것을 간신히 면했는데,
만약 그 서명이 그대로 유지되었다면 어디에 하소연도 못 하고 독일
생활을 접어야 했을 것이다(독일에선 집을 구하기가 너무 힘들다).

하여간 영어 유치원부터 시작해서 조기 유학에 토익, 토플 시험 그
리고 직장에 들어가서까지 한국인은 평생 외국어 특히, 영어와 운명적
으로 씨름을 하고 살아야만 하는 시대이다. 지나치다고 볼 수밖에 없
지만 이렇게 밖에 나와서 살다 보니 내 자식은 몇 개 국어를 하는데 남
들에게 뭐하러 영어 공부를 그렇게 무리해서 하느냐고 말도 할 수 없
는 형편이다.

나 또한 예상치 못한 삶의 궤적을 그려 가며 살다 보니 하나둘 주워

들은 외국어가 6개나 된다. 고교 시절 프랑스어를 제2외국어로 배웠고, 대학에 들어와선 서어서문학을 전공하다 보니 자연스레 스페인어를 접하고 구사하게 되었다. 영어야 누구라고 할 것도 없이 중학교 1학년 때부터 이날 이때까지 배우고 쓰고 살고 있다. 물론 아주 기초적인 생활 회화 수준이지만. 중국에 가서 사는 동안엔 아이들 중국어 과외 선생을 통해 한어를 초등학교 2학년 1학기 과정까지 배워서 전자 사전 하나 있으면 내 필요한 말은 다 할 수 있게 되었다. 사전이 있다고 말을 다 할 수 있는 것은 물론 아니다. 이것도 기본 밑천이 있어야 중요 단어만 찾고 한마디라도 할 수 있는 것이다. 일본 말은 배우면 쉽다고 하는데 일본에 있는 동안 워낙 궁핍한 생활을 하다 보니 말을 배울 여유도 없었거니와 자원 봉사자가 운영하는 일본어 교실도 그곳을 떠날 즈음 알게 되어 나에게는 별 도움이 되질 못했다. 좀 더 일찍 물어보고 알았더라면 일본 말 몇 마디는 더 할 수 있었을 텐데 하는 아쉬움은 있지만 지금도 선생이 없어 안 배우는 게 아니라 마음이 없다는 게 가장 큰 문제이다. 독일어의 경우가 그 경우인데 어느 유학생과 같은 날 같이 공부를 시작했는데 그 학생은 어학 자격증이 없으면 학교에 입학을 하고도 다닐 수 없는 형편이고 나는 비자 때문에 형식적으로 하는 공부였다. 약 3개월을 같이 공부하면서 처음엔 똑같은 바보였는데 3개월이 지난 지금, 나와 그 학생의 격차는 너무나 많이 벌어져 있다. 나에겐 동기부여도, 어떤 절실함도 없었기에 시간만 채우는 게 일이었지만 그 학생은 자기 운명이 걸린 일이니 정말로 열심히 했고 그런 노력이 그런 격차를 만들어 놓았다.

이렇게 여러 대륙을 거쳐 긴 시간을 여행하다 보니 자연스레 얻게 된 결과물 중의 하나가 외국어 습득이다. 어릴 때 중남미를 거쳐 지금 유럽 독일까지 우리 집 아이들은 모든 걸 새롭게 익혀 나가야만 했다. 그중 가장 어려운 일 중 하나가 현지 언어를 배우는 일이었다. 아이들은 현지에서 국제 학교가 아닌 로컬 학교에 다녔기 때문에 현지 언어가 되지 않는 초기엔 이루 말할 수 없을 정도의 어려움을 겪을 수밖에 없었다.

그런 가운데 7개의 언어를 배우게 되었고 그 가운데 중남미에서 배웠던 스페인어는 너무 어릴 적에 배운 터라 다 잊어 먹고 말았다. 지금은 먼 추억 속에서만 남아 있는 언어이다. 하지만 언어의 장벽이 느껴질 때마다 나는 스스로 이렇게 자족한다.

'나는 외국인이다 그러니 서투른 건 당연한 것. 난 한국말은 잘한다. 넌 한국말을 못하잖아.'

그래도 20년 7개국의 이민 여행에서 나의 외국어 실력보다는 아이들의 외국어 실력에 관심이 많은 독자분들이 많다는 것을 알기에 그에 대한 답을 드려야겠다. 우리 가족이 많이 듣는 질문 중 하나는 "외국어 몇 개를 구사할 수 있느냐?"라는 것이다. 특히, 학부모들의 관심은 우리 아이들이 몇 개 국어를 하느냐? 또한 얼마나 자유자재로 구사하느냐? 어떻게 가르쳤느냐? 학교는 어떻게 다녔느냐? 등이 정말이지 쉴 새 없이 쏟아져 나온다. 인지상정이라 나를 포함해 자식들 교육에 관심 없는 한국 부모가 어디에 있겠는가!

하여간 휴먼노마드의 여정을 함께하고 있는 우리 두 아이는 자유자재로 구사할 수 있는 언어는 한국어, 영어, 일어, 독일어 순이고 중국어는 생활하는 정도에 불어는 학교에서 제3외국어로 배우고 있다. 어릴 적 배웠던 스페인어는 멕시코를 떠나 한국에 온 지 6개월 만에 머릿속에서 거의 다 지워진 듯하다. 한국에서 사촌과 어린이집에 다니면서, 스페인어를 하는 모습을 친구들이 이상하게 보고 같이 놀아 주지 않은 탓에 스페인어는 아이들에게는 잊힌 언어가 되고 말았다.

방학이 제일 싫은 아이와
쳇바퀴의 삶

"이 세상에서 제일 싫어하는 것은 뭐야?" 내가 아이들에게 물어본다.

"방학." 아이들은 이구동성으로 대답한다.

"그럼 두 번째로 싫은 것은 뭐야?"

"토요일."

지금 당장 여러분의 자녀들에게 물어보자 "이 세상에서 제일 싫은 게 뭐야?"

여러 가지 다양한 답들이 나오겠지만 웬만해서 위의 답들을 듣기는 쉽지 않을 것이다. 어쩌면 공부 시키는 게 소원인 부모들에게 이 대답이 꿈의 답일 수도 있겠지만 말이다.

하여간 우리 아들과 딸은 이 세상에서 방학을 제일 싫어한다. 왜냐고 물어보자, 학교 다니는 게 세상에서 제일 재미있는 일이고 그래서 학교에 가지 않는 방학이 가장 싫단다.

"그럼 토요일은 왜 싫어?" 개인적으로 잘 이해가 되지 않아 다시 질문을 던져 본다.

"일요일은 주일이라 교회를 가니까 괜찮은데 토요일은 도대체 왜 학교를 쉬는 거야?" 하며 대꾸한다.

세상에 원인 없는 결과가 없듯이 우리 아이들이 남들과 다른 이런 희한한 대답을 하는 데는 역시 우리 가정의 독특한 삶의 내력 때문이다. 어려서부터 줄곧 외국의 여러 나라에서 살다 보니 우리 아이들은 매번 언어가 익숙해지고 현지에 적응해서 생활이 익숙해지면 또 다른 나라로 옮기는 일을 반복해서 해왔다. 그러다 보니 매번 새로운 학교에 들어가야 하는데, 나라를 옮기는 사이의 일정 공백 기간 동안에 여러 사정으로 학교에 가지 못하는 일이 잦을 수밖에 없게 되었다.

뉴질랜드에서는 현지 비자 문제가 해결되지 않고 진행 과정이 늦어지다 보니 집에서 꽤 오랜 기간을 보내야 했다. 이 시간이 길어지는 동안 진이는 언제부터인지 지역 신문 배달을 하는 또래 학생을 부러워하기 시작했다. 무엇이든 할 일이 있었으면 하는 바람으로 신문사에 배달원 신청서를 접수하고서 오랜 기다림 끝에 동네 신문 배달원으로 첫 아르바이트를 시작하였다. 이 아르바이트는 뉴질랜드를 떠나는 달까지 우리 가족 모두 산책 삼아 온 동네를 한 바퀴 도는 좋은 소일거리가 되어 주었다.

또 다른 경우로는, 한국에서 다른 나라로 옮겨 가기 전 일정기간 동안 공백이 생기는 경우이다. 이렇게 학교에 다니지 못하는 기간이 짧으면 다행이지만 보통 1~2개월부터 길게는 6개월 이상 학교를 가지 못하게 되는 경우도 있었다. 물론 이런 기간에 취미 활동을 하거나 도

도쿄 여행 중 후지TV에서
진이와 슬

서관을 다니기도 하지만 대부분 집에서 보내는 시간이 많아지면서 정신적으로 힘들어질 수밖에 없었다.

사춘기 무렵의 아이들에게 부모보다는 친구가 더 좋고 또래끼리 어울려서 즐거운 하루를 보내야 하는데 집 안에서 부모와 함께 있는 것 자체가 아이들에게 너무 큰 고욕이 되었다. 이렇게 종일 부대끼다 보면 결국 잔소리와 짜증만 오가고 아이들은 무기력해져만 갔다.

어린 시절부터 이런 경험을 하다 보니 당연히 학교에 가서 친구들과 함께 떠들고 운동하고 수업 듣고 하루를 보내는 게 얼마나 즐겁고 좋은 일인지 자연스레 깨닫게 된 셈이다. 그래서 우리 아이들에게 주는 가장 큰 벌 또한 "학교 가지 말고 집에 있어."라는 것이다.

무엇인가 큰 잘못을 저지르면 "오늘 학교 가지 마라." 하고 벌을 주면 우리 슬이는 이렇게 말한다.

"세상에 아빠 같은 사람이 어디 있어? 툭 하면 학교 가지 말라고 하고…" 우리 슬이는 이렇게 말하면서 울먹인다.

처음 아이들에게 싫은 게 방학이나 토요일이라는 말을 듣고 참 희한한 말이다고 웃어넘겼는데 이제와 돌이켜 보면 아이들에게 참 미안한 마음이 크다. 남들과 다른 생각을 한다는 것은 다른 삶과 경험을 가졌다는 증거겠지만 한편으론 평범함 속에서 누려야 할 즐거움을 아이들에게서 박탈했다는 자책감에 안타까운 마음도 많이 든다. 아이들이 긴 세월동안 아이들답지 않게 해왔을 속앓이를 생각하면 더더욱 미안하고 고마운 마음이 크다.

나라를 옮길 때나 도착해 학교가 정해지는 기간의 힘든 시기를 잘 참아 주고 매번 큰 말썽 없이 잘 적응해 주고 따라와 준 우리 진이, 슬이에게 이 글을 빌려 너무 고맙고 자랑스럽다고 말해 주고 싶다.

독일에 들어와서 학교를 다닌 지 3년이 지났다. 오늘 저녁 슬이가 내 방으로 신이 나서 춤을 추고 들어오더니 뜬끔없이 이렇게 말한다.

"아빠, 나 내일 학교에 안 가!"

"학교 안 가는 게 좋아?" 어안이 벙벙한 나는 이렇게 되물었다.

"그동안 내가 너무 비정상적으로 산 거야. 이제 정상으로 돌아온 거야. 히히."

이제는 방학이 다가오면 놀러 다닐 계획도 잡고 수업이 한 시간이라도 빠지면 득달같이 집으로 돌아와서 빈둥거리며 시간을 보내다 학교로 다시 가곤 한다. 특별하고 독특한 삶을 꾸려 온 우리 가족들이 오랜만에 각자 평범하고 일상적인 삶 속에서 깃든 기쁨을 알아 가는 모습에 나도 기쁘고 흐뭇해진 밤이다.

이렇게 학교 다니는 것이 정말 좋았다는 아이들의 이야기를 들으며 왜 그런 삶을 택하고 살아가는지 많은 분들이 의아해할 수도 있고 이런 우리 가족의 삶이 정답인 것으로 오인할 수 있어 잠시 내가 가진 생각에 대한 설명이 필요할 듯하다.

현대인의 생활을 흔히 다람쥐 쳇바퀴 같은 삶이라고 자조 섞인 투로 많이 이야기한다. 학생들도 틀에 박힌 삶 속에 학교, 학원, 집으로 빙글빙글 돌고, 어른들은 사회라는 틀 속에 갇혀 집, 회사, 가끔 술집을 빙글빙글 돌며 살고 있다. 그렇게 살다 보니 삶의 염증도 느끼고 살아가는 이유나 가치를 놓쳐 버리는 경우도 허다한 게 현대인의 모습이 아닐까 한다.

그런 생활이 반복된다는 의식이 생기면 자동적으로 새로운 무언가를 찾아 자신의 삶을 돌아보고자 하며, 기존에 가지고 있는 모든 걸 놓아두고 파랑새를 찾아가기도 하고 혹은 틀에 박힌 삶을 벗어나고 싶다며 일탈을 꿈꾸기도 한다. 각종 매체나 방송을 통해 보여진 모습들은 그런 일탈이 용기 있는 선택처럼 우리에게 보여지고 때론 조여 오는 현실의 숨통을 트여 주는 듯하기도 한다. 하지만 다람쥐 쳇바퀴처럼 뱅글뱅글 도는 현실을 사는 우리에게 쳇바퀴란 우리가 놓쳐서는 안 될 지극히 현실적인 의미가 있다.

'만약 다람쥐에게 쳇바퀴를 빼앗아 간다면 우리 안의 다람쥐는 어떻게 될까?'

다람쥐는 몹시 당황스럽고 무료한 일상에 놓일 테다. 돌려야 할 아니 그거 말고는 딱히 해야 할 일이 없는 쳇바퀴가 내 눈앞에서 사라지고 나면 다람쥐는 행복할까? 밥을 먹고 한쪽 구석에 앉아서 잠자고 우리 안을 어슬렁거리고 그러다 보면 어느 순간 무기력과 비만에 의한 병이 찾아오고 곧 고통스러운 죽음만 있을 뿐이다. 자기 삶의 실체나 자기 확신이 없는 상태에서 막연한 동경이나 혹은 객기로 쳇바퀴를 치워 버리지는 말아야 한다. 돌이켜 보면 쳇바퀴 안에서 돌 때가 최고는 아니더라도 좋은 시절임을 곧 깨달을 수 있다.

이렇듯 자신의 쳇바퀴를 차버리고 나면 우리에게는 살아남을 세 가지 길이 있을 듯하다.

일탈을 꿈꾸는 자들이나 새로운 삶의 지평을 가지고 싶은 자들은 자기 삶의 테두리 안을 채워 줄 쳇바퀴보다 더 나은 것을 찾아야 할 것이다.

아니면 자기 삶의 테두리 자체를 걷어차고 새로운 미지의 세계로 자신을 내던져야 한다. 그 테두리 밖의 세상이 「반지의 제왕」에 나오는 중간계 미지의 세계처럼 훨씬 살벌하고 위험한 세상일지라도 흔쾌히 받아들이고 헤쳐 나갈 용기를 가지고 말이다.

그도 아니면 다람쥐가 아니라 다른 동물로 완전히 트랜스포머를 해서 더 이상 쳇바퀴를 돌리지 않아도 되는 존재가 되면 된다.

문제는 그 세 가지 길 중 어느 것을 택하느냐? 하는 것인데 그것은 각자의 몫이니 남들의 성공담은 참조 사항에만 두어야 하고 결코 무조건 다른 삶을 사는 사람을 따르는 것은 큰 위험성이 있다는 사실을 명심하고 현혹되지 말아야 한다.

큰 틀에서 우리 모두는 태어나는 순간부터 커다란 삶의 쳇바퀴를 죽을 때까지 굴려야만 한다. 그 커다란 쳇바퀴 안에서 나만의 그럴싸한 쳇바퀴를 가진 자가 조금은 더 나아 보일 뿐이다. 그러므로 나만의 쳇바퀴를 찾아보고 혹은 개성껏 만들 수도 있겠지만 그렇지 않으면 주어진 쳇바퀴에서 의미를 찾는 게 없는 것보단 훨씬 나을 듯싶다.

우리 가족을 알거나 혹은 이야기를 들은 분들의 첫 반응은 '부럽다' 혹은 '내가 꿈꾸는 삶', '왜 그렇게 사는지 이해가 안 간다' 등 각자 삶을 바라보는 관점에 따라 다양한 반응이 나온다. 우리 가족을 바라보는 호불호가 갈리는 여러 시선 속에서도 우리 가족은 우리만의 삶의 스타일을 놓치고 싶지는 않다. 이에 덧붙여 누군가에게 우리 스타일을 자랑하고 따라오라고 말하고 싶지도 않다.

우리는 스스로 선택한 쳇바퀴를 매우 만족해하며 열심히 굴릴 뿐이다.

간혹 내 것과 남의 것을 비교해 보면 남의 것이 멋있어 보일지도 모르고 나보다 못하다고 여길 때도 있지만 그 역시 또 하나의 쳇바퀴일 뿐이다. 가끔 외식을 하면 음식이 참 맛있고 편하기도 하다. 화려한 레스토랑을 보며 실내장식에 마음이 가고 부럽기도 하지만 뭐니 뭐니 해도 내 집이 제일 편하고 집밥의 맛이 최고 아닌가? 세상이 보여 주는 다양한 쳇바퀴를 보고 막연한 동경에 자신의 것을 던지는 어리석음은 없었으면 한다.

나에게 주어진 혹은 내가 만든 쳇바퀴를 열심히 굴리며 살자.

그게 나의 정체성이고 삶의 의미라고 본다.

고등학교는 한곳에서
다니고 싶어요!

요즘엔 이메일이나 카카오톡, 페이스북 등 멀리 떨어져 있는 가족과 친구, 지인들에게 소식을 전할 수단이 많이 생겨나 마음만 있다면 지속적으로 안부와 소식을 전할 수가 있게 되었다. 우리 가족이 한국을 떠날 때만 해도 인터넷이나 컴퓨터가 충분히 보급되지 않았을 때이고 특히, 멕시코는 형편이 참 열악한 곳이다 보니 당시에 친구와 지인들과의 연락이 거의 끊겼던 기억이 난다.

그래도 오랜만에 한국을 나가게 되면 반겨 주는 학창시절의 벗들과 친구들이 있기에 타국 생활의 외로움을 조금이라도 잊을 수 있었다. 결국 한국을 매번 잊지 않고 찾게 되는 이유 중 하나는 바로 친구들 때문이라고 해도 과언이 아니다. 5년이 지나고 10년이 지나도 만나면 좋은 친구들. 물론 세월이 흘러 외모도 변하고 사는 방법도 다르고 이젠 다들 가정도 꾸리고 살지만 만나면 너나 할 것 없이 "야, 너." 하며 대거리할 수 있는 친구들이 있어 한국에 오면 참 행복하다.

평생 함께 고민하고 생활하고, 추억할 수 있는 죽마고우가 있다는 것은 참으로 좋은 일이 아닐 수 없다. 그런데 미안하게도 아이들에게는 그런 기회를 주지 못한 것 같아 마음 한편이 참 편치 않다. 어느 날 아이들에게 이런 질문을 한 적이 있다.

"이렇게 돌아다니면서 사니까 뭐가 제일 안 좋아?"

"친구를 오랫동안 사귈 수가 없어요. 친구들과 헤어지는 게 너무 싫어요."

"페이스북도 있고 카카오톡도 있는데 그런 걸로 연락하면 되잖아?"

새삼 말은 이렇게 세상 물정 하나도 모르는 것처럼 했지만 사람 관계라는 게 얼굴 보고 시간을 함께 보내며 긴 시간 함께 쌓아 가는 걸 누구보다 잘 아는 나로선 아이들의 대답이 바늘로 아픈 곳을 재차 찌르듯 마음이 참 아팠다.

한곳에 정착하며 살다가 다른 곳으로 이주할 때면 가장 버리기 힘든 것이 다름 아닌 사람이다. 오랜 시간 같은 공간에서 함께 시간을 보낸 친구들과의 헤어짐이 아이들에겐 그 무엇보다 힘든 일이었나 보다. 나도 중학교 시절 집이 이사를 하면서 정든 친구와 학교를 떠나 본 경험이 있어서 십대 시절에 친구들과 헤어진다는 일이 얼마나 힘든 일인지 알고 있었다.

더군다나 아이들은 커가면서 부모와 집에서 보내는 시간보다는 친구들과 보내는 시간이 많아지기 때문에 떠남의 아쉬움은 더 클 수밖에 없었다. 친구를 사귀고 친해지고 나중에 헤어질 때 연락 자주하자고 하는데 막상 안 보이고 만나지도 않으니까 연락을 자주 안 하게 되는 것은 당연지사일 터. 눈에서 멀어지면 마음에서도 멀어진다는 것은 아이들에게도 예외는 아니었다.

그래서인지 요즘 우리 아이들의 희망 사항은 고등학교는 한곳에서 다니고 싶다는 것이다. 2012년 우리 가족이 유럽으로 떠날 때 아마도 이번 여행이 마지막이 될 거란 생각이 많이 들었다. 이런 생각을 하게 된 배경엔 경제적인 이유도 있었지만 어느덧 많이 커버린 아이들 때문이었다.

여행이 이어져 오는 어느 시점에선가 내 스스로 정한 마지노선은 아이들의 대학 입학이었다. 그때쯤이면 다들 성인으로서 각자의 진로를 선택하고 책임져 가야 할 시기라고 나름 생각했고, 아이들에게도 오래할 수 있는 친구가 필요했기 때문이었다.

젖먹이 때부터 부모를 따라 나선 아이들에겐 부모가 가는 발길을 따라간 뿐 별다른 선택지가 없었다. 그랬던 아이들이 뉴질랜드에서 머물던 시기에 사춘기를 겪기 시작하더니 정신적으로도 많이 성숙해져서 어느 순간부터 자기 의견을 말하기 시작했다.

아마 내 기억 속에는 뉴질랜드를 떠날 때부터인 듯하다.

이런 게 계기가 되어 일본행도 결정을 했었고 이제 유럽을 가게 되면 아이들 친구 문제, 학업 문제와 진로 설정을 위해서도 다른 곳으로 섣부르게 움직이는 건 무리가 있다고 생각했다. 이런 생각을 하던 중 아니나 다를까 유럽에 도착해서 이곳저곳을 여행하는 도중에 아이들이 이런 말을 했다.

"아빠, 고등학교는 한곳에서 다니고 싶어요."

베를린 체크포인트 찰리에서 아빠와 진

참으로 긴 시간 지구를 몇 바퀴 돌 정도로 여러 나라에서 살아 보고
여행했지만, 진이의 이 한마디가 뇌리에 꽉 박혔다.

'다른 소원이 있는 것도 아니고 한곳에서 학교를 다니고 싶다는데
그렇게 해야지'

그게 이십여 년을 야생에서 잘 자라 준 아이들에게 내가 해줄 수 있
는 최소한의 선물이라고 생각했다. 벌써 독일에서 머문 지 3년 반이 넘
어간다. 미국에서 5년을 산 뒤로는 가장 오래 머무는 곳이다.

두 아이 모두 대학을 갈려면 아직 1년 반에서 2년 반이란 시간이 더
필요하다. 나는 독일에서 1년 전에 마음을 빼내 이미 다른 곳으로 향하
였지만 아이들과의 약속을 지키기 위해 요즘도 독일을 들락날락거린
다. 작년엔 중앙아시아로 떠나 진정한 유목민의 생활을 해보고 싶어서
그쪽 나라를 한참 뒤지고 다닌 끝에 키르기스스탄으로 홀로 떠날 마음

을 먹었다. 키르기스스탄에 묵을 숙소도 알아보고 머물며 무엇을 할지를 상상하며 떠나기 위한 마지막 준비물 비행기 티켓을 예약할 일만 남겨 놓았다.

"진아, 이리 와서 아빠 좀 도와줄래."
"뭔데요?"
"키르기스스탄 비행기 티켓 예약."
"아빠, 우리 키르기스스탄 가요?"
"……"

예약 사이트가 온통 독일어로 되어 있어서 혹시 실수할까 봐 아들에게 부탁을 하였다. 예약에 필요한 곳을 하나씩 채워 가고 있는데 인원수를 넣는 곳이 나왔다. 내가 한 명이라고 기입하자 진이가 대뜸 물어봤다.
"아빠, 네 명이 아니고 왜 한 명이에요."
"엄마랑 너희들은 여기 있어. 고등학교는 한곳에서 나오고 싶다며. 이번에는 아빠 혼자 다녀올게."
잠시 뭔가 할 말이 있다는 듯 나를 쳐다보더니, "아빠, 우리도 함께 가요. 나는 다 포기할 수 있어요. 항상 그랬듯이 같이 가야지, 아빠 혼자 가면 어떡해요?"
눈가에 눈물이 그렁그렁해진 아들이 놀라고 당황스러운 표정으로 나를 쳐다보았다. 내 스스로도 아들의 그 한마디에 적잖이 놀랐었다.

'오, 자식 의리 있는데'라는 생각이 들면서 한편으론 아비가 자식만도 배려를 못 하는구나는 생각이 들었다.

'잘 살고 있는 가족들을 내가 또 한 번 요동치게 하는구나'

'이번엔 한곳에서 고등학교를 졸업할 수 있도록 한다고 약속했는데'

나는 하릴없이 예약사이트를 없애 버리고 아들에게 이야기했다.

"아빠, 너희들 고등학교 졸업 전에는 아무 데도 안 갈게. 미안해."

그래서 마음은 먹었지만 아이들을 위해 잠시 그 계획을 뒤로 미루었다. 하여간 아이들은 지금 독일 베를린에서 학교생활을 잘해 나가고 있고, 고등학교를 한곳에서 다니고 싶다는 그 소망도 이루어질 듯하다.

어느 아침인지 기억이 나질 않는다.

하여간 그날 아침 책을 보다가 '순례자'라는 짧은 몇 줄의 글을 읽고 내 삶의 모습과 흡사함을 느껴 적어 둔 글귀이다.

길 위의 인생이라

안주하지 마시길

짐 늘리지 마시길

방향 잃지 마시길

마치 우리 가족의 삶을 네 줄의 짧은 글로 표현해 주는 것 같아 내 마음에 절절히 다가온 글이다. 1998년 멕시코로 떠난 이후 오늘날까지 우리 가족의 삶은 낯선 곳 어느 길 위의 삶이었던 듯하다. 지구라는 거대한 땅 덩어리 위에 존재하는 수없이 많은 도시의 길거리를 헤매었

프랑스 몽마르트르 언덕을 내려오는 길에

다. 훤한 대낮에도 우리가 어디에 서 있는지 어디를 향해야 하는지 갈
피조차 잡을 수 없는 짙은 암흑 속 같은 길 위를 하염없이 두리번거려
야만 했다.

그러다 어느 순간, 두 발이 나를 이끌어 갈 정도로 그 도시의 길들
에 익숙해졌을 때, 우리 가족은 또 다른 낯선 도시를 향해 짐을 챙기고
하루가 채 지나가기도 전에 끝을 알 수 없는 또 다른 길 위에 서 있는
우리들을 발견할 수 있었다.

지난 시절 우리 가족도 몇 번의 안주할 수 있는 기회가 주어 졌고
오랜 고민을 했었던 적도 있었다. 미국에 들어가 5년을 넘게 살면서 가
장 많이 들었던 말 중에 하나가 '영주권'이었다. '영주권' 말 그대로 미
국 땅에서 영원히 거주할 수 있는 권리. 그 권리를 얻기 위해서 내 주
변에선 노예처럼 일을 하기도 하고 속상해 눈물도 흘리고 배신도 당하

고 심지어 사람을 죽이기까지도 한 것을 본 적이 있다.

누구나 순례자의 삶을, 유목민 같은 삶을 꿈꾸지는 않는다. 오히려 대개는 터를 잡고 살고 싶고 안정적인 생활을 하고 싶어 한다. 그러기에 그 땅에 뿌리를 내리고 살고자 하는 이민자에게 절실한 그 한 가지가 바로 영주권이다. 취업 인터뷰를 가면 의례적으로 던져지는 질문이 있다.

"영주권 있나요?"

"아직 없습니다."

"우리 회사에 들어와서 일 잘하시면 영주권 스폰서를 해줄 수 있으니 열심히 하세요."

"저는 영주할 생각이 없으니 근로 조건만 이야기해 주시죠."

"……?"

미국에서 5년의 시간이 흐른 어느 날 직장에서 돌아온 아내가 말했다. "여보, 정말 좋은 소식이야! 회사에서 영주권 신청하라는데 너무 잘됐지?" 아내는 이제 맘 편하게 살 수 있을 거라며 너무나도 기뻐했다.

"우리도 집을 사자. 음, 100만 불 정도 되는 집을 알아봐도 될 것 같아." 그러면서 말을 덧붙였다.

"아, 그리고 자기가 그렇게 타고 싶었던 벤츠도 한번 알아봐. 우리에게도 이런 꿈만 같은 일이 일어나네."

"정말! 진짜로 벤츠로 바꿔도 돼?"

"우리도 드디어 아메리칸 드림을 이루는구나!"

하지만 그러고 난 1년 후 우리 가족은 5년간 쌓아 왔던 모든 것(영주권 신청의 기회를 포함해)을 놓아두고 아예 미국을 떠나 버렸다. 그렇게 떠나지 못했다면 정말 영주권이 말하듯이 미국에 영원히 살아야만 할 것 같았다.

처음엔 나 또한 신이 난 것을 부정할 수는 없다. 이제 더 이상 1년씩 비자를 갱신하지 않아도 되고 신분이 확실하니 불이익을 당할 걱정도 할 필요가 없었다. 또 열심히 살다 보면 시민권도 나올 것이고 모든 게 탄탄대로일 것만 같았다. 아내의 말처럼 아메리칸 드림의 완성을 위해 며칠 사이 집을 알아보고 새 차를 보러 다니면서 내 마음은 한껏 들떠 있었다.

그러던 어느 날 이런 생각이 불현듯 들었다.

'내가 100만 불짜리 집을 사고 벤츠를 가지게 되면 우리 가족의 인생은 더 이상 우리 자신의 것이 아니고 은행에 담보로 잡힌 은행의 소유물이 되겠구나' 뭔지 모를 불길한 예감이 흥분 상태에 있던 나에게 찬물을 끼얹었다.

난 우리 가족의 삶을 저당 잡혀 집과 차를 사고 싶지 않았다. 난 우리 가족의 삶이 은행의 종이 위에 갇히길 원하지 않았다. 아내와 나는 더욱 많은 시간을 회사에서 보내야 할 것이다. 우리 집을 지키기 위해서 우리는 떨어져야 하고 멀어져야만 한다. 아이들도 홀로 자라야 하고 어느덧 시간이 지나면 훌쩍 커있을 것이다. 난 내 삶의 전부를 이렇게 보내고 싶은 생각이 추호도 없었다.

이런 추측이 확신으로 바뀌자 그때부터는 주저하지 않았다. 마침 영주권이 손안에 들어올 때가 오히려 우리 가족이 미국을 떠나야 할 때라는 확신이 들었다. 그렇게 우리 가족은 과일이 여무는 나무를 뿌리째 뽑아 버리고 그 땅을 떠났다.

2011년 봄 우리는 두 번째로 영주권 취득의 기회를 차버렸다. 그 일이 벌어지기 몇 달 전 뉴질랜드의 한 마트에 취직을 하였다. 물론 그곳에서도 미국과 마찬가지로 일을 잘하면 영주권 스폰서를 해주겠다고 했다. 일반적으로 이민자에게 영주권 스폰서란 의미는 "일은 열심히, 많이, 시키는 대로 하고 임금은 주는 대로, 최소한으로, 군말 없이 받고 영주권이 나올 때까지 인내할 수 있느냐?"라는 뜻이다. 난 미국에서처럼 "영주권은 나중에 말하고 근로 조건이나 이야기하시죠."라고 말했다.

단호하게 거부하지 못할 정도로 직업만 있다면 뉴질랜드는 더 없이 살기 좋은 나라였다. 하지만 혹시나 했던 스폰서의 의미는 역시나 '뽑아 보고 못 버티면 할 수 없지'였다. 2년을 참을 수 있으면 영주권은 나올 텐데 난 전혀 그럴 의사가 없었다. 나는 변호사도 선임하고 서류도 다 준비했지만 스폰서에게 내 인생의 2년을 바치기도 싫었고 이런 불안한 편안함은 아무런 의미가 없었다. 몇 달간 우리 가족이 안주하고픈 유혹에 시달린 그때가 우리 가족이 떠나야 할 때라는 걸 직감적으로 깨달았다.

돌이켜 보면 미국에서 밑바닥부터 차근차근 5년간의 시간 동안 쌓아올린 거의 완성된 아메리칸 드림을 차버리고 나온 후로 우리 가족은 웬만한 유혹엔 흔들리지 않는 엄청난 내공(?)을 갖게 되었다.

한 번 큰 걸 휙 던지고 나니 그다음부터는 고민의 시간이나 결단이 훨씬 줄어들고 단호해졌다. 우리 가족이 아니 정확하게 말하면 내 마음이 편한 곳은 속박받지 않는 자유로움이 있는 길 위다. 내 의지로 서 있는 길 위에서 동서남북 어디든 갈 수 있고 그 길 끝엔 우리 가족이 잠시 머무를 따뜻한 보금자리와 우리 가족을 반겨 줄 좋은 사람들이 있다는 믿음이 있기에 오늘 밤도 나는 또 다른 길을 떠날 채비를 하고 있다.

나는 '길' 위에서 모든 유혹을 내려놓고 편하게 숨을 쉬며 안주할 수 있다. 나는 내려놓은 게 아니라 다른 선택을 했다. 한 번뿐인 내 삶의 시간을 어떻게 쓸 건지, 어느 쪽에 의미를 둘 건지를 선택한 것이다.

순례자2.
짐 늘리지 마시길

예측할 수 없는 삶의 길에서, 우리 모두는 각자 주어진 삶의 순례길을 걸어간다. 굳이 따지자면 커다란 배낭에 짐을 가득 넣고 떠나는 스페인의 산티아고 길이나 삼보일배로 오르는 차마고도를 걷지 않는다 해도 우리 모두는 순례자의 삶을 살아가고 있는지 모르겠다.

이렇듯 삶의 여정길에 오르든, 여행길을 떠나든 길 위에 선 순례자들이 유념해야 할 덕목 중 하나는 '짐을 늘리지 말아야 한다'는 것이다. 미지의 머나먼 곳을 향한 순례자의 발걸음을 무겁게 하는 짐에 대한 욕심은 떠남을 선택한 자들이 꼭 내려놓아야 할 첫 번째 관문이다.

약 20년간 이주와 정착을 반복해 온 우리 가족의 짐이 어떻게 변해 왔는지 적어 본다.

1998년 멕시코로 떠나던 해, 아내는 신혼 때 장만한 몇 가지 새살림을 20피트 컨테이너에 실어 그 먼 멕시코 땅까지 가지고 왔다. 휑하던 멕시코 아파트는 서울의 살림이 들어오자 금세 편안한 신혼집같이

유럽에 도착한 첫날 이스탄불의 숙소에서 짐을 풀며

변하였고 우리 부부는 신혼살림이라는 특별함으로 인해 그것들을 더 애지중지하게 되었다.

2001년 미국에 들어갈 때 우리는 이민 가방 4개를 가지고 떠났다. 그 당시는 40kg까지도 항공기에 실을 수 있던 시절이라 꽤 많은 짐을 가지고 갔지만, 그 짐 가방에 뭐가 들었었는지는 정확한 기억이 없다. 자동차 한 대에 짐이 다 안 들어가 택시를 불러 싣고 가다가 두 차의 길이 엇갈리는 통에 가족까지 잃을 뻔했을 정도로 비행기가 허용하는 최대치를 가져갔다. 어쨌든 처음 얻은 아파트에서 신문지를 깔고 냄비 하나에 편의점에서 산 종이접시로 라면을 끓여 먹은 기억은 확실하게 나는 걸로 미루어 짐작컨대, 가져간 살림살이라고는 전혀 없었던 모양이다.

2007년 중국 대련에 도착했을 때 우리는 이민 가방 2개와 작은 가방 2개를 들고 있었다. 가방 속엔 옷과 음식재료를 가득 채워 가져갔다. 중국에선 집과 살림 전체를 함께 렌트하는 방식이라 별반 준비할게 많지 않았다. 계약할 때 집 주인에게 요구해서 커다란 LCD 텔레비전, 청소기, 에어컨 등을 새로 받았다. 물론 모든 것은 다 중국 주인의 소유이고 우린 잠시 빌려서 사용할 뿐이었다.

2009년 뉴질랜드로 떠날 때 우리 가족은 승용차 트렁크에 작은 가방 4개와 개인배낭을 가지고 떠났다. 집을 얻고 나서 매 주일마다 벼룩시장과 야드세일(yard sale), 중고물품 거래 사이트를 통해 필요한 물건들을 구입하였다. 침대, 소파, 가전제품 등등 웬만큼 갖추는 데 2000불 정도(당시 160만 원) 들었던 걸로 기억한다.

2011년 오사카로 향하는 우리 가족은 짐 가방 2개와 개인배낭 4개를 갖고 가까운 일본으로 떠나게 되었다. 도심지 가까운 곳의 방 하나짜리 아파트에서 무릎 정도 오는 냉장고, 주전자 하나, 냄비 하나, 밥통 하나, 밥, 국그릇 8개, 다리미 하나, 쓰레기통 하나 이렇게 참으로 단촐하게 살았다. 짐이 많으면 누울 자리가 없을 정도로 작은 방이라 절대로 살림이나 짐을 늘릴 형편이 아니었다. 그래도 우리 가족은 세끼 밥 다 해먹고 아이들은 학교 다니며 잘 살아갔다.

2012년 유럽으로 향하는 우리는 여름 옷 가방 20kg짜리 2개와 핸드캐리 2개, 개인 백팩 4개를 가지고 떠났다. 어느 나라에 살 수 있을지 알 수 없는 이유로 옷가방은 지인에게 맡기고 백팩 4개를 짊어지고 2달을 돌아다닌 끝에 독일 베를린에 자리를 잡을 수 있게 되었다. 마침 베를린은 추운 겨울로 들어갈 즈음인데, 우리 가족의 가방엔 여름

옷뿐이었다. 고맙게도 지인의 가족이 건네준 외투 하나씩을 보급 받아 그 겨울을 보냈던 기억이 난다. 그리고 한인 민박집이 10여 년 쓴 낡은 살림살이를 인수해 지금까지 살고 있다.

그러고 보니 처음 컨테이너에서 시작된 짐의 크기는 약 20년이란 시간이 흐르면서 우리 가족의 수도 늘고 아이들도 자랐지만, 오히려 그 짐의 크기는 계속 줄어들고 있었다. 이제는 여행자의 짐보다 더 작아진 듯하다. 어쩜, 우리 가족은 태생부터가 순례자의 덕목을 깨달은 게 아니라 세월을 겪으며 순례자의 삶에 적응해 가고 있고 그에 걸맞는 삶의 지혜를 터득해 나가고 있는 듯싶다.

'비울수록 채워진다'

다들 아시겠지만 살림이라는 게 아무리 빈손으로 시작해도 살다 보면 무슨 살림이 그렇게 느는지 자고 일어나면 갈수록 집 안이 복잡해져 간다. 하지만 이런 당연한 이치를 깨닫는 순간 무거운 짐을 내려놓을 용기가, 빈손으로 떠나도 채워진다는 확신을 가지게 한다.

하여간 가방 4개로 시작한 베를린의 살림은 이제 40피트 컨테이너도 부족할 정도로 채워졌다. 고급스러운 새 것은 아니지만 사랑과 감사함의 손길이 담긴 귀한 중고물품들이다.

'그럼 떠날 때 손때 묻은 살림은 어떻게 될까?'

앞서 언급한 모든 나라에서 우리 가족이 살던 곳을 떠날 땐 올 때와 마찬가지로 오직 옷 가방 4개가 전부다. 그 외의 나머지 살림은 그곳에서 터를 잡고 살면서 살림이 필요한 자들의 몫으로 남겨 두고 떠나왔다. 전혀 욕심이 없어서라기보다, 다음 목적지가 어디인지 알지 못하고 떠나는 길이라 가져가고 싶은 짐이 있어도 보낼 곳도 부칠 때도 없고, 비싼 돈 내고 가져갈 만한 좋은 물건이 없기도 했다.

그래서인지 신혼살림을 장만한 이후로 20년간 아내는 새로운 살림이나 주방용품을 사지도 않았지만 특히나 그릇은 절대로 사지 않았다. 한번은 아내와 함께 백화점 구경을 갔다가 예쁜 그릇 세트가 빅세일을 해서 사주겠다고 했더니, 아내는 한참을 구경하고 만지작거리더니 한마디를 툭 던졌다.

"안 살래."

"왜? 싸고 예쁜데!"

"……못 가져가니까. 그냥 다 짐만 될 뿐이야!"

주부의 작은 행복을 포기하고 지금까지 부족한 살림을 잘 꾸려 온 아내의 한마디에 마음이 짠해졌다. 돌이켜 보면 나의 개똥철학은 현명한 아내의 삶 속에서 실현되고 있었다.

고맙고 사랑해 여보!

나와 아이들의 현재가
꿈의 실현일까?

어렸을 적부터 지겹게 들어오고 있고 내 스스로 하는 말 중에서도 단연 으뜸이 '꿈'이다. '꿈은 이루어진다'에서부터 시작해서 '꿈과 희망을 가져라', '꿈꾸는 자의 삶' 등등 꿈 이야기가 길거리와 책과 미디어에서 차고 넘칠 지경이다.

그런데 과연 꿈이란 무엇일까?

나는 꿈을 이루기 위해서 현재를 사는 게 아니라 하루하루 현재를 사는 나라는 사람이 만들어 가는 삶의 모습이 모여 내 꿈이 된다고 믿는다. 그러기에 나는 매일매일 꿈을 꾸고 이루며 산다. 혹자는 세계 일주가 내 꿈이었느냐고 묻기도 하고 세계 일주가 자기 꿈이라고 나에게 말하기도 한다. 언젠가 신문 지상에 나온 기사 속에서 한국인의 베스트 꿈에 대한 기사를 보았는데 20페센트가 넘는 압도적인 수치로 세계 일주가 1위를 차지하였다.

그럼 이런 꿈을 이룬 나와 우리 가족은 언제부터 이런 꿈을 꾸었을까? 돌이켜 보면, 우리 가족은 20여 년의 세계 일주를 꿈꾸어 온 게 아니라 20년 동안 하루하루를 열심히 살아왔고 그렇게 가족들과 함께 살아온 날들이 모여 '20년의 세계 일주'가 된 것이다. 거꾸로 뒤집어서 내가 어느 날 20년간 세계 일주를 해볼까 하고 계획을 세우고 루트를 정하고 비자와 돈과 가족 구성원까지 다 정하였다면 가능했을까? 이걸 무슨 수로 기획하고 막연하게라도 꿈을 꾸고 상상할 수가 있을까?

만약 내가 그랬었고 그렇게 맞아떨어졌다면 난 이미 신의 경지에 들어선 사람일지 모른다. 내 가족과 세계 일주를 처음부터 생각한 게 아니라 세상의 물결이 치는 대로 남들처럼 흔들리는 배 위에서 내 가족과 함께 흐르는 결대로 살아왔을 뿐이다. 한 가지 덕담을 스스로에게 해준다면 안주하지 않고 떠나기 위해 무던히 노력했고, 결국 그 삶을 살아 냈다는 정도이다.

우리가 살아가는 삶을 돌이켜 보면 내 마음대로 됐던 일이 몇 가지가 있었을까? 혹 이 글을 읽고 있다면 지금 바로 내 글에서 눈을 떼고 자기가 살아온 날을 되짚어 보자.

그리고 적어 보자.

내 삶의 많은 일들 중 내 마음대로 된 일이 몇 개나 있었는지? 참고로 난 몇 개는 있다. 그렇지만 대부분은 영 신통치 않았다. 삶 전체가 내 계획대로 됐다는 사람이 있을지라도 난 그가 부럽지 않다. 다 내 맘대로 되는데 뭘 그리 오래 살 필요가 있나 싶다. 이건 마치 방송이 끝나 결말을 알고 있는 드라마를 다시 보는 격이랄까. 꿈을 꾸고 그곳만 바라보고 가는 삶은 아름다워 보이고 멋지게 포장할 수 있을지 몰라도

우리 집 아이들이 가장 즐거웠다는 하와이. 다음엔 너희들 돈으로 함께 가자

상당히 지루해 보인다.

또한 그 꿈을 이루고 나면 그때는 또 다른 꿈을 꾸고 또 매진해 살 것인가? 평생 꿈을 꾸고 노력하고 이루고 또 꾸고 이루어도 다람쥐 쳇바퀴요, 못 이루어도 쳇바퀴 위의 일뿐이라고 생각한다. 난 다람쥐가 되고 싶지 않았고, 평생 꿈 숙제를 풀다가 죽고 싶지도 않았다. 지금, 현재 삶을 충분히 즐기고 열심히 살다가 어느 날 돌아본 나, 그 모습이 나의 꿈이다. 살다 보면 내가 걸어온 나의 발자취가 내 꿈의 자취이고, 그래서 나는 인생 전체로 매일매일 꿈을 만들고 이루는 사람이라고 자부한다. 물론 자기만족일 수는 있겠지만. 하여간 꿈같은 건 잘 때나 꾸는 거지 눈 떠 있는 현실에선 즐겁게 살자는 것, 그게 바로 내 꿈인 셈이다.

그럼 우리 아이들의 꿈은 무엇일까? 아직은 아이들이 무엇을 선택하고 어떤 길로 나갈지는 잘 모르겠지만 내가 바라는 아이들의 모습을 잠시 상상해 본다.

외국을 오래 돌아다니며 듣는 말들 중에 아이들 교육에 관한 이야기는 그중 으뜸의 주제이다. 특히, 아이들의 외국어 실력과 함께 한결같이 묻는 것이 "나중에 무얼 할 거냐?" 혹은 "뭘 시킬 것이냐?" 등 아이들 진로에 관한 질문들이 주를 이룬다.

하지만 우리 부부는 아이들에게 가급적 이런 질문을 하지 않는다. 아직 자신의 숨겨진 가능성을 발견해야 할 시기인데다 나의 세계관이나 세상의 가치를 따라 나도 모르게 아이들에게 진로를 선택 강요하길 원치 않아서이다. 아이들이 커가면서 가지는 여러 가지 꿈과 이상이 있고 그러한 것들은 매년 매월 여러 상황에 따라 수시로 바뀌어 나가는 모습을 옆에서 지켜보고 들어 주는 게 나의 몫이라 생각하며 스스로 자중하려고 노력하기도 한다.

대개의 한국 부모들이 그렇듯이 나도 어릴 적부터 '사'자 돌림의 직업을 귀에 못이 박히듯 들어 왔었고, 오늘날도 대부분의 부모님들은 자식이 그렇게 사회에서 대우받고 물질적으로 넉넉한 삶을 누릴 수 있는 직업을 갖길 원하는 건 인지상정일 것이다. 하지만 우리 가족은 그 부분에서 약간은 다른 시각을 갖고 있으며 조금은 더 이기적인(?) 생각을 가지고 있다.

예를 들어 의사라는 직업을 보자. 신문 지상에서 본 기사에 따르면 대학의 서열에 맞춰 우선 전국의 모든 대학 의과대에 줄을 세우고 그 다음에 상위권 대학과 전공을 따진다고 하니 과연 한국에선 의사가 최고 인기 직종인가 보다. 다른 전공자들보다 훨씬 많은 시간을 공부하고 실습 생활을 하며 각고의 노력으로 얻는 타이틀이 의사라는 직업임엔 틀림없다. 그들은 병과 고통에 신음하는 가장 어려움에 처한 이들을 돌보고 치료하는 아주 고귀한 직업이니 존경받고 대우도 그에 합당하게 많이 받는 것이 정상일 게다.

하지만 우리 부부는 자식들이 의사가 되기를 바라지 않는다. 무슨 멋있는 이유가 있어서가 아니라, 약간 뒤틀어서 내 자식 관점에서 생각해 본 것이다. 오직 사회적으로 인기 있는 직업으로 얻는 돈과 명예를 위해 젊은 청춘의 시간을 도서관과 소독내가 풍기는 병원에서 보내고, 본인은 일하느라 쓰지도 못하는 돈을 벌고, 집에다 고스란히 갖다 주면서도 아내와 자식에겐 함께 못 해서 미안해하고 더군다나 남의 자식 좋은 일만 시키는데 뭐하러 내 자식을 그 어려운 길로 보내겠는가.

세상에서 존경받고 대우받는 직업들은 변호사도 그렇고 의사도 그렇고 다들 세상 살면서 가장 곤혹한 처지에 처했을 때 찾아가서 도움을 청하는 사람들과 만나는 직업인데 그런 직업을 어떠한 소명의식이나 명분도 없이 돈이나 명예를 위해서 점수가 되어 지원하고 얻게 된다면 거기에서 무슨 행복과 자기만족을 누릴 것인가? 혹여, 모든 '사'자 직업을 가진 이들이 다 그런다는 건 아니고 그냥 혼자 상상해 본 거니 너무 열을 받지는 마시길 바란다.

하여간 이런 개똥철학의 끝은 결국 자식 이기주의로 귀결되어, 내 자식들은 돈과 명예가 없어도 몇 푼 벌어 식구들과 한 상에서 밥 먹고 가까운 공원에라도 손잡고 다니고 자기 일에 즐거워하며 살 수 있는 직업, 그런 직업을 얻길 원한다. 그래서 나중에 내가 늙어 어느 날 시내에 나갔다가 "진아, 아빠랑 점심 먹을 시간 있어?" 하고 별안간 물을 때도 흔쾌히 "네, 어디세요?" 하고 뛰어나올 수 있는 그리고 한 시간 정도 이야기 나누며 점심 먹을 수 있는 그런 직장에 다니길 바란다. 물론 자기 일을 해서 사장님이 되어 더 많은 시간을 내주면 좋겠지만 말이다.

하여튼 난 내 자식에게 본인이 원하지 않는 어려운 공부나 일은 전혀 시키고 싶지 않다. 특히 남들이 좋다고 하는 직업은 더더욱 싫다. 부모 보기에 좋고 남에게 내세우기 좋은 건 다 필요 없다. 내 자식이 행복해야지.

지금 우리 가족이 살고 있는 독일을 보면 사회가 공평하고 투명하다는 생각이 든다. 임금 격차에 대한 지표를 보면 의사가 100을 벌 때 웨이터는 60을 버는 사회가 독일이다.

그럼 한국의 경우는 어떨까?

한국은 의사가 100을 벌 때 웨이터가 10을 버는 구조라고 한다. 이렇게 노동에 따른 소득의 차가 극명하게 갈리다 보니 한국 사회에선 무리해서라도 대학을 보내고 의사를 해야 하고 중소기업보다는 대기업을 비정규직보다는 정규직이라는 이분법적으로 구분된 사회가 되어버렸다.

이와 달리 독일 사회는 60을 버는 웨이터가 100을 버는 의사의 노동의 질과 가치를 충분히 납득하는 사회이다. 왜냐하면 웨이터는 60의

임금으로 충분히 자기 가족을 부양하며 세금도 내고 연금 혜택도 받으며 정상적인 사회생활을 영위할 수 있기 때문이다.

세계 최고의
노후 연금

우리 부부가 남들에게서 자주 듣게 되는 질문들 중 하나가 노후 대비에 관한 것이다. 한국 사람들처럼 미래를 불안해하고 젊어서부터 많은 것을 희생해 가면서 노후를 대비하는 나라도 드물 것이다. 이렇게 오랜 시간 대비를 하여도 막상 현실 속에 비친 우리의 모습은 그다지 완전해 보이지 않는다. 자녀의 학자금이나 결혼자금 그리고 의료비 등 굵직한 목돈을 몇 번 지출하다 보면 주머니에 남는 게 얼마 안 되는 것이 우리 세대 어른들의 모습이자 현실이다.

선진국들은 오랜 시행착오를 거쳐 체계화된 사회 복지 시스템으로 기본적인 노후 생활을 보장해 주지만 우리 사회는 지금 여러 시행착오를 겪는 중이라서 그런지 미래에 대한 관심만큼 불안감도 커져 가는 듯싶다. 주기적으로 노후 연금 문제가 커다란 사회 이슈가 되고 국민연금 문제도 심심치 않게 보도되어 사회적 계층적 불안감을 조성하고 있으니 주변의 지인들이 정처 없이 떠돌아다니는 우리 부부에게 걱정스럽게 노후 대비에 관해 물어보는 건 어쩜 당연한 일인지도 모르겠다.

젊은 시절 한 20여 년을 외국으로 떠돌아다니다 보니 흔히 말하는 4대 보험의 혜택은 전혀 기대할 수도 없거니와 매번 벌어 먹고사는 데 급하니 남들처럼 연금이나 저축을 기대하는 것도 난망한 건 사실이다. 게다가 겉으로 보기엔 영락없는 베짱이 과의 가족들이기에 젊어서 한여름엔 노래 부르고 춤추며 이 나라 저 나라 유람하며 보내다가 추운 겨울이 오면 오갈 데가 없어 누군가에게 손을 내밀어야 하는 처지에 처하지 않을까 걱정이 많이 되시는 듯하다.

물론, 우리 부부도 이 시대를 사는 사람들인지라 이 부분에 대해 초연하다고 말할 수는 없다. 그래서 실제로 이런 질문을 받을 때마다 걱정도 되고 무슨 계획도 세워야 할 거 같아서 잠시 동안은 불안해하기도 한다.

그런데 왜 그 불안함이 잠시 동안만인지는 우리도 궁금하다. 조금 오래 고민해도 될 일인데 말이다. 고쳐서 생각해 보면 잠시 동안이지만 대개의 노후 대비가 되었기 때문일지도 모르겠다. 우리가 생각하는 노후 대비란 게 특별한 건 아니다.

다만 남들과는 조금 순서를 바꾸어 산다는 정도이다. 우리는(정확히는 나 혼자) 젊어서 놀고 늙으면 일하자는 주의이다. 이 순서가 내 나름대로 합리적이라고 생각하는 이유가 있다. 나이 먹어서 놀러 다니며 그것 자체가 즐거움이 아니라 고역이 될 공산이 크다. 좋은 음식은 이가 안 좋아 못 먹고 좋은 곳은 다리가 아파 못 가고 뙤약볕에 목에 카메라 메고 가이드 따라다니는 것이 보통 힘든 일이 아니다.

그러다 보니 젊고 힘 있을 때 신나게 놀고 환갑 정도가 되면 그때부터 터를 잡고 가게를 하나 시작할 생각이다. 가게라고 해봐야 크고 번잡한 가게가 아니라 늙은 노부부 밥값 정도 나오고 소일거리 할 정도의 가게를 말하는 것이다. 여러 나라에 살아 보니 어떤 아이템으로 어느 정도의 비용이면 우리 둘이 먹고살 수 있을지 대충 감이 나온다. 늙어서 큰돈을 벌 이유도 없거니와 이렇게 열어 놓은 가게를 멀쩡한 두 사람이 운영하는 덴 지장이 없을 것이다. 매일 아침에 나가 일을 할 공간이 있다는 것은 장수의 비결이 될 듯도 하고 내가 벌어서 쓰니 남에게 아쉬운 소리 안 해도 되니 계획대로만 된다면 이게 최상의 선택일 듯하다.

젊어서 원 없이 하고 싶은 거 다 해보았으니 무슨 미련이 있겠는가? 나이 들면 조그만 가게에서 책도 보고 약간의 용돈을 벌 수 있는 노동도 하며 조용히 살다 가고 싶다.

또 한 가지 내 노후에 있는 특별한 계획이 하나 있다. 그건 다름 아닌 또 한 번의 세계 여행이다. 이 여행은 젊었을 때 우리 부부가 다녔던 나라를 다시 찾아가는 추억 되감기 여행쯤으로 여기면 된다.

처음 그 나라들을 찾았을 때 공항에서 우릴 반겨 준 이 하나 없는 낯선 곳이었지만, 지금은 우리 가족을 기다려 주는 그리운 이들이 살고 있는, 가고 싶고 만나고 싶은 그리운 땅들이 되었다. 우리 가족이 그곳에서 좋은 인연을 얻고 가꾸어 온 게 우리 여행이 가져다준 가장 큰 삶의 즐거움이었듯, 나이 들어 옛 추억을 나누고 밤새워 이야기 나눌 벗들을 다시 찾아보는 건 인생 후반기의 정말 아름다운 일이 될 거

라 믿는다.

일 년에 한 달 정도 가게 문을 닫고 일 년간 모은 돈으로 비행기 값과 여비를 모아 떠나면 그곳에서 먹고 자고의 문제는 옛 친구들이 알아서 해주리라 믿고 싶다. 물론 지금 이런 이야기를 건네면 다들 흔쾌히 동의해 주는데, 다만 기도하는 것은 모두들 내가 다시 찾아갈 때까지 몸 건강하게 잘 있기를 빌며 세상사 모진 풍파에도 큰 부침 없이 그 자리를 지켜 주길 바라는 마음뿐이다.

그래야 맘 편히 놀러도 가고 신세도 지지 않겠는가.

"노세 노세 젊어서 노세, 늙어지면 못 노나니."

바로 이게 나의 노후 계획이고 그동안 만났던 전 세계의 지인들이 바로 내 노후 연금인 셈이다.

II 20년 7개국의 유목일지

거꾸로의 세상,
멕시코

오렌지 주스

북아프리카에 위치한 튀니지를 여행할 때 들은 이야기이다. 11세기에 포르투갈에서 가지고 들어온 걸 계기로 그들은 오렌지를 포르투갈이라고 부른단다. 계절과 상관없이 목마를 때도 혹은 건강을 위해서도 남녀노소 누구나 좋아하고 애용하는 음료가 바로 포르트갈 주스 곧 오렌지 주스이다. 이렇게 전 세계 어디서든 사랑받는 오렌지 주스가 나에게는 아주 각별한 의미로 다가온다. 어느 날 이 오렌지 주스 한 병이 20년간 세계 일주의 단초를 제공해 주었기 때문이다.

1998년 초 우리나라는 초유의 IMF사태로 인해 온 나라가 혼돈과 절망에 빠져들고 있었다. 그 상황은 우리 가정에도 예외 없이 찾아와서 직장 초년 시절에 보너스랑 수당 등을 아껴 투자했던 주식은 하루가 다르게 폭락을 거듭하고, 은행 이자율은 끝없이 치솟아 올라서 전세대출 이자는 거의 두 배가 되어 정말 설상가상이요, 진퇴유곡인 상황에 처하게 됐다.

그런데 거기가 끝이 아니란 사실이 나를 더욱 아연실색하게 만들었다. 나는 그 당시 금융회사에 다니고 있었는데 어느 날 과장님께서 서류 한 장을 내미시는데 그건 보너스를 포기한다는 내용의 서류였다.

"현성씨, 여기에다 사인해."

"뭔데요?"

"보너스 자진 반납 동의서."

"이거 언제까지 해야 되는 거죠?"

"야, 묻지 마. 누구는 원해서 하냐, 그냥 해."

과장님이 뭔 죄인가 싶어 사인을 하고 치솟는 은행이자라도 줄여볼까 해서 총무부 사무실로 나가서 직장 1년차 직원에게 2천만 원 전세자금 저리 대출을 신청하려고 묻자, 당분간 회사에서 목돈 대출을 금지했다는 대답이 돌아왔다.

참으로 황당하기 그지없었다. 그날이 지나고 얼마 후에 찍힌 월급명세서를 보니 세금 떼고 백만 원 정도 들어왔는데 전세자금 이자 내고 공과금 내고 보험료 내고 남는 게 전혀 없었다. 하루는 직장에 다녀오니 아내의 얼굴이 밝아 보이지 않았다. 무슨 일인가 하고 조심스레 물어보자 아내가 대답했다.

"오늘 낮에 마트를 다녀왔는데 아이 줄려고 오렌지 주스 사려다가 너무 비싸서 못 사고 돌아왔어."

난 너무 어이가 없어서 "그게 무슨 소리야?" 하고 짜증을 냈다.

"꼭 필요한 거 외엔…, 돈이 없으니 망설이다가 그냥 왔어."

물론, 돈 2000원은 있었겠지만 그만큼 여유가 없었다는 말에 나는 참 기가 막힐 뿐이었다. 큰 금융회사에 취직해 열심히 일하고 월급을 받아 갖다 주는데 오렌지 주스가 얼마나 비싸기에 그거 하나도 못 사 먹는다는 건지…

도저히 그 상황이 이해가 안 되어 속에서 부글부글 끓어오르고 자존심도 상하는데 내가 뭐 어쩔 수 없는 상황에 더 화가 났다. 100% 오렌지 주스가 2000원 정도로 기억되는데 그 가격이 얼마가 됐든지 정상적(지금의 나에겐 비정상적인)으로 열심히 살아 봤자 오렌지 주스도 못 사고 돌아오는 삶이라!

이거 정말 환장하고 뒤집어질 일이었다. 평범한 삶, 안정된 삶이란 뭘까?

난 나름 명문 대학을 졸업해서 연봉 높은 금융회사에 입사했고 자식도 낳았고 그렇게 살면 큰 무리가 없이 남들처럼 살아질 줄 알았다. 회사에서 맡은 일 열심히 하고, 착실하게 살면 밥은 먹고살 줄 알았다.

더군다나 실적이 최우선시되는 영업소에서 신입 1년차로 금융 일번지 강남에서 가장 큰 영업소를 관리하고 회사에 돈 많이 벌어다 주면 대우해 줄 거라 생각했고 직업에 대한 자부심도 있었다. 1년 차에 내가 회사에 안긴 이익이 내 연봉에 수십 배가 넘었다. 그러나 그건 나의 큰 착오였고 세상은 그런 방식으로 돌아가는 순진한 곳이 아니었다.

나의 의지나 행위와는 상관없이 몰려오는 태풍으로 아내와 아이는 그 잘난 돈 2000원짜리 주스 하나도 못 사먹고, 하루하루 집에서 먹을 쌀을 걱정하고, 아이의 기저귀 값을 계산해야만 하는 그런 납득할 수 없는 상황에 처해 있었다.

상황이 그렇게 돌아가자 내 삶의 방향과 의미에 대해 생각하는 날이 많아지고 뭔가 잘못 돌아가고 있다는 생각이 짙어져만 갔다. 회사는 돈이 많지만 세상이 어지러우니 고통 분담이라는 미명 아래 최대한 돈줄을 걸어 잠그고 원래 계약했던 연봉도 주지 않고 분담이 아닌 전담을 시키고 있었다.

더군다나, 그 당시 보험회사는 이자율이 오르면서 더 많은 수익을 낼 수 있는 구조였음에도 불구하고 이런저런 핑계를 대며 사회 분위기에 편승해 회사만을 위한 최대한의 이익을 뽑아내고 있었다.

'만약, 그 상황이 반대였다면 회사는 나에게 보너스를 두 배로 지급했을까?'

'이 고비만 넘기면 나도 안정된 삶을 꾸려 나갈 수 있을까?'

'일을 해도 돈을 모으기는커녕 하루 밥 세끼를 먹고살기 위해 나는 빚을 내어 회사를 다녀야만 하는가?'

'이 상황을 부정하고 밖으로 나간다면 난 내 가족과 살아갈 수 있을까? 또 나가면 어디서 뭘 하며 살아가야 하나?' 등등 쉽게 풀리지 않는 어려운 문제들을 안고 한 달여간을 고민했다. 이윽고 나는 독립적인 어떤 결정도 할 수 없고 회사나 조직의 판단과 결정에 의존하고 복종해야 하는 삶, 그런 굴종에도 불구하고 내 이익보단 조직의 이익에 철저히 희생당하고 끌려가야 하는 삶, 어떤 저항, 또는 말 한마디도 못하고 버리면 버려지는 곳에서 벗어나야겠다고 판단했다.

질질 끌려가는 삶 속에서 안정과 생계유지의 수단을 구한다면 그건

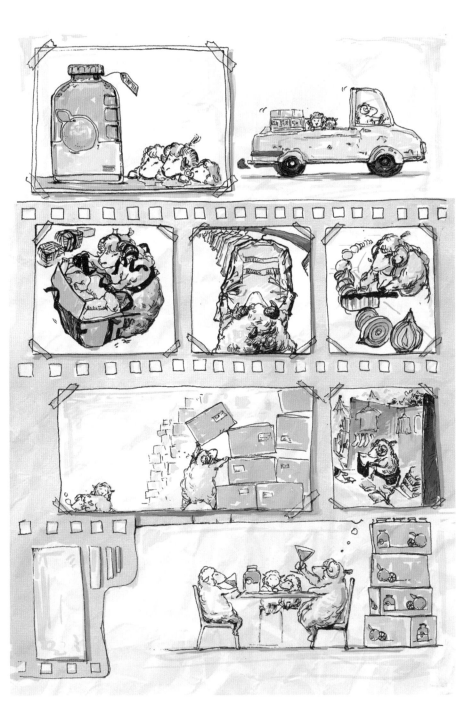

현대판 노예와 다름없다는 결론을 내렸다. 결국 나는 결정해야 했고 내 선택을 믿고 나가야만 했다. 그런 저런 고민과 생각으로 며칠을 고민하던 중 대학시절 교환학생으로 다녀왔던 멕시코가 떠올랐다. 교환학생 시절 멕시코는 나에게 꿈같은 곳이었다.

우리에게는 잘 알려져 있지 않은 낯선 곳이지만 그곳에서 보낸 1년은 내가 한국에서 20년을 넘게 살아오며 만들고 학습되어 온 모든 삶의 규범과 가치관, 그리고 고정관념과 편견이 깨져 버린 시간들이었다. 남미 특유의 여유로움과 정열이 살아 숨 쉬고 그들의 문화나 역사 특히, 삶을 대하는 태도에 흠뻑 빠져 버렸다. 더군다나 그곳에 머물면서 교류했던 한인 교포들의 생활상을 보면서 외국 생활의 환상을 품기 시작했었다.

몸담고 있던 회사와 사회에 대한 신뢰가 무너지고 내 인생을 이런 식의 납득 못할 상황에 놓고 계속 방황하고 마음을 다 잡지 못할 바엔, 일을 하는데도 월급을 받아 밥 세끼 걱정을 할 바엔, 정리하고 새 출발 하는 게 낫겠다 싶었다. 대기업 노동자라는 허울 좋은 노예 생활을 청산하고 '내 능력을 회사가 아닌 나를 위해 내 가족을 위해 써보자'라는 마음으로 회사에 사표를 내게 되었다.

사표 내기 전날 밤에 아내에게 이렇게 이야기했다. "더러운 회사 다니기 싫고 앞으로 내가 열심히 해서 오렌지 주스는 원 없이 먹게 해줄게. 우리 멕시코로 가자."

참으로 혈기방장한 시절이었다. 지금이라고 달라질 것은 없는 판단이었지만, 20대 후반의 내 나이에는 꼭 필요하고 적절한 선택이었다. 그런 연유로 오렌지 주스는 내 인생의 커다란 변곡점을 가져다준 것이었고, 그 이후 세계 어느 나라를 가든 우리 집엔 100% 오렌지 주스만큼은 항상 쌓아 두고 먹는다.

밖에 나가 살아 보니, 역시나 오렌지 주스 한 잔 먹기 힘들 때도 있지만, 온전히 내 책임이고 내 능력 안의 일이다. 남에게 착취당하고 남 때문에 그렇게 됐다고 핑계 댈 일도 없고, 오히려 온전히 내가 감당하고 받아들이게 되니 마음은 편안하다.

다행스럽게도 회사를 나와 지금까지 오렌지 주스를 먹고 싶을 때 못 먹은 적은 없었고, 그에 더해서 망고 주스, 사과 주스, 복숭아 주스 등등 덧붙여 우리나라에서는 안 파는 다양한 주스까지 100% 원액으로 원 없이 마시고 살고 있다. 돌이켜 세월이 많이 지난 후에 아내에게 물어보았다.

"그때 회사를 관둔다고 했을 때 왜 말리지 않았어?"

"남자가 젊었을 때 뭔가를 해보겠다는데 말리면 안 되겠다 싶어서."

그 한 번이 이렇게 긴 시간 동안의 유랑 생활이 될 거라곤 상상도 못 했다며, 그때 말렸어야 했다고 투덜댄다.

아내는 이렇게 푸념하기도 한다.

"괜히 그날 오렌지 주스 이야기를 꺼내서 이 고생길을 시작했다고. 그날 오렌지 주스 이야기 안 꺼냈으면 그냥 그대로 살았을까?"

"고마워, 여보. 오렌지 이야기를 해줘서 내가 내 마음에 불을 지피고 내가 원하는 대로 살 수 있게 해줘서."

하나 더 덧붙이자면, 외국 나가 산다며 떠난 우리 가족이 걱정되어 멕시코에 온 우리 어머니는 그곳에서 맛본 망고 주스에 완전히 반하셔서 지금도 망고 주스를 즐겨 드신다. 20년 전만 해도 한국에서는 맛보기 힘든 망고 주스였다. 그러고 보니, 우리 어머니가 호텔, 비행기, 식당을 나름대로 분류하는 기준 중의 하나가 바로 망고 주스이다. 망고 주스를 주느냐 안 주느냐에 따라 어머니는 고급과 저급으로 나눈다. 아마도 주스에 꽤 의미를 많이 두는 게 어머니를 닮아서인가 보다.

10페소(1달러), 식빵이냐 담배냐 그것이 문제로다

98년 봄 직장에 사표를 내고, 나는 가족을 두고 혼자 짐을 챙겨 멕시코로 먼저 들어갔다. 그 당시 아내에겐 뒤에 남아 전셋집 정리도 하고 이삿짐도 꾸리라며 뒷일을 당부하고 떠났다. 그 당시 집에 돈이 전혀 없었다. 직장이라 해봐야 고작 1년 3개월 다녔고 모아 놓은 돈이나 퇴직금은 계산하고 말고 할 것도 없었다.

설상가상으로 IMF시기라 환율이 1800원을 넘나들던 때라, 겨우 300불을 손에 쥐고 학생 때 보았던 환상을 쫓아 멕시코로 날아갔다. 처음 계획은 '들어가자마자 가족들이 오기 전에 최대한 빨리 집도 구하고 일거리도 구하고 해서 자리를 잡아 놓는다'라는 순진할 정도로 긍정적이고 희망적인 것이었다.

그런데 멕시코에 도착해 보니 상황이 녹록하지 않았고 내가 한국에서 그렸던 그림과 눈앞의 현실 사이에는 너무나도 많은 차이가 있음을 깨닫는 데는 그리 긴 시간이 필요치 않았다. 처음 멕시코에 도착할 때만 해도 큰 기대가 있었다. 사립 명문대학 교환학생으로 와서 공부했던 이곳, 많은 사람들이 호의 넘치게 대해 주었고 생각보다 싼 물가 덕에 한국에서는 한 번도 누려 보지 못한 호사도 누려 보았던 곳이었다.

특히, 교민분들이 사는 모습을 보고는 '저런 장사해서도 잘사는데'라는 치기 어린 자만심이 자리 잡고 있던 것이 문제였다. 역시나 시간이 시나브로 지나가면서 현실은 내가 생각한 장밋빛 전망과는 전혀 다른 방향으로 흘러갔다. 아니 정확히 얘기하면 제대로 흘러가는 흐름을 어리석은 내가 미처 깨닫지 못하고 객기와 오만을 부리고 있었다.

임시로 묵기로 했던 대학 동창의 집에 짐은 풀어 놓았지만. 친구도 그 당시에 '페리아'라는 '지방 축제를 떠돌며 장사'를 하고 있는 처지라 거의 집에 머물러 있지 않았고, 2~3주 밖에서 장사하며 머물다 돌아오면 개인적인 볼일과 장사 뒷정리에 얼굴조차 보기 힘들었다. 3년 전 이곳으로 교환학생 신분으로 와서 1년간 머물 때 안면을 터놓았던 분들도 다들 생업에 종사하는 처지라, 3년 후 사회인이 되어 다시 만난 분들은 같은 분들이지만 대하는 태도는 사뭇 다를 수밖에 없었다. 멋모르는 학생 때 아무 이해관계도 없는 유학생과 이젠 그곳에서 생업을 찾고 같이 일해야 하는 사회인으로서의 나는 또 다른 존재였다.

특히나 사회생활 경험이 일천하고 갖고 온 재산도 없는 나와 이미 자리를 잡은 교민들과의 생활환경이나 사회적 지위는 많은 차이가 날 수 밖에 없었다. 그러다 보니 도착하고 처음 며칠 인사를 드린다는 핑계로 가게나 사무실을 찾아가 보고, 일신상의 이야기를 잠깐 나누고 나면 딱히 할 말도 없었고 "다들 앞으로 어떻게 할 거냐고?" 물어만 볼

힘든 시기 나를 버티게 해준 이 세상 최고의 비타민이자 영양제

뿐이었다.

나 역시 뚜렷한 계획도 없이 무작정 들어온 거라 할 말도 없고 하니 자연스레 발길을 끊게 되었다. 그렇게 하루하루 지나며 이젠 가야 할 곳도 없어지고 오라는 데도 없고 하다 보니, 친구 집에 하루 종일 머무르는 시간이 많아지고 마음은 초조해지면서 '내가 뭔가 큰 착각을 한 거구나'라는 상황 인식이 또렷해지던 어느 날이었다.

그나마 처음 쥐고 갔던 돈 300불이 바닥이 나고 이젠 내 손에 단 돈 1불이 남게 되는 날이 왔다. 마침 친구는 지방에 장사를 나가 없었고 집에는 먹을 게 하나도 없었다. 그렇게 한 이틀 정도를 굶다가 이젠 거의 한계 상황이 와서 주머니를 뒤지니 돈은 달랑 10페소가 있었고 그때부터 나는 남은 10페소를 어떻게 쓸까? 고민하기 시작했다.

그 고민의 실체라는 게 10페소짜리 식빵 한 봉지를 살 것인가? 아니면 10페소짜리 담배 한 갑을 사느냐의 문제였다. 훗날 그 당시 일을 적어 놓은 수첩에는 하루 온종일 담배, 식빵 이 두 가지를 가지고 어떤 선택을 해야 하나로 그날 하루를 다 썼던 글이 써져 있다. 돌이켜 보면, 그렇게 하루를 보낼 정도로 할 일도 없이 집에 묻혀 있었고 그 알량한 자존심에 밖에 나가 누구에게 점심 한 끼 얻어먹을 주제도 안 되었던 것이다. 참 한심했던 시절이다.

그렇게 오후가 되고서야, 나는 집에서 걸어 나와 집 앞 구멍가게에 가서 '……?' 또다시 고민에 빠지고 말았다. 지금도 나는 가끔 사람들에게 "당신이라면 이 상황에서 뭘 사겠느냐?"고 물어보곤 한다.

나는 담배를 샀다.

나는 왜 담배를 택했을까?

그 당시 사용하던 수첩에 그날 내가 왜 담배를 택했는지 답이 나오는데, 뒷날 읽어 보면 나름 고개가 끄덕여진다. 나는 3일 정도를 굶고 있던 터라 너무나 배가 고팠다. 그런데 공교롭게도 식빵도 한 봉지에 빵이 20개 정도이고 담배도 한 갑이 20개비가 들어 있었다. 식빵을 사고 싶긴 한데 배가 너무 고파 식빵을 사게 되면 한 번에 다 먹을 판이었으나, 담배는 내가 아무리 배가 고파도 20개비를 한 번에 피긴 힘들다 보니 '담배를 사면 다만 며칠은 더 버틸 수 있겠다'라는 생각이 들었던 것이다.

그 당시 내 옆엔 담배라도 같이 있어 줄 친구가 꼭 필요한 상황이었다. 가족도 친구도 없고 지니고 있던 꿈과 희망은 현실 속에서 사라져 버린 즈음에 난 몹시 외로웠던 모양이다. 그렇게 멕시코에서 난 설 곳

멕시코 집 거실에서
마리아치 옷을 입은 진

이 없어지고 주머니에 10페소는 나의 모든 걸 걸고라도 선택해야 할
정도의 돈이 되어 있었고 가족들이 들어올 날이 째각째각 다가오고 있
었다.

처음엔 이상적인 꿈을 꾸면서 흔히 말하는 '객기'를 부려 멕시코까
지 무작정 달려 보았지만, 준비 안 된 자에게 주어지는 현실은 냉정할
뿐이었다. 아니 더 정확히 말하면 내 스스로 그 상황 속에 터무니없는
용기와 느슨한 상황판단으로 들어갔다고 하는 게 낫겠다.

다시 한국으로 돌아갈까도 생각했지만, 알량한 자존심이 남아 있어서 어떻게든 버텨 보자는 쪽으로 결론을 냈다. 아마도 20대 후반의 무모함과 두려움이 없었던 젊음이 이런 황당무계한 결정을 내리게 했을 것이다. 이후 닥쳐온 고비를 오직 민생고 해결이라는 하나만 생각하고 근근이 넘어오며, 나는 내가 가지고 있던 자존심과 자만심을 한 무더기 정도는 내려놓았던 것 같다.

오랜 타향살이 동안 눈물 쏙 빠지는 고생을 하면서 계속 내려놓고 있지만, 그날의 10페소짜리 고민은 지금도 또렷하게 내 기억 속에 남아 어려울 때나 힘들 때 끊임없이 되새김질해 보는 내 인생의 보물 같은 기억이고 추억이다.

아마 내가 살면서 가장 치열하게 고민했던 일 중의 하나라고 생각된다. 결국 나의 멕시코행은 내 기대가 현실과 얼마나 괴리가 심한지 또한 세상이 전혀 내 뜻 같지 않다는 것을 새삼 깨닫게 해주었고, 그 결과 난 전혀 다른 시각으로 세상에 접근해야만 살아남을 수 있다는 결론에 이르렀다.

Bara bara barato

이른 나이에 결혼을 하고 바로 아빠가 되었다. 뭐 이르다고는 해도 주변 친구들과 비교해서 그렇지 26세에 아빠가 됐으니 그리 빠른 것도 아니다. 하지만 대학 동기나 주변 친구들과 비교하면 어찌되었든 1등이다. 대학을 졸업하고 사회에 나온 이후로 내가 버는 모든 수입은 항상 가족과 함께 써왔다. 내 지론이 빨리 결혼해 자식도 얼른 키워 놓고

50세 전에는 부양의 의무에서 벗어나 자유롭게 세계를 돌며 사는 것이었다. 그러고 보니 그때도 세계 일주가 내 꿈이긴 했다.

그러던 어느 날 가족과 함께 외국을 나갈 생각을 품게 되었다. 물론 내가 꿈꾸던 세계 일주라는 거창한 계획으로 나선 건 아니고 앞서 글에 언급하듯 갑작스럽고 충동적으로 결정한 외국행이었다. 군대를 다녀오자마자 교환학생 프로그램으로 나가게 된 곳이 멕시코였다. 내 생애 처음 비행기를 타고 나가 보는 외국이 바로 멕시코였는데, 그곳에서 1년간의 학생시절은 나의 삶을 통째로 흔들어 놓았다고 해도 과언이 아닐 정도로 공부와 더불어 나 스스로 많은 깨짐을 경험한 시간들이었다. 한국에서 26년간 오롯이 배워 오고 가져왔던 가치관과 세계관이 그 뿌리채부터 흔들린 시간이었다고 해도 지나친 표현이 아닐 정도였다.

그렇게 멕시코는 학생 시절 나에게 너무나 매력적으로 다가온 미지의 세계였고 직장을 다니면서도 남미의 정열과 매력이 내 주위를 계속 맴돌고 있었음에 나의 세계 여행의 첫 번째 행선지는 자연스럽게 멕시코일 수밖에 없었다. 게다가 지금처럼 해외 여러 나라를 경험해 보지도 않았던 시절에 외국이라고 아는 데라고는 멕시코밖에 없었으니 달리 선택할 곳이 없었던 것도 사실이다.

젊은 혈기에 직장을 정리하고 무계획적으로 떠난 길이라, 낯설고 새로운 나라로 갈 만큼 도전적이거나 자유롭지 않았던 것도 사실이다. 그렇게 큰 부담이나 긴장감 없이 찾아간 첫 번째 나라 멕시코에서 그리 길지 않은 시간 안에 내가 깨달은 현실은 나는 더 이상 학생이 아니라 어떻게든 식구들을 부양해야 하는 한 집안의 가장으로 지위가 바뀌어 이곳에 와 있다는 사실이었다.

하지만 IMF가 터지고 직장도 1년 정도 다니다 그만두고 청운의 꿈만을 갖고 빈손으로 떠난 길이라, 버젓이 가게 얻고 물건 들여놓고 편안히 장사를 할 처지가 아니었다. 빈손으로 떠났다 해도 어떡하든 처자식과 먹고살아야 하니 뭔가를 하긴 해야 했지만 막상 민생고를 해결하려니 앞이 막막하였고 달리 직장을 구할 엄두도 못 냈었다.

여러 날 고민해 봤지만 내가 할 수 있는 건 길거리 노점 장사밖에 없었다. 남미에 사는 한인 교포들은 대체적으로 의류 수입 도소매상을 주로 하고, 그 외 악세사리나 가방, 모자, 생활잡화 등도 많이 취급하였다.

내가 살았던 과달라하라도 한국분들이 오래전에 터 잡고 살면서 사업을 하는 분들이 이십여 가구 정도가 있었다. 유학생 시절에 교민 모임이나 오다가다 인사를 나눈 분들이 있어서 처음에 밑천 없이 시작할 때 그 분들의 도움을 많이 받았었다.

처음엔 아직 남아 있는 자존심에 손도 못 내밀고 말도 못 꺼냈지만, 내가 말 안 한다 해도 그 좁은 동네에서 내 형편이 뻔한 것을 모를 리가 없었다. 하여간 처음에 내가 다룬 메인 아이템은 양말이었는데, 그 당시 한국 양말이 선풍적인 인기를 끌고 있었고 양말이 단가가 낮고 마진은 좋은 관계로 나같이 밑천 없이 처음 시작하는 사람들에겐 안성맞춤인 상품이었다.

양말 천 불어치를 외상으로 띠어다가 팔면 족히 2배 이상 남는 장사가 되고 재고가 남아도 크게 부담 없이 다음 장사에 또 팔 수 있는 물건이기에 양말 장사를 선택했다. 첫 장사는 집 근처에서 2주 정도 열리는 길거리 장터 같은 곳에 난전을 펴고 시작하였다. 멕시코에 와서 해보는 첫 장사라 그런지 입도 안 떨어지고 손님이 물건 값을 물어봐도 숫자가 입안에 빙글빙글 돌 뿐 스페인어가 잘 들리지도 않고 입이 떨어지지 않아 쭈뼛쭈뼛 거리며 늦은 밤까지 멀뚱히 서 있기 일쑤였다. 주변의 멕시칸 장사꾼들은 큰 소리로 호객 행위를 하며 하나라도 더 팔려고 난리 법석인데 나는 꿀 먹은 벙어리가 되어 가고 있었다. 다행히 처음 일을 같이 시작했던 교포 형이 도와줘서 어찌어찌 하루 장사를 마치고 돌아갈 수 있었다.

일단 첫날은 그렇게 넘겼지만 매일 형에게 도움을 받으며 나는 옆에서 눈만 뜨고 있을 수는 없는 게 아닌가? 길거리에 서 있는 오후 내내 '내 자신이 아직도 절박함이 부족한가 보다'는 생각이 많이 들었다.

집으로 돌아가자 아내가 장사 잘했느냐고 묻는데 뭐라 할 말이 없었다. 저녁 식사 후에 흐릿한 전등 불 밑에서 그날 첫 장사하고 판 돈을 탁자 위에 꺼내 놓고 지폐는 지폐대로 동전은 동전대로 가지런히 정리를 해보았다.

그러나 첫날 총매출이 신통치 않은 건 자명한 사실이라 몇 푼 안 되는 돈을 동전까지 얼만가 세어 보다가 아내가 갑자기 눈물을 흘리며 "우리 이렇게 살 수 있을까?", "지금이라도 다시 한국으로 돌아갈까?" 등의 말을 중얼거리는데 나도 몇 푼 안 되는 돈을 앞에 두고 보니 그냥 눈물만 나왔다.

학생 때 멋모르고 와서 부모가 준 돈을 쓸 때의 멕시코와 사회인으로 한 집안의 가장으로 와서 사는 멕시코는 너무나 다른 모습으로 나에게 다가왔다. 아니 더 냉정히 이야기하면 멕시코는 똑같은데 내가 아직도 현실 파악을 못하고 환상 속의 머물고 인정하려 들지 않는 것이었다. 그날 밤 집 안의 침침한 조명 불빛만큼이나 짙은 무거움이 아내와 나를 누르고 있었다.

다음 날 아침이 되어 다시 장사를 하러 나가는데 오늘은 어떻게든 입을 벌려 말을 하고 대답도 하고 웃으면서 일을 하리라 다짐 또 다짐을 하고 나섰다. 그렇게 하루하루가 지나고 어느덧 첫 2주간의 장사가 끝나 가고 있었고 나는 멕시칸들을 향해 "Barabara Barato! Barato! Gran Remate!(싸요 쌉니다. 헐값 세일합니다)" 이렇게 외치며 장사를 하고 있었다.

첫 2주의 길거리 장사를 마치고 가족을 데리고 나름 근사한 식당으로 첫 외식을 갔다. 그리고 아내에게 돈 많이 벌어 다음엔 더 좋은 곳으로 데리고 가겠다고 약속했다. 정확치는 않지만 첫 장사 끝에 자리 값을 빼고 물건 값 주고 나니 딱 한 달치의 생활비 정도가 나왔던 것 같다. 그래도 만족스러웠던 건 당장 끼니 걱정 안 하고 할 수 있는 일을 찾았다는 생각에 한숨 돌릴 수 있었고 또 다른 지방 장사를 준비할 수 있게 되었기 때문이었다. 그때의 기억을 내 아내는 이렇게 회상했다.

정말이지 처음 일 년은 한 달 장사해 한 달 먹고사는 데 급급한 한 달살이 장사치였다. 그랬다. 우리는 정말 큰 포부를 품고 그곳 멕시코로 간 것이 아니라 남편의 인생관을 바꾸어 버리고 진정 기쁘게 산다는 것이 어떤 것인지를 새롭게 가르쳐 준 그곳에서 우리도 그들처럼 물질이 풍족하지 않아도 웃으며 행복하게 살 수 있다는 것을 깨닫기 위해 멕시코로 간 것인지도 모른다.

그러나 그들에겐 오늘 일자리가 없어도 주변의 친인척들의 도움과 관심으로도 넉넉하게 버텨 낼 수 있었으나 우리 주위엔 우리 세 식구 밖에는 아무도 없었다. 게다가 우리는 가져간 돈도 없었다. 내가 철이 없어서 그랬으리라. 남편이 직장을 그만두겠다고 했을 때 '그래, 인생 한 번 살지, 두 번 사냐? 남자가 자신이 하고 싶은 일을 하겠다는데 돕지는 못해도 쪽박은 깨지 말자'라는 생각에 알았다고 했던 내가 미련했을까…

나는 어린 남편을 철석같이 믿었다. 무엇을 믿었다 해야 할까? 아무 어려움 없이 먹여 살릴 것을, 아니면 남편이 호언장담한 대로 손에 물 한 방울 안 묻히게 해준다 했던 말인지, 하여간 잘 기억은 나지 않으나 그냥 남편은 뭐든지 다 해줄 줄로만 알고 믿고 따라 나섰다.

하지만 우리의 생활은 처절했다. 지금 생각하면 "그땐 그랬었지." 하며 말할 수 있다는 게 믿기지 않을 정도로 남편은 일주일에서 보름 정도는 장사를 한다고 오지를 돌아다니며 한 번씩 흙밭에 뒹굴다 온 몰골을 하고 나타나 찢어진 지폐와 동전을 한 봉지씩 던지며 내게 세어 보라고 자랑하듯이 내놓았다. 아무리 자신의 가치관과 세계관이 온통 뒤집혔다 해도 음식은 바뀌거나 뒤집히지 않나 보다. 밖에서 혼자 지내는 내내 한국 음식이 아닌 현지의 음식은 햄버거만 한두 번 먹었을 뿐 생으로 굶고 물만 마시다 왔으니 집에 와서는 밥과 김치찌개로 허겁지겁 밥 한 솥을 다 비워 버렸다. 남편은 정말 열심히 장사만 했다. 한국을 등지고 부모와 형제를 떠나 혼자 버텨 내야 하는 것이 무엇인지 모르고 겁 없이 박차고 나와 눈물 젖은 토르티야를 먹으며 그렇게 우리는 그 험난한 이민 생활의 첫 관문을 헤쳐 나갔다.

개 뼈다귀를 삶아 먹다

멕시코 과달라하라 우리 아파트 길 건너편으로 매일 아침 상가 건물이 문을 열고 여러 가게들이 장사를 한다. 우리 집도 야채나 고기, 과일 등은 바로 옆 대형 마켓보다는 길 건너편 시장을 자주 이용하는 편이었다.

그중에서도 정육점은 한곳을 이용하는 게 유리한 점이 많다. 한국에서는 필요한 부위를 말하거나 "어떤 음식 할 건데 좋은 걸로 주세요." 뭐 이 정도만 말해도 알아서 다 챙겨 주지만, 멕시코에선 우리나라처럼 부위 자체가 세분화되어 있지도 않거니와 그 사람들에게 무슨 음식을 하려고 하는데 이런 말은 애시당초 쓸 수가 없는 말이다.

그런 이유로 한 번만 잘 설명해 두면 다음부터는 알아서 필요한 부위와 손질까지 해주는 단골집이 참 유용하다. 하루는 내가 사골을 삶아 먹고 싶다고 하자, 아내가 집 앞 단골 정육점에 사골을 사러 나갔다. 그런데 한참이 지나도 아내가 돌아오지 않아서 창문으로 밖을 쳐다보니 아내가 계속 정육점 밖에 서서 기다리고 있었다.

'아니 뼈 하나 사오는데 뭐 저리 시간이 오래 걸리나' 하고 계속 쳐다보는데, 아내도 눈치를 챘는지 고개를 돌려 나를 쳐다보고는 고개를 절레절레 흔들며 어쩔 수 없다는 듯 어깨만 움츠렸다. '이게 뭔 일일까?' 하고 의아해하는 와중에 안으로 들어갔던 정육점 주인은 비닐봉지에 뭔가를 담아 아내에게 건네주었다. 그렇게 건네받은 봉지를 들고 집으로 돌아온 아내가 집에 들어서자마자 박장대소를 하였다.

"왜 그래? 뭔 일이야?" 하고 재촉해 묻자,

"일단 부엌으로 들어와 봐."

비닐봉지를 들고 가더니 큰솥에 물을 붓고 그 안으로 봉지 속 내용물을 쏟아부었다. 그런데 솥 안으로 떨어지는 건 개뼈다귀 같은 것이었다.

하도 어이가 없어서 "이런 걸 사가지고 오면 어떻게 하냐?"고 핀잔을 주자, "소뼈를 들고 들어가더니 개들이 먹기 좋게 이렇게 잘라 줬어."

잠시 아내의 이야기를 듣게 된 후 어찌된 영문인지 알 수 있게 되었다. 아내가 정육점에 가서 소 다리뼈를 주라고 하자, 주인아저씨가 '개를 주려고 그러나 보네'라고 자기 나름대로 생각하고 단골 우대하는 서비스 차원에서 큰 다리뼈를 들고 들어가 30분 이상 공들여 개가 물기 좋게 여러 개로 잘라 준 것이다.

멕시코에는 사골국이 없으므로 그걸 우리가 푹 끓여 먹을 거라곤 상상도 못 했던 것이다. 한때 남미에 살면서 꼬리뼈, 다리뼈, 도가니 등은 흔하게 공짜로 먹을 수 있었다. 요즘에는 한국 사람들이나 동양인들이 음식으로 먹는 줄 알고 나서 포장을 따로 해서 가격을 붙여 팔기도 하지만 그래도 우리나라와 비교하면 아주 저렴하게 구할 수 있다.

하여튼 큰솥에 들어간 개뼈다귀(?)를 푹 고와서 잘 먹긴 했지만 국을 끓일 때마다 올라오는 뼈다귀를 보면서 웃음도 나오고 소뼈가 아닌 것 같아 이상하기도 하고 먹으면서도 찝찝한 묘한 기분이었다. 그 뒤로는 뼈를 주문할 때면 정육점에 공 들여 깎지 말고 토막만 내달라고 했다.

가끔은 꼬리뼈와 도가니 등 고가의 부위를 마치 개나 주려는 듯하게 말하고 자주 서비스로 챙겨다 먹었다. 돈은 아낄 수 있었지만 정육점 아저씨는 우리 집에 개를 많이 키우는 줄 알았을 것이다.

아베니다 콘치타(Avenida Conchita)의 유일한 동양인

멕시코의 두 번째 도시인 과달라하라의 내가 살았던 거리가 아베니다 콘치타이다. 그 거리 끝에 위치한 유일한 5층 아파트가 우리가 살던 곳이었고 거리의 끝에 위치한 관계로 누구나 우리 아파트를 잘 알고 있었다.

그리고 그 거리를 통틀어 동양인은 우리 가족이 유일한 관계로 길거리를 걸어서 지나가다 보면 이웃들과 반갑게 인사를 나누곤 했다. 더욱 재미있는 일은 남미 특유의 주말 문화로, 금요일에서 일요일엔 멕시코 전국이 파티에 흥청거린다는 거다. 근래 한국도 주 5일이 정착되면서 불금(불타는 금요일)이라는 말도 나왔지만, 남미야말로 이 단어에 걸맞게 금요일 저녁이 되면 대륙 전체가 음악과 춤으로 들썩거리기 시작하고 열정적으로 무르익어 간다.

우스갯소리인지 진짜 실화인지 모르지만 어떤 외국인이 옆집의 음악 소리 때문에 경찰에 전화를 해 소음이 심하다고 민원을 넣었단다. 그러자 경찰이 와서 신고한 그 사람을 경찰서에 데리고 가 유치장에 넣은 다음 하는 말이 "여기는 이 나라에서 가장 조용한 곳이니 주말 내내 여기서 조용히 잘 지내보시오."라고 했단다.

그 정도로 남미에서 주말은 춤과 음악이 함께하는 파티가 당연한 것이고, 즐기지 못하는 게 죄가 될 정도이다. 그래서 나도 금요일엔 반대쪽 길 끝 쪽에 위치한 '란초그란데' 같은 카우보이들이 드나드는 클럽이나 '뜨로삐깔 살사(tropical salsa)' 클럽들을 다니며 친구들과 테킬라 한 잔에 'Banda, Norteno' 같은 음악에 맞춰 춤을 즐기고 오곤 했다.

간혹 주말에 집으로 걸어서 돌아오게 되면 지나는 집집마다 파티가 열리고 있었다. 그리고 그 곁을 지나치다 눈길이라도 마주치면 가벼운 인사 정도로 지나가려는 나를 기어이 자기 집으로 끌고 들어가서 술과 안주를 권하고 친구들을 일일이 다 소개시켜 주고 춤까지 한바탕 신나게 춰야지 보내 주곤 했다.

우리도 어릴 때 그랬지만 외국인 친구 한 명 갖는다는 게 친구들 사이에선 은근한 자랑거리가 되듯이 나 또한 멕시칸들에겐 보기 드문 동양인이고 그냥 한 동네 이웃인 것으로도 자랑거리가 되는 모양이었다. 아주 오래전 이야기지만 그때만 해도 내가 사는 도시에 한국인 전체수가 100여 명이 채 안 될 때이고 우리 동네에선 유일한 동양인이었으니 희소성 때문인지 나름 괜찮은 대접을 받았다.

아내가 둘째 아이를 임신하고 있을 때였다. 아내는 입덧도 심하게 하고 유산의 기미까지 보여, 살림은커녕 절대 안정을 취하라는 의사의 지시대로 거의 침대에서 움직이지도 못한 시기였다. 어머니라도 있든지 가족이라도 있으면 낫겠지만 나 혼자밖에 없으니, 이걸 어떻게 해야 할지 무척 난감하고 답답할 뿐이었다.

겨우 물이나 가져다주고 괜찮냐고 물어보는 거 말고는 해줄게 하나도 없을 때인데, 하루는 누군가 문을 두드렸다. 문을 열어 보니 아래층에 사는 빠울라 아주머니가 손에 그릇을 들고 있었다. 들어가서 아내를 살펴봐도 되느냐면서, 가져온 음식은 어머니에게 전수받은 오래된 전통 방식의 인디언 음식이라고 이걸 먹으면 좀 나을 거라면서 건네주었다. 그다음 날은 다른 아주머니가 문안을 와서 따뜻한 음식을 해먹이고는 아내와 다정하게 이야기도 나누어 주고 위로도 해주었다.

이게 어느덧 온 동네에 소문이 나서 약국의 약사는 밤에라도 무슨 일이 있으면 항상 자기 집 문을 두드리라며 걱정해 주고 길 가다 만나는 사람들마다 아내의 안부를 묻고 필요한 게 있으면 알려 주라며 위로해 주고 이 집 저 집에서 먹을 것도 자주 가져다주었다. 처음 받아보는 관심과 사랑이기에 처음엔 얼떨떨했으나 나중엔 그들이 한 마을 식구로 우리 가족을 위한다는 진심을 느낄 수 있었다.

이처럼 나에게 다가온 멕시코는 예전 어릴 적 시골의 우리 마을 같은 따뜻함이 살아 있는 공동체를 유지하는 나라이다. 요즘 뉴스엔 온통 갱들과 마약으로 모든 오명을 뒤집어쓰고 있지만, 그건 북쪽 국경

도시와 멕시코시티에 해당되는 이야기들로 참 안타깝게 생각한다.

하지만 내가 다니고 살아 본 멕시코는 인종 차별이나 폭력은커녕 참 따뜻한 사람들이 가난하지만 나누면서 행복하게 사는 나라였다. 그렇게 많은 이들의 관심과 사랑 덕에 아내는 어려운 위기를 넘기고 우리의 이쁜 딸 슬이를 순산했다. 유산기가 있어 맘 졸이던 시기를 생각하면 지금도 그 마을 사람들과 5층 건물에 함께 살던 이웃들에게 감사한 마음뿐이다. 둘째 아이가 돌이 되었을 때도 많이들 와서 축하해 줘서 돌잔치를 이국에서 외롭지 않게 치를 수 있었다.

20여 년간 타국 생활을 했지만 멕시코에 살 때가 정말 현지인들 속에 파묻혀서 그들과 함께 가족같이 살았던 유일한 때였던 것 같다. 그 외에 지역에선 언어의 문제뿐만 아니라 사는 공간이 다르다 보니 한두 명의 친구는 있을망정 멕시코에서처럼 그들 속에서 함께 살지는 못하고 주로 현지 동포들과 더 많은 교류를 하며 살았다.

아베니다 콘치타, 지금도 그곳의 주말이면 들어서는 벼룩시장이며 약국, 길거리 집들 그 모든 게 눈앞에 있는 듯 눈에 선하고 다시 가고 싶은 마음 또한 간절하다.

눈이 쫙 찢어진 아이

동양인의 가장 큰 외모적 특징은 뭐니 뭐니 해도 쫙 찢어진 눈이다. 내가 지방에 장사를 가서 지내다 보면 동네 어른, 아이 할 것 없이 나를 보면 자기 눈에 손을 대고 옆으로 쫙 찢어 보이고는 치노치노(중국인) 하고 놀려 댄다. 길을 걸어가다 보면 버스의 차창을 열고 학생들이 "치노치노." 하며 눈을 쫙 찢어 가며 너무나 재미있다는 표정으로 나를 향해 소리친다. 거기를 보며 손이라도 흔들어 주면 자기들끼리 박수를 치고 소리를 지르며 환호를 하기도 한다. 그러고 나면 나는 내 손을 두 눈에 대고 내 눈을 크게 벌려 "Ojote!" 하고 말하는데 이 말은 '눈이 커다란 사람'을 뜻하는 것이다. 어릴 때 우리가 서양 사람을 보면 전부 미국인이라고 했던 것처럼, 그 사람들에게 눈이 작은 동양인은 전부 중국인이다. 하지만 그렇게 놀려 대는 게 조롱조가 아니라 그들 나름의 친근함의 표시라는 걸 알고 있기에 장난스럽게 응대해 준 것이다.

나도 어릴 적에 미국인의 금발과 큰 눈을 보고 내 눈을 두 손으로 위로 번쩍 치켜든 경험이 숱하게 많았다. 하지만 그런 행위가 상대방을 무시하고 조롱한다는 뜻보다는 색다름과 호기심, 친근함의 표시였다. 미국인은 어떻게 생각했을지는 모르겠지만.

특히, 우리도 그렇듯이 그런 외모적 특징이 아이들에게 적용되면 그 반응은 가히 폭발적이다. 어디를 가든 우리 아이들 주변엔 멕시칸들이 다가와서 말을 걸고 사진을 찍고 하며 호감을 표시한다. 희소성의 법칙인지 외모의 특이함 때문인지는 잘 모르겠지만 그러한 행위들이 차별이나 조롱이 아닌 것은 확실하다.

한번은 정말 믿기 힘든 일을 경험한 적이 있다. 이렇게 글을 쓰면서도 진짜 나에게 이런 일이 일어났나 싶을 정도로 충격적인 경험이 있었다. 지방의 조그만 도시에 3주간 장사를 하러 갔을 때였다. 낮에는 쉬고 밤이 되면 사람이 북적거리는 1년에 한 번 열리는 소도시축제 장소에서 열리는 3주짜리 임시 장터였다.

나는 그곳에서 양말과 인형 같은 소품들을 팔고 있었는데 어느 날부터인지 가게 귀퉁이로 어린 10대 소녀 셋이서 저녁 장사 하는 내내 나를 바라보다 가는 것이다. 그렇게 말없이 귀퉁이에서 3,4일을 아무 말도 하지 않은 채 가만히 지켜만 보고 가니 나도 의식하지 않을래야 않을 수가 없었다.

그러던 어느 날 저녁 이 세 명의 소녀가 나에게 다가오더니,

"아저씨, 혹시 빨래할 거 없어요?"

"아니, 빨래? 그건 왜?"

"저희가 빨아서 갖다 드리려고요."

"아, 너희들 아르바이트 찾고 있는 거야?"

"아니요, 돈은 필요 없고 빨래할 거 있으면 주세요. 저희가 해다 드

114

릴게요."

난 어이가 없어 "너희들이 왜 내 빨래를 해줘? 난 필요 없으니 가라." 하고 돌려보냈다. 그리고 혼자 생각에 '쟤들이 일거리를 찾느라고 내 가게를 어슬렁거렸구만' 정도로 생각하고 넘어갔다. 그런데 다음 날 저녁이 되어 가게 문을 열고 장사 준비를 하고 있는데 그 세 명의 여학생이 또 나를 찾아온 것이다.

"아저씨, 혹시 식사는 하셨어요?"

"아니, 아직 안 했는데…"

"저희가 먹을 거 해다 드릴까요?"

"아, 너희들 음식해서 팔려고 하는 거야?"

"아니요, 먹고 싶은 게 있으면 해드릴게요."

"어, 너희들이 왜 나한테 빨래도 해주고 음식도 만들어 준다는 거야?"

"그냥 필요한 게 있으면 우리들에게 이야기해 주세요."

도대체 왜 이러는지 좀처럼 감을 잡을 수 없을 지경이었다. 멕시코에 와서 1년 넘게 여러 지방을 다녔지만 십대 소녀들이 셋이나 한꺼번에 와서 며칠을 이런 이해하기 힘든 짓을 하고 말을 거는 건 처음이었다.

"아니, 난 필요 없고, 이제 장사해야 되니까 나가 줄래." 하고 소녀들을 물리고 장사를 했다. 그런데 역시 그 세 명은 그날 밤도 가지 않고 내 가게 귀퉁이에 서서 나를 쳐다만 보고 있었다. 그렇게 또 하루가 지나자 나도 도저히 참기가 힘들어 도대체 왜 그러는지 물어보기로 작정을 하였다.

저녁이 되고 어김없이 그 세 명의 일당(?)들이 찾아와 마치 자기 자리인 듯 귀퉁이에 서서 자기들끼리 속닥거리며 나를 쳐다보고 있었다.

오늘은 결판을 내야지 하고선, "야, 너희들 이리 와! 도대체 왜 그러는데? 원하는 게 뭔데 매일 밤 이렇게 서 있는 거야. 너희들이 신경 쓰여서 장사도 안 되니 이젠 그만 와라, 제발!" 아주 매몰차게 가라고 화를 내자, 그 세 명이 내 앞에 와서 잔뜩 움츠린 채로 내 눈치를 살살 보더니 가운데 선 아이가 한 발 앞으로 나와서 나를 바라보고 하는 말이 "아저씨, 나에게 아이를 선물해 주세요. 제발요."

나는 도통 이해가 안 되는 소리였다. 물론 스페인어로는 알아들었다. 그런데 아이를 선물하라니 우리 가게엔 아이를 팔지 않는데 저건 또 무슨 소린지, 종내 이해가 안 되는 아이들이었다.

"우리 가게엔 아이가 없는데 내가 어떻게 선물을 주냐? 그만 가라."

"아저씨 나에게 눈이 찢어진 아이를 선물해 주세요." 하며 자기 손을 눈에 대고 옆으로 찢는 것이었다. '아… 이게 도대체 무슨 소리야? 아이도 없는데 눈까지 찢어진 애라니 정말 이것들 쌍으로 미친 것들 아닌가' 싶었다.

그러면서 내가 황당해하자 한 발짝 뒤에 서 있는 친구들이 부연설명을 하기 시작했다.

"우리 셋이 일주일이 넘게 고민을 하고 결정을 내렸는데요. 이 앞에 선 친구가 아이를 낳아서 키우기로 했고요." 듣고 보니 아이를 선물하라는 게 씨내리 역할을 하라는 소리였다 .

'하… 이게 정말 이럴 수 있는 일인가?'

들으면서도 어처구니가 없고 그 선물이 뭘 의미하는지도 알게 되었다. 그러는 사이 다른 아이가 덧붙여 하는 말이 더 가관이었다.

"내 친구가 아이를 낳으면 우리들이 돈을 모아서 셋이서 공동 육아를 하기로 결정했어요. 그러니 아저씨는 부양의 책임이 없으니 걱정하지 마세요. 그리고 내 친구는 평생 결혼도 안 하고 그 아이만 잘 키우기로 했어요."

이미 자기들끼리 역할 분담과 미래까지 다 계획을 하고 와서 소위 나에게 제안을 했다. 그러면서 자기들은 눈이 작고 찢어진 아이를 꼭 낳고 싶다고 하였다. 아무리 세상이 요동을 쳐도 이럴 수가 있나 싶었다. 아무리 그런(?) 아이가 갖고 싶다고 미성년 여자아이들 셋이 그런 작당모의를 한다는 건 말이 안 되는 것 아닌가.

"NO!"라고 딱 부러지게 잘라 말하고 돌려보내자, 아이들은 크게 실망하고 돌아갔다. 그렇게 그 세 명의 소녀들은 그 뒤로 가게에 나타나지 않았다.

멕시코는 카톨릭 국가라 낙태가 원천적으로 금지되어 있다. 그리고 멕시코인들 자체가 '아이는 하나님이 인간에게 주는 가장 소중한 선물'이라고 생각한다.

그래서 나에게 "Me regale un bebe(나에게 아이를 선물해 주세요)." 이렇게 말한 모양이다. 장사를 다녀와 아내에게 이 일을 그대로 이야기해 주자 아내가 물었다.

"그래서 어떻게 됐는데?"

"뭐가 어떻게 돼? 그렇게 끝났다니까!"

"누가 알아 그 속을…"

'아 괜히 말했다' 난 그냥 이런 황당한 일이 있었다고 말했는데 결국 내 발목을 찍은 일이 되어 버렸다. 오늘 이 글을 통해 말하지만 "난 정말로 하늘을 우러러 한 점 부끄럼 없다."

멕시코 공항에서 동전 던지기

멕시코에 살던 시절 공항 입국장에서 일어난 일이다. 한국에 다녀올 일이 있어 나갔다 돌아오는 길에 미국 처형 집에 들렀는데 집에 중고 컴퓨터가 하나 있으니 멕시코에 가져가 쓰려면 가져가라고 주셨다. 그 당시만 해도 멕시코 우리 집에 개인 컴퓨터가 없었기 때문에 큰 박스 두 개에 조심스럽게 모니터와 본체를 나누어 담아 가져오게 되었다.

멕시코 공항의 입출국 시스템상 세관 통과 과정은 신호등의 단추를 눌러 빨간불이 나오면 검사를 받고 파란불이 나오면 그냥 통과하는 식으로 한마디로 복불복이었다. 하여간 줄을 서서 차례를 기다리고 있는데, 한 세관원이 나에게 다가와서 물어보았다.

"이 큰 박스엔 무엇이 들어있나요?"

"하나는 모니터이고 다른 하나는 컴퓨터 본체인데요."

직원은 내 세관 신고 용지의 뒷면을 보여 주며 노트북은 중고라도 가지고 들어갈 수 있지만 새 컴퓨터는 세금을 내고 가져갈 수 있고 중고는 반입자체가 안 된다는 규정을 확인시켜 주었다. 내가 신호등에서 빨간불이 걸리면 압수될 수 있으니 단추를 누르기 전에 다시 되돌려 보낼 수 있도록 도와주겠다고 하였다. 순간 머리를 굴려 보았지만 이 상황이 참 난감한 게, 신호등의 확률이 반반이긴 하지만 세관원이 이미 상황을 파악하고 있는데 파란불이 나올 리 만무하고 다시 미국으로 보내자니 보내는 비용이 더 들게 생긴 것이다.

이러지도 저러지도 못하고 무슨 방법이 없겠느냐며 이야기를 나누고 있는 도중에, 책임자인 듯한 사람이 사무실에서 나오더니 무슨 일이냐며 자초지종을 물어보았다. 이윽고 부하 직원의 이야기를 다 들은 후에, 나를 돌아보며 이 물건은 가지고 나갈 수가 없지만 딱 한 가지 방법이 있다고 했다.

그 방법이란 건 바로 '동전 던지기'였다.

다시 말해서, 동전 던지기를 해서 내가 이기면 가지고 나가도록 자기들이 도와주고 자기가 이기면 컴퓨터는 자기가 갖겠다는 거였다. 처음엔 황당했지만 어차피 나로서는 선택의 여지가 없는 일이라, 그 내기에 응하는 대신, 조건으로 내가 동전 앞, 뒷면 중에 우선 고를 수 있게 해달라고 했다. 그러고 난 후 나는 당연하게 멕시코 동전의 앞면 '독수리'를 택했다.

그러자 그 책임자는 막 웃으면서 네가 게임할 줄 안다면서(멕시코 사람들은 동전 던지기를 자주 하는데 대부분이 앞면의 독수리를 택한다) 동전을 하늘 높이 던졌다.

이런 상황이 지속되자 여러 명의 세관 직원과 사람들이 무슨 일인가 하고 모여들어 이미 내 주변에는 사람들로 인해 큰 원이 형성되어 졌다. 어느덧 이 게임은 세관 검사장 한복판에서 참 긴장감 있게 진행 되는 볼거리가 되고 말았다.

동전이 바닥에 떨어져 데굴데굴 구르고………?????!!!!!

역시 멕시코에선 독수리가 최고였다. 동전의 앞면이 나오자 주변의 모든 사람들이 소리 내서 웃고 박수 치고 축하해 주었다. 그 책임자는 나에게 "Suerte(행운)!"하고 축하해 주고선 맨 처음 세관원에게 나갈 수 있도록 도와주라고 지시를 내리고 사무실로 다시 들어갔다. 그 직후에 세관원이 짐을 운반해 주는 사람을 불러 컴퓨터와 다른 짐까지 다 싣 고서 신호등도 누를 필요 없이 한쪽 문을 개방해 통과시켜 주었다.

20년째 세계 여러 나라 공항을 돌아다니고 수없이 많은 짐 검사를 당해보았지만 멕시코에서처럼 동전 던지기로 짐을 찾은 적은 처음이 지 마지막이었다. 처음엔 너무 운이 좋았다는 생각으로 참 기분 좋은 해프닝으로 기억했는데 지나고 보니, 그 분이 내가 외국인이고 규정도 잘 모르고 가져온 거라 호의를 베풀어 주려고 그런 아이디어를 낸 것 은 아닐까라는 생각에 고마운 마음이 들기도 했다.

멕시코에서 축구란

며칠 전 뉴스에서 멕시코가 31번째 브라질 월드컵 진출국으로 정해 졌다는 뉴스를 보았다. 그리고 32번째는 남미의 강호 우루과이가 차지 했다고 한다. 바야흐로 이제 세계는 내년에 열릴 브라질 월드컵의 열

기로 뜨거워져 가고 있다.

축구는 전 세계인이 가장 사랑하고 많이 하는 운동일 것이다. 특히, 남미의 축구에 대한 열정은 그 어떤 대륙에도 뒤지지 않을 정도로 뜨겁고 정열적이다. 축구는 그들의 생활이고 삶의 대부분이라고 해도 과언이 아닐 지경이다. 그래서 비즈니스를 할 때에도 본 상담에 들어가기 전 화기애애한 분위기를 만드는 에피타이저로서 최고의 대화 주제는 축구이다. 어떤 프로팀을 좋아하느냐에 따라 그날 상담의 성패가 달려 있다 해도 될 정도로 초반 분위기는 축구 이야기가 가장 자연스럽고 또한 중요하다.

난 그 당시 멕시코 과달라하라 지방의 'CHIVAS' 팬이었고 주로 상담은 멕시코시티에서 하였기 때문에 대부분의 멕시칸들은 'AMERICAS'라는 팀을 응원하였다. 이 두 팀은 멕시코의 레알 마드리드와 바르셀로나 정도의 라이벌 관계였다. 그래서 일단 축구 얘기가 시작되면 일은 저쪽으로 밀리고 두 팀에 대한 이야기로 상담시간의 대부분을 채울 정도였다.

그래도 멕시칸들은 자기 나라 프로팀을 상세히 알고 말이 통하는 나에게 오히려 더욱 정답게 대해 주었고 일을 떠나 친구로서 받아 줄 정도였다. 축구 이야기로 시작해 일 이야기는 건너뛰고 나면 저녁 식사와 테킬라 한 잔으로 마칠 때가 대부분이었다. 물론 저녁 식사와 술 한잔할 때도 대화의 주제는 축구가 대부분이었다. 그러니 남미에서 살려면 축구를 알지 못하고서는 어디 나설 수가 없을 지경이었다.

한번은 멕시코시티 공항에서 우연히 'AMERICAS' 선수단을 만나게 되었다. 그 당시 선수단에는 98년 월드컵에서 다리 사이에 공을 끼고 펄쩍 뛰는 행동으로 우리나라에서도 유명해졌던 꽈우떼목 블랑코라는 선수가 있었는데 그 선수는 멕시코의 박지성이라고 할 정도로 온 국민의 사랑을 받고 있고 쇼맨쉽도 최고인 선수였다. 공항 라운지에서 우연히 만나게 됐는데 나는 그 선수에게서 'MI AMIGO COREANO GUATEMOC BLANCO' 이렇게 적힌 사인 종이 한 장을 받게 되었다.

그리고 이후 나에게 제일 큰 바이어의 초대로 집에 가게 되었을 때 지갑 속에 소중히 보관 중이던 그 사인 종이를 바이어 아들에게 선물이라고 건네자, 그 아이는 눈물을 흘리며 감격했고 온 집안 식구들이 나서서 너무 귀한 선물을 주었다며 고마워했다. 심지어 그 바이어는 "너는 이제부터 우리 가족이다."라며 너무나 좋아했던 기억이 난다.

종이 한 장에 이 정도일 줄이야 하고 내심 놀라기도 했지만 그 당시 그 선수는 아메리카 최고의 선수였으며 그 사인 종이는 아마도 그들에겐 최고의 선물이었던 모양이다. 하여간 우연히 얻게 된 사인 종이가 나에게 커다란 행운을 가져다주었는데, 그 이후 바이어는 따로 약속을 잡지 않아도 만나 주었고 결제도 항상 우선 해주었으며 항상 식구처럼 대해 주었다. 물론 사인 한 장이 모든 걸 다 해결해 준 건 아닐 것이다. 그러나 그게 우리 관계를 돈독하게 해준 건 엄연한 사실이다.

또 다른 축구에 관한 에피소드가 있다. 98년 프랑스에서 개최된 월드컵에서 한국은 멕시코, 네덜란드, 벨기에와 한 조를 이루고 있었다. 우리나라는 이 대회에서 1무2패로 승점 1점을 따고 대회를 마쳤다. 이 대회에서 한국은 멕시코와 첫 경기를 가졌는데 그날의 경기는 정말 잊을 수 없는 추억을 가져다준 경기였다. 그 당시 나는 멕시코에 살고 있었다. 경기가 시작되기도 전에 이미 온 도시는 정적 속에 잠겼고 길거리에는 걸어가는 사람 하나 없을 정도로 긴장감이 감도는 경기였다.

그렇게 집에서 아내와 함께 경기를 보고 있는데 한국의 하석주 선수가 첫 골을 넣은 것이다. 그 순간 나도 모르게 함성을 지르고 펄쩍펄쩍 뛰며 좋아하자 아내가 황급히 나를 저지하며 커튼을 부랴부랴 치기 시작했다. 그 순간 나는 '아, 나는 지금 적진의 한가운데 있구나' 하고 입을 다물었고, 아니나 다를까 아파트 여기저기에서 욕하는 소리가 사방에서 들려오고 있었다.

마치 벌집을 쑤셔 놓았다고나 할까? 그 아파트에 한국인이라곤 오직 우리 가족뿐인데. 하지만 어쨌든 질 거라고 생각하고 보고 있는 경기에서 우리가 첫 골을 넣고 이기고 있으니 너무 기분이 좋았다. 그런데 그 기분도 얼마 지나지 않아 골을 넣은 하석주 선수가 흥분을 주체하지 못해 심한 파울을 범하고 퇴장을 당해 버렸다.

그리고 그대로 한국은 결국 3골을 내주며 멕시코에 3대1로 지고 말았다. 나는 아내에게 "커튼 걷어도 되겠다. 총 맞을 일은 없겠다." 하고 아쉬운 감정을 놓고 볼일을 보러 바로 밖으로 향하였다. 버스를 타기 위해 길을 걷고 있는데 길 반대쪽에서 멕시칸 여인이 걸어오고 있었다.

"당신 한국 사람이에요?"

"네, 그런데요."

"오늘 한국이 멕시코에 좋은 선물을 줘서 너무 고마워요."

승점 3점을 줬다는 이야기였다.

"아, 뭐 그렇다고 해야겠네요."

"그럼 멕시코도 한국에 무슨 선물을 줘야 할 텐데요."

"어, 무슨 소리인지?" 하고 있을 때, 그 여인은 내 입술에 입을 맞추며 "viva,mexico!"를 외치고 사라졌다. 정말로 한국이 이겼으면 당분간 조심히 살아야 할 참이었다. 그런데 한국이 지고나자 길을 가다가 묘령의 여인에게 입맞춤을 당하고(?) 조국의 아픔을 개인의 기쁨과 맞바꿔야 하나 싶어 어안이 벙벙했다. 요즘말로 정말 웃픈 일이었다.

아마 우리나라가 월드컵 4강에 올랐을 때에도 모르긴 몰라도 많은 이들이 키스 선물을 받지 않았을까 싶다. 예전과 다르게 요즘은 한국의 대기업들도 남미에 많이 진출하여 남미 시장에서 기대 이상의 성과를 내고 있고 한인 이민자의 수도 갈수록 늘어나는 추세이다. 좋은 아이템과 품질, 가격 경쟁력도 사업엔 필수적으로 중요하지만 그 나라 사람을 이해하고 그들과 같이 숨 쉬고 교류할 때 신뢰 관계가 싹트고 그래야만 지속적이고 긴 호흡의 비즈니스가 가능하리라고 본다. 남미에 대해 알고 싶을 땐 그 나라의 프로축구 팀부터 먼저 섭렵하는 것도 좋은 방법이라 생각하며 이 단락을 마칠까 한다.

산을 뒤집어 놓다

다른 나라에 가서 산다는 것은 지리적으로 먼 곳, 언어와 인종이 다른 곳에 사는 것만을 의미하진 않는다. 역사적 배경이 다르고 전혀 다른 생활환경으로 인해 생겨난 이질적인 문화에 적응해야 한다는 것도 포함해야 한다. 여기까지는 그런대로 수긍이 가고 당연하다는 생각이 든다. 문제는 여기까지도 힘든데 한 발 더 나아가야 한다는 것이다. 그건 바로 내가 알고 있는 단어의 사전적 의미마저 전혀 반대의 의미나 다른 뜻으로 써진다는 것이다.

나는 등산을 싫어한다. 그래서 요즘 유행하는 아웃도어용 등산복 바지 한 벌도 갖고 있지 않다. 원래 게으르고 몸이 둔한 것도 이유지만, 더 편한 이유로는 올라가면 좋긴 하지만 내려올 건데 뭐하러? 이런 마음도 있다.

하여튼 땀을 내며 힘들게 오르기 싫어서 산에는 가급적 안 간다. 내 평생 지리산과 설악산은 신입사원 연수시절 강제로 한 번씩 올라간 게 전부였고 내 등산 이력에도 북한산 정도 추가하면 전부일 정도다. 그

토록 산에 오르는 게 싫은 나이지만, 남미의 고산 도시들(과달라하라, 멕시코시티, 보고타)에서 몇 년을 살기도 했고 지금까지도 고지 생활이 가장 행복한 때였다는 걸 보면 재미있는 삶의 모순이기도 하다.

그런데 멕시코에서 그 '등산'이라는 말에 속아(?) 혼쭐이 난 적이 있다. 살아가는 환경이 다른 세상에서는 단어의 의미조차 뒤바뀌는 경우가 있는 것이다. 물론 당해보기 전에는 상상도 못 해 본 일이었지만…!

내가 멕시코에 살 때 겪었던 일이다. 하루는 멕시칸 친구가 토요일에 같이 '등산'을 가자고 제안을 하였다. 원래 등산을 싫어해 산이라면 멀리했던 나였지만, 오랜만에 계곡도 가고 남미의 산들은 어떨까 싶어 함께하기로 했다. 토요일 아침, 차를 몰아 도착한 곳엔 유원지처럼 행락객들도 보이고 너무나 자연스럽고 일상적인 모습들이었다. 한국처럼 요란한 명품 등산복이 아닌 가벼운 옷차림의 사람들 틈에 끼어 친구와 함께 웃고 떠들며 계속 앞으로 나아갈 즈음 그 친구에게 물었다.

"산이 어디쯤이야?"

"얼마 안 남았어. 조금만 더 내려가면 돼?"

이때만 해도 나는 산에 간다면서 왜 계속 내려가나 싶었다. 아래로 뻗어 있는 등산로를 따라 저 아래 흐르는 계곡의 물소리를 들으며 바삐 걸음을 재촉해 내려갔다. 마침내 도달한 계곡 입구에서 현지인들과 어울려 먹고 마시고 잠시 쉰 다음에 또 물었다.

"어이, 산은 언제 가는 거야?"

"여기인데…!"

"등산 가자고 했잖아, 그런데 계속 내려오기만 했잖아."

"응, 그래 여기 왔으니 잠시 쉬고 집으로 돌아가자고."

"그럼 산은 안 가고?"

"무슨 산을 또 가는데, 다 내려왔으니 이젠 돌아가자고."

그 순간 빙빙 도는 말 속에 나는 아차! 싶었다. 설마 '내가 아는 등산은 올라갔다 내려오는 것인데 이 사람들은 내려갔다 올라오는 것'. 불행하게도, 내 앞에 닥친 현실은 눈앞에 그려진 그대로였다. 그 당시 내가 사는 곳은 지리산 높이인 해발 1500m 고지였었다. 멕시코뿐만 아니라 남미의 많은 도시들이 해발 1000고지에서 4000고지까지 높은 지역에 자리를 잡고 있다.

그러다 보니 등산의 의미가 자연스레 뒤바뀌어 내려갔다 올라오는 것으로 순서가 뒤바뀌는 것이다. 굳이 붙이자면 '하산'이라 해야 할까? 그렇게 현실 파악을 하고 나니 오전에 너무 편하게 웃고 떠들며 내려왔던 길, 그 길을 나는 거꾸로 이제 1500m 지리산을 올라가야만 하는 것이었다. 모두들 공감하시겠지만, 쉬운 거 좋은 거 다 하고 나중에 어렵고 힘든 거만 남으면 심적으론 몇 배 더 힘든 일이 되곤 한다.

고개를 들어 저 위 산 정상을 보니 아득해지기 시작했다. 하지만 어쩌랴. 저 위에 차도 있고 집도 있으니 안 올라가곤 배길 수가 없었다. 황당하고 뭔가에 속은 마음으로 온힘을 다해 올라오는데 아주 죽을 맛이었다.

'아, 자식이 미리 이런 거라고 말했으면 절대로 안 따라왔을 텐데. 저 놈한테 완전히 속았네' 속으로 별의별 욕을 다하며 올라왔다. 물론, 그 이후로 다시는 산을 가지 않았다. 정확히 말하면, 아래쪽 땅으로 내려가지 않았다. 난 그냥 산 위에서 살았다. 그 산이 땅인 줄 알고 말이다.

3년 전에 콜롬비아 보고타에 갔었다. 그곳은 평균 고도가 2600m가 넘는 도시였다. 내가 머물던 산동네 아파트 베란다를 나가 보면 앞쪽으로 쭉 펼쳐진 뒷동산만 한 산들이 있었다. 그곳에 약 3개월을 머물렀는데 매일 무심코 보며 지냈던 산들이었다. 바로 그 산들이 유명한 안데스 산맥을 연결하는 해발 4000m짜리 산맥이다.

히말라야에 올라갈 때 1차 베이스캠프를 차리는 곳이 해발 4000m 고지쯤 된다고 한다. 또한 일반인들이 고산 트래킹을 할 때 보통 도전하는 높이가 4000m정도 된다 하는데, 내가 사는 곳이 2600m이다 보니 눈앞에 펼쳐진 고산들이 마치 동네 뒷산 같은 정도로 다가오는 것이다. 만일 이곳에서 등산을 한다면 난 텐트를 걸머지고 올라도 가고 내려갈 수도 있을 것이다. 하루에 2600m 산을 오르내린 아니, 내리 오르다는 건 상상도 하기 싫은 일이다.

여하튼 나는 등산도 싫지만 하산은 더더욱 싫다. 익숙하다는 것은 많은 것을 포함하고 있다. 무심코 쓰는 우리말 하나도 우리 삶의 터전에 맞춰 생겨나고 쓰여지고 있는 것이다.

마찬가지로, 내가 머무는 외국에선 그들의 삶을 만들어 온 자연과 역사가 있을 것이다. 삶의 터전이 바뀌면 그들의 삶의 방식이나 달라진 의미를 받아들이는 게 현지화에 첩경이자 손발이 편하게 살 수 있는 지름길이다. 참으로 많은 것을 고민하면서 살아야 하는 게 이민이다. 그러다 보니 외국에 가서 살면 저절로 애국자가 되는지도 모르겠다. 손에 쥐고 있으면 귀한 줄 모르다가, 일단 잃고 나면 아쉽고 고마운 게 너무 많은 인생살이다.

떠돌이 보부상

처음 노점에서 양말 장사를 시작해서 어렵사리 밥벌이 할 방법을 찾은 이후로 본격적으로 지방 장사를 시작하게 되었다. 집과 가까운 곳에서 노점을 하는 것과는 전혀 다른 차원의 일이었지만 멀리 외진 곳으로 다니면 수입이 좋았고 매년 각 지방에서 열리는 지역 축제를 따라다니며 장사를 하는 한국분들이 계셔서 이 길에 본격적으로 들어서게 되었다.

이미 언급했지만 이것을 페리아라고 하며, 우리 식으로 옮기자면 남원 춘향제, 진해 군항제 식으로 매년 일정기간 각 도시에서 열리는 연례 축제에 가서 길거리 노점 장사를 하는 식이다. 물론 각 지역마다 열리는 시기가 전부 다르기에 일 년 일정을 짜서 보통 2주에서 최대 한 달간 열리는 기간 동안 그곳에서 숙식을 해결하며 장사를 하게 된다. 그러다 보니 전국의 큰 장이 열리는 대도시의 축제는 축제에 오는 인원의 규모가 어마어마해서 자리 얻기도 힘든 곳이 대부분이었다.

처음 페리아라는 경험이 전무한 나로서는 어디서부터 시작을 해야 할지 너무 막막하고 게다가 한국인들이 취급하는 품목이 대동소이하기 때문에 좋은 자리나 지역은 정보를 알아내는 것도 쉽지 않은 일이었다. 하지만 이거 말고는 달리 밥을 먹고살 방도가 없으니 꼭 해야만 하는 일이기도 했다.

나의 첫 번째 페리아는 'lagos de moreno'라는 작은 소도시였다. 원체 작은 도시라 다른 한국분들은 별 소득이 없다고 다른 곳으로 가고 혼자 남은 나로서는 다른 선택이 없었기에 경험이나 쌓는 셈치고 작은 트럭을 빌려 양말 한 품목만 싣고서 떠나게 됐다. 그 도시는 매주 목요일에 마을 자체가 휴무를 하는 희한한 도시여서 마침 내가 도착한 날이 목요일인데 온 도시가 조용하니 가게들도 모두 문을 닫고 길거리의 인적도 드문 정도였다.

페리아는 대개 금요일에 시작하기에 수요일이나 목요일에 미리 도착해 장사할 준비를 해야 한다. 나의 첫 번째 페리아는 그렇게 시작되어 밤에는 보통 12시 넘어 끝나고 오전 내내 자고 일어나 근처 샤워장에서 씻고 핫도그 하나 먹고 저녁 5시 이후부터 또 열심히 장사하고 그렇게 2주간을 정신없이 보내게 되었다. 저녁 장사를 하다 보면 혼자 하는 장사라서 화장실을 갈 수가 없기에 물 한 모금도 먹지 않고 일을 해야만 했다.

물론, 이것도 처음 신입 때나 고민하는 일이지 3년 차가 되가는 시점에선 옷걸이 뒤에서 비닐봉지 하나로 돈까지 바꿔 가며 일을 볼 정도로 선수가 되어 간다. 어쨌든 예상 외로 가져간 양말이 대박이 나서 가져갔던 모든 양말을 다 팔고 돌아올 때는 짝 잃은 양말 3개만 덩그러니 남을 정도로 깨끗하게 팔았다. 내 스스로도 너무 놀랄 정도로 장사가 잘되어 주말 저녁엔 박스 하나를 밑에 대고 돈을 쌓을 정도였다.

이후 내가 라고스에서 장사를 잘한 게 소문이 나서 그다음 해에는 한 여섯 팀이 들어올 정도로 인기 많은 페리아가 되었다. 그렇게 첫 페리아가 의외로 대박을 터트리는 바람에 외상값도 갚고 조금 더 큰 페리아에 참여할 밑천도 마련할 수 있게 되었다. 페리아가 노점이긴 해도 상당한 밑천이 들어간다. 그 예로 우선 길거리든 혹은 실내든 가게 자리 값을 내야 하는데 큰 도시 축제는 2주에 천불이 넘어가기도 할 정도로 인기도 많고 비싸기도 했다.

또 이런 큰 페리아엔 양말 하나 들고 가서는 본전 건지기도 힘들어서 다양하고 경쟁력 있는 상품을 들고 가야 그곳에 있는 수많은 장사꾼들 사이에서 살아남을 수 있었다. 다행스럽게도 첫 지방 페리아에서 장사를 잘한 덕에 이젠 양말보다 비싼 의류제품을 외상으로 받아 갈 수 있게 되었다.

양말이야 한 켤레에 몇 센트였지만 옷은 본전이 몇 불에서 수십 불이 넘어가는데다가 또한 구색을 갖추지 않으면 할 수 없는 장사이긴 했지만 좀 더 수익을 올리긴 위해서 단가 높은 제품을 해야만 했기에 무리해서 도전하게 되었다. 물론, 처음엔 비싼 옷이나 인기 품목들은 나에게 오기 전에 도매 시장에서 다 팔리는 통에 나 같은 초짜들은 인기 품목 자체를 외상으로 받기가 힘들었다.

그래도 장사를 제대로 하기 위해 양말 이외에 품목으로 몸빼 바지, 스카프, 인형, 지갑, 볼펜 등등 주는 대로 받아서 이고 지고 지방으로 떠돌기 시작했다. 거의 도매상에서 팔고 남은 재고떨이 신세이긴 했지만 외상으로 물건을 받아 갈 수 있는 건 이런 것들뿐이니 감지덕지하고 들고 나갔다.

페리아를 하며 전국을 떠돌아다닌 지 2년이 넘어갈 즈음이었다. 이제 어느 정도 페리아에 익숙해지다 보니 내가 서 있는 자리가 서서히 눈에 들어오기 시작했다. 처음 어두운 전기 불빛 아래 꾸깃꾸깃 접힌 지폐를 한 장, 한 장 펴던 시절이 떠올랐다. 어느 지방으로 가야 할지도 몰라 다른 페리아꾼을 따라 정처 없이 지방을 돌던 때가 엊그제 같은데 어느덧 일 년 일정이 다 예약되어 있었다.

양말 몇 백 불어치를 가지고 장사하던 규모도 이젠 취급하는 품목도 많아지고 재고도 제법 가지고 있을 정도가 되었으니 2년간 밥 먹고 열심히 노력한 보람이 있었다. 어느 지방, 어느 밤이었는지 기억나지 않지만, 일을 마치고 여느 때처럼 한국 아저씨들과 함께 김치찌개와 테킬라 한 잔에 그날의 노고를 풀며 잡담을 하고 있었다.

한쪽에선 그날 매상으로 노름을 하기도 하고 다른 쪽은 술 한잔 더 하자며 클럽 쪽으로 향하기도 했고 나도 어느 쪽에든 끼어들어야 할 참이었다. 그 순간 불현듯 이렇게 시간이 흘러서 '나도 저 분들처럼 10여 년 후에도 멕시코 어느 산골 지방을 다니며 장사를 하고 다닐려나?'라는 생각이 들었다. 한국을 떠날 때 품었던 일이 이렇게 밥 먹고 사는 데 허덕이는 거였나?

그날 이후 다시 한 번 내 삶에 대한 고민을 시작하였다. 하지만 당장의 생계를 위해서 짐을 싣고 장사를 떠나는 시간은 내 마음과는 달리 그 이후로도 계속되었다. 가장으로서, 얼마 안 되는 물건을 가진 떠돌이 장사꾼으로서는 꿈이니 비전이니 이런 걸 찾아 헤맬 정도로 현실이 녹록하지는 않았다.

그러던 어느 날, 3주간의 장사를 마치고 집에 돌아와 보니 거실이

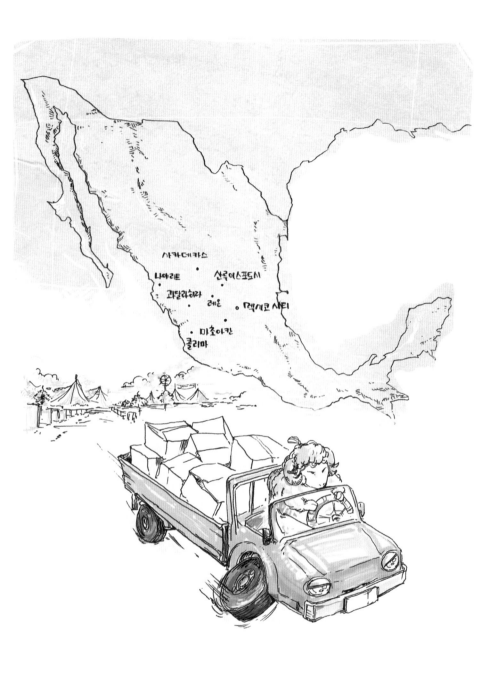

난장판이 되어 있었다. 여기저기 흩어진 가방과 살림살이에 깜짝 놀라서 아내에게 물었다.

"여보, 무슨 일이야?"

"나는 더 이상 이렇게 살 수 없어. 진이 데리고 한국으로 돌아갈래."
짐을 챙기던 아내는 이내 주저앉아 엉엉 울면서 말을 이어 갔다.

"멕시코에 온 이후 단 하루도 맘이 편안한 적이 없었어. 당신은 거의 집에 있지도 않고 애하고 난 집 안에 틀어박혀 앉아 외출 한 번 제대로 못하면서 당신 돌아오기만 기다리고 있잖아."

"야, 나는 놀러 다녀? 다 먹고살려고 발버둥치는 거 아니야! 집에 돌아오면 편하게 해줘야지. 이게 지금 무슨 난리냐?" 이렇게 이야기는 했지만 먹고사는 문제에만 급급해서 가족 간의 소통이나 생활은 날로 피폐해져만 간 것은 사실이었다. 내가 한 달에 2~3주는 밖에 나가 돌아다니다 보니 가족들과 보내는 시간은 거의 없었고 집으로 돌아와서도 재고 정리, 대금 지급과 다음 장사 준비에 계속 밖으로 나돌 수밖에 없었다.

그러는 사이 아내는 많이 지치고 외로웠던 모양이다. 아내는 일가친척도 한 명 없고 마음 나눌 친구도 한 명 없는 이국땅에서 아들과 함께 아파트에서 감금 아닌 감금 생활을 해오고 있었다. 그렇게 한 번 회오리바람이 불고 나자, 내 마음은 더욱 더 싱숭생숭해져 가고 있었다.

하지만 임시방편으로 잠시 묻어 두고 나는 또 다시 먼 장삿길에 떠나야만 했다. 그 후 어느 일요일 저녁 장사를 다 마치고 나서 급히 트럭을 빌려 밤에야 집에 도착한 적이 있다. 밤새 달려 온 길이라 피곤해서 곧바로 침대로 들어갔다. 한두 시간 쪽잠을 자고 아침에 도매 가게들이 문을 열면 바로 물건을 구해서 출발해야지 월요일 저녁 장사를 할 수 있었다.

녹초가 된 몸을 눕히고 잠을 자려던 그 순간, 곤히 잠자고 있던 진이가 잠에서 깨어나 나에게 다가왔다. 자는 줄 알고 깨우지 않으려고 조심했는데 인기척에 잠을 깨서는 어둠 속에 손을 더듬거리며 나에게 다가왔다. '3살 때였으니 얼마나 귀여웠던지…'. 하여간 진이가 나에게로 와서 눈을 감고 있는 나의 얼굴을 매만지며 "우리 아빠 왔네. 우리 아빠 예쁘다. 우리 아빠 예쁘다." 하며 내 얼굴을 만지고 얼굴을 비벼댔다. 난 너무 미안해서 그저 눈물만 흘렸다.

그날 새벽 진이가 내게 건넨 사랑이 이제껏 현실 탓만 하며 주저하던 나를 결심하게 하고 움직이게 만들었다. 이후로도 2년 넘게 지방 장사를 다녔지만, 나의 보폭은 여느 때와는 달라졌다. 전보다 더 도전적이고 적극적으로 오직 밥벌이가 아닌 그 이상을 꿈꾸기 시작했다. 창고나 가게도 하나 없던 채로 지내 왔는데 푸드코트에 한 칸짜리 한식당이 아닌 양말가게를 열었다. 푸드코트에 양말가게 허가를 내주지 못한다는 쇼핑몰 관계자를 잘 설득해서 우리만 유일하게 식당이 아닌 양말가게를 열 수 있게 되었다.

내가 장사 나가고 없는 사이엔 아내와 진이가 그 쇼핑몰에서 시간을 보냈다. 장사가 잘되는 편은 아니었지만 손해는 보지 않을 정도였고 주변 멕시칸 상인들과 함께하다 보니 아내와 진이도 한층 밝아졌다. 이후 그 쇼핑몰의 푸드코트는 멕시코 삶의 중심지가 되어 갔다. 그렇게 차츰 가정이 안정되자 나는 한국에서 떠날 때부터 마음속에 두었던 사업을 해보기로 맘먹고 일을 벌이기 시작했다.

첫 오더로 6개월간 차비 500불을 받다

이제 더 이상 지방 장사에 내 청춘을 걸지 않기로 했다. 그래서 3주간 지방 장사를 다녀와서 물건 정리와 대금 결제만 마치고 조금 더 큰 사업을 하기 위해 멕시코시티로 출발하였다. 내가 살던 지방과 멕시코시티는 고속버스로 8시간 이상 걸리는 거리라서 주로 심야버스를 타고 올라가서 아침에 도착하면 터미널 화장실에서 간단히 세수하고 옷 갈아입고 샘플 원단 가방을 들고 바이어를 찾아 온 도시를 헤매기 시작했다.

3주에서 한 달 사이에 한 번씩 시티에 올라가 며칠을 헤매이다 돌아오면 또 다시 짐을 챙겨 장사 길을 떠나는 강행군이 계속되었다. 그런데 이 기간이 몇 개월째 아무 소득 없이 이어지자 여기저기에서 걱정의 소리들이 들려왔다.

우선, 페리아를 다니며 얻은 수익에서 생활비를 제외하고 물건 값 주고 나면 남는 건 재고가 대부분일 뿐 다른 데에 투자할 만한 여유가 거의 없을 정도라서 출장비도 아까울 지경이었다. 게다가 시장에 나가면 "먹고살 만하니 헛바람이 들었네.", "대학물 먹었다고 주제도 모르고 사업한다고 건방을 떨고 있네." 등등 나의 결정에 우호적이지 않은 반응이 대부분이었다.

많은 분들이 나의 결정을 젊어서 객기를 부리는 거라고 치부할 때, 나와 같이 장사를 다녔던 10년지기 친구가 큰 위로가 되어 줬다. 어느 날 밤 지방 장사를 마치고 지친 몸을 이끌고 집으로 돌아오는 차 안에서,

"현성아, 남의 이야기에 너무 신경 쓰지 마."

"응, 뭔 소리야?"

"네가 사업한다고 돌아다니는 거에 대해 말들이 많잖아. 야, 밥 먹는 건 내가 알아서 할 테니까, 넌 네가 하고 싶은 일을 해라."

제대로 된 샘플 하나 없이 무작정 뛰어들어 나조차도 확신이 없어 가장 많이 흔들리던 때였다. 이렇게 어렵게, 어렵게 버티는 그때, 6개월 정도 문을 두드리는 업체에서 처음으로 문을 열어 주었다. 그곳은 70이 넘은 할아버지가 평생 가업으로 운영하는 넥타이 제조공장이었다. 어렵게 잡은 이 기회를 놓치지 않기 위해 원단 샘플을 펴놓고 주저리주저리 떠들고 있는데, 내 말을 끊고 할아버지가 질문을 했다.

"어이, 젊은이 이 일을 시작한 지 얼마나 됐지?"

"아…네…!"

"자네는 딱 보기에도 너무 어설프구먼. 왜 내가 오늘 자네를 집으로 들인 줄 아나?"

"어… 그렇게 말씀하시니 잘 모르겠네요."

"자, 우선 샘플 중에서 몇 개 고르겠네."

그렇게 잠시 기다려 몇 개의 디자인을 고르신 다음 말을 이었다.

"가격은 어떻게 되나?"

"다른 업체와 같은 가격이면 괜찮을까요?"

"그럼 그렇게 하기로 하고 계약서를 써보게나."

"저… 죄송한데 이런 계약을 처음 하는 거라 어떻게 작성하는 줄 모릅니다."

"이렇게 준비가 안 된 사람이 뭘 하겠다고 남의 집 문을 그렇게 오래 두드려서 나를 귀찮게 했는지…"

맞다. 넥타이 원단에 대해서 아무것도 모르는 채 마음만 앞세워 가족들부터 모르는 이들까지 민폐만 끼쳤다는 부끄러운 생각에 고개를 들 수가 없을 지경이었다. 이윽고 그 할아버지는 계약서 사본 한 장을 내밀고서는 나에게 똑같이 작성하라고 하신 후에 이렇게 물었다.

"자네가 우리 집에 오간지 몇 번이나 되지?"

"7,8번 정도 될 겁니다…"

"사는 곳은 어디인가?"

"과달라하라인데요."

"꽤 멀리서 다녔구먼. 그러면 이 정도 물량을 사주면 되겠구먼."

"네, 그게 무슨 소리세요?"

"내가 오늘 자네가 그동안 쓴 교통비를 보존할 만큼 물건을 사줄 테니 다시는 우리 집 벨을 누르지 말게나. 이게 오늘 내가 자네의 물건을 사는 조건이고 처음이자 마지막 거래가 될 걸세."

6개월 넘게 고생해서 첫 개시를 하자마자 문을 닫게 생겼다. 그날 나는 500불을 손에 들고 그 공장에서 나왔다. 500불을 받고서 '아, 이대로 끝나는가!' 내가 너무 무작정 뛰어들었다는 생각밖에 들지 않았다. 제품의 특징이나 지식을 따로 두고라도 계약서 작성도 모르고 내가 가지고 다니는 제품의 가격도 모를 지경이니 스스로 봐도 한심할 뿐이었다.

그렇게 500불을 건네받고 일어서기 직전, 모든 것을 포기하는 마음에 사장님이 아니라 할아버지라고 부르며 하소연을 했다.

"할아버지, 저 좀 도와주시면 안 돼요?"

"물건도 사주고 차비까지 줬는데 내가 뭘 더 도와주어야 하나?"

나는 그동안에 내가 겪은 멕시코 생활을 잠깐 말하고 이 비즈니스를 배워서라도 꼭 하고 싶다고 얘기했다.

"그러면 내가 가게 한군데 소개해 줄 테니 그곳에 가보거나."

"나하고 한 번 거래해 봤으니 똑같이 하면 될 거야."

이내 주소를 적은 종이 한 장을 내미시고 "가봐라. 행운을 빈다."

나는 곧 바로 그 종이에 적힌 업체를 찾아갔다. 이 업체 또한 6개월을 방문했지만 문 한 번 열어 준 적이 없던 회사였다. 안으로 안내를 받아 들어가자 이전의 할아버지와 연배가 비슷한 분이 직원들과 함께 나를 맞았다. "어디 원단을 좀 볼까?"

이윽고 펼쳐진 원단 샘플에 표시를 하기 시작하였다. 그런데 유심히 쳐다보고 있자니 문제가 발생했다. 사겠다고 표시를 하는 디자인들의 대부분이 앞선 공장에서 이미 500불을 받고 팔아 버린 원단 디자인이었다. 그 공장에서 나오기 전에 따로 빼두었어야 했는데 급하게 오느라 미처 빼놓을 겨를도 없었고 갖고 있던 샘플의 양도 많지 않은 터라 우선 펴놓았는데 참 곤란해진 상황이 되고 말았다.

'아, 어렵게 소개받아 온 건데 어떻게 하지' 속으로 한참 머리를 굴리고 있는데 사장님이 바로 이야기를 꺼냈다.

"처음 거래이니 이 정도 해보는 걸로 하지. 우리가 체크한 거 잘라서 주고 계약서 작성하자고."

"저 죄송한데 몇 가지 디자인은 오기 전에 다른 업체에 팔았는데 다른 걸로 고르시면 안 될까요?"

"얼마 되지도 않는 샘플을 가져와서는 그나마 쓸 만한 건 다 팔고 와서 우리보고는 남은 것 중에 고르라니 그게 말이 돼? 우리한테 넘기든지 아니면 없던 걸로 하자고. 다른 디자인은 살 만한 게 없으니까."

순간 엄청 고민스러웠다. 6개월이 넘도록 문 한 번 안 열어 주던 사람들이 오늘은 하필 같이 열어 주고 디자인도 같은 걸 고르다니 '아, 정말 재수도 더럽게 없군' 그렇게 생각하며 결정을 내렸다.

"이미 판 걸 다시 물릴 수도 없고 기회를 주셨는데 준비를 많이 못해 와서 죄송합니다." 이렇게 말하고, 탁자 위에 펼쳐져 있던 원단들을 주섬주섬 챙기고 있는데 할아버지가 전화를 들고 다이얼을 돌리기 시작했다.

"껄껄껄 어이 친구, 이 꼬레아노(한국인)가 나한테 물건 안 판다는데. 생각보다 신용이 있는데 잘 가르쳐 봐." 잠깐 통화를 하시고 난 후, 가방을 챙기고 있는 나를 불러 세우며 이렇게 말하는 것이다.

"내가 일부러 그런 게 아닐세. 그놈이 너를 시험해 보라고 해서 장난을 한 번 했으니 이해하고 다시 펼쳐 놓게. 이번엔 내가 장난친 죄로 네 물건을 사주지만 다음부터는 나에게 먼저 디자인을 보여 줘야 해.

알았지. 그리고 그놈이 너보고 나한테 물건 팔고 자기 회사로 다시 보내라니 여기 정리하고 다시 가봐."

이 두 할아버지는 어릴 적부터 친구 사이로 50년이 넘게 넥타이 공장을 해오며 친구이자 경쟁자로 지내고 있었는데 앞선 할아버지가 나를 시험하기 위해 일부러 보내서 같은 디자인을 고르고 내가 어떻게 하나 보신 것이다. 그 후 두 할아버지 덕분에 일도 배우고 사업을 시작할 수 있는 터를 잡을 수 있었다. 두 분은 열심히 해보라며 여러모로 일을 도와주었고 주변의 공장들도 소개시켜 주어 일이 수월하게 풀릴 수 있게 많은 도움을 주셨다. 평생 처음 도전해 본 나의 무모한 첫 사업은 6개월간의 준비 기간과 한 번의 테스트를 통과한 후에야 정식으로 시작할 수 있게 되었다.

카르페 디엠, 현재를 즐겨라!

집으로 돌아가는 길인데 갈증이 아주 심한 상태이다. 내가 있는 곳에서 집까지는 길 하나 건너면 될 정도 거리이다. 이때 마침 내가 지나는 바로 앞에 시원한 음료를 파는 자판기가 있고 내 호주머니엔 동전이 있다. 당신이라면 콜라를 사먹겠습니까 아니면 집에 가서 냉장고에 있는 콜라를 마시겠습니까?

예전의 나라면 갈증이 심하더라도 조금만 더 참고 집으로 가서 냉장고에 있는 시원한 음료를 마시고 동전을 저금통에 모았을 것이다. 나의 이런 행동은 내가 속한 한국 사회에선 지극히 일반적인 행위라고 나는 생각한다. 그렇다면 같은 상황에서 멕시코 사람들이라면 어떻게 할까? 멕시코인들은 두 번도 생각 안 하고 바로 그 자리에서 시원한 음료를 사마시며 집으로 간다.

처음엔 그들의 사고방식이 이해되지 않아서 1달러라도 아껴야지 그렇게 헛돈을 쓰느냐고 말을 하면, "지금 이 순간 나에게 콜라 한 모금은 세상의 전부와 같고 내가 가진 1달러로 세상을 살 수 있는데 그걸 아끼자고 갈증을 참고 집까지 가다니…!! 세상에 그런 어리석은 일이 어디 있어?"라며 오히려 나를 불쌍해하며 이해할 수 없다는 표정으로 보곤 했다.

우리가 생활 속에서 쉽게 접하는 라틴어 중에 '카르페 디엠(Carpe diem)'이라는 말이 있다. '카르페 디엠'은 호라티우스의 라틴어 시의 마지막 구절에 나오는 것으로 'Carpe diem(현재를 즐겨라), quam minimum credula postero.(가급적 내일이란 말은 최소한만 믿어라)'로부터 유래한 말이다. 우리들에게는 영화 「죽은 시인의 사회」에서 키팅 선생님이 아이들에게 해준 유명한 말로 잘 알려져 있다.

하여간 경기가 가라앉고 심각한 취업난에 하루하루 우리네 살림살이가 팍팍해져 가는 현실 속에서 '현재를 즐겨라'라는 명제는 어쩌면 철없는 소리일지도 모르겠다. 그런데 과거 멕시코에서 살면서 나의 삶을 가장 변화시키고 혼란스럽게 했던 것은 '현재를 즐겨라'라는 말 그대로 생활 속에서 도전하고 실천하며 사는 그들의 모습이었다.

우리네보다 훨씬 힘든 사회 환경과 부패, 범죄가 판치는 정글 속에서 어떻게 그들은 현재를 즐기며 살 수 있을까? 멕시코뿐만 아니라 남

미 대륙엔 파티가 많고 사랑의 속삭임도 많고 음악도 많고 웃음도 많고 엔돌핀이 돌 만한 일이 참 많다. 마찬가지로 울음도 많고 고통도 많고 어느 나라 못지않게 역사의 수난과 전쟁도 많았다. 그들이라고 삶의 질곡이 없겠는가? 살아가는 데 힘든 현실은 오히려 우리보다 심할 것이다. 하지만 그들은 힘든 오늘의 현실마저도 받아들이고 즐길 줄 아는 듯싶다.

내가 겪은 남미 사람들, 조금 과장해 대부분의 사람들은 '내일'을 생각하지 않는다. 라틴 사람들은 내가 겪게 될지 아닐지도 모르는 미래의 일로 지레 걱정 근심하지 않고, 내가 살지 죽을지 모를 먼 미래를 위해 현재를 희생하거나 양보하지 않는다. 이런 그들의 삶의 철학을 우리 식대로 해석하자면 아무 계획도 없고 미래도 없고 준비도 없는 한심한 베짱이들 정도로 이해될 수 있다. 하지만 그런 선입관은 우리의 잣대에서만 그렇게 보일 뿐, 그들과 함께 살면서 바라본 그들의 시각은 다른 이야기를 담고 있었다.

멕시코에서 공부할 때 일이다. 하루는 학교를 마치고 집으로 돌아오는데 옆집 아저씨가 냉장고를 짊어지고 내려오고 있었다.

"냉장고는 왜 옮기세요? 혹시 이사라도 가세요?"

"하하하, 여름휴가를 가려는데 돈이 없어서 말이야"

"네, 무슨 말인지…?"

"아이들하고 휴가 가는데 돈이 부족해서 우선 냉장고를 팔아서 갔다 오려고 팔러 가는 길이야."

'내가 뭘 잘못 들은 거야! 아님 이해가 안 되는 거야? 도대체 무슨 소리야?'라고 속으로 생각하며 다시 물었다.

"아니 놀러가려고 냉장고를 팔아요? 그럼 갔다 와서는 어떻게 하실려구요?"

"이봐 친구, 왜 그걸 지금 걱정하나. 다녀와서 생각하면 될 일인데. 그럼 난 바빠서…"

냉장고를 실은 트럭은 이내 내 눈에서 사라졌다. 그리고 다음 날 아침에 참 희한한 광경을 또 한 번 보게 되었다. 그 집 식구들이 먹던 빵이며, 이불을 노끈으로 둘둘 말아 손에 쥐고 내려오고 있었던 것이다. 이건 휴가 가는 길이 아니라 마치 피난 가는 모습인데, 그렇게 짐들을 차에 싣고서 멍하니 쳐다보는 나에게 손을 흔들어 주며 너무나 행복하게 여행을 떠났다.

물론, 그 집 식구들은 휴가를 잘 다녀와서 예전처럼 이웃으로 잘 지냈었지만, 그 집의 냉장고는 어떻게 되었는지는 알 수 없었다. 당신이라면 냉장고 팔아 놀러 갈 생각이 있는가? 이런 일이 멕시코에선 너무나 흔한 일이라 중고차를 사기에 가장 좋은 때는 2월이라고 한다. 연말연시 여기저기 돈을 쓰다 보니 2월쯤엔 차라도 팔아서 빚을 갚는다는 것이다. 참 신기한 건 최선을 다해 놀면서도 빚을 지지 않고 자기가 가진 것에서 최대치를 쓴다는 것이다.

현재의 시간들을 가족과 친구들과 마을 이웃들과 시간을 공유하고 삶을 나누기 위한 방편으로 돈을 쓴다는 것을 느낄 수 있었다. 그들에게 가장 중요한 건 '현재' 그것도 '바로 지금' 나와 우리가 가장 행복할 수 있는 게 뭔가?를 생각하며 그걸 바로 지금 하는 것이다. 그들은 오늘, 바로 지금을 행복하게 살기 위해서 매 순간 최선을 다할 뿐이다. 더불어 자기 주위 가족과 친구, 공동체와 함께 현재를 누리고 즐거워한다. 마치 '내일'이나 '미래'라는 단어가 그들 세계엔 존재하지 않는 듯 바로 이 순간을 열정적으로 살아간다. 단지, 그것뿐이다. 아마도 그래서인지 그들은 스트레스 제로에 도전하는 사람들처럼 보인다.

얼마 전 뉴스 기사에서 본 한국의 젊은 세대들은 모든 걸 포기한 N포세대로 스스로를 잉여세대로 부를 정도로 힘겨운 젊은 날을 보내고 있다고 한다. 이와 반대로 전체 세대 중 가장 행복한 세대가 20대라는 조사도 나왔다. 이런 모순적인 연구 결과가 어떻게 나왔나 궁금했었는데, 이에 대해서 '모든 걸 포기하고 자포자기적 오늘을 즐기는 세대'라는 씁쓸한 해석이 나와 나도 모르게 입가에 쓴웃음을 지었었다.

불안도 많다. 걱정도 많다. 누구를 위한 건지 무엇을 준비하는 건지도 불분명하게 남들이 뛰니까 어려서부터 끊임없이 앞만 보고 달려가고 있는 게 우리네 모습이다. 그들보다 사회보장체계도 잘되어 있고 생활환경도 낫고 돈도 더 많고 모든 면에서 다 나은데 마음의 여유와 삶을 누리는 여유가 그들보다 없다. 더 마음 아픈 건 '지금'이 너무 아프고 힘들어 귀한 삶을 놓아 버리는 경우가 세계 제일이라는 것이 부인할 수 없는 현재 우리의 모습이다.

나는 꿈을 이루기 위해 현재를 사는 게 아니라 하루하루 현재를 사는 나의 날들이 모여 내 꿈이 되었다. 20년간의 세계 일주를 꿈꾸어 온게 아니라 20여 년을 열심히 살아온 날 들이 모여 근사한 세계 일주라는 꿈의 그림이 그려졌다. 중요한 것은 현재 내가 원하는 하루는 무엇이고 난 지금을 어떻게 사는가이다. 지금, 현재를 최대한 즐겨라. 그러면 삶은 자연스레 내 꿈을 이루어 갈 거라 믿는다.

내가 살아온 삶의 여러 자취들이 나의 꿈이고 내 인생인 것이다. 그들과 우리들의 삶의 바라보는 방식은 너무나 다르다. 다만, 그들의 삶의 방식이 정답은 아닐지라도 멕시코인들이 우리보다 행복한 건 틀림없는 사실이다.

America

아메리칸 드림, 미국

우리 가족의 저력

밑도 끝도 없이 시작했던 넥타이 원단 비즈니스가 자리 잡을 수 있는 기회를 어렵사리 잡게 되었다. 밥 세끼보다 도전해 볼 만한 더 근사한 것을 찾을 나이였고 지방 떠돌이 장사보다는 넥타이 매고 다니는 비즈니스가 더 좋아 보이는 20대 후반의 불타는 청춘이었다(참 그럴싸한 나이였다).

그래서 얼마 되지도 않은 물건을 정리하고 우리 가족은 멕시코시티로 이사를 하게 되었다. 트럭에 이삿짐을 실어 보내고 아내와 아이들은 비행기로 먼저 보낸 뒤, 나는 후배와 함께 남은 짐을 정리해 밴에다 싣고 8시간 이상을 운전해 멕시코시티로 다시 한 번 꿈을 펼치러 올라갔다.

멕시코 할아버지의 도움으로 거래처도 3,4개 정도 생겨 우선 밥은 먹고살 형편은 됐고, 이젠 번듯한 사업체로 키우는 일만 남았다. 예전

II 20년 7개국의 유목일지   147

엔 한 달에 한 번 방문하던 곳도 하루가 멀다 하고 찾아다니고 한국 업체에도 더 많은 샘플과 지원을 부탁하며 매일같이 멕시코시티 전역을 헤매고 돌아다녔다.

그리고 원단 사업이 완전히 자리 잡기도 전에 더 큰 성공을 위해 일을 벌였다. 정말 천상천하 유아독존에 눈에 뵈는 게 없던 짧은 꿈같은 시절이었다. 이렇게 스스로에게 도취되어 갈 즈음, 내 인생에 커다란 태풍이 다가왔다. 야심차게 준비하던 거래가 하룻밤 사이에 산산이 부서져 버렸다. 무리를 해서 전 재산을 다 집어넣었던 터라 아무런 대책도 없이 속절없이 그냥 무너져 내렸다.

주위를 둘러보니 가족들만 내 옆에 있었다.

한순간에 빈털터리가 되어 버렸고 다시 밑바닥부터 시작해야 한다는 현실은 도저히 받아들이기 힘들었다. 큰소리 뻥뻥 치고 여기까지 왔는데 다시 길바닥 장사로 돌아갈 자신이 없었다. 그래서 결국 멕시코를 떠나게 되었다.

20여 년의 세계 일주는 내 의지와는 무관한 원치 않은 실패로 인해 시작되었다. 이렇게 내 인생에서 맛보게 된 첫 번째 실패는 (나중에 깨닫게 된 사실이지만) 나에게 많은 꿈과 계획을 빼앗아 갔지만 그걸 만회하고도 남을 더 큰 선물 하나를 남겨 두고 지나갔다.

이 일을 계기로 사람과 일, 돈, 가족 등 삶의 전반을 다시 돌아보게 되었다. 멕시코에서의 실패는 내가 치러 낸 나만의 성인식으로 이후 내 삶 속에서 나침반 같은 역할을 하고 있다. 실패로 인해 멕시코를 떠나서 한국으로 와서 다시 미국으로 떠나게 되었을 때 누구보다도 힘들었을 아내는 당시를 어떻게 회상하고 있을까?

그렇게 젊은 패기 하나로 300달러만 가지고 떠난 우리 세 식구의 멕시코에서의 생활은 남편의 엄청난 열정과 성실함으로 그 땅의 흙먼지와 차디찬 길바닥에서의 잠자리에도 불구하고 무언가 꿈이 이루어진다고 생각되었을 때 한순간의 실수로 모든 것이 사라져 버리고 우리는 다시 맨손으로 고국에 돌아오게 되었다.

그러나 우리를 반겨 주는 늙은 노모와 형제들은 그래도 네 식구가 되어서 돌아온 우리에게, 한 사람 더 늘어났으니 부자가 되어서 돌아왔다고 웃으며 위로해 주셨다. 나는 감사해했다. 형제들이 있으므로 위로받고 다시 시작할 수 있으리라 다짐했다.

남편도 그러하리라 생각되었으나 그게 그렇지가 않았다. 남편은 점점 더 깊은 자괴감과 분노에 휩싸였으며 자기만의 세계로 빠져들어 자신이 어떤 상태에 놓여 있는지, 왜 이렇게 되었는지 도대체 그 이유를 헤아릴 수 없어 괴로운 나날을 보내야만 했다.

남편은 자신이 처한 현재의 상황을 온전히 받아들일 수가 없었던 모양이다. 일자리 제안도 여러 곳에서 있었으나 그는 모든 것에 무기력하게 반응했다. 그렇게 9개월가량을 막내 시누이 집과 어머니 집을 오가며 살았다.

그런 남편과 대화도 나누고 싸움도 하며 힘든 시절을 보내며 난 다짐했다. 이제는 내가 두 팔 걷고 일할 때가 되었다고 굳게 마음먹고 미국행을 제안했다. 하지만, 남편은 거절했고 그저 기다리라는 말만 했다. 나는 짧지만 단호하게 다시 미국행을 요구했고, 남편은 짐짓 놀라서 어쩔 수 없이 함께 떠나게 되었다.

그때 남편의 모습을 떠올리면 지금도 무척 가슴이 아프다.

그 누구에게도 거칠 것이 없었던 사람이, 자신의 손으로 일군 모든 것을 한순간에 잃고 껍데기만 남은 것 같은 무기력이 그를 우울증에 시달리게 만들어 이빨 빠진 호랑이 같은 얼굴을 하고서 '이제는 자신이 졌다고' 자신을 원망하던 그 눈빛…

하여튼 우여곡절 끝에 얼마 안 되는 돈을 들고 미국에 도착해서 사돈의 팔촌쯤 되는 분의 집에서 몇 주 신세를 지고 어렵게 아파트를 구해서 살림을 꾸렸다. 차가 없으면 꼼짝없이 집에만 묶여 있어야 하니 중고차도 한 대 구입하고, 식기 도구는 대강 몇 개 얻어서 처음 아파트로 이사한 날 우리 네 식구는 냄비밥에 김치와 김으로 따뜻한 저녁을 먹었다.

솔직히 말해서, '이제는 내가 책임져야 할 가족이 있구나!'라는 막중한 책임감이 나에게 이제는 무언가를 할 수 있을 것 같은 힘과 함께 안도감을 주긴 하였지만, 누가 당시의 내 심정을 이해할 수 있었을까?

남편은 내게 하느님과도 같은 존재였다. 내가 욕심만 부리지 않는다면 남편은 내가 원하는 것은 모두 다 들어주고 이루어 주리라 믿었다. 왜냐하면 난 남편이 나를 너무나 사랑하기에 다 들어줄 수 있는 능력의 사람으로 믿어 의심치 않았다. 그러나 삶은 그리 호락호락하지 않았기에 우리를 끊임없이 변화시키고 단련시키고 고뇌에 차게 만들었다.

나는 일종의 벼룩시장 같은 신문의 구직란을 뒤적이다가 식당의 웨이트리스로 일자리를 정하고 면접을 보고 일을 시작했다. 가져온 돈이 얼마 남지 않았기에 하루라도 빨리 일을 찾아야 했다. 쌀도 사고 차에 기름도 넣어야 하고, 다음 달 월세도 내려면 이것저것 가릴 여유가 없었다. 내가 결단하고 오자고 했으니 내가 앞장서 가는 것이 당연하고 일할 수 있다는 것이 너무나 감사했다. 그렇게 나는 진짜 어른이 되어 가고 있었다.

나는 원래 아침잠이 많아, 처음 시집가서 시어머니와 함께 살면서도 어머니가 끓여 놓으신 아침상을 9시가 넘어서야 일어나 먹곤 했었다. 그랬던 내가 아침 5시에 일어나 밥을 해서 남편과 아들의 도시락을 싸고 아이들 깨워서 씻기고 아침 밥 같이 먹고 치우고 아이들 학교와 유치원 데려다주고 나도 일하러 다녔으니, 완전 어척스러운 아줌마의 경지가 다 되었다.

남편도 다시 재기를 꿈꾸며 열심히 일자리를 찾아 직장을 구하러 다녔고 이윽고 취직을 하게 이르렀다. 하지만 많은 사장들이 그러하듯이 처음의 계약과는 달리 더 많은 시간을 근무하기를 당연히 강요하게 되었는데, 우리는 차가 한 대밖에 없었으므로 남편이 정시에 퇴근해서 나를 태우고 다시 아이들이 있는 애프터 스쿨에 가서 아이들과 함께 집으로 돌아와야만 했던 실정이었다.

대부분의 사람들은 사장과 동료들의 눈치를 보겠지만 남편은 뒤도 안 보고 정시에 퇴근했다. 훗날 들어 보니 입사할 때 남편은 자신만의 철저한 원칙을 사장에게 요구했는데, 그것은 다름 아닌 6시 정시 퇴근, 토요일과 일요일 휴무 그리고 보수는 사장이 정하는 대로였다.

계약할 시에는 모두 이렇게 약속을 하지만 정작 일상에서 꺼려하는 눈치를 주면 남편은 바로 사표를 던졌다. 자신이 맡은 일은 완벽하게 하지만 자신과 가족에게 피해를 주는 것에는 타협이라는 단어는 아예 찾아볼 수 없었다. 이런 사람이 내 남편이므로 난 항상 남편을 응원하고 존경한다.

이렇게 우리는 미국에서 조금씩 자리를 잡아 가고 있었는데, 우리에게 또 다른 안타까운 일이 일어나고 말았다. 친정엄마가 갑작스레 돌아가셨는데 불효한 우리는 한국으로 갈 수가 없었다. 남편이 미국에 들어와서 학생비자를 받았기에 입출국이 쉽지 않았기 때문이다.

그때의 일은 내가 식당 웨이트리스라고 말하는 것보다 더욱 어려운, 차마 열거할 수도 털어놓을 수도 없을 만큼 가슴 아픈 일이 되었다. 내 나이 35살에 드디어 진짜 어른이 어떤 건지 알게 되었다고 생각될 즈음에 나는 다시 고아가 되었다고 목 놓아 울었다. 그렇게 다시 한 번 내 인생의 나이테가 단단하게 나를 에워싸고 더욱 성숙해지기를 재촉했다.

미국에 살면서 힘들 때마다 상기하는 일이 있는데, 멕시코에서 빈손으로 돌아와 밤마다 잠 못 들고 왔다 갔다 담배만 피워 대는 아들을 덤덤히 지켜보던 어머니가 한밤중에 나가서 검정 봉지에 무언가를 사 갖고 아들 앞에 내어 놓으면서 하셨던 말씀이다.

"아가, 이거 담배다. 내가 가게 가서 제일로 좋은 담배 달라고 해서 사왔다. 밥도 좋은 거 먹고 담배도 제일로 좋은 것만 피워라. 네 나이 아직 한창이고 너는 아들도 있고 딸도 있으니 부자가 아니냐? 돈은 벌면 되니까 너무 걱정 말고 건강하게 살아라. 젊어서 실패하는 게 다 약이 된다. 늙어서 실패하면 만회하기 어려운데 그에 비하면 지금 실패한 게 훨씬 더 낫다."

그렇게 담배 두 보루를 꺼내 놓으셨다. 그날 밤 나는 남편이 원망스러웠으나 어머니의 사랑과 헌신 그리고 자식에 대한 태산과 같은 믿음을 느끼고 배울 수 있는 순간이기도 했다.

나는 가슴으로 울었다.

그리고 미국에 오기 직전에 어머니는 남편과 나에게 각각 열 돈 되는 귀금속을 내어 놓으며 말씀하셨다.

"어려울 때, 아주 어려울 때 팔아서 써라. 현금으로 주면 쉽게 써버릴 것 같아서 금으로 준다. 정히 어려울 때 팔아서 귀하게 써라. 엄마가 줄 수 있는 게 이게 전부다."

어머니는 그렇게 금붙이와 당신의 모든 사랑을 우리에게 모두 주셨다.

나는 그 밤도 가슴으로 울었다. 가슴으로 울었던 일련의 기억들로 인해 나는 열심히 살 수 있었고 현명한 어머니를 닮아 가고자 노력하고 어려운 중에도 그때 주신 금붙이는 아직 내가 소중히 여기며 간직하고 있다.

공항에서 가족을 잃다

2001년 9월 30일 정도로 기억난다. 9월 15일 출국 예정이었지만 쌍둥이 빌딩이 테러로 무너지고 미국 공항이 2주 정도 완전 폐쇄되었다. 이후 2주가 지나 공항이 열리자마자 우리는 분위기도 험악한 미국 땅으로 향하였다. 하지만 그 당시 우리 가족은 미국이 처한 상황만큼이나 처참한 지경이었던 게, 물질적으로나 정신적으로 모든 것이 황폐화되어 있었다.

그런데 마지막 희망의 씨앗을 안고 준비한 미국행은 처음부터 큰 난관에 부딪쳤다. 아무도 반겨 주지 않는 남의 초상집에 객식구들이 눈치 없이 짐 싸들고 가는 모양이었다. 그렇게 어렵게 도착한 미국 땅 LA공항에서 우리 가족은 정말 기절초풍할 일을 또 다시 겪게 된다.

공항에는 집사람의 사촌언니가 소개해 준 사돈처자가 빨간색 스포츠형 캠리를 가지고 마중을 나왔다. 공항에서 짐을 찾고 빠져나와 승용차에다 짐을 싣는 과정에서 문제가 발생했다. 승용차에 큰 이민 가방 4개와 다른 가방들이 다 실리지 않는 것이다. 부득불 근처 호텔에 정차 중인 택시로 뛰어가 보니, 마침 한국분이 운전하시는 택시가 있었다. 다행이다 싶어, 그 택시에 나머지 짐을 싣고 승용차에는 아내와 딸아이가, 택시엔 나와 아들이 승차를 하였다. 택시가 앞 차를 따라 가기로 되어 있었는데, 잠깐 한눈판 사이에 앞 차가 사라져 버렸다.

근처를 한 바퀴 돌면서 찾아보았지만 아내와 딸이 탄 차는 도통 보이지 않았고, 택시 기사분은 일단 한인타운으로 가보자며 차를 몰기 시작했다. 고속도로를 내달리며 "주소가 어디인 줄 아세요?"라고 물어

보는데 그 당시 난 우리가 LA 어디로 가는지 행선지도 몰랐거니와 여권, 돈 그리고 전화번호조차도 모두 아내가 소지하고 있었다.

난 정말로 아무것도 모르고 아무것도 없는 형편이었다. 택시가 계속 달리는 동안에 내가 기사분에게 이 모든 사실을 이야기하며 죄송하다고 수차례 이야기하자, 만일 지인분이 한인타운에 산다면 먼저 가서 길목을 지키고 있으면 만날 수 있을 거라며 우리 부자를 오히려 위로해 주었다.

그리고 정 안 되면 한인 방송국에 가서 방송에라도 내보내 찾아주겠다고 걱정 말라며 빠른 속도로 고속도로를 질주했다. 한국과는 달리 내려쬐는 LA의 햇살은 유난히도 뜨겁게 느껴졌고 매 순간순간이 목이 타고 숨이 막혀 오는 초조한 시간의 연속이었다. 내가 불안해하며 아저씨에게 계속해서 죄송하다고 하자, 아이도 뭔가 잘못된 걸 눈치챘는지 엄마 어디 있느냐고 연신 물어보며 불안해했다.

그렇게 우리는 고속도로를 벗어나 일반 길로 들어섰고 아저씨는 어느 길 한편에 택시를 세우더니, 나보고 혹시 지나갈 수 있으니 잘 지켜보라며 일러 주고 길을 건너 반대쪽 맥도날드에 들어갔다. 우리는 거의 울 지경인데 그 분은 속 편하게 맥도날드에 가나 하면서 택시 밖으로 나와 길가에 서서 혹시나 하면서 지나가는 차들을 쳐다보고 있는데, 갑자기 아저씨가 콜라 두 잔을 나에게 내밀면서 "목이 많이 타죠? 너무 걱정 마세요. 한인타운으로 갈려면 분명히 이 길을 지나가니 찾을 수 있을 거예요."라며 위로해 주었다.

아이에게 한 잔을 건네고 길에 서서 콜라 한 모금을 마시는데 너무

나도 시원하면서도 한편으론 이 상황에 콜라가 이리 맛있을 수 있나 하는 생각이 들기도 했지만 정말 감동적인 맛이긴 했다. 그렇게 다 마시면서 계속 길을 주시하고 있는데 세상에 정말이지 아내를 태운 차가 길에 나타났다. 나도 모르게 도로로 내려가 마구 손을 흔들기 시작했고 그 차도 우릴 알아보고 차를 세웠다.

이건 이산가족 상봉이랄까? 아내도 울고 애들도 울고 길에서 난리가 났다. 안고 울고 하며 감격의 상봉을 하고 어떻게 된 거냐고 물어보자, 따라오는 줄 알고 출발을 해서, 가고 있는데 택시가 안 보이더라는 것이다. 그래서 부랴부랴 차를 돌려 돌아와 보니 택시는 보이지 않고 해서 자기네들도 주변을 한 바퀴 돌아보고 일단, 한인타운으로 향했다고 했다.

그러면서 어떻게 먼저 와서 기다렸냐는 둥, 이곳에서 기다릴 생각을 어떻게 했냐는 둥 물어보면서 아내도 줄곧 눈물을 흘리며 왔다는 것이다. 상봉의 감격을 누리고 나서 정신을 차려 원 목적지로 두 차가 이번엔 놓치지 않고 잘 도착했다. 그렇게 일이 잘 해결되고, 타고 가는 택시 안에서 아저씨가 미국에 살려고 왔느냐? 처음이냐? 등등 질문을 하시더니, 오자마자 큰 액땜을 했으니 미국 생활이 잘 풀릴 거라며 덕담도 해주고 당신이 미국 와서 오랜 기간 살면서 겪었던 이민 초기의 어려움과 경험담들을 이야기해 주었다. 그리고 마지막 말을 덧붙였다.

"오늘 가족이 그렇게 소중했던 것처럼 앞으로 어떤 어려움이 닥치더라도 가족을 최우선으로 삼고 가족과 함께하면 다 헤쳐 나갈 수 있을 거예요."

하여간 십 년도 더 지난 일이지만, 난 지금도 그 길이 생생하고 그 날 마셨던 콜라가 생각나고 유난히 뜨거웠던 햇살 또한 잊을 수가 없으며, 아내와 딸이 탄 빨간색 캠리도 떠오르고 택시 아저씨의 위로의 말씀들도 고스란히 기억난다. 다만, 너무 미안한 게 그날 너무 경황이 없던 터라 목적지에 내려 택시비와 고맙다는 말밖에는 못 한 게 너무 죄송스러울 뿐이다.

그 분을 안 만났으면, 돈도 없다는 우리를 중간에 내리게 했다든지, 혹은 잘못된 길에서 기다렸으면 생각만 해도 아찔한데 이 자리를 빌려 너무너무 감사하다고 평생 잊지 않고 있다고 말씀드리고 싶다.

1년이 걸린 새 자동차 배달

미국에 어렵사리 들어가 방도 구하고 아이들 학교도 보내고 비자도 신청을 해두었지만 처음부터 일자리를 구하지는 못했다. 테러 이후 사회 분위기도 안 좋을뿐더러, 막상 한인 신문에 나오는 구인 광고를 봐도 내 구미에 맞는 마땅한 자리가 나오지도 않았다.

더군다나 비자 문제도 해결되지 않았을 때였기에 앞날이 어떻게 될지 예측조차 할 수 없는 시기였다. 그렇게 집에서 시간을 보내던 중 놀더라도 밖에서 나가 노는 게 낫겠다 싶어 무작정 자동차 영업 사원을 모집하는 곳에 찾아갔다.

특별한 자격 조건이나 체류 신분을 묻지 않고 책상 하나 내주는 정도로 급여는 따로 없고 자기가 파는 대로 수수료를 챙겨 가는 일이라 그런지 사장님은 일을 배우고 해보라고 했다. 그렇게 출근 아닌 출근을 하게 됐지만 내가 아는 분야도 아니거니와 미국 땅에 아는 지인 한 명 없는데 당장 어디에 가서 비싼 차를 파나 싶어서 참으로 앞이 깜깜했다.

우선은 미국에서 어떤 차들이 팔리고 있고 한인타운에서는 어느 정도의 가격이 형성되어 있는지, 또 다른 곳에서는 어떤 식으로 영업을 하고 가격을 책정하는지 판매와 현황에 대해 공부도 해야 하거니와 차에 대한 공부, 예를 들어 출력이나 옵션, 모델 등 알아 두어야 할 게 한두 가지가 아닌 너무 방대한 지식과 영업 노하우까지 이 자체가 아무나 쉽게 접근할 일은 아니었다.

그래도 집에서 우두커니 앉아 있는 것보단 낫겠다 싶어 사무실을 나간 지 두 달이 되어 갔지만 그 사이 차 한 대를 팔지 못하고 자리만 잡고 있는 무능력한 영업 사원이 되어 가고 있었다. 하루는 퇴근하는 나를 사장님이 불러 세웠다.

"미스터 김, 줄 게 있으니 잠깐만요." 이내 작은 봉지 하나를 건네는데 그 안에는 담배 한 보루가 들어 있었다. "다른 사원들과 형평성이 있어 제가 따로 돈을 드릴 수는 없고 담배 한 보루 샀습니다." 이럴 땐 어떤 감정을 가져야 되는지 혼란스러울 정도로 심신이 작게 움츠러져 있던 시절이었다.

그러던 어느 날 전화 한 통이 걸려 와서 차 구매 의향을 밝히며 가격을 알아봐 달라는 주문을 받았다. 여기저기 도매상들에게 전화를 해서 가격을 알아보고 고객에게 전화를 드리자 그 분이 차를 사겠다며 흔쾌히 내가 내민 가격과 조건에 수락을 하였다. 이게 꿈인가 생시인가 싶고, 정말 날아갈 듯 기뻤다. 드디어 두 달 만에 '개시'를 한 것이다.

새 차를 주문하고 계약서까지 다 준비가 끝났을 때 전화 한 통이 다시 걸려왔다. 차를 사기로 한 고객인데 LA에 직접 가서 차를 픽업하기 어려우니 집까지 차를 가져다 달라는 부탁이었다. 주소를 확인하니 다이아몬드 바 근처였는데, 지금이야 어디든 주소만 있으면 찾아다닐 수 있지만 그 당시 난 미국에 와서 한 번도 고속도로를 달려 보지 않을 때였다.

집하고 아이들 학교 그리고 아내 직장 그리고 매장 이 네 곳이 내 생활 반경의 전부였을 때고 고속도로를 타고 나갈 일 자체가 없었다. 길을 몰라서 차 배달이 안 된다고 할 수는 없는 일이라 내 옆에 동료에게 같이 가달라고 부탁을 했다. 그 친구는 고등학교를 졸업하고 대학을 다니다 잠시 휴학 상태로 부업 차원에서 일을 하던 친구였는데 기꺼이 도와주겠다며 퇴근 후 같이 길을 나섰다.

그 친구가 자기 차를 몰고 앞장서 가면 난 뒤에서 새 차를 끌고 따라갔다. 그렇게 한참을 달려 우리는 어느 산등성이 위 짙은 어둠이 깔린 사막 언저리에 와 있었다. 출발할 땐 30여 분 정도 고속도로를 달리면 된다고 했는데 벌써 2시간 가까이 헤매고 있었다. 한참을 헤매다 깊은 산 속 어딘가에 둘이 차를 세우고 나서 확인해 보니 길을 잘못 들어섰으며 다시 불빛이 있는 큰 도로로 나가는 수밖에 없었다.

그렇게 우리가 산 속에서 오락가락하며 산에서 내려오기가 무섭게 어디선가 경찰차가 우리에게 다가와서 정지하라고 하였다. 안 그래도 심란한 판에 경찰까지 나서니 참 오금이 저릴 정도였다. 동료가 자초지종을 이야기하며 길을 잃어 헤매고 있다고 하자 경찰이 친절하게 길을 새로 알려 주었다. 어렵사리 고객의 집에 도착을 하고 보니 그쪽에서도 우리를 걱정하며 기다리고 있었다. 그 당시 난 휴대전화도 없을 때였으니 연락할 방법이나 길을 물어볼 여지도 없었다.

일단 도착한 후 물 한잔을 마시고 있는데 고객분이 나에게 다가와서 하는 말이 새 차를 200마일(320킬로) 넘게 달리고 가져다주면 어떻게 하느냐고 나무랐다.

"남편에게 새해 선물로 줄려고 장만한 건데 이걸 어떡해요." 하며 속상해했다.

정말이지 고개를 들 수 없을 지경이었고 너무나 죄송해서 돈이고 뭐고 도망치고 싶은 마음밖에 없었지만 길을 잃고 헤매다 이리됐으니 용서해 달라고 말하고 미국에 온 지 얼마 안 되어 아직 서툴다고 양해를 구하고 돌아 나왔다.

우여곡절 끝에 차량 인도를 마치고 돌아오는데 긴장이 풀리고 진정이 되자 허기가 몰려왔다. 한인타운의 설렁탕집에 들어가서 시계를 쳐다보니 시간은 어느새 새벽 1시를 향해 가고 있었다. 동료와 함께 설렁탕 한 그릇을 후딱 해치우고 나서 담배 한 대를 피는데 그 젊은 친구가 대뜸 한마디했다.

"형님과 함께 새해를 맞이할 줄 몰랐네요. 우리 차 배달하는 사이에 1년이 지나갔네요."

듣고 보니 새해 마지막과 처음을 길에서 보내고 있었고 떡국 대신

설렁탕으로 새해(2002년)를 맞이하고 있었다. 하여간 지친 몸을 이끌고 집으로 들어오자, 아내도 걱정하며 잠도 못 자고 있었는데 내가 웃으며 들어 와서, "내가 처음 차 팔고 받아 온 수표다. 이게 내가 미국에서 받은 첫 번째 수입이야." 하고 수표를 건네자 아내는 그걸 받고 주저앉아 울고 말았다.

그날의 차량 배달은 전반기 내 미국 생활에 큰 변화를 주는 계기가 됐는데, 호된 신고식 끝에 팔게 된 차가 결국 나의 처음이자 마지막으로 판 차가 되고 말았다. 차를 넘겨주고 난 다음 날, 고객이 전화를 해서 차량 안테나가 오지 않았다며 자기가 직접 픽업할 테니 올 필요 없다고 하면서, 내가 차 값을 다른 곳보다 비싸게 책정했다며 너무한 거 아니냐고 따졌다. 난 너무 당황스러워 제가 받은 커미션을 다시 돌려드리겠다고 하자, 나에게 진심 어린 충고 한마디를 해줬다.

"미스터 김, 미국에 온 지 얼마 안 되었나 봐요. 처음엔 다 서툴고 힘든 게 이민 생활이죠. 주제넘지만 내가 한마디 조언을 한다면 처음부터 편하게 자리 잡으려고 하지 말고 몸이 좀 힘들어도 차근차근 밟아가는 게 옳은 길이에요." 그리고 한마디 덧붙였다.

"그리고 고객이 화가 나서 한마디 하자마자 자기 몫을 내놓겠다고 하는 배짱으론 자동차 영업하기 힘든 성품이니 잘 생각해 보세요." 덧붙여 수표는 안 돌려줘도 되니 열심히 살아 보라고 하는데 이제는 얼굴도 기억이 안 나는 분이지만 너무나 귀한 조언을 해줘서 내 자신을 돌아볼 수 있는 계기가 되었다.

웨이트리스가 된 아내

미국에 들어간 이후 생각했던 거와 달리 생활하기가 쉽지 않았다. 내가 아직 마음이 정리되지 않은 상태에서 온데다, 9.11 테러가 벌어진 직후라 사회 분위기도 엄중한 때였고, 취업 비자도 없는 내가 제대로 된 일자리를 구하기란 사실상 어려운 현실이었다.

아내는 미국에 오자마자 일말의 주저함도 없이 난생처음 해보는 웨이트리스라는 일을 시작했다. 인터뷰나 한번 본다고 들어간 곳에서 3시간이나 있다가 나온 아내에게 내가 물었다.

"무슨 인터뷰가 이렇게 오래 걸려."

"마침 점심시간이라 다들 바빠서 도와주고 나왔어."

"인터뷰 하러 가서 3시간씩이나 일하다 왔다고."

"어찌됐든 내일부터 일하라고 하네."

"진짜 식당에서 일할 거야?"

솔직히 나는 자존심이 무척 상했다. 아무리 그래도 우리 부부가 한국에선 누구나 알아주는 명문대를 졸업했고 특히, 아내는 대학 시절부터 상당한 수준의 통역사로 일을 했기에 이건 아니다 싶은 마음이 컸었다.

하지만 아내의 결심은 단호했다. 우리가 처해 있는 상황이 이것저것 따질 상황이 아니고 우선 뭐든지 하면서 돈을 벌어야 먹고살지 자존심을 내세울 때가 아니라는 거였다.

한국에서 가져온 몇 푼 안 되는 돈은 중고차 구입과 아파트 보증금과 월세, 기타 잡비로 거의 다 써버린 상태였다. 아내가 매일 벌어 오는 팁과 식당에서 남은 음식을 싸가지고 와서 끼니를 때우는 그렇게 힘든 날을 보내면서도 아내는 한 번도 나를 재촉하지 않았다.

'내가 뭔가 잘못 생각하고 있구나'

솔직히 멕시코 생활 처음 시절처럼 길에서 먹고 자며 또 다시 밑바닥에서부터 올라간다는 건 생각조차도 하기 싫을 정도였다. 그래서 사실 미국도 오기 싫었다.

하지만, 생각을 고쳐먹고 다시 출발하기로 했다. 힘들 때일수록 몸이 피곤한 게 잡생각을 떨쳐 내고 편하게 잠을 잘 수 있는 최선의 선택이란 걸 예전부터 알고 있었지만, 이게 항상 실천하기는 참 어려운 법이다. 하여간 몸이 피곤하면 맘이 편안하다.

그래서 여기저기 일자리를 알아보던 중 선배의 소개로 식품 창고에서 제품 정리하는 일을 하게 되었다. 첫 월급이 현금으로 1600불이었으니 1000불 월세에 공과금 내고 나면 남는 게 없는 돈이었다.

그러다 보니 아내가 벌어 오는 돈으로 밥을 먹고, 아이들 어린이집 비용 내고 그렇게 둘이서 열심히 벌어야 겨우 살아갈 수 있는 형편이었다. 그래도 고정적인 일이 있고 매달 월급이 들어오니 어찌됐든 한숨은 돌릴 만한 상황이어서 고마운 마음뿐이었다.

지금도 매번 느끼지만 자기를 다 내려놓지 않으면 결코 스스로 행복해질 수 없다. 미국에 처음 와서 아직도 겉멋이 남아 있고 자존심이 있어 힘든 노동일은 생각도 않고 임금이 낮으면 무시해 버리기 일쑤였다.

이후 내 구미에 맞는 일이 아니라 할 수 있는 일을 찾았고 그런 일

아내와 집 거실에서

들은 몸은 고되고 힘들었지만 두 다리 쭉 펴고 잘 수 있었고, 아내에게
도 꼬박꼬박 작은 돈이지만 가져다줄 수 있게 되었다.

1달러 햄버거와 지게차를 배운 날

그 당시 일주일에 두세 번은 한국에서 식품 컨테이너 40피트짜리
가 들어오는데 좁은 창고 마당에 커다란 컨테이너가 들어오면 2시간
안에 다 정리를 해야 했다. 그러다 보니 박스를 하역하기 위해 근처 멕
시칸들을 두 명 불러서 짐을 내리고, 나와 창고에 근무하는 또 다른 멕
시칸과 나는 내린 물건을 창고에 정리해서 집어넣는 일을 하였다. 그
런데 이렇게 4명이 작업하는 좋은 근무 조건은 자주 있는 게 아니라서
보통은 한 명만 부르고 우리 둘 중 한 명이 컨테이너에 올라가서 같이

일하고 나머지 한 명은 지게차로 창고에 넣어 두는 식이었다.

　지게차로 물건을 집는 건 힘이 안 드는 일이지만 불행하게도, 나는 지게차를 운전할 줄 모르니 올라가는 일은 자연스레 내 몫이 되고 나는 지게차 운전을 못 배운 게 한이 될 정도로 컨테이너에 올라가 생고생을 하였다. 40피트 하나를 하역하는데 익숙한 손길로 하다 보면 2시간 안에 끝나지만, 간혹 단무지 20kg짜리가 가득 들어오거나 무거운 된장, 고추장 이런 것들이 들어오는 날이면 허리가 부러질 지경이었다. 특히나, 가끔 냉동 컨테이너가 들어오는 날이면 회사에 가기도 싫을 정도로 이건 물건이 아니라 그냥 돌덩이들을 나른다고 보면 됐다.

　깡깡하게 언 박스들을 종류별로 나누고 수량 파악해서 다시 냉동 창고에까지 다 집어넣어야 하니, 하역 작업도 죽도록 고된 일이지만 영하 40도가 넘는 냉동 창고에 들어가는 게 사실 더 무시무시한 일이었다. 게다가 냉동 창고는 문을 오래 열어 두면 안 되니 신속하게 일을 끝마쳐야 하는데 두터운 잠바를 입고 들어가면 몸도 둔하고 일하다 보면 그 와중에도 땀이 송글송글 맺히니 일하기가 여간 불편한 게 아니었다. 그래서 보통은 반바지에 티셔츠 차림으로 후다닥 일을 하고 나오는 게 편했다. 한번은 냉동 창고에서 일하다가 3층 선반에서 떨어졌는데 정강이뼈가 드러날 정도의 부상임에도 혈관이 얼어서 피가 나오지 않을 정도로 정말 열악한 환경이었다. 여하튼 온몸이 꽁꽁 얼어붙는 건 둘째 치고 부상의 위험까지 있어 아주 고약한 하루하루가 되었다.

　처음에 그곳에 취직해서 들어갔을 땐 이런 험한 일을 해본 적도 없거니와 또 동료와 호흡 자체가 맞지 않으니, 일당 받고 오는 멕시칸들은 나랑 하면 2시간이 4시간이 되는지라 잘 오려고도 하질 않았다. 왜 그런가 하면, 컨테이너 하역은 일당으로 받는 게 아니라 컨테이너 하나 당 50불을 받는 일이기에 날품 파는 그들은 빨리 내려 주고 다른 것을 해야 돈이 되는 상황이었기 때문이다. 그러다 보니 나 같은 초보와하면 시간이 두 배가 걸려, 결국 그들에겐 손해가 되었다. 한마디로 민폐인 셈이었다.

처음 한두 달은 이래저래 눈칫밥을 많이 먹었다. 이렇게 컨테이너를 내리는 날은 사장님이 5달러씩 햄버거를 사먹으라며 주고 간다. 그러면 나와 같이 일하는 멕시칸과 함께 둘이서 잠시 휴식 시간을 이용해 근처에 가서 1달러 햄버거를 사는 것이다. 1달러짜리 햄버거라는게 빵 사이에 치즈 한 장과 얇은 패티 한 장이 전부이고 상추니 토마토니 이런 건 전혀 없다. 그냥 말만 햄버거다. 그래도 그거 하나를 사서 먹고 나머지 4달러는 주머니에 집어넣으면 마음이 든든했다.

참 서럽고 웃기지만 그땐 그랬다. 고된 하역 작업을 하기에 햄버거하나는 턱도 없는 부실한 점심이었지만, 4달러가 큰돈이라기보다는 마음 자세의 문제였고 아낄 수밖에 없었던 형편이기에 창피하다거나 추접스럽다는 생각 같은 건 아예 들지도 않았다. 그렇게 햄버거 하나 먹고 몇 천 킬로의 짐을 내리고 그 짐들을 다시 창고 안으로 집어넣어 정리를 다하고 창고문을 닫아야만 하루 일이 끝났다.

가끔씩 두 컨테이너가 함께 들어오는 날이면 저녁 9시~10시까지 창고에서 이고 지고 올리고 별 생쇼를 다해야 창고문이 닫힌다. 그런날은 1달러 햄버거를 서너 개는 사먹는다. 5달러짜리 햄버거 하나보다는 1달러 햄버거 5개가 더 배가 부르고 남겨 두었다 저녁에 일하면서 먹기에도 좋다. 참 어려운 시절이었고 힘든 시절이었다. 그래도 마음은 편안해지고 혼란했던 마음이 많이 치유되는 시간이기도 했다. 고된 노동이 육신은 힘들게 하지만 속은 그지없이 편해 집에 돌아오면 아무 잡념 없이 발 뻗고 잤던 시절이기도 했다.

여기서 이야기를 좀 덧붙이자면, 어느 날 저녁 트럭 운전을 하는 아저씨 집으로 소주 한 병을 들고 찾아가서 대뜸 이렇게 얘기했다. "저 지게차 좀 가르쳐 주세요." 아저씨는 다행히도 흔쾌히 알겠다는 답을 주었고, 그날 이후부터 틈만 나면 남몰래 지게차를 배우기 시작해서, 어느 정도 운전을 할 수 있게 되었다.

그래서 같이 일하는 멕시칸 동료에게 일을 하다가 이런 제안을 했다.

"야, 네가 올라가서 물건 내려. 내가 지게차를 몰 테니까."

"진짜, 너 할 줄 모르잖아, 괜히 일 만들지 말고 얼른 하던 대로 해."

"아니, 내가 할 거니까, 이제부터 네가 올라가."

"내가 물건 내리면 지게차로 물건 안 넣어 줄 거야. 그럼 네가 손으로 다 집어넣어야 해. 그때 가서 안 도와준다."

"잔말 말고 올라가라고, 내가 책임진다니까."

비웃는 눈초리에 일하러 온 인부까지 비아냥거리기 시작했다. 그렇게 컨테이너가 열리고 일은 시작됐고, 비장한 각오로 지게차를 조심스럽게 몰았다. 자연스럽진 않지만 어찌어찌 일이 되어 가자, "김, 제법인데 언제 배웠어? 이러지 말고 우리 반반씩 하는 게 어때?"

그래서 막일하는 잡부에 무시당하기 일쑤인 신참에서 조금은 편해진 기술직으로 전환하게도 되었다. 뭐라도 배우면 몸은 그만큼 고생이 덜하다는 것을 새삼 깨달으면서 이렇게 점점 창고밥을 먹게 되었다. 그리고 항상 힘든 일이 있을 때마다 이 한마디를 꼭 떠올렸다.

'배우자, 살려면 생활에 필요한 기술을 배워야 한다'

아빠 걱정하지 마, 시간이 해결해 줄 거야

한국에 살 때도 그랬고 학창시절에도 그랬으며 심지어 어른이 되어 20년 가까이 외국을 떠돌아다녀도 해결되지 않는 울렁증이 하나 있다. 그건 다름 아닌 '외국어'다. 학창시절 영어, 불어, 스페인어를 배우기도 했지만 한국말이 아닌 모든 외국어는 정말이지 다 어렵다.

처음 미국에 가서 햄버거 가게를 들어갔다 결국 사지 못하고 나온 적도 있었다. 내가 아는 영어 공식 회화에 나온 질문이 아닌, 다들 아시다시피 시나리오에 나오지 않은 질문을 하는 바람에 순식간에 패닉에 빠져 버렸다. 그래도 영어는 학력고사 만점이었는데, 그렇게 쉽사리 무너질 줄이야 누가 알았겠는가?

나중에 알고 보니 그건 "Eat here or to go?". 요즘엔 동네 카페에서도 흔히 쓰는 말이지만 30년 전 우리나라 영어책에 "to go"는 나오지 않는 말이었다. 어쨌든 최고의 교육열을 자랑하는 우리나라에서 영어의 위상은 지나치다 할 정도로 독보적인 위치에 있지만 그렇게 열심히 공부해도 한국식 문법과 독해 위주의 학습법으론 실전에서 여전히 도

움이 안 된다. 이런 외국어 울렁증에도 불구하고 매번 다른 언어권으로 이동하여 살다 보니, (스페인어, 영어, 중국어, 일본어, 독일어 등) 가족 모두에게 가장 큰 난관은 언어로 인한 의사소통이다.

독일에 들어가 살면서도 역시 첫 번째 장애물은 다름 아닌 독일어였다. 특히, 기계처럼 맞물려 돌아가는 독일어 문법에 나는 두 손 들고 포기한 지 오래다. 아이들이 어려서부터 이처럼 다양한 언어를 접하다 보니 별의별 일을 경험하게 되는데 특히, 미국에서 큰아이의 영어 도전기가 가장 기억에 많이 남는다.

우리 부부는 스페인어가 가능하고 영어도 아주 초보는 아닌데다, 한인타운은 영어 없이도 살 수 있는 곳이라 큰 어려움 없이 언어 문제를 해결했지만 큰아이는 전혀 영어 교육을 받지 않고 바로 미국 초등학교에 입학했다. 그나마 '멕시코에 머물며 외국 생활을 한 경험이 있는 아이라 잘 적응하고 따라가겠지'라는 정도의 막연한 기대감과 '어리니까 금방 따라가겠지' 하며 별 걱정하지 않고 있었다. 그렇게 큰아이는 집 근처 초등학교에 다니기 시작했고, 두 살배기 작은애는 에프터 스쿨에 맡기고 우리 부부는 어렵사리 구한 직장에 집중하며 현지 생활에 조금씩 적응해 가며 살아가고 있었다.

무난하게 몇 달이 지나갈 즈음, 학교에서 가정 통신문으로 학부모 면담을 요청해 왔다. 그때만 해도 '그냥 정기적으로 하는 학부모 면담이겠지'라고 생각하고 학교에 갔는데, 이게 웬 날벼락인가! 담임선생님이 전하는 말씀은 정말 충격적이고 기가 막힌 말이라, 아내는 오후 일도 포기하고 집으로 돌아가 몸져누웠다. 정말 한순간에 모든 게 꺼져 버릴 정도의 청천 벽력같은 사건이었다.

"진이가 학교에 와서 전혀 입을 열지 않고 일절 대화를 하지도 않으며, 수차례 타일러도 보고 영어가 부족하다 싶어 쉬운 말을 유도해 봐도 아무런 말을 하지 않습니다." 곧이어 선생님은 아이가 언어장애가 있는 듯하니, 아동심리 상담을 받아 보라고 권해 주셨다. 그러면서 "진이가 집에서는 어떤가요?" 하고 물어보셨다.

빠르게 되짚어 보니, 당시 참 특이하다 싶었던 행동으로 지금까지도 뚜렷하게 기억하는 일이 있었다. 그것은 아이가 집에 돌아오면 들어오자마자 한 가지 만화 비디오만 계속 보았다. 하루에도 서너 번씩 주말엔 하루 종일 무한 반복으로 틀어 대는데 아주 질려 버릴 정도로 그걸 반복 시청하며 시간을 보냈다. 처음엔 다른 프로도 좀 보라고 싸워도 보고 최소한 다른 만화라도 보자며 DVD를 사주어도 막무가내로 한 가지 만화만 틀어 놓았다. 그렇게 몇 달을 TV 앞에서 보내더니 결국엔 만화의 대사를 통째로 외워서 계속 따라하기 시작하고 나중엔 불어 버전으로 틀어 놓고 자기는 영어 대사를 줄줄 외우고 있었다.

그렇게 아이와 집에서 티격태격 하던 와중에, 선생님과의 면담으로 아이의 충격적인 학교생활을 전해들은 것이다. 멕시코에선 그렇게 스페인어도 잘하고 명랑하던 애가 미국에 와서 말문을 닫아 버리고 심리적으로 문제가 있다 하니 너무 놀랍고 당황스럽고 혼란스러웠다. 게다가 집에선 만화에 빠져 그것만 몇 달째 보던 애를 떠올려 보니 정말 우리 아이가 심리적으로 무슨 일이 생긴 건가 하는 생각에 가슴이 덜컥 내려앉았다.

그날 저녁 아주 무겁고 침통한 마음으로 조심스레 진이에게 물었다.

"왜 학교에서 아무 말도 안 하는 거야?"

"영어를 모르니까 아예 말을 하지 않는 거예요."라고 우리 속도 모르고 태연히 답을 했다. 그 말을 듣자 화가 나고 답답해서 호통을 쳤다.

"모르니까 계속 연습하고 시도를 해야지, 입을 다물고 있으면 어떻게 하냐?"

아내는 옆에서 울며 괜히 미국에 와서 아이를 바보로 만들었다고 자책하며 분위기는 최악으로 흘러갔다. 그렇게 근심 걱정으로 시간을 보내는 동안 방학이 되었고 우리 부부는 언제 아이를 상담센터에 데려가야 하나, 또 어디로 데려가야 하나 이런 문제로 가끔은 싸우기도 하고 한숨도 쉬며 그냥 미국을 떠나야 하나 별별 생각으로 하루하루를 보내고 있었다.

방학을 마치고 새 학기가 시작해 얼마 지나지 않은 때에 선생님으로부터 또다시 학부모 면담 통지문이 날아왔다. 저번 면담 이후 별 조치를 취하지 않은 바람에 걱정스러운 마음으로 선생님을 만났는데 "방학 동안에 진이에게 무슨 일이 있었느냐?"며 깜짝 놀란 표정으로 물어보셨다.

"그게 무슨 말이죠?" 아이에게 더한 무슨 일이 생긴 거냐고 걱정스레 되물어보자,

"믿을 수 없는 일이예요. 진이가 완벽하게 영어를 구사합니다. 또래 아이들하고 전혀 차이가 나지 않을 정도에다 오히려 어휘력이 훨씬 더 풍성하다고 해야 할 정도예요."

그냥 더듬거리며 하는 게 아니라 오히려 현지 또래 아이들보다 더 자연스럽게 영어를 구사하니 자기로선 도저히 믿기지 않아 이걸 어떻게 받아들여야 할지 놀라서 학부모 면담을 신청했다고 하셨다. 너무나 해괴한 일이지만 좋은 소식이라 일단, 네네 하고 나왔지만 우리 부부도 이걸 어떻게 받아들여야 할지 또 다시 혼란스럽긴 마찬가지였다. 저녁에 아이를 집으로 데리고 돌아와선,

"진아, 이제 영어를 잘한다고 선생님이 그러던데 어떻게 된 거야?"

"처음엔 전혀 말을 모르니까 아무 말도 안했고요. 이제는 아니까 말을 한 것뿐인데…" 그동안 속 썩은 시간들을 생각해 보면 너무나 담백한 대답이었다.

이 모든 과정을 옆에서 지켜본 내가 곰곰이 생각해 본 바로는, 학교에서 아이들과 선생님이 하는 말을 유심히 듣고 집에 와선 한 가지 만

화 영화를 무한 반복재생하며 자기 나름대로 낯선 언어를 배우기 위해 치열하게 살아왔던 것 같다.

그 한 학기 시간 동안 그 어린애가 언어와 문화가 전혀 다른 곳에 와서 느꼈을 어려움과 고통을 우리 부부는 그냥 우리 잣대로만 재면서 아이의 행동이나 마음을 이해하고 격려해 주지 못했고 우리 멋대로 판단하고 좌절하고 아이를 몰아붙이고 있었던 셈이다. 우리가 그러고 있는 사이, 아이는 학교에서 유치원에서 또 저녁에 집에 와서 자기만의 방식으로 자기가 속한 사회에 적응하기 위해서 최선의 노력을 하고 있었다.

아이들은 스펀지와 같아서 세상의 모든 것을 그대로 흡수해 버리고 그게 무엇이 되었든지 분별하지 않고 통째로 빨아들인다. 오히려 어른들의 편견과 잘못된 상식으로 아이들의 기를 죽이고 남과 비교해서 의욕을 떨어뜨려 적응을 힘들게 하는 부작용이 생기는 경우를 내 자신을 포함해 매우 자주 보아 왔다. 걱정 근심에 기다려 주지 못하고 재촉하는 게 다반사가 되어 버린 어른들의 삶의 방식이 아이들에겐 해롭게 작용하는 게 틀림없었다.

비단 이러한 어른들과 아이들 세계의 괴리는 외국어 하나에만 국한되어 있진 않아 보인다. 오랜 시간 자식을 키우는 데 부모가 가져야 할 첫 번째 덕목이 '인내'와 '믿음'이 아닐까라는 생각은 이렇게 확신이 되어 가고 있었다. 마음의 조급함을 버리고 기다려 주자. 왜냐하면 아이들을 보면 항상 자기에게 맞는 방식으로 사회와 부딪치며 배워 가고 있음을 자주 확인할 수 있었기 때문이다. 재밌는 사실은 이렇게 긴박

하고 중요했던 일들도 당시 6살 먹은 우리 아들에겐 정말 아무런 인상
이 없는 일이었나 보다.

진이는 이 부분에 대한 기억을 물어보는 나에게, "특별히 기억에 남
는 건 없어요. 굳이 기억해 보면 성격이 소극적이라 그랬을 거고, 창피
해서 더 그랬겠죠."

그렇게 우리 아들의 영어 도전기는 해피엔딩으로 끝나고 그 일을
교훈 삼아 그 이후 아이들이 다른 언어권에 가서 힘들어하고 좀 특이
한 행동을 하더라도 믿고 기다릴 수 있는 여유가 생겼다. 그렇게 십 몇
년이 지나고 전 세계를 돌아다니며 아이들은 7개 언어를 배우고 구사
하고 있으며, 오늘도 독일어를 배우고 정규반에서 수업을 따라가기 위
해 고군분투하고 있다.

물론, 우리 부부는 말처럼 쉽게 걱정을 버리지 못하고 오늘도 아이

들에게 잔소리를 하고 있다. 독일 학교에 입학 전 조급증이 또 재발한 내가 작은딸에게 학교 가기 전에 독일어 공부 좀 하라고 다그치자,

"아빠, 장사 하루 이틀 해. 시간이 다 해결해 주니까 걱정 마."

"……."

매번 그러하듯, 독일에서 3년이란 시간이 흐르고 아이 말처럼 시간이 해결해 주었다.

아직 학교에서 토론하고 발표하는 데엔 불편함이 있지만 수업을 따라가고 일상적인 회화를 하는 데는 무리가 없어 보인다. 작은딸은 다음 학기부터 스페인어를 공부하기로 했다는데 시간의 마법이 작용할지 아니면 노력의 결실이 필요할지 무척 궁금하다.

아빠, 마약해?

미국 생활 초창기에 아이들과 동승한 차 안에서 흡연은 물론이거니와 저녁에 밥을 먹고 베란다에서 담배 한 대 피려고 나오면 우리 아이들은 베란다 창문 너머로 나를 바라보곤 했다. 나는 입에 연기를 잔뜩 물고 도넛을 만들어 올려 주면 아이들은 그런 아빠의 모습이 너무나 멋있고 신기했던지 박수를 쳐주고 밝게 웃어 주었다.

아내는 기가 막히다는 표정으로 아이들 안 보게 다른 데 가서 피우라고 면박을 주고 나는 애들이 멋있다는데 왜 그러느냐면서 더 열심히 연기를 코로 내뿜고 입으로 올리면서 한껏 멋을 내었다. 내가 담배를 물면 두 아이는 서로 자기가 라이터를 켜겠다며 싸우곤 했었던 시절이

있었다.

그러던 사이 시간이 흘러 아이들이 학교를 다니고 나면서부터 이상한 분위기가 감지되었다. 이제 더 이상 아이들이 서로 볼 때문에 싸우지도 않았고 밖을 쳐다보며 박수도 안 치고 멋있다고 하지도 않았다.

그러던 어느 날 큰아들이 나에게 조용히 하지만 걱정스러운 표정으로 물었다.

"아빠 마약해?"

나는 깜짝 놀라서 "그게 무슨 소리냐?"

학교에서 선생님이 담배는 마약이라고 가르쳐 주었단다. 담배는 절대 가까이 하면 안 되고 부모님이 피우면 이야기를 해서 못 하게 해야한다고 말했단다. 그러면서 "아빠, 담배가 마약(DRUG)이야?"라고 묻는데, 여기서 내가 마약이 아니라고 하고 계속 피우면 선생님이 거짓말하게 되는 거고, 마약이라고 내가 인정하게 되면 나는 한순간에 뽕쟁이가 되어 버리는 아주 난감한 상황이 되어 버렸다.

'아, 이걸 뭐라고 해야 되는가?'라는 잠깐의 고민 끝에 '그래도 자식한테 담배가 좋다고는 할 수 없는 거 아닌가!'라는 생각에, "선생님 말씀이 맞아." 하고 답하고 말았다. 그 이후 아내 편으로 돌아선 아이들은 나의 흡연에 거부감을 보이고 담배를 피우지 말라고 매번 감시하는일을 하였다. 온 가족이 하나가 되어 금연을 부르짖게 되고 만 것이다. 더 이상 차 안에서 담배를 필 수도 없었고 베란다도 이젠 금지 구역이되어 아이들의 눈에 띄지 않는 장소를 찾아야만 했다.

그러던 와중에 담배를 끊게 된 결정적인 사건이 발생했다. 새 차를 구입하고 얼마 되지 않았을 때, 아침에 아내를 회사 앞에 내려 주고선 길 건너편 담뱃가게에 들러 담배를 사기 위해 불법 유턴을 하다 미처 반대편 차선에서 오는 트럭을 보지 못하고 사고를 냈다. "쿵." 하고 부딪친 후 나는 차를 한쪽으로 대고는 놀라서 가게에서 나온 담뱃가게 아주머니에게, "담배 한 갑만 주세요. 담배 살려고 돌다가 이렇게 됐네요."라고 말했다.

이윽고 가져온 담배에 불을 댕기는데 방금 내렸던 아내가 귀퉁이에서 이 모든 것을 보고 있었다. 그 사고로 인한 보험료 할증 등으로 약 5000불 정도의 금전적인 손해를 보았는데 그 당시 우리 집 가정 형편으론 상당한 금액이었다.

"오늘 산 담배 다 피우고 끊을게. 담뱃값 아껴서 보충할게." 퇴근 후 저녁을 먹으며 아내 눈치를 살살 보다가 겨우 내뱉은 말이었다. 한 달에 50불 정도를 담뱃값으로 쓰던 시절이라 5000불을 메우려면 100개월 약 8년 이상을 끊어야 한다는 계산이 나왔다. 아내에게 잔소리 듣지 않으려 급조해 낸 말이었는데, 뽕쟁이로 아이들에게 몰리는 것도 교육상 옳지 않았고 담배로 인한 경제적인 손실까지 입고 나서야 결국 담배를 끊게 되었다.

여기서 잠시 담배 이야기를 이어 가자면, 지금까지 살아 본 나라 중에서는 중국과 독일이 담배에는 가장 관대한 문화를 가지고 있다. 중국은 엘리베이터 안에서도 버젓이 담배를 피울 정도로 애연가들에게는 천국 같은 곳이다. 어떤 종류의 담배를 피우느냐로 신분과 부의 차이를 나눌 정도이다 보니 어느 장소에 가든 중국인들이 모인 테이블엔

라스베가스 가족 여행

각자가 피는 담배를 내어 놓는 걸 흔히 볼 수 있다.

독일은 남녀노소 누구나 담배를 즐기는 나라이다. 실내가 아닌 거의 어디서든 담배를 피울 수 있고 길거리에서 흔하게 담배꽁초를 볼 수 있다. 특히, 아이들 학교에 처음 등록하기 위해 찾아간 날 보았던 광경은 참으로 생소한 풍경이었다. 쉬는 시간에 학생들과 선생님들이 함께 교문 앞에서 집단으로 흡연을 하고 있었다. 교문 근처에 삼삼오오 모여서 편안하게 끽연을 하다가 쉬는 시간이 끝나면 피던 담배를 길에다 버리고 우르르 안으로 들어가는 장면은 어느 나라에서도 보지 못했던 참으로도 희한한 광경이었다.

미국 같은 나라에서는 담배를 마약이라며 아이들에게 교육시키고 나를 한순간에 뽕쟁이로 만들었는데 독일에서는 너무나 편안하게 피워 대니 세상의 잣대는 이렇게나 다르다는 걸 새삼 깨달았다. 만 18살이 넘은 아들이 파티에 다녀와서는, "오늘 독일 친구들과 간단한 파티를 하는데 아이들이 술을 마시고 담배를 피는데 나는 어떻게 했겠어요?" 하고 물었다.

"마셔 보고 피워 보지 그랬어?"라고 하자, 우리 아빠는 이렇게 말해 버리니 재미가 없다며 자기는 술과 담배 아무것도 안 했단다. 나 역시 말은 담담하게 했지만 스스로 잘 판단해서 행동해 주는 아들이 내심 고맙고 기특했다.

햇빛의 값은 얼마일까요?

외국으로 20년째 떠도는 우리에게 어머니가 항상 하는 걱정들 중 첫 번째는 "이제 가면 어디로 가냐?", "잠은 어디서 자냐?"이시고, 도착해서 전화드리면 "살 집은 구했냐?"이다. 곧이어 덧붙이는 말씀은 "집 구할 때는 비 많이 와도 배수가 잘되고 물에 안 잠기는 집을 구하고, 집에 물이 새는지 잘 확인하고 방향은 꼭 햇빛 잘 들어오는 남향을 골라라."는 것이다.

예전에 아무 데서나 자던 젊었을 때야 물이 새는지 햇빛이 잘 들어오는지 따위의 문제들은 그냥 잔소리로밖에 들리지 않았다. 하지만 미국에서 햇빛을 팔아먹고 나서야 드디어 햇빛의 소중함을 누누이 일러 주신 어머니의 말씀에 귀를 기울일 수 있게 되었다.

과연 우리가 햇빛을 팔아먹을 수 있을까? 만약 팔 수 있다면 얼마나 받을 수 있을까?

물론 햇빛을 팔기 전에 그런 게 가능하리라 생각해 본 적이 없다. 그런데 살다 보니 내가 햇빛을 팔았다. 그것도 돈을 받고 말이다. 처음 미국에 들어가서 살던 아파트는 2층짜리 복도식으로 빙 둘러진 아파트였다. 주로 한국 사람과 히스패닉 사람들이 모여 살았고, 처음 미국에 와서 급한 대로 얻은 아파트라 잘 알아볼 여유도 없이 부랴부랴 얻은 곳이었다. 그런데 사는 동안 문제가 발생했다. 요즘 신문에도 자주 오르내리는 층간 소음 문제였다.

아파트가 콘크리트가 아닌 목재로 지어 놓아서(LA는 지진 때문에 일반적으로 목조 건물이다. 그래야 지진 때문에 집이 무너져도 깔려 죽는 위험을 줄일 수 있기 때문이란다) 소음이 고스란히 아래층에 전달되었다.

아이들이 어리다 보니 집 안에서 뛰어다니는 것을 보고 꾸짖거나 조심을 시켜도 그때뿐이었다. 여러 차례 관리인으로부터 주의를 받게 되었고 그런 게 어른들인 우리 부부에게도 스트레스였지만 아이들도 집에만 오면 꿍지발을 조심히 딛고 살아야 하는 통에 영 마음이 편치 않았다.

그래서 아내와 상의해서 1년 계약이 끝나자마자 집을 옮기게 되었다. 일단 이사를 하기로 맘을 먹고 나니 이젠 옮길 집을 보러 다녀야 했다. 주중엔 둘 다 일하느라 시간이 없고 주말을 이용하여 한인타운 근처 집을 알아보고 다녔다. 그 당시 우리 가족은 미국에 산 지 겨우 1년밖에 안 됐던 시기라, 아직 미국 생활이 안정 궤도에 오를 정도는 아니었고 직장도 임시직으로 겨우 한 달 벌어 한 달 사는 정도의 형편이었다.

미국 생활이 더욱더 힘든 이유는 매달 지불해야 할 돈(집세, 공과금, 어린이집, 차 할부금, 보험료 등)을 내고 보면 은행잔고가 거의 남지 않는 다는 거였다. 버는 돈은 여유가 없는데 사는 비용이 비싸게 드니 매달 허리띠를 졸라매야 거의 수입과 지출을 맞출 수 있는 참 힘든 때였다.

그래서 이번 기회에 집을 좀 줄여서 월세라도 조금 아껴 보자는 생각이 들었다. 미국에서는 월세를 Burning Money라고 부르는데 '타서 없어져 버리는 돈'이란 뜻으로 우리나라처럼 전세가 없으니 천상 월세는 없어져 버리는 돈이다.

다른 곳에선 돈을 줄일 데가 없으니 잠자리를 줄이는 게 그중 손쉬운 절약 방법이 되었다. 그렇게 마음을 먹고 이곳저곳을 알아보던 중 우리 가족에게 알맞은 아파트를 보게 되었다. 마침 나온 층이 1층이라 집에서 아이들이 맘대로 뛸 수도 있었고 1층이다 보니 마당 전체를 베란다로 이용할 수도 있었다. 가격도 전에 아파트보다 월 100불이 저렴한 데다 아이들 학교도 가까워서 도보로 통학이 가능하니 금상첨화다 생각하고 그 집을 바로 계약했다.

하지만 이사를 하고 그 집에서 살아 보니 주변 건물에 가려 하루 종일 집 안에 햇빛이 한줄기도 비치지 않는 또 다른 문제에 봉착했다. 처음 계약할 때만 해도 나는 전혀 햇빛에 대해 생각해 보지 않았다. 단지 위에 언급한 좋은 점만 보고 결정을 했었다. 나중에서야 왜 위층보다 100불 정도 월세가 저렴했는지 그 이유를 알게 되었다.

주중에 바깥에 있다 저녁에 들어오면 모르지만, 주말에 집에 있으면 집이 온종일 어두컴컴했다. 처음엔 그렇게 불편한 줄 몰랐는데 시간이 지날수록 밝고 따뜻한 햇빛이 그리워졌다. 그래서 주말엔 가능하면 가족이 밖으로 돌아다녔다. 그래서 그 집에 사는 동안 햇빛이 안 드는 거실에 앉아 있으면 아내는 나에게 "당신이 햇빛을 100불에 팔아먹었어."라고 말하곤 했다.

나도 그 말에 충분히 공감이 갈 정도로 사는 내내 햇빛이 얼마나 귀한 줄 알게 되었다. 그렇게 우리 집의 햇빛 값은 100불이 되어 버렸다. 그렇지만 그 햇빛 안 드는 집은 우리 가족에게 햇빛 대신 다른 많은 걸 주었다. 이사하는 날 비가 오면 돈을 많이 번다고 하더니 우리가 그 집으로 이사하던 날도 비가 왔다.

그래서일까? 아니면 햇빛까지 100불에 팔 정도로 아끼고 살아서일까? 이사한 뒤로 미국에서의 삶은 많이 풍요로워지고 점차 안정된 생활을 할 수 있게 되었다. 그곳에 사는 중간중간 아내가 햇빛이 잘 드는 집으로 옮기자고 하고 방이 더 넓은 대로 옮기자고 성화를 부려도 이런저런 이유로 이사를 하지 못했다. 우리 가족은 이후 미국을 떠나는 날까지 4년 이상 그 집에서 살았다.

여러분들에게 햇빛은 얼마입니까?

한글 깨우치기

한국 사람이 한국말을 한다는 것이 아주 당연한 일이고 가장 쉬운 일임에 틀림없다. 모든 한국인은 본인의 모국어를 한국어라고 생각하며 살고 있다. 하지만 외국에서 태어난 2세 한인들이나 어릴 때 외국으로 떠난 1.5세 한인들에게 이 문제는 다르게 다가올 수 있다.

일반적으로 한인 이민 역사가 오래된 곳일수록 현지 이민 2세들은 그 나라의 언어를 모국어로 사용하고 있다. 그들의 겉모습과 피가 한국인이라는 것과 모국어를 무엇으로 택하느냐는 다른 문제일 수밖에 없다.

특히, 한인들의 이민 역사가 길면 길수록 한인 2세들은 현지 언어를 모국어로 삼는 경우가 대부분이다. 그런 이유로 한인 2세들에게 한글 배우기란 어려운 외국어를 배우는 것과 다름없는 게 현실이다. 덧붙여, 부모가 쓰는 언어와 2세들이 쓰는 언어가 다름이 세대 간의 갈등을 심화시키는 큰 요인이 되기도 한다.

자기 나라 땅이 아닌 외국이라는 현실적인 환경 속에서 아이들에게 한글과 말을 가르치는 것은 결코 쉬운 일이 아니다. 우리 가족도 미국에서 살면서 현지 생활에 완전히 노출되어 말과 사고방식이 미국식이 된 어린 자식들에게 한국과 한국인이라는 자기 정체성을 심어 주는 일은 생각만큼 간단치가 않은 일이었다.

역시 언어가 가장 문제가 되었는데, 유치원과 학교를 다니게 되면서 저녁 시간에 가족이 함께 모일 때를 제외하곤 아이들은 하루 종일 영어에 노출될 수밖에 없는 실정이었다. 더군다나, 아이들이 그 당시 2살과 5살이었으니 영어를 마치 스펀지처럼 빨아들이는 시기였다. 진이의 경우 6개월 정도의 적응기를 거쳐 완전히 학교생활에 동화되었고, 슬이의 경우엔 너무 어린 나이라 적응이랄 것도 없이 미국 아이처럼 자라게 되었다.

전국일주 중 아빠의 초등학교 운동장의 진이와 슬

한국 부모라면 영어에 대한 거의 우상과도 같은 엄청난 콤플렉스로 인해 아이들이 영어를 하는 걸 보면 한글을 가르쳐야 한다는 걱정보다는 자식들의 자연스러운 영어 발음이 더욱 자랑스러울 지경이다. 또한, 많은 한인 부모들이 조국을 떠나는 이유가 자식 교육 때문이라면 더더군다나 한글을 배우는 것은 어쩌면 부가적인 일이 되어 버리기 일쑤이다.

우리 부부도 여느 가족들처럼 그렇게 살아가던 중 어느 순간 아이들에게 한글과 한국어를 통한 조국을 가르쳐야 한다는 경고의 사이렌이 울리는 일이 생겼다.

2002년 월드컵 때였다. 한국이 미국과 예선전을 펼치던 저녁 우리 가족도 예외 없이 거실에 둘러앉아 경기에 몰입되어 응원을 하던 중 한국이 골을 터트리자 온 가족이 환호성을 지르며 얼싸 안고 좋아하고 있는데, 그 순간 집 안 어디선가 우는 소리가 들렸다. 이게 뭔 일인가 하고 주위를 둘러보자, 세 살 먹은 우리 딸이 한쪽 구석에서 울고 있는 것이 아닌가!

"슬아 왜 그래? 어디 아파?"

"아니."

"그럼 왜 그래?"

"미국이 지고 있잖아."

"슬아, 우리는 한국 사람이니까 한국을 응원해야지. 한국이 골을 넣었으니 좋은 거야 울지 마, 이제."

"아니야. 나는 미국 사람이잖아. 미국이 지니까 슬퍼서 우는 거야."

대답을 듣는 순간, 온 집안 식구가 모두 흔히 말하는 멘붕에 빠져버렸다. 이제 갓 만 세 살이 넘어 말하고 돌아다니는 어린애 입에서 미국을 자기 조국이라고 생각하는 말이 나오자 기가 막힐 노릇이었다. 그 당시 어머니도 우리 집에 오셨을 때인데, 이 광경을 보신 어머니도 정말 황당해하시면서, "애를 어떻게 키우기에, 아이 입에서 저런 말이 나오니? 쯧쯧쯧.".

슬이는 만 두 살이 지나서 미국에 와서 한국에 대한 기억이 거의 없는지라 자연스럽게 자기는 미국 아이라고 여기고 살았고 자기의 조국(조국이라는 개념도 없었겠지만)도 미국이라고 생각하며 자란 것이다.

그날의 일이 있고 난 후에야, 우리 부부는 이것이 해프닝으로 넘길 일이 아니고 이대로 간과할 수 없는 문제란 걸 인식하기 시작했다. 그날 이후 두 아이의 정체성에 관한 문제를 심각하게 생각하게 되었다.

그러고 나서 나온 방안이 우선 모국어로서 한글과 한국어를 가르치는 걸 선결 과제로 정했다.

우선, 집에 오면 두 아이 모두 영어를 못 쓰게 하고 한국어로만 이야기하게 하였다. 그러나 한글을 쓰고 읽는 문제는 시간과 노력이 들어가는 일이었다. 그 당시엔 미국 생활 초창기라 우리 부부도 일하고 돌아오면 저녁 먹고 씻고 잠자기 바쁜 때라 실질적으로 아이들에게 공부를 시키지도 못하였다.

그래서 우선 교회에서 진행하는 한글학교에 보내기 시작했다. 한글학교에 다니기 전 슬이가 아는 한글은 유일하게 한 자가 있었는데 그건 바로 '비'란 글자였다. 슬이가 가장 좋아하는 가수가 '비'였기 때문에 한인 신문만 보면 거기서 온통 '비'자만 동그라미를 치고 있었다. 진이는 미국에 오기 전 한국에서 유치원을 몇 달 다니며 한국어와 한글을 깨우쳐서 그나마 한글 실력은 슬이보다는 나았다.

그렇게 1년이란 시간을 교회 한글학교에 맡기고 아이들 한글 교육에 대해 잊어 먹고 있을 때였다. 하루는 진이가 한글학교에서 시험 본 종이를 가져왔는데 1년 동안 공부했다고 볼 수 없을 정도로 문제가 심각했다. 진이도 진이지만 슬이는 1년 전과 별 차이가 없을 정도였다.

1년 동안 교회 한글 공부 시간에 그냥 신나게 놀고 돌아온 것이다. 한글 진도가 전혀 안 나갔다는걸 알고 난 후, 아내가 어느 저녁 단단히 결심을 한 얼굴로 선언을 하였다. "오늘부터 엄마가 직접 한글을 가르칠 테니 그렇게 알아."

그날 이후 저녁마다 집에서는 눈물과 고함 소리와 우는 소리가 끊

이질 않았다. 저녁상을 무르기가 무섭게 그 상 위에 한글 책을 펼쳐 놓고 슬이를 데리고 한글 공부를 시작했다. 하지만 슬이 입장에서는 도대체 왜 한글을 배워야 되는지 이유를 모르니 매일 저녁 시간 전체가 정말 괴로운 시간이 되었다. 어린 아이에게 왜 한국말을 쓰고 한글을 배워야 하는지를 설명하고 납득시킨다는 건 거의 불가능한 일인지라, 아내는 독한 맘을 먹고 아이의 의지와는 상관없이 정말 죽기 살기로 가르쳤다.

육박도 지르고 책을 찢고 정말 어르고 달래고 하며 한글을 가르치기 위해 전쟁을 치렀다. 이런 일이 몇 달 동안 계속되었으니 보통의 의지로는 도저히 못 할 짓이었다. 쉽게 보면 굳이 이렇게까지 할 필요가 있느냐라는 생각이 나에게도 수없이 다가왔으니, 어린 딸 입장에선 거의 날벼락 수준이었다.

그 당시 상황에 대해 진이는 이렇게 기억하고 있었다.

"집에서는 아빠랑 엄마는 항상 한국어 가끔씩 스페인어로 말하곤 했다. 하지만 그때 나와 내 동생은 한국어보다는 영어가 훨씬 편했기 때문에 영어로만 서로 대화를 하면 부모님이 한국어로 말하라고 강요했다. 또 한국에 대해서, 역사라든가, 위인들, 한국 사람으로서의 자부심을 아빠가 많이 얘기하셨다. 엄마는 언어 쪽을 더 많이 담당하셨다. 한국어를 배우기 귀찮아하는 슬이를 앉혀 놓고 거의 매일 전쟁을 벌였다. 옆에서 보는 나는 어떤 느낌이었는지 생각나지 않을 정도로 어린 나이였었다."

정말이지 끝날 거 같지 않던 그 전쟁에서 결국 아내가 승리하였고 슬이는 한글을 읽고 쓰게 되었다. 그 이후로도 집에 와서는 한국말을 쓰고 일주일에 한 번씩 한국 책을 빌려와 꼬박꼬박 읽게 하였다. 이제 영어 이외에도 다양한 언어를 구사할 수 있는 아이들이 된 이후에도 우리 집 두 아이는 집에서는 한국말만 한다.

다른 나라 말도 잊어버리지 않게 가끔 쓰라고 해도 한국말만 한다. 책도 한국 책만 보고 한국 음악을 듣고 있다. 이젠 너무나 한국적이라 걱정이 될 정도로 한국인이 되었다. 이곳 독일에 와서 산 지 벌써 3년 반이 넘어가는 지금 우리 부부는 아이들에게 집에서 한국어를 쓰지 말고 독일어도 하고 일본어도 하라고 말하고 있다. 하지만 두 아이들은 오직 한국어로만 이야기를 한다. 특히, 슬이는 한국어를 제일 좋아하고 가장 유창하게 한다.

"김슬, 엄마에게 고맙다고 해라."

"뭘?"

"기억나? 엄마가 너 한글 가르치려고 얼마나 애썼는지?"

"당연히 기억나지. 헤헤헤…"

"근데 이젠 독일어 공부 좀 하지, 한국말 그만하고."

"……."

이젠 입장이 바뀌었다. 부모는 하나라도 더 외국어를 했으면 하는 마음에 욕심을 내고 아이는 내가 왜? 하고 무신경하다. 한국말을 하고 한글을 쓴다고 해서 그들의 정체성이 온전히 확립됐다고 할 수는 없겠지만 그 두 가지는 정체성의 피와 뼈가 될 귀중한 인자들이라 생각한다. 해외에 사는 2세들이 부모가 쓰는 말과 글을 안다면 세대 간의 소통이 자연스러워지고 후일에 본인들이 자기 자신을 찾을 때에도 스스로 찾을 수 있는 귀한 도구를 가지게 되는 것이라 믿는다. 자주 보는 기사이지만 미국 한인 2세들 중 성공한 한인들 기사를 보면 종종 이런 인터뷰 기사를 보게 된다.

"어릴 때는 아버지가 밤마다 한국 공부를 시키고 집에서는 한국어만 하라는 게 너무 싫었어요. 하지만 지금은 아버지께 가장 감사하는 일이 나에게 한국어와 한글을 가르쳐 주신 거예요."

존스 홉킨스 영재

미국에서 진이가 초등학교 2학년일 때 전국고사를 보았다. 그 당시 그 시험이 어떤 건지, 뭘 보는 건지도 모르고 건성으로 대했는데 어느 날 우편으로 편지 한 통이 날아왔다.

내용인즉, 댁의 아들이 이번에 본 시험에서 전국단위 1%에 드는 학생이고, 원한다면 존슨 홉킨스 대학이 운영하는 여름 캠프에 참가할 수 있는 멤버십을 갖기 위한 테스트를 가까운 시험 장소에 가서 보라는 내용이었다.

존슨 홉킨스라는 대학의 위상이 어느 정도인지? 그 여름 캠프가 뭐 그리 대단한지는 몰랐지만 자식이 똑똑하다고 하고 테스트를 한번 받아보라는 말에 호기심이 생겨 하루 시간을 내어 'culver city'라고 집에서 1시간가량 떨어진 곳까지 차를 몰아갔다.

도착한 곳은 연구소 같은 분위기에 테스트를 대행해서 보는 곳이었는데, 보통의 시험과는 다르게 혼자서 모니터를 보면서 화면상의 문제를 영어, 수학 과목별로 1시간 내외의 시험을 치르는 것이다. 문제의 난이도는 3년 정도 상위레벨의 수준으로 보았는데 진이의 경우 그 당시 2학년이었으니까 5학년 학생들의 문제를 푸는 셈이다.

기대 반 걱정 반으로 시험을 치루고 나오더니 많이 상기된 표정을 지으며 어려웠는데 많이 풀었다며 다행스러워하는 표정을 지었다. 그러고 얼마 후 한 통의 소포엔 묵직한 팸플릿과 함께 시험 합격증과 회원 번호가 들어 있었다. 미국에 올 때 영어도 모르고 온 아들이 짧은 시간 안에 학업에 큰 성취를 이루었다는 증명서를 받은 것 같아, 부모의 입장에선 참으로 기특하고 자랑스러운 일이었다. 물론, 2학년의 어린 나이였으니 너무 대단한 의미를 두진 않았지만 어찌됐든 기분은 너무 좋았다.

그 이후 시간이 흘러 두 번째 다시 테스트를 보라는 연락이 왔다. 이젠 학년이 올라서 시험의 난이도가 중학생 수준으로 올라간 시험이었다. 처음 긴장하며 본 시험을 합격한 후에 어린 나이라 캠프에 참가도 못 하고 가끔씩 보내오는 소책자를 보면서 '나도 여기 회원이구나!' 하는 정도의 소속감만 가지고 있었을 텐데, 갑작스레 두 번째 시험을 치렀다. 하지만 두 번째 시험에선 불합격 통지서를 받게 되었다.

미국에 있었을 때 시험을 세 번 본 걸로 기억하고 있는데, 첫 번째는 합격. 두 번째는 불합격이었다. 두 번째에는 자신만만해하다가 떨어지고 많이 울면서 다음번엔 꼭 합격하겠다고 진이는 다짐했었다. 너무 쉽게 생각하고 준비도 하나 없이 갔다고 쓴맛을 보게 되었는데, 본인도 이런 일이 처음이라 그런지 스스로 위축되고 많이 울었었다.

그리고 세 번째 시험을 보게 되었다. 이번에 준비도 나름대로 많이 하고 제법 긴장도 했었다. 얼마 전 시험을 망치고 나와 울면서 돌아왔던 그곳에 다시 가게 되었다. 홀로 컴퓨터 모니터 앞에 앉아 두 과목 시험을 보고 나오면서 저번보다는 잘 보았다고 발그레 웃는 모습이 생생하다.

그리고 얼마 후 합격 통지서가 다시 날아오고, 여름 캠프 프로그램 소개 책자도 같이 왔다. 어렵게 시험에 합격했으니 그곳에 꼭 보내야만 할 거 같아서 그해 여름엔 등록을 하고 캠프에 보내려고 알아보았다. 그런데 우리가 살던 도시에서 진행되는 프로그램 중 진이가 원하는 과목 정원은 이미 다 차버리는 바람에 결국 여름 캠프엔 한 번도 참여도 못 해 보고 다음 해에 미국을 떠나게 되었다.

그 이후로 지금까지 계속 진이 학년에 맞는 프로그램과 등록을 권하는 메일이 계속 오긴 하는데, 이 나라에서 저 나라로 옮겨 다니는 삶을 살다 보니 여유도 시간도 없다는 핑계로 한 번도 참가를 못 해보고 회원 번호만 있는 멤버가 되어 버렸다.

아이가 정당한 노력으로 얻은 결과물을 누릴 수 있게 해줬어야 하는데, 그 캠프에 한 번도 참여를 못 시켜 준 게 아직도 마음에 걸린다. 대신에 딱 한 번 CTY 멤버십을 요긴하게 써먹은 적이 있다. 뉴질랜드에서 중학교를 다니기 위해 학교를 방문했을 때 일이다. 학교 사무실에 제반 서류를 다 내자, 학교 측에서 영어가 안 되는 학생으로 알고 기초반으로 반 배정을 해주었다. 설상가상 지금은 자리가 없으니 대기

미국 초등학교 교실에서의 진

자 명단에 넣을 테니 기다려 보라고 하면서 우리 가족을 돌려보냈다.

그때 아내가 가져간 서류 중에서 CTY 증명서를 꺼내 보여 주며, "이 증명서를 확인해 주세요. 우리 애는 영어를 잘하고 수업을 따라가는 데 문제가 없습니다."

그러자 옆에 계시던 교장 선생님이 그걸 받아 보더니, 갑자기 환한 표정과 함께 말하셨다. "이게 정말 네 아이가 받은 게 맞느냐?, 우리 학교에 온 걸 환영한다. 너는 지금 당장 교실로 가자."

대뜸 아이 손을 잡고 나가더니 우등반 교실로 가서 진이를 소개해 주셨다. 당연히 진이는 그날부터 정식 수업을 그 학교의 우등생들만 모인 곳에서 하게 되었다. 뉴질랜드 학교가 우열반이 있다고 해서 우리나라처럼 큰 차이가 있는 건 아니지만 증명서 한 장이 갖는 파워가 그 정도일 줄은 정말 몰랐다.

이렇게 해서 어릴 적 노력해서 얻은 종이 한 장 덕분에 기다리지 않고 바로 학교에 다닐 수 있게 되었다. 지금도 학교 졸업장 못지않게 어느 나라를 다니든 그 증명서는 훈장처럼 들고 다니고 있으니 캠프 참여라는 본래 목적으론 사용하지는 못했지만 진이에겐 좋은 기억으로 남은 소중한 것이 되었다.

엄마, 아빠가 우리를 버린 줄 알았어요

얼마 전 우리 딸에게 미국에서 있었던 일 중에 가장 기억에 남는 일을 몇 가지 정리해 보라는 숙제를 주었다. 2살 때부터 8살 때까지 살았으니 특별히 기억이 날 만한 일이 많지 않다고 하면서도 종이에다 몇 가지를 적어 왔다.

그중에 가장 눈에 띈 것이 "밤늦게 아빠가 안 와서 오빠하고 나를 버린 줄 알았다."는 한 문장이었다. 그날 일은 나 역시 지금도 생생하게 기억하는데 어린 내 딸도 잊지 않고 있었던 모양이다. 미국 이민 생활 중 가장 힘든 일 중의 하나가 바로 아이들 픽업 문제였다. 미국에선 미성년 아이를 집에 혼자 두고 다니지 못하기 때문에 항상 곁에 있어야 하고 혹시 놔두었다 신고라도 들어가면 매우 골치 아픈 일이 생기곤 한다. 좀 심하게 말하면 주유소에 기름 넣고 돈 지불하러 들어가는 사이에도 아이 혼자 차 안에 두었다가 경찰이라도 오게 되면 난처해지는 경우가 다반사다.

그에 반해 우리나라는 어떤가?

미국 집 거실에서 진이와 슬

 내가 어릴 때부터 쭉 보아 오던 모습들 중 하나가 친구들이나 아이들 목에 열쇠 목걸이가 걸려 있는 모습이다. 부모님이 맞벌이를 해서 방과 후 집에 아무도 없을 때면 아이들은 열쇠로 문을 열고 들어가 자기 일을 보는 건 아주 흔하디흔한 일이었다.

 요즘은 자물쇠가 아니라 디지털 키로 바뀌어 열쇠를 목에 걸고 다니는 대신에 번호만 외우면 되니 좋은 세상이 되었다고 말해야 되는지는 모르겠지만 여하튼 두 나라 사이에 아이들에 대한 생각은 참 다르다는 것을 알 수 있다. 미국뿐만 아니라 여타 선진국에선 어린 아이들을 집에 혼자 둔다는 것은 아동방치, 더 심하게는 아동학대로 여겨지고 있고 그에 따르는 사회적 제재도 심해서 아이들 픽업 문제는 맞벌이를 하는 미국 가정에선 참 중요한 관심사일 수밖에 없다.

 하여간 우리 가정도 예외는 아니어서 미국에 와서 맞벌이를 하다

보니 아침에 큰아이는 학교에 데려다주고 작은아이는 출근길에 어린
이집에 데려다주고 회사로 향한다. 큰애는 학교가 끝나면 어린이집에
서 픽업을 해서 애프터 스쿨 프로그램과 간식이나 과제물 등을 도와주
고 우리는 퇴근 후에 어린이집으로 가서 두 아이를 데리고 집에 오는
순서로 매일 살았다.

가끔 주말에 따로 볼일이 있거나 해서 아이들과 동행이 여의치 않
으면 주변 선후배 집에 맡기기도 하지만 이건 어디까지나 품앗이 차
원으로 일회성일 뿐이고, 대개의 경우 아이들과 동반해서 움직이게 된
다. 그래서 미국 드라마나 영화를 보면 뭐든지 가족이 함께하는 모습
을 자주 보게 되는데 아이들을 대하는 미국 사회 문화 자체가 아이들
과 함께하는 가족 문화를 형성했으리라 생각한다.

이렇게 신경을 쓰면서 살더라도 삶이라는 게 항상 갑자기 예기치
않은 일이 터지는 것이 당연한 일일 것이다. 그리고 역시나 자연스럽
게 그런 일이 일어나 버리고 말았다. 미국에 있을 때 차가 한 대여서
내가 조금 일찍 퇴근하면 근처에 아내 직장으로 가서 아내와 함께 집
으로 돌아왔다. 하루는 아내와 나 둘 모두 직장에서 일이 늦게 끝나는
바람에 퇴근이 늦어지게 되었다. 부리나케 차를 몰아가는데도 불구하
고 LA 시내 퇴근길 교통정체가 심하기에 속만 타들어 가고 시간은 흘
러 평상시보다 1시간 이상 늦게 어린이집에 도착을 했다.

도착해 보니 어린이집은 불이 다 꺼져 있고 어린이집 앞에 선생님
과 진이, 슬이 이렇게 셋이서 서서 기다리고 있었다. 그날 하필 원장선
생님도 일이 있어 문을 잠그고 가버리는 바람에 꼼짝없이 캄캄한 길

위에서 선생님과 함께 기다리고 있었던 것이다. 차에서 내리는 우리를 보자마자 두 아이는 울음을 터뜨렸고 우리는 선생님에게 연신 고개를 꾸벅이며 고마움과 죄송함을 표현하고 있을 때였다.

"엄마랑 아빠가 우릴 버린 줄 알았어요."

"무서웠어요." 하면서 계속 서럽게 울었다. 우리 품에 안긴 두 아이를 진정시키고 집에 돌아와서는 우리 부부의 마음이 참 착잡해졌다. 한국 같으면 누구에게 부탁을 하든지 할 텐데, 이 미국 땅엔 아이들 픽업 하나 부탁할 곳도 없고 먹고살려고 버둥거리다 보니 이런 일이 생기는구나.

하지만 내일 해가 뜨면 다시 각자의 자리에서 또 쳇바퀴를 돌리며 살아야 하고 가까운 미래에 또 이런 일이 일어날 거라는 건 그리 어렵지 않은 예측이었다. 우리 부부가 미국 생활에 적응해 가고 조금씩 생활이 안정되어 가면서부터 물질은 조금 여유로워지긴 했지만 갈수록 아이들과 함께하는 가족의 시간은 그 몫을 조금씩 뺏기고 있었던 것이다.

그 일이 있은 이후로 간혹 밤까지 일이 계속될 것 같으면 어린이집으로 가서 아이들을 데리고 회사 창고에 가서 차 안에 두고 일을 하곤 했다. 그러다 보면 차 안에서 이리저리 돌아다니며 놀다가 뒷좌석에 누워 자는 아이들을 보면서 너무 미안한 마음이 들었다.

하지만 달리 방법이 없으니 어쩔 수 없는 상황이었고 갈수록 그런 일이 자주 생기게 되었다. 한국 같으면 집에 데려다 놓고 "밥 먹고 TV 보고 있어." 하고 나오면 될 텐데, 미국에선 그럴 수도 없으니 나도 고생이지만 아이들의 고생은 이루 말할 수 없을 것이다.

그리고 그런 일이 반복적으로 자주 일어나면서 나 또한 미국 생활에 조금씩 회의를 갖게 되었다.

'우리 부부가 이 낯선 땅에 온 이유가 뭐였던가?'

'나는 지금 제대로 살고 있는가?'

'우리 가족은 옳게 살아가는가?'

'아이들은 잘 크고 있는가?'

등등을 자문하게 되었다. 나는 지금도 그날 저녁 아이들이 우리 부부에게 울면서 했던 그 말이 잊히지 않는다.

"엄마, 아빠가 우릴 버린 줄 알았어요."

그 말을 듣고 난 후에 나는 미국에 처음 도착해 무조건 살아남아야 한다는 생각으로 열심히 살았던 생활에서 눈을 돌려 가족을 돌아보게 되었고 미국 땅에서 내 삶을 다시 생각할 수 있는 계기가 되었다. 그런 고민들이 발전해서 우리 부부가 많은 것을 일구었던 미국에서 모든 것을 놓아두고 떠날 수 있는 용기를 갖게 되었다.

또한 그날의 아이들의 한마디 외침이 그런 커다란 결단을 할 수 있게 해준 단초를 제공해 주었고 이후 아이들과 세상을 여행하며 시간과 공간을 함께 나눌 수 있었던 시작이 되었던 날이기도 했다.

두 개의 제안

2007년 2월 우리는 미국을 떠났다.

미국을 떠나야겠다는 어렴풋한 생각을 가지게 된 후 약 1년 정도 수많은 어려움이 있었다. 가장 우선적으로는 내 자신이 스스로 납득할 만한 이유가 있어야 했고 다음으로는 아내와 이 중차대한 일을 의논하고 동의를 구해야 하는 가장 큰 난관이 있었다.

미국을 떠나기 직전 나는 두 개의 제안을 받았다. 하나는 아내의 직장 사장님으로부터 좋은 조건의 제안을 받았다.

"진이 아버님, 제가 약간의 종잣돈을 드릴 테니 해보고 싶으신 게 있으면 시작해 보세요. 제가 우선 20만 불 정도 융통해 드릴 테니 시작해 보시고 더 필요하면 지원해 줄 용의가 있습니다."

"너무 갑작스러운 말씀이라 뭐라고 해야 할지 당황스럽기만 하네요."

"돌아가서 천천히 생각해 보세요. 그런데 한 가지 조건이 있습니다."

"네, 그게 뭔데요?"

"아내분은 우리 회사에서 정말 필요한 분입니다. 지금 이렇게 회사를 그만두면 저희가 너무 힘듭니다. 미국에서 떠나지 마시고 이곳에 정착하시는 게 조건입니다." 아내가 웨이트리스 생활을 하다가 선배의 소개로 옮기게 된 회사의 사장님이셨다.

회사 초창기 아내와 사장님 둘이서 조그마한 가게를 열고 서로 많이 의지해 가며 어려움을 이겨 냈고 그때는 한창 승승장구할 때였다. 가게 문 열고 파리 날리며 월급 받기도 미안해할 때부터 함께한 창업 공신에 대한 예우였다. 미국을 떠난 지 10년이 다 되어 가는 지금도 "다 돌아다녔으면 이제 돌아오세요. 제가 힘닿는 대로 돕겠습니다." 이

미국 떠나기 직전 찍은 가족사진

렇게 따뜻하게 말씀해 주시는 분이다.

또 하나는 큰 동서에게서 받은 제안이었다.

"리커스토어(주류 소매상) 하나를 열어 줄 테니 열심히 일해서 빚 갚으며 살아 봐. 한 십 년 일하면 다 갚을 수 있을 거야." 미국에서 모든 생활을 정리하고 떠난다니, '어디를 갈 건지, 무엇을 해서 먹고살 건지' 등 처형이 걱정이 많이 되셨던 듯하다.

"진이 아빠, 정 그렇게 가고 싶으면 혼자서 몇 달 여행하고 돌아와. 괜히 와이프랑 애들까지 고생시키지 말고."

지금 내가 가지고 있는 것도 버리기가 이렇게 힘든데 이제 여기서 이 제안들을 받아서 무얼 하든지 간에 수락하는 순간 더 이상 발을 뺄 수 없는 건 자명한 이치였다. 더 이상 미적거리고 있을 수만은 없었다.

우리 가족에게 최선을 다해 선의를 베풀어 주는 이들에게도 이건 예의가 아니다 싶어 조금 더 일찍 수속을 밟아 아내가 몸담은 회사의 연말 결산이 끝나고 회사가 한가해진 연초가 되어서 우리는 미국을 떠났다. 안정된 직장과 영주권 신청의 기회 그리고 미국에서 공부 잘하는 아이들까지, 우리들이 버리기엔 너무 좋은 것들이 많이 있었지만, 우리는 다시 불안한 안갯속을 선택하고 말았다.

대국, 대인의 위엄, 중국

미국에서 중국으로

미국 생활을 어렵게 정리하고 떠날 때, 우리 가족이 어디로 가는가에 대한 문제는 확실히 정하지 않은 상태였다. 주변 분들이 걱정이 되어 어디로 갈 건지 물어보면 그냥 막연하게 "싱가포르에 갈 거예요." 정도로 답하였다.

미국을 떠나자고 했을 때, 아내와 주변의 반대가 너무 심했다. 심지어 다니던 교회의 목사님마저도 나에게 제정신이냐고 할 정도였으니 주변의 반대는 내가 견디기 힘들 정도였다. 그도 그럴 것이 5년 전 무일푼으로 들어와 밑바닥부터 고생하며 살아왔던 우리 가족의 삶을 지켜보던 분들이라, 이제 먹고살 만한데 이게 무슨 일이냐며 도저히 이해할 수 없다는 반응들이었다.

그야말로 나는 공공의 적이었다.

그래서 막연하게 싱가포르로 가면 살기도 좋고 거긴 영어도 하고 중국어도 배우기 좋고 등등의 감언이설로 아내를 설득하기 위해 이용한 나라가 바로 싱가포르였다. 그렇게 짐을 정리하고 미국을 떠나 2007년 2월에 한국에 들어왔다.

5년이 넘는 세월 동안 한 번도 찾지 않은 한국인데다, 뜨거운 LA의 기후에 익숙해진 우리 가족의 몸에 잊고 살았던 고국의 겨울 찬바람은 두려움 자체였다. 덧붙여, 우리 아이들은 눈이 오지 않은 나라에만 살면서 책 속으로만 보았던 눈을 한국에 도착한 첫날 외출 중에 만나게 되자, 하늘을 보며 신기해하고 너무들 좋아했다.

하지만 첫날 밤 외출의 후유증은 꽤나 커서, 겨울 찬바람에 작은애는 바로 폐렴에 걸려서 오자마자 병원 신세를 지고 말았다. 첫눈 구경의 대가를 톡톡히 치른 셈이다.

꽤 오래간만에 나온 한국이라 가족들 안부 인사도 다니고 기타 잡다한 일을 보고 다니던 어느 날이었다. 그날 아내와 강남대로를 걷던 중에 반대편에서 걸어오던 대학 동기를 길 위에서 우연히 만났다. 그 친구는 뉴욕에서 회사를 다니고 있었던 걸로 알고 있었는데 강남에서 만나니 놀랍고도 반가웠다. 그 친구 역시 우리를 보곤 LA에 있어야 할 우리들이 왜 이곳에 있느냐면서 놀라워했다.

가까운 커피숍으로 자리를 옮겨 커피 한잔 마시며 서로의 근황을 묻고 이야기 하던 중에, 우리 가족이 미국 생활을 정리하고 나오게 된 사실을 이야기하고 우리 가족이 떠날 다른 나라를 알아본다고 하자, "자기가 업무차 중국에 많이 드나드는데 요즘은 중국도 괜찮더라. 특히, 대련이라는 도시가 깨끗하고 가까우면서도 살기 좋아." 하고 바로

권해 주었다.

　그때까지만 해도 나와 아내는 중국은 염두에도 없었고 특히나, 대련이라는 도시는 들어 본 적도 없는 도시였다. 그런데 오랜만에 만난 동기가 추천하는 통에 그 친구와 헤어지고 집으로 돌아와 검색해 보니 서울에서 50분 정도밖에 떨어지지 않은 곳에 바로 대련이 있었다.

　그래서 바로 다음 날 비행기 표를 구입하고 며칠 뒤에 아내와 답사를 갔다. 처음 가는 동안에 나와 아내는 둘이서 여행을 간다는 마음이었지 정말 그곳에 살아 보자는 마음은 전혀 없었다. 그런데 도착해 며칠 도시를 다녀 보고 나서 아내가 이런 말을 했다.

　"이 정도로 중국이 깨끗하고 현대적인 줄 몰랐어. 이 정도면 살아 봐도 좋겠는데."

　"그러게, 옛날 머릿속에 있던 곳이 아닌데. 그럼 여기서 살아 볼까?"

그리해서 이내 아내의 동의를 얻어 대련에서 살기로 결정하게 되었다.

5년간의 미국 생활을 정리하는 동안 많이 힘들었고 또 목적지도 정하지 않고 나온 한국 땅에서 어디로 갈까 고민 하던 중 정말 우연히 노상에서 만난 동기 덕에, 이름도 처음 들어 본 중국 대련으로 우리 가족의 행선지가 정해질 줄은 꿈에도 몰랐다.

그렇게 우리 가족은 대련을 새로운 보금자리로 정하게 되었고, 한국에 돌아오자마자 짐을 꾸려 온 가족이 대련으로 향하게 되었다.

중국 대련에서 집 계약하기

우리 가족의 삶의 모습인 거주형 여행은 일반적인 여행자들의 준비물과는 많은 차이점이 있다. 일반적인 여행자는 출발 전에 많은 준비를 필요로 한다면, 거주형 여행의 경우엔 현지에서 준비해야 할 것들이 대부분이다. 비자, 학교, 직업 등등 한 가족이 외국에서 정착하기 위해 처리해야 할 여러 가지 중요한 문제들이 도착하자마자 줄줄이 기다리고 있다.

특히, 남의 나라에 처음 가서 등을 대고 편히 잘 수 있는 보금자리를 구한다는 건 어쩌면 초기 정착을 위한 여러 문제를 하나씩 풀어 가는데 시발점이 되는 것이라, 이민 생활의 순조로운 출발을 위하여 신중하면서도 시급히 해결해야 할 문제라고 볼 수 있다.

마치 외국 공항에서 나와 호텔이나 민박집에 도착해 짐을 풀면 한숨을 돌릴 수 있듯이, 일단 현지에 집을 계약하고 들어가면 어떻게든 그 나라에 살 수 있다는 안도감이 드는 게 사실이다. 초기에 집을 얻지 못하고 호텔이나 민박집 신세를 지게 되고 이 기간이 길어지다 보면, 살아 보기도 전에 정신적으로 완전히 지쳐 버리게 되고 물질적으로도 지출이 많아지게 된다.

이런 이유로 그 나라에서 살 만한 적당한 집을 얻는다는 건 가장 중요한 일이고 또한 좋은 집주인을 만난다는 것 또한 큰 복이 될 수밖에 없다. 이러한 집 계약도 나라마다 주거 문화가 다르고 계약 방식도 다양해서 항상 조심스럽게 접근해야만 후일에 발생할 여러 문제를 사전에 예방할 수 있다. 그러면 중국의 경우는 어떨까?

처음 중국 대련에 도착했을 때 민박집에 짐을 풀어 놓고 무작정 부동산을 돌아다녔다. 중국어도 모르고 한자도 어렵지만 중국도 우리와 비슷하게 부동산들은 유리창에 매물을 붙여 놓기에 부동산임을 금방 눈치챌 수 있었다. 당연히 말은 안 통하지만 용감하게 들어가 손으로 네모를 그리며 집을 보고 싶다는 의사를 표하면 참 신기하게도 우리의 뜻을 잘 이해하고 근처 집을 보여 주고 조건을 헤아려 다른 지점에 전화를 하는 등 최대한 알아봐 준다.

우리 집을 중계해 준 중개인도 우리가 원하는 집의 가격과 크기에 대한 주문을 듣고 그에 맞는 집을 찾아 대련시를 빙빙 돌아다녔다. 중국 대련은 같은 아파트에 동이 같더라도 우리와는 달리 집 안의 구조는 집집마다 완전히 달랐다.

구조뿐만 아니라 실내 인테리어도 집주인의 성향에 따라 천양지차라, 고급스러운 인테리어부터 벽지만 발라 놓은 집, 심지어 1층 화장실이 푸세식인 경우가 있을 정도로 다양해서 같은 동 같은 층이라도 다 확인해 봐야 했다. 또한 대부분이 침대와 살림살이 일체를 한꺼번에 세를 놓기 때문에 가구나 가전제품 또한 일일이 확인할 필요가 있었다.

그렇게 이틀 정도 우리를 데리고 다니던 중국인 중개인은 우리와 자세한 대화가 어렵다고 느껴지자, 자기 대학 친구라며 조선족 청년 한 명을 데리고 왔다. 목마른 자가 우물을 파는 격이었다. 우리를 대신해 그 청년을 데려오니 우리도 한결 의사소통이 편안해졌다.

하루는 세를 내놓은 집주인의 차를 타고 집을 보러 가는데 입구에 일반 경비가 아닌 군인들이 보초를 서고 있었다. 그 군인이 내려서 사인을 하고 들어가라고 하자, 집주인 되는 사람이 대뜸 그 군인의 뺨을 후려치며 뭐라고 막 소리를 치자 어쩔 줄을 몰라 하며 문을 열어 주었다. 그 광경을 보고 중개인과 우리는 바짝 쫄아서 조용히 뒷좌석에서 부동자세로 앉아 있었다.

그리고 들어간 집은 대단한 황실 원목가구 같은 걸로 장식된 정말 고급스러운 아파트였다. 거실에 놓여 있는 소파 규모만 보고도 기가 질려 우리는 좋다고, 알았다고 말하고 조용히 나왔다. 흠이라도 나면 뒷감당이 아찔하고 집주인도 무서워서 그대로 나왔다.

또 구경한 집 중 한곳엔 들어가니 집 안 전체가 붉은 천과 붉은 가구로 장식 되어 있는 아파트였다. 집을 둘러보는데 집 주인이 방 한 칸을 열더니 당당하게 안으로 안내를 하였다. 들어가 보니 큰 네모난 탁자 하나가 방 한 가운데 놓여 있고 네 개의 의자가 빙 둘러 있었으며 벽의 한쪽 면 전체에 관우상이 놓여 있고 향불이 타고 있었다. 근사한 네모난 탁자가 뭐냐고 묻자, 그건 바로 마작테이블이라고 알려 주었다. 그 집이야말로 전형적인 중국집인 것이 중국인이 가장 좋아하는 빨간색이 온 집 안을 감싸고 가장 복을 많이 준다고 떠받드는 관우상에 도박 좋아하는 중국인들이 가장 많이 하는 마작 탁자까지 정말 대단한 아파트였다. 그런데 매일 관우상의 향불을 갈아줄 맘도 없었고 마작 테이블도 관리가 안 될 듯하여 역시 그 집도 패스했다.

또 다른 한 집은 집 안에 들어서자마자 큰 어항이 우리를 맞아 주었고 부엌은 최신식 식기 세트와 넓은 공간에 LCD 화면까지 보던 중 최고의 부엌이었다. 게다가 거실은 일반 거실 형태에 뒤로 다다미방까지 놓인 일본풍과 모던스타일이 잘 조화된 아파트였다. 아내도 마음엔 들어 하였지만 초등학교가 멀어서 아쉽지만 그 집도 포기했다.

그리고 마지막으로 본 집이 있었는데 그 집은 특별한 실내 인테리어도 없고 깔끔했는데 단지 좀 이상한 사진들이 벽에 걸려있었다. 거실 한 쪽은 큰 유리 칠판이 걸려있어서 벽에 걸린 사진과 칠판에 대해 물어보았다. 사연인즉 아저씨가 만두 가게로 돈을 많이 벌어 가게가 3개나 됐는데 아주머니가 다단계에 빠져 가산을 탕진한 모양이었다. 벽에 걸린 사진은 다단계 시절 상 받은 사진들이고 유리 칠판은 상품 설명을 위해 설치해 둔 거라 하니 아주 크게 사업을 벌인 후 일이 잘 안 되었던 듯싶었다. 그런데 그 집 외아들을 캐나다 국제 학교에 넣으려고 하니 돈이 부족해 할 수 없이 집을 내놓은 것이었다. 중국도 한국 이상으로 교육열이 뜨겁고 외아들이다 보니 선택의 여지가 없었던 듯했다.

분위기를 보아 하니 아주머니는 빨리 계약을 하려고 하고 아저씨는 내내 그 집을 세놓는 게 맘에 안 들어 옆에서 인상만 잔뜩 쓰고 있었다. 조건이 맘에 안 들면 큰 소리로 화를 내고 나갔다 들어오곤 하였다. 우리 부부는 그런 상황을 모른 척하고 집값을 협상하기 시작해 16개월치를 목돈으로 일시에 지불하는 조건에 월세를 40%이상 깎고 야진이라는 보증금도 내지 않기로 했다.

어느 나라나 마찬가지이지만 보증금이란 게 나갈 때 받는 게 쉽지 않고 특히, 중국에선 못 받는다고 생각하는 게 편하다고 주변에서 알려 주었기에 야진을 내지 않기 위해 오랜 시간 실랑이를 할 수 밖에 없었다. 그래서 우리는 어떻게든 야진을 안 내려고 했고 약간의 진통 끝에 보증금 없이 계약하게 되었다.

여기에 또 하나 주변 사람들에게 들은 팁이 있다. 중국은 풀퍼니처로 세를 놓으니 들어가기 전에 가구나 가전제품 등을 바꾸어 달라거나 필요한 것을 구입해 달라고 해야지 일단 계약이 끝나면 절대로 그것을 얻을 수 없다는 것이다. 이런 말을 새겨들었기에 우리는 계약 전에 TV도 바꾸고 에어컨도 설치하고 마지막으로 청소기를 사달라고 하자 그건 안 된다고 아저씨가 막 화를 내는 것이다.

자기들도 걸레질하고 빗자루로 청소했다며 우리더러 그렇게 하라고 하는데, 나는 "이 집은 당신 집이라 내가 청소하면 당신 집이 깨끗해지지. 만약 당신이 안 사주면 난 청소 안 한다."고 하자 그 말이 먹혔는지 그다음 날 바로 사가지고 왔다. 이렇게 하나하나 꼼꼼하게 계약하고 나자, 집 주인은 한 달치 월세를 중개인에게 계산해 주었다.

중국의 복비는 집 주인이 한 달치를 주는 게 관례란다. 그래서 우리가 비싼 집을 렌트한다고 했으니 에이전트가 그렇게 서비스가 좋았던 거고 며칠씩 따라다니며 최선을 다하고 조선족 친구까지 불러올 만한 했다는 걸 알 수 있었다.

여담이지만 우리가 중국 생활을 마치고 그 집을 떠나는 날 아침, 집주인 부부가 일찍 집으로 찾아왔다. 인사를 나누고 세금 정산을 확인하고 열쇠들을 넘겨주자, 주인아저씨가 일어서서 복도 끝으로 가더니 자기가 소중하게 생각하는 거라며 커다란 동전 장식을 떼어 와 우리에게 건네주었다. 그러고는 자기들보다 더 집을 깨끗하게 써준 보답이라며 고맙다고 인사까지 하였다. 내가 청소기 덕분이라고 하자 "하오, 하오."를 연발하며 다 함께 웃었다.

아저씨가 마지막으로 한 말이 아직까지도 참 기억에 남는다.

"이 집은 이제 너의 집이기도 하니 언제든 대련에 와서 필요하면 찾아와라. 네가 산다면 자기들은 당일로 집을 넘겨줄 테다." 참 고마운 말씀이었다. 하여간 16개월간 정이 참 많이 든 집이었다.

그 이후 3년 뒤에 중국 대련에 다시 가서 그 동네에 간 적이 있긴한데, 그 당시엔 다른 도시에 살고 있어서 부탁하진 않았다. 그런데 지금도 그 약속이 유효한지 물어보고도 싶었고 집주인 내외도 만두 장사를 잘하고 계시는지는 참 궁금하다.

공부 시킬 거예요? 아니에요?

중국에 도착한 후 가급적이면 집과 학교가 서로 가까운 곳을 찾아 다녔다. 얼마 후 학교와 집이 걸어서 다니기에 적당한 곳을 찾았고 일 사천리로 집 임대 계약과 아이들 학교 입학을 결정하게 되었다.

아이들이 중국 대련 소학교에 등교한 첫날이었다.

중국이라는 나라 자체가 우리 가족에겐 생소한데다 사회주의 국가 이고 언어도 전혀 통하지 않는 처지라 걱정 반 두려움 반이었지만, 어 차피 겪어서 버텨 내면 다 해결될 문제라고 생각했다. 멕시코와 미국 에서도 잘해 왔기에 그걸로 위로 삼으며 첫날을 맞이했다.

등교 첫날, 아이들과 함께 우리 부부도 학교에 갔다. 아이들이 공부 할 반이 정해지고, 큰아이 반과 작은아이 반을 차례로 가서 담임선생 님들과 인사를 나누며 짧은 영어 몇 마디로 간단한 대화를 나누었다. 걱정과 낯설음에 잔뜩 긴장해 있는 아이들에게는 이렇게 말했다.

"엄마, 아빠가 끝날 때 다시 올 테니 잘 따라다녀."

아이들이 자기반으로 들어가는 걸 보고서 우리 부부도 걱정스러운 발걸음을 옮겼다. 집으로 돌아와서도 '아이들이 학교에서 어떻게 보내 고 있을지?', '점심은 잘 먹었을까?', '말도 모르는데 수업 시간엔 어떻 게 하고 있을까?' 등등 하루 종일 집에서 벌 아닌 벌을 서다가 하교 시 간에 맞추어 부리나케 학교로 뛰어갔다.

하교 시간에 학교 앞은 차와 사람들로 북적이고 있었고, 많은 학부 모들이 자녀를 픽업하기 위해 나온 관계로 그 일대는 굉장히 혼잡스러 웠다. 중국은 1가구 1자녀 정책으로 인해 아이들이 소왕자, 공주 대접

212

을 받는 게 보편적이라 그런지 아이들보다 마중 나온 가족들이 훨씬 많았다.

하여간 인파로 북적이는 학교 로비에서 기다리는 동안 진이가 계단을 통해 내려오자 아내는 반갑고 궁금한 마음에 아이 손을 잡고 "학교는 어떠냐?", "점심은 먹을 만하더냐?" 등등 질문을 토해 내고 있었다. 그렇게 시간이 흐르는 동안 학교 앞은 한산해졌고 사람들이 거의 다 돌아갔지만 이상하게도 슬이가 도통 내려오지 않았다.

하는 수 없이 아내와 진이를 먼저 집으로 돌려보내고 나서 슬이 교실로 향하였다. 복도를 지나 슬이 교실 앞에 도착해 창문 너머로 보니, 몇 명의 중국 아이들 틈으로 우리 슬이가 책상에 고개를 숙이고 앉아 있었다. 내가 계속해서 쭈뼛쭈뼛하며 넘겨다보자 아이도 눈치를 챘는지 나를 쳐다보더니 이내 고개를 다시 푹 숙였다.

교실 문을 노크하고 열고 들어가서 담임선생님에게 슬이가 왜 나오지 않느냐고 여쭈어 보았다(물론 나는 중국어가 안 되니 전자사전과 몸짓으로 물었다). 선생님이 말씀하시길 오늘 아침에 시험을 봤는데 성적이 안 좋은 아이들은 6시까지 남아서 문제를 풀고 가야 한다는 것이다.

그래서 재차 우리 딸은 오늘 처음 학교에 왔고 중국어도 전혀 모르는데 어떻게 문제를 풀 수 있느냐고 묻자, 선생님은 정색을 하며 "아이를 공부시키려면 그대로 두고 원하지 않으면 지금 데리고 가도 됩니다." 하고 답했다.

난 한국만 교육열이 뜨거운 줄 알았는데 중국에서 겪어 본 바로는 중국인들의 자녀 교육열은 한국 그 이상이라 해도 과언이 아니었다.

중국 소학교 군대훈련 떠나기 전 기념사진

그래서 학교에서 성적이 부진한 아이들은 따로 관리를 하고 강하게 밀어붙이며 공부를 시켰고 그런 상황을 부모들도 적극적으로 협조하는 분위기였다.

선생님이 그렇게 강하게 나오자 따로 할 말도 없고 당황스럽긴 해도 공부시키려고 한다는데 토를 달기도 뭐해서 그럼 아이에게 가볼 수는 있겠느냐고 묻자, 그렇게 하라고 허락해 주었다. 천천히 슬이 책상 앞에 다가가자, 딸애는 나를 계속 보고 있다 내가 앞에 서자 두 눈에서 닭똥 같은 눈물을 뚝뚝 시험지 위에 떨어뜨리며 "아빠, 뭐가 뭔지 하나도 모르겠어." 하고 울어 버렸다.

정말 미안하고 안타까워서 아빠가 도와줄게 하고서 시험지를 쳐다보니 '하! 이게 웬걸!' 나도 생전 처음 본 중국어 시험지인데다, 그게 중국어 시험 문제라 지문은커녕 문제도 알아볼 수가 없었다. 아니 아는 글자 자체가 몇 자 안 되었다.

명색이 한국에서 중고등학교 시절 한문 시간에 공부도 하고 신문 읽고 본 게 얼마인데 초등 2학년 문제지 하나에 나 또한 멘붕에 빠졌으니 우리 딸에게 두 말 해서 뭐하겠나 싶어졌다. 난생처음 한자를 본 우리 슬이야 말로 마른하늘에 날벼락이요, 맨 땅에 헤딩이었다.

이건 글자가 아닌 종이에 묘한 그림이 그려져 있다고 보면 될 듯싶었다. 슬이는 혹시 아빠가 도움이 될까 하고 나만 쳐다보는데 아빠랍시고 갑자기 꿀 먹은 벙어리 신세니, 난 하는 수 없이 "슬아, 미안해, 아빠도 뭔지 모르겠다." 하고서 교실을 빠져나왔다. 그리고 복도에서 6시까지 기다리며 같이 벌을 받았다.

6시가 되자, 선생님은 아이에게 중국어 공부를 집에서도 열심히 시키고 개인 과외를 하는 게 낫겠다고 말씀하면서 본인도 더 관심을 갖고 가르치겠다고 자상하게 이야기해 주었다.

이렇게 시작된 중국 소학교의 험난한 첫날 일정은 그 이후로도 계속 이어져 약 3개월간은 매일 오후 6시까지 벌 서는 게 당연한 일이었고 딸과 더불어 집에서 중국어 공부를 열심히 할 수밖에 없었다.

어쩌면 이날의 일은 이후 중국이라는 나라에서 우리 가족이 겪어야 할 수많은 어려움의 시작이었고, 중국 적응기의 험로를 암시한 일이기도 하였다. 아메리카 대륙에서 우리 가족이 지녔던 모든 가치와 판단이 무용지물이 되고 사회주의와 중국 문화의 또 다른 틀에서 거친 파도를 헤쳐야만 하는 끊임없는 도전이 시작된 날이 바로 그날인 셈이다.

노란머리 엄마와 진

첫째 진이는 아기 때부터 몸이 무척이나 약한 아이였다. 3~4살 때까진 거의 일주일에 한 번은 병원을 다녔던 것 같다. 정말로 세 여자 (할머니, 엄마, 여동생)의 헌신이 진이를 지금의 늠름한 청년으로 만들어 냈다. 멕시코에서는 주치의나 동네 약사까지도 단골 환자에 대해 각별히 챙겨 주곤 하던 시절도 있었다.

유치원 다닐 때까지는 그런대로 집에서 돌보고 키우던 때라, 큰아이의 사회성이나 대인 관계에 대한 어려움을 알지 못했다. 그런데 몸이 약한 게 사회성에 안 좋은 영향을 끼친다는 걸 미국에서 진이가 초등학교를 다니는 시절에 깨닫게 되었다. 체격이 왜소한데다 책 읽기를 좋아하는 아이이다 보니 또래 아이들과 잘 어울리지 못했고 혹시 같이 어울려 놀더라도 부딪치며 쉬이 넘어져 울고 있기 십상이었다.

오죽했으면 3살 아래 동생이 5학년 오빠의 학교생활을 다 걱정해 줄 정도였다. 슬이는 학교에서 돌아오면 오빠의 학교생활에 대해 본대로 상세히 이야기해 주고 그 말을 들은 우리의 속에서는 열불이 터지고 걱정은 쌓여만 갔다.

미국 초등학교 시절 진이가 유일하게 참여한 그룹 활동이 하나 있었다. 셰익스피어 작품을 가지고 1년간 연극을 준비해서 워싱턴 백악관에서 주최하는 행사에 참가하는 활동이 그것이다. ABC방송에도 아이들의 준비 장면들이 방송되고 진이도 웃고 떠드는 모습이 나오는 등 진이가 유일하게 세상과 소통하는 방법을 배우고 좋아하는 활동이었다.

중국 아파트 앞 버스 정류장 노란머리 엄마와 진 그리고 슬

　그런데 어느 날 불행하게도 그 그룹에서 퇴출을 당하게 되었다. 아이들의 따돌림이 있었는데 순간 참지 못하고 아이들에게 심한 욕을 뱉어 낸 게 문제가 되었다. 학교에 불려가기 전 진이에게 대강의 이야기를 듣긴 했지만 선생님과 대화 중 아이들은 따돌림의 행동이 없다고 했고, 진이가 욕한 것만 남아서 규정대로 퇴출이 되어 버렸다.

　억울해하며 우는 아이를 달래는 게 참으로 속도 상했지만 이게 한 번으로 끝나지 않고 본질적인 문제의 해결 방안이 나오지 않는다면 이런 상황은 항상 발생할 수 있다는 게 더 큰 문제였다. 그 당시 우리 집안의 가장 큰 문제는 다름 아닌 진이의 소심하고 부족한 사회 활동이었다.

　그런 상태에서 우리 가족은 중국으로 이주하게 된 터라, 우리 부부의 가장 큰 걱정은 우리 가족의 중국 생활 적응보다 진이가 중국 학교에서 잘 적응할 것인가였다. 중국 학교에 첫날 등교해 보니, 같은 또래의 중국 아이들이 진이보다 머리 하나 이상은 다들 크고 심지어 여자 아이들도 진이보다 작은 애가 없었다.

설상가상이랄까! 이건 말도 안 통하니 근심이 태산이 되어 가고 있었다. 하루하루 두 아이가 학교에서 겪고 온 이야기들을 들어주는 게 우리가 해줄 수 있는 일이었고, 우리 부부가 겪었던 어린 시절 이야기를 해주는 게 할 수 있는 전부였다.

문화도 다른 곳에서 해결 방안은 없이 스스로 이겨 내는 방법 외엔 뾰족한 묘수가 없을 때 쯤, 진이에게 수호천사들이 나타났다. 수호천사들은 바로 같은 반 여자아이들이었다. 학교생활 전반을 여학우들이 진이 주위에 있으면서 다 챙겨 주고 있었던지라, 심지어 남자아이들이 시비를 걸어오면 대신 싸움도 해주었던 모양이다.

그놈은 천상 여자들의 헌신으로 살아갈 팔자인 모양인가 보다.

어느 날 학교에서 운동회가 있는 날이었다. 아침에 가방에 과자 하나와 음료수 한 병을 넣어 학교에 보내고 점심 때 김밥을 싸서 찾아가기로 했다. 학교에 도착해 운동장 여기저기를 찾아보는데 한 무리의 여학생들이 원을 지어 아주 진을 치고 앉아 있고 그 가운데 진이가 앉아서 먹고 마시고 이야기 하고 있었다. 우리가 다가가자, 진이가 자긴 다 먹었다며 가방이 무거우니 집에 갈 때 들고 가라고 준 가방에는 여학생들이 하나씩 건넨 과자와 음료수가 가득 들어 있었다. 그렇게 낯선 곳에서 또래 아이들의 호의로 진이는 조금씩 자신감과 관계에 대한 이해가 생기기 시작했다.

중국 교복을 입은 진 그리고 슬

방학을 맞아 잠시 한국으로 돌아간 직후, 아내와 진이가 함께 미장원을 다녀왔는데 노랗게 염색을 하고 집으로 돌아왔다. 아내는 연애 때부터 단 한 번도 단발을 해본 적이 없었는데 머리를 짧게 자르고 심지어 노랗게 염색까지 하고 나타난 것이다.

정말 놀랠 놀자였다.

그전에도 그 후로도 그런 모습은 처음이었다. 아내 왈 진이가 용기를 내서 스스로를 바꾸려고 노력하는데 자기도 용기를 내어 진이와 함께하기로 하고 즉흥적으로 미장원에서 결심하고 일을 벌였다는 것이다. 이게 무슨 모자간의 의리인가? 참으로 해괴한 일이었다.

방학이 끝난 후 학교로 돌아간 첫날, 당연히 진이는 학교에서 최고의 화제의 인물이 되어 있었고 그 인기는 하늘을 찔렀다. 교장 선생님 이하 모든 사람들이 다 놀라워했다. 학교 내칙에 따라 중국 아이들은 염색이 금지되어 있었지만 외국 아이인 진이에게는 그 규칙이 적용되지 않아, 따로 제지를 당하진 않았다.

그 이후 진이의 중국에서의 생활은 미국에서와는 전혀 딴판이 되었다. 누구하고도 잘 어울렸고 자신감도 있었으며 적극적인 아이로 바뀐 것이다. 물론 아내도 아파트 촌 최고의 화제 인물이 되었다. 그때만 해도 중국이 지금과는 또 달랐던 때였다. 처음 진이가 용기를 내어 머리를 노랗게 염색하고 싶다고 했을 때 우리가 반대했거나 혹은 혼자서만 했더라면 우리는 지금의 진이 모습을 보는데 조금 더 시간이 걸렸거나 다른 계기를 만들었어야 했을지도 모른다. 반전의 기회가 왔을 때 아내가 머리를 깎고 아이와 함께해 주었던 용기와 믿음이 지금도 너무 고맙고 아이에게 든든한 버팀목이 되어 주었다고 생각한다.

돌이켜 보면 부모가 자식을 믿지 못해 일어나는 갈등이 얼마나 많은가? 서로 위로해 주고 의지하는 게 가족일 터인데 지금도 그때 사진만 보면 흐뭇한 웃음이 새어 나온다.

당연한 일이지만 진이의 그 이후 모습은 완전한 변화를 맞이하게 되었다. 요즘 독일에선 1년도 안 되어 학교에 들어가자마자 반장으로 선출되었고, 올해는 학년대표로 선출되어 일주일에 7일을 대외관계로 무지 바쁘신 분이 되어 있다.

진이의 과거를 아는 우리로서는 가끔 과거 이야기를 들추며 '인간 승리'라고 놀려 먹을 정도이다.

노란머리 엄마와 진, 엄청난 변화의 시발점이었다.

일본어를 공짜로 줍다

지난 20년간 여러 나라를 돌아다니다 보니 아이들은 자연스럽게 다양한 언어를 접할 수 있게 되었다. 5개 언어권(스페인어, 영어, 중국어, 일본어, 독일어)에서 학교를 다니면서 현지 언어를 배워 왔다.

현지 언어에 대하여 사전 준비가 전혀 되어 있지 않은 상황에서 지역 학교에 출석하며 언어를 익히는 데 많은 어려움을 겪었지만 일본어만은 집 안에서 먼저 익히고 일본 학교에 들어가게 된 특이한 경우이다. 일본어를 처음 접하게 된 곳은 중국이었다.

중국이란 나라가 아이들에게 다가온 느낌은 알파벳과 한자의 차이만큼이나 완전히 생경한 딴 세상으로 공간 이동을 한 느낌이었을 테다. 우리 집 아이들은 어릴 적 남미와 미국에서 유년 시절을 보낸 탓에 한자로는 자기 이름은커녕 한 일(一) 자도 모르고 따라간 상태였다. 쉽게 말해 낫 놓고 기역자를 모르는 게 아니라 젓가락 놓고 한 일자도 모르는 형편이었다.

언어를 모른다는 건 처음엔 아주 불편해도 생활 문화가 이질적이지 않으면 적응하는 데 큰 걸림돌이 안 된다. 특히, 아이들의 경우엔 언어 습득이 어른들에 비해 훨씬 빠르기 때문에 보통은 크게 걱정하지 않는 편이었다. 하지만 미국과 중국은 체제나 사상, 문화 등 모든 면에서 대척점에 있거나 판이하게 상이한 지점에 있었다.

그러기에 언어도 큰 문제였지만, 아이들이 속해야 할 공동체인 학교 문화가 전혀 딴판인 게 더더욱 큰 문제였다. 자유롭고 활기찬 분위기에 아이들의 인권을 우선하고 보호해 주던 미국과는 다르게 중국은 획일적이며 권위적인 문화가 짙다 보니 모든 게 뒤죽박죽이 되어 아이들은 하루하루 버티기도 너무 힘들 때였다.

우리 부부가 고작 도와줄 수 있는 건 엄마, 아빠도 한국에서 그런 문화 속에서 어렸을 때 보냈었고, 중국은 원래 그런 나라라는 별로 도움이 안 되는 말 몇 마디 건네는 거 말고는 달리 도울 방도가 없었다. 하지만 매일 학교에서 지쳐 돌아오는 아이들을 보고 '무슨 좋은 게 없을까?'라고 고민하던 중에 아이들이 스트레스를 풀게 해줄 방편으로 일본 애니메이션을 보여 주게 되었다.

미국에서도 월트 디즈니류의 만화 영화나 비디오는 많이 봐 왔지만, 일본 애니메이션은 아이들에게 새롭고 경이적인 세계였다. 처음 내가 재밌게 보고 있자 진이가 다가와서 뭘 그렇게 재미있게 보느냐며 옆에 붙어서 보고, 슬이도 어느 날 그 옆에서 보면서 웃고 좋아하였다.

아이들이 좋아하니 다행이다 싶어서 나는 아이들이 학교에 가고 없는 동안 아이들이 볼 만한 만화를 찾아서 다운로드를 받고 우선 내가 본 뒤에 학교에서 돌아오면 애니메이션을 틀어 주었다. 일본 애니메이션이 대개 시리즈물이라 한 번 보면 끝까지 보게 되는지라 일단 눈에 들면 자연스럽게 오래 보게 된다. 그래서 아이들에게 하루에 몇 편씩 제약을 두고 스트레스 해소용으로 보여 주었다.

그렇게 몇 달이 흘러가고 방학이 되어 한국에 들어가 머무르는 동안, 사촌들에게서 애니메이션에 대한 본격적인 지도 편달(?)을 받게 되었다. 구식인 아빠에게서는 얻지 못했던 업그레이드된 새로운 세계를 알게 되자, 이젠 적극적으로 달려들어 찾아보고 물어보고 하는 지경이 되어 버렸다.

상황이 그렇게 되어 버리자, 아내는 아이들이 너무 많이 애니메이션을 보는 게 아니냐며 나를 나무라고 나 또한 속으론 걱정이 많이 되었다. 하지만 그렇게라도 해야 애들도 숨통이 트일 수 있을 거라고 스스로를 달래며 아이들이 애니메이션 보는 걸 그냥 내버려뒀다. 다만, 그 애니메이션이 어떤 건지는 확인하고 필터링해 주며 가끔은 같이 보며 대화도 나눠 주고 시간도 제약을 두는 정도로만 간섭을 하였다.

그렇게 중국에 있는 동안 열심히(?) 애니메이션을 보고 하더니, 그곳을 떠나 뉴질랜드로 옮겨서도 자기들끼리 콘텐츠와 정보를 구해 와서 보고 또 보고 했다. 가끔 혼내기도 했지만 대개는 내버려두었다. 저 때 안 보면 또 언제 보나 싶어서…

그러던 어느 날 진이가 내가 와서 하는 말이 자기가 일본 말을 유창하게 한단다.

"슬아, 오빠 일본 말 잘해?"

"응, 오빠 일본 말 다 할 줄 알아. 그리고 나도 잘해."

너무나 편안히 아무렇지도 않게 대답하였다. 그래서 이말 저말 시켜 보니 제법 하는 것이다.

"어떻게 그렇게 잘하냐?"

"애니메이션 보면서 다 배웠어요."

"그럼, 문법도 알아?"

"따로 공부를 안 해서 모르는데 배우고 싶어요."

그때 마침 뉴질랜드 한인 교회 문화 강좌 중 일본어 문법이 개강을 해서 수강 신청을 해주었다. 그렇게 한 3개월 듣고 나더니 이제 대충 알 것 같다며 말을 하면서 배우니 재미있고 문장의 원리를 알게 되어 너무 좋다고 하였다. 이렇게 일본어에 대한 자신감이 생기고 일본이란 나라에 대한 관심과 호기심이 자연스레 생겨났다.

중국 이야기는 아니지만 이후 일본에 가서 학교를 다녔는데, 입학할 때 조건이 일본어 수업을 정상적으로 따라갈 정도의 일본어 실력이 있어야 했다. 그도 그럴 것이 그 학교는 따로 일본어 기초 과정이 없어서 입학 후 바로 본 수업을 들어야 했기 때문이다.

일본어가 안 되면 입학을 해도 수업을 따라가지 못하니 학교를 다닐 수가 없었다. 그래서 입학 전 일본어 테스트를 치렀는데 다행히 일본어가 충분하다는 결과가 나왔다. 중국 생활의 어려움을 달래 주려는 마음에 궁여지책으로 선택한 애니메이션이 이런 결과를 만들어 놓았다.

"김진, 책 좀 봐라."

"일본 전자책 받아서 보고 있어요."

요즘 독일에선 독일어 책보다 일본어 책을 더 많이 읽고 있고 일본어는 거의 일본인 수준이라고 주위 일본 사람들이 칭찬을 한다. 그런 걸 보면 역시 콘텐츠의 힘이 무섭다는 걸 알 수 있다. 영어나 일본어는 아이들이 재미있게 접할 수 있는 많은 콘텐츠가 있지만 중국어나 독일어는 이에 따르지 못하니 아무래도 관심도가 떨어지는 듯싶다.

하여간 이런 사례를 보면서 무슨 일이든 재미있고 따로 목적을 의식하지 않고 즐기는 게 인생을 사는 최고의 방법이란 생각을 다시 한

번 하게 되었다. 내가 만약 욕심을 부려 일본어를 가르치려 들고 그게 지루한 공부였으면 우리 애들이 저만큼 할 수 있었을까 하는 의구심이 든다. 아이들을 내 뜻대로 혹은 세상의 틀 속에 가둬 두기 위해 애쓰지 말아야 하는 것을 실감한다. 아이들도 다 생각이 있고 자기 살 길을 모색한다. 부모는 다만 엇나가지 않게 옆에서 지켜봐 주고 동행해 주면 될 듯하다.

여하튼 잠시 이야기가 샜지만 본의 아니게 스트레스용으로 보여 준 애니메이션으로 우리 아이들은 일본어도 잘하고 새로운 문화의 장르도 알게 되었고, 그 무시무시하던 한자를 친숙하게 받아들인 계기도 되었다.

또한 만화 속에서 동양 문화에 대한 이해와 다른 역사, 문화를 받아들이는 것에 대해 많이 융통성이 생겼다. 모든 부모들이 자녀들 외국어 공부에 사활을 건 듯 돌아가는 현실에서 획일적인 공부나 학원 수업이 내 자식에게 얼마나 도움이 될까 한 번쯤 진진하게 생각해 보길 바란다. 한국에 살면 나 또한 그 소용돌이에 휘말려 같이 미쳐서 돌아갈지는 모르지만 제발 아이들을 이젠 내버려뒀으면 좋겠다는 생각을 해본다.

중국에 있을 때 우리 아이 또래의 애들과 축구하며 얘기를 나누다 보면 다들 일본어를 곧 잘하는 걸 많이 봤다. "넌 어떻게 일본어를 해?" 하고 물으면 대부분이 게임이나 만화를 통해 자연스럽게 배운 것이다. 그 아이들의 부모들이 단편적인 편견을 잠시 접고, 조금만 관심을 갖고 아이들과 대화를 나누고 게임과 만화를 통해 언어를 자연스럽게 습

득할 동기부여를 해주었더라면 아마 그 애들도 지금쯤 다 잘할 텐데 하는 아쉬움이 짙다.

난 외국어 하나를 가르쳐 보자고 이 글을 쓰는 건 아니다. 부모와 아이가 열린 마음으로 소통하고 서로 눈을 바라보며 얘기를 나눌 수 있다면 가족 간의 관계도 좋아지고 이와 더불어 자식 교육도 덤으로 얻을 수 있다는 나름의 깨달음을 이야기하는 것이다.

오직 학원과 책상 앞에서만 공부가 되는 건 아니다. 이젠 편견과 조바심에 휘둘려 뱅뱅 돌아가는 소용돌이 속에서 부모나 아이들 모두 좀 자유로워졌으면 좋겠다.

나는 중국의 대인大人

어느 날 중국어 과외 선생님을 하는 여대생이 대련 시내 백화점에서 스포츠 용품과 의류 등을 50% 이상 빅세일을 하고 있다며, 우리 가족과 같이 시내 구경을 가자고 권했다. 안 그래도 물건 하나 사는 것도 말이 안 되어 힘들 때라 선생님과 함께 온 가족이 시내로 나가자는 제안은 매우 반가웠다.

버스 정류장에서 내리자마자 자기가 잘 가는 타코야끼 집이 있는데 너무 맛있다고 권하기에 먼저 그곳을 갔다. 줄이 길게 늘어서 있는데 이걸 기다려 먹어야 하나 싶어서 그냥 백화점에 갔다 오는 길에 먹자고 하고 백화점 쪽으로 내가 앞장서서 걸어갔다.

내 뒤로 아내는 진이의 손을 잡고 따라오고 바로 옆으로 슬이가 과외 선생님의 손을 잡고 따라오고 있었다. 그런데 큰 광장을 가로 질러 사람들 사이를 걷고 있는데 이상하리만큼 주변의 중국인들이 나를 흘끔흘끔 쳐다보고 자기들끼리 뭐라고 속삭였다.

조금 이상은 했지만 워낙 사람도 많고 나를 보는 게 아닐 거다, 날 볼일도 없는데 하고 무시하고 계속 길을 걸었다. 그렇게 길을 걸으며 가끔 뒤를 돌아보며 가족들과 애기도 하고 웃고 하며 가고 있는데, 대련에 오래 살고 계시던 지인이 반가운 얼굴로 손을 흔들며 다가와신대뜸 물어보는 것이다.

"사람들이 쳐다보지 않아?"

"그러게요. 조금 이상하긴 했는데 나를 쳐다볼 이유가 없으니 느낌인가 보다 했죠."

"진이 아빠, 중국에서는 이렇게 다니면 안 돼."

난 깜짝 놀라서 "뭘 이렇게 다니면 안 되는데요?"라고 반문하자, 웃으면서 설명을 해주셨다. 중국은 한 가구 한 자녀 정책으로 인하여 외진 시골이나 소수 민족이 아닌 한족은 한 자녀밖에 가지지 못한다는 것이다. 이미 알고 있는 사실이라 "그게 왜 저한테 문제가 되는데요?" 하고 되물었다.

지금 내가 식구들을 거느리고 가는 모습이 마치 돈 많은 대인이 본부인에게서 아들 하나를 낳고 젊은 둘째 부인에게서 딸을 가져 두 부인과 아이를 데리고 시내에 위세를 떨러 온 모습이었단다. 그래서 중국 사람들이 나와 우리 가족을 보고 소곤소곤하고 쳐다보았다는 것이다.

그렇게 듣고 보니, 그림이 정말 두 부인을 거느리고 나온 영락없는 대인의 모습이었다.

"이렇게 다니면 돈이 많은 줄 알고 소매치기나 범죄에 휘말릴 수 있으니 조심해야 돼."라고 친절하게 일러 주기까지 하셨다. 나와 아내는 웃음이 나와 막 웃으면서도 '아! 이런 건 미처 생각지도 못했는데' 하면서 좋은 공부를 했다는 생각이 들었다.

그렇게 백화점에 들어가 그런 모습을 안 만들려고 내가 딸아이 손을 잡고 다녀도 걷다 보면 자연스레 나는 앞장서게 되고 가족들은 뒤에서 따르는 그림이 계속 되었다. 아시다시피 한국 남자들은 원래 걸음이 빨라서 가족들과 함께 오손도손 걷는 게 잘되질 않는다.

하여튼 그렇게 구경을 하고 돌아오는 길에 타코야끼 집에 들러 주문을 하고 탁자에 앉아 있는데 역시나 중국인들이 계속 쳐다보았다.

그날 이후 가급적 선생님과 동행은 안 하게 되었고 정 필요할 땐 나와 선생님 둘만 다니곤 하였다.

정체를 밝혀라

중국에 살면서 처음엔 외부 출입을 잘 하지 않았다.

미국에서 나올 때 건강 상태가 매우 안 좋았다. 그래서 가능하면 휴식을 취하려고 마음먹었고 주일에 교회를 다니는 거 외엔 외출을 삼가고 오전엔 운동하고 집 청소 도와주고 오후엔 과외 선생님과 함께 중국어 공부 좀 하고 아이들 픽업 가고 이런 식으로 주로 집에서 시간을 많이 보냈다.

특히 대련이라는 곳은 북경이나 청도처럼 한국 기업체나 커뮤니티가 활발하지 않은 휴양 도시여서 약간의 주재원들 정도만 나와 있는 곳이었다. 내 개인 사업을 펼치지 않는 이상 마땅히 바깥에 나가 할 일도 없었기에 자연스레 집 근처만 뱅뱅 돌게 되었다.

그러던 어느 날 집으로 전화가 한 통 걸려왔다. 중국 대련 실업인 모임이라면서 이 모임에 참석하라는 초대의 전화였다. 그 모임이 어떤 건지도 잘 몰랐지만 어찌됐든 나는 '실업인'이 아니라 '실업자'인 사람인지라 나갈 수 없다고 완곡하게 거절하였다.

이후 혼자서 실업인 모임에서 왜 전화가 나에게 왔을까 추리를 해보니, 그 당시 우리 가족이 사는 곳이 좋은 동네에 50평 이상 가는 실내도 잘 꾸며 놓은 아파트였기 때문이었다는 결론에 도달했다. 미국을 떠나며 아내에게 좋은 집을 얻어 주겠다는 약속도 했거니와 중국의 물가가 미국보다 현격하게 싼 곳이라 미국에서 쓰던 월 생활비를 생각하면 이 정도 호사를 부려도 부담이 크지 않았다.

그런데다 미국에서 왔는데 무슨 일을 하지도 않고 집에만 있으면서 돈을 쓰고 다른 사람들과는 거의 교류도 하지 않고 오직 교회 구역 식구들과만 일주일에 한 번 정도 어울리니 좀 미스터리한 가족이 되어 있었다. 거기에 덧붙여 교회 구역 모임 때마다 아내가 차려 놓은 음식도 내가 돈 많은 실업가의 인상을 심어 주는 데 한몫했다.

요즘도 그렇지만 아내나 나나 사람을 초대하면 먹을 만한 음식을 대접해야 한다고 생각하기에 여유가 없어 자주는 못 불러도 한 번 초대하면 최선을 다하는 스타일이다. 그로부터 며칠 후 아내가 밖을 다녀오더니 하는 말이 나에 대해서 이상한 소문이 나돈다는 것이다.

그 소문은 내가 아주 돈이 많은 실업가이고 중국에 휴양차 왔다는 설부터 미국에서 돈을 떼어 먹고 야반도주 했다는 설, 국정원이나 아니면 북한쪽의 공작금을 받는 공작원이라는 황당무계한 소문들까지 사람들 사이에 돈다는 것이다.

이어서 들리는 말로는 실업인 모임에서 초대를 했는데 거절했다면서 모임 내에선 나에 대해 젊은 사람이 미국에서 건너왔다고 너무 거만하다느니, 돈이 많으면 얼마나 많기에 그러느냐는 둥 나에 관해 무례하고 거만한 젊은 놈이라고 사람들이 말했다는 것이다.

그런 이야기를 쭉 들으면서 우리 부부는 어처구니없는 이 상황에 대해 할 말이 없었고 집에 가만히 있어도 이렇게 되는구나 하는 무서운 생각마저 들기도 했다. 그래서 내가 우선 자처해서 대련 실업인 모임에 전화를 하고 다음 모임부터 참석하겠다고 하고선 적극적으로 오해를 풀기 위해 노력하기로 마음을 먹었다. 그렇지 않고 가만히 두면 이런저런 소문이 어디까지 뻗어갈지 가늠을 할 수도 없거니와 괜한 오해를 사서 득이 될 게 하나도 없다는 결론을 내렸다.

그래서 매번 모임이 있을 때마다 참석해서 이런저런 이야기도 나누고 여러 선배님들에게 중국에 관한 이야기와 사업 이야기도 듣고 M.T 등도 같이 다니며 어울리게 되었다. 그런 시간이 지나며 나의 성품에 대한 오해는 풀었지만 나의 경제적 배경에 대해선 계속 의문 부호가 붙은 채 세월은 지나갔다. 내 쪽에서 특별히 할 말이 없어서 언급하지 않았는데 상대방에선 여전히 그 부분에 대해 많은 호기심을 가졌던 거 같았다.

특히, 한 분이 나의 경제적 배경에 대해 지대한 관심을 갖고 나의 정체를 알아내기 위해 부단히 노력했는데 끝내 못 알아내자 그 분 혼자 결론을 냈다.

내가 미국에 빌딩이 몇 채 있는 사업가 정도로 말이다. 물론 나는 몇 번 나에 대해 미국에서 직장 다니다 중국에 오게 된 평범한 사람이라고 말했지만 이 말이 곧이곧대로 받아들여지지 않았다. 사람들은 자기가 생각하고 싶은 대로 생각하고 자기가 가진 그릇의 크기만큼만 생각하니 나처럼 보통의 상식을 깨는 행보를 하는 사람은 결국 진실을 말해도 아무도 귀 기울여 받아 주는 사람이 없었던 셈이다.

중국에서 만난 많은 분들이 왜 아무 이유 없이 미국에서 중국으로 오느냐? 남들은 대개 중국에서 미국으로 못 가서 안달인데 말이다. 도저히 이해가 안 된다는 것이다. 여기엔 필시 곡절이 있다고 본 것이다. 그래서 난 그 분이 미국의 청년 실업가로 나를 규정 지어 주었을 때, 처음엔 아니라고 강하게 부정했지만 내가 이 타이틀을 이용해 부정한 거짓말을 치지 않았기에 나중엔 그 분의 생각대로 그 추리가 맞았다고 해주었다.

그러자 그 분은 "거봐, 내 눈은 속일 수가 없다."며 아주 흡족해했다. 그래 이 또한 덕을 쌓는 일일 것이라며 나 또한 웃어넘기고 말았다.

대련을 떠나기 며칠을 남기고 그동안 신세진 사람들을 한 가족씩 초대해 식사를 나누는 자리에서 어느 분이 가족들끼리 식사를 다 하고 잘 가라는 인사말까지 다 나누고 헤어지려는 찰나에 나의 손을 붙잡고 물었다.

"진이 아빠, 이제 떠나는데 대답해 주고 가면 안 돼?"

"네, 뭘 말이에요?"

"정말 뭐하는 사람이야?"

"하하하, 정말로 아무것도 안 하는 백수건달이라니까요. 중국에서 내내 놀았잖아요."

"끝까지 말 안 하고 갈 거야?"

"하하하, 다 말했는데 뭘 더 바라시는 건가요? 그럼 그냥 편하실 대로 생각하세요. 그게 정답입니다." 그렇게 우리는 석별의 정을 나누었다.

남들과 다른 색깔을 갖고 다른 궤적의 삶을 살아가다 보면 아무리 진실을 이야기해도 곧이곧대로 들리지 않을 때가 많다. 십 몇 년을 이나라 저 나라로 옮겨 다니며 산다는 것이 상상만으론 나오기 힘든 일이라 그런지 이것을 하나하나 설명하기도 참으로 힘들다. 다만, 살아가면서 서로 겪어 보는 게 최선이다.

기존에 나열된 방식이 아닌 새로운 방식은 누구에게든 오해와 왜곡을 낳지만 색다른 방식으로 인생을 풀어 본다는 건 아주 흥미롭고 재미있는 일이다. 대신 사람들의 편견과 고정관념에서 벗어나기가 쉽지 않아, 새로운 곳에 갈 때마다 피차 서로에게 적응기가 필요하고 그 사이에 일어나는 불협화음 정도는 이제 웃으면서 넘기는 내공은 가지게 되었다.

아직도 난 나의 정체에 대해 궁금해하는 많은 사람들 사이에 둘러 쌓여 있다. 나는 경제적 배경도 없고 후원하는 스폰서도 없다. 그리고 직업은 내가 머문 나라의 사정과 비자 상태에 따라 달라진다. 장사도 하고 직장도 다니고 아르바이트도 하면서 말이다.

그냥 그때그때 최선을 다하며 가족들과 살며 20년 정도 시간을 갖고 세계 일주를 하는 게 지금의 내 정체다. 그 이후는 그때 또 알겠지 나도 날 모르겠다. 그런데 그걸 꼭 정해 놓고 살아야 하고 이해가 가야만 하나? 내일을 모르는 삶을 산다는 거 이거 참 스펙타클하고 다이나믹한 삶이 아닌가!

나는 그렇게 살고 싶다. 정해지지 않은 삶, 새로운 방식의 삶.

2011년 중국 대련 개발구의 여름

2011년 5월 뉴질랜드 생활을 정리하고 한국에 돌아오자마자 우리 가족은 중국 대련으로 향하였다. 5월에 한국에 들어오고 보니 당장 어디로 떠나는 것도 쉽지 않았고 마침 다음 학기까지 시간도 남아있어 아내와 상의한 끝에 중국 대련으로 다시 가기로 하였다.

무더운 한국의 여름을 피해 북쪽으로 올라가면 좀 나을까도 싶었고, 어렵게 배운 중국어를 아이들이 다 잊어버리기 전에 다시 환기도 시킬 겸해서 예전에 살던 대련으로 향하게 되었다. 9월 새 학기에 맞추어 다른 나라로 갈 예정이었기에, 약 3개월 정도를 머물 요량으로 짐도 가볍게 준비하고 떠났다.

3년 전 그곳에서 가깝게 지내던 가족들 중에 다른 가족들은 대부분 한국에 들어왔지만, 한 가족만이 개발구라는 곳으로 이사하여 살고 있었다. 그곳엔 STX 조선소와 대련 한국인 학교가 있어서 한국인들이 조그만 코리아타운을 형성하고 사는 곳이다. 우리 가족도 짧은 기간 머무는 거라 여러 가지 생활환경이 편리한 개발구로 거취를 정하게 되었다.

우선 3개월간 머물 집을 구하는 게 일이었는데, 짧은 기간만 임대를 하려니 집 구하기가 너무 어려웠다. 중국인 주인들이 대부분 6개월 이상이나 1년 임대를 원하였으므로 방 구하기가 여의치 않았다. 할 수 없이 침실 하나에 작은 부엌이 딸려 있는 호텔 레지던스 방 같은 것을 웃돈을 얹어 얻게 되었다. 침대 하나가 있는 작은 방에 겨우 한 명 정도 서 있을 수 있는 좁은 부엌, 화장실 하나, 이 속에서 더운 여름을 복작거리며 살 수밖에 없었다.

돌이켜 보면 이때 우리 가족의 삶의 모습은 일본 오사카의 생활을 미리 준비해 보는 예행연습이 된 듯한 게 이후 일본에서는 이보다 더 비좁고 습하고 어두운 곳에서 생활하게 된다. 어쨌든 짐 풀 곳을 정하게 되자, 아이들 중국어 과외 선생님을 구하여 중국어 공부도 시작하게 되었고 작은 부엌이지만 찬거리와 쌀을 사서 밥을 해먹으며 짧은 중국 생활을 시작했다.

다만, 인터넷 연결이 안 되어 본의 아니게 온 가족이 디지털 문명과 떨어져 3개월을 살게 되었는데, 처음엔 못 견딜 정도로 그 상황이 힘들었지만 디지털 중독 증세가 없어지자 차츰 없는 대로의 생활에 익숙해져 가면서 집에선 책도 보고 가족들끼리 이야기도 많이 하며 보낼 수 있는 환경이 절로 만들어졌다.

그렇게 조금씩 자리를 잡아 가던 중 지인의 권유로 대련 한국인 학교에 다닐 수 있는지 문의를 하게 되었고, 다행스럽게도 교장 선생님과 학교 당국의 호의로 짧은 기간이지만 두 아이 모두 학교에 다닐 수 있게 되었다. 한 3개월 가볍게 지내다 오려고 했는데 아이들도 학교를 다닐 수 있게 되어 매우 만족해했고, 예전의 중국 학교와는 다르게 한국인 학교였으므로 적응하는 데도 큰 어려움이 없었다. 뜻밖의 학교생활이라 부랴부랴 교복을 사서 입히고 책을 구입하고 책가방에 식비, 교통비, 수업료 등 모든 걸 새로 다 준비하는 등 한바탕 전쟁을 치렀다.

하루를 다녀도 필요한 것이니 소홀히 할 게 하나도 없는 데다, 작은 방에 하루 종일 4명이 같이 있어야 하나 싶었는데 학교를 갈 수 있게 되어 너무 감사했다. 게다가 우리 아이들 입장에선 처음으로 받아 보는 한국어 수업이었기에 더욱 남다른 감회가 있었다.

그전에는 줄곧 외국 학교에서 그 나라 커리큘럼을 공부했는데 대련 한국인 학교에선 짧은 3개월이 채 안 되는 기간이었지만 한국 역사, 사회, 국어, 수학 등 한국 커리큘럼에 한국 수업을 받아 볼 수 있는 아주 귀한 시간이 되었다.

학교 수업이 진행되면서 외국과는 확연히 다른 교과 과정으로 인해 어려움도 많이 있었고 특히, 수학 교과를 따라가려다 보니 큰아이는 스스로 수학 학원을 보내 달라고 해서 태어나 처음으로 학원이라는 곳도 다니게 되었다. 또 한편으로는, 또래의 한국 친구들과 어울려 학교생활을 하고 방과 후에도 어울려 돌아다니며 아주 재미있게 중국에서의 짧은 시간을 바삐 보냈다.

물론, 학기가 끝난 후 받아 온 성적표는 참담함 그 자체였지만 말이다.

그럼에도 불구하고, 그 3개월이 아이들에겐 지금까지 살면서 겪어본 유일한 한국식 학교 체험의 시간이었다. 애국가를 부르고 한국식 학교 규율에 맞추어 생활을 하고 머리와 복장에도 규제를 받고 시험을 봐서 등수를 매기고 자율학습과 보충수업을 하는 등, 그동안 외국 학교에선 경험해 보지 못한 한국식 교육 문화를 경험해 본 소중한 시간들이었다.

그렇게 2011년 우리 가족의 여름은 지나가고 있었다.

New Zealand

천국 속의 아픔, 뉴질랜드

꿈속에 나타난 뉴질랜드

여행 시즌이 다가오면 온갖 매스 미디어에선 죽기 전에 꼭 가봐야 할 곳, 신혼 여행지 베스트 등의 자극적인 문구와 광고로 여행객들의 마음을 사로잡기 위해 갖은 노력을 다 한다. 세계 일주를 마음먹고 어느 나라로 향할지 정할 때면 나 역시 이왕이면 깨끗하고 아름답고 살기 좋은 나라를 택하고 싶은 마음이다.

더군다나 혼자 하는 여행이 아니라 온 가족이 함께 가서 생활하고 학교도 가야 하는 장기 체류를 계획하기에 나름 요모조모 따지게 된다. 그렇게 우리 가족이 중국 다음으로 택한 나라는 지상의 천국이라는 뉴질랜드였다. 뉴질랜드는 「반지의 제왕」의 배경이 된 나라로 때묻지 않은 자연 환경과 마오리족의 원시 문화와 역사가 살아 숨 쉬는 우리나라와는 반대쪽 최남단에 위치한 섬나라이다.

중국 생활을 정리하고 원래는 일본을 우선 가려고 했으나 마침 미

국의 모기지 사태와 리먼 브라더스 파산 등 금융 공황이 생기는 통에 우리 가족도 경제적인 위기에 처하게 되었고 한국에 발이 묶여 버리고 말았다. 세상이 온통 경제 불황을 이야기하고 금전적으로도 여유가 없게 되자, 그렇게 우리 가족은 갈 곳을 잃어버리고 갑자기 붕 떠버린 처지에 놓이게 되었다.

할 수 없이 짐을 정리해 고향 집으로 내려갔다. 아이들이 학교에 다니기엔 학기가 중간이라 애매해져 버렸고, 그렇다고 집 안에서 계속 놀릴 수도 없어서 임시방편으로 아이들과 상의해 집 앞에 있는 피아노 학원과 외국에선 접해 보기 힘든 바둑 학원을 보내 낮 시간을 보내게 했다. 수학이나 국어 등 공부를 중심으로 하는 학원도 생각해 봤지만 몇 달 보내서 뭔 소득이 있겠나 싶어 바로 마음을 접었다.

그렇게 겨울 내내 할머니와 함께 지내며 아이들은 아침부터 집 앞 피아노 학원에 갔는데, (원래는 아이들 학업이 끝나면 오픈하는 곳을 원장님이 우리 아이들 형편을 고려해 오전부터 나와서 놀 수 있게 해주셨다) 거기서 피아노 연습도 하고 놀다가 오후엔 바둑 학원을 갔다. 진이는 본인이 드럼을 배우고 싶다고 해서 일주일에 두 번 정도 레슨을 받고 다른 날에는 연습을 하는 일상을 보내게 되었다.

이렇게 고향 집에서 시간을 보내며 나는 틈틈이 우리 가족의 진로를 정하기 위해 서울을 자주 드나들었다. 돌아다니며 이렇게 붕 떠버리는 시기가 생기고(특히 나라를 옮기는 사이에) 이 기간에 특히 아내와의 부부싸움도 잦아진다. 앞날에 대한 불투명성, 아이들의 학업, 가족의 미래 이런 것들이 희뿌연 연기에 가려 있어 전혀 감을 잡을 수 없으니 서로 감정이 예민해지고 말을 섞다 보면 서로 격해지기 십상이다.

이러니 자주 서울에 올라가 친구들도 만나 보고 '나는 앞으로 어떻게 살아야 하나?' 또 '나는 뭘 위해 이렇게 사나?', '떠나야 하면 어디로 가야 하나?' 등등 아무리 고민해도 나오지 않는 답을 찾기 위해 몸서리를 치곤 했다. 고민이란 게 늘 그렇듯이 당연히 얻어지는 건 없고 시간만 보내는 게 다반사였고 결국 이렇게 무책임한 가장이 되나 하는 두려움에 잔뜩 움츠려들게 되었다.

마음은 벌써 어딘가를 향해 가고 있는데 현실은 좀체 가능성을 열어 주지 않는 답답한 시간이 계속되었다. 그렇게 2008년의 겨울을 고향에서 보내고 봄이 되자 우리 가족은 다시 서울로 올라왔다.

뭔 특별한 계획이 있어서라기보다 일단 저질러 보자라는 초심으로 돌아갔다. 매번 답은 정해져 있는데(물론 아내의 답은 아니다) 더 좋은 조건이나 기회를 가져 보려는 욕심이 아무런 결정도 못 내리게 하고 현실 속 핑계만을 찾게 되는 것이다. 스스로 택한 특이한 삶의 방식이었기에 도전이 쉽지 않은 일이고 누구도 하지 않은 전인미답의 길이기에 나를 인도해 줄 지침이나 선배도 없고 조언을 구할 만한 데가 없다는 게 가끔은 아쉽기도 했다.

나의 이런 마음을 친구들에게 토로해 봐야 "그냥 한국에 살지.", "이젠 남들처럼 살아라.", "정신 차려라." 등의 말들이 대다수여서 속마음을 털어 내봐야 오히려 마음만 심란해질 뿐이다.

겨울이 지나고 봄이 다가오자 서울에 올라와 누님 댁에 몸을 잠시 의탁하고 보내던 중 하루는 아내가 정말 화난 목소리로 말했다.

"봄이 오고 새 학기도 시작하는데 아이들을 어떻게 할 거야? 어디로 떠나든지 아니면 한국에 자리를 잡고 살든지 결정을 해요." 하고 몰아세웠다.

그 순간 아내나 애들에게 미안하고 면목도 없어 알았다고 하고선 더는 미룰 수 없음을 직감했다. 그렇게 아내의 한마디가 나를 다시 깨워 놓았고, 특별한 계획에 완벽한 준비보다는 다시 초심으로 돌아가서 내 갈 길을 가자는 마음으로 외국으로 나가는 걸로 결정을 지었다. 남에게 속내를 안 비칠 뿐, 이 순간 내 자신 스스로도 납득하기 어려운 결정을 하는 것이므로 나 또한 많은 두려움과 걱정거리에 불멸의 밤을 보내곤 했다.

어찌됐든 아내에게 내 결정을 알려 주고 나니 어느 나라로 갈 것인지가 또 다른 문제로 떠올랐다. 주재원이나 외교관이라면 어떤 나라를 갈 것인지 고민 않고 조직에서 가라는 대로 가면 되겠지만 우리는 무작정 떠나는 발걸음이라 걸리는 게 하나둘이 아니었다.

그렇게 또 한 번 고민에 빠지려하자 역시, 나의 든든한 평생의 동반자인 아내가 나서서 오늘 안에 결정하지 않으면 안 나가겠다고 최후통첩을 하기에 이르렀다. 그날 밤 잠도 안 오고 몸을 뒤척이다 잠깐 잠이 들었는데 꿈속에서 뉴질랜드라는 나라가 나타났다. 꿈 내용이 기억나지 않지만 깨어나서 시계를 보니 새벽 3시였고 뭐에 홀린 듯이 그대로 컴퓨터를 켜고 뉴질랜드를 검색하기 시작했다. 한 시간 동안 검색을 하고 나서 새벽 4시에 잠자던 아내를 깨웠다.

"잠 안 자고 뭐하는 거야?"

"우리는 뉴질랜드로 갈 거야. 일어나서 기도하자."

"자다가 뭔 소리냐?" 하면서도 옆에 앉아서 한 시간 정도 조용히 기도를 하였다.

아침이 되어 모두가 일어나자마자, 처음부터 정해진 일인 것처럼 뉴질랜드로 떠날 준비를 시작했다. 아무런 질문도 없었고 해줄 대답도 없었다. 아직도 나조차도 이해하기 힘든 것은 '왜 뉴질랜드였느냐?'인데, 나에게 뉴질랜드란 나라는 그냥 호주 옆에 있는 섬나라라는 단 하나의 지식밖에 없었고 특히나, 우리가 떠날 도시인 오클랜드는 단 한 번도 들어 본 적도 없는 도시였었다.

아내는 지금도 사람들에게 이렇게 말한다.

"자다 일어나 뉴질랜드에 오게 됐어요."

뉴질랜드에서 만난 3명의 집 주인들

무작정 도착한 뉴질랜드에서 가장 급선무는 역시나 거주할 집을 구하는 일이었다. 도착 첫날 값싼 호텔방에서 하룻밤을 보냈지만 저렴하다고 해도 오래 묵기엔 경제적으로도 부담이 될뿐더러 마음이 안정되지도 않았다.

날이 새자마자 현지 교민들이 이용하는 사이트에 들어가 방을 알아보기 시작했다. 그런데 이마저도 쉽지 않은 게 오클랜드의 지리적 주변 환경에 대한 정보가 부족했으므로 우선 어디로 움직여야 할지도 가늠할 수 없었다. 이런 가운데 처음 집을 얻을 때부터 뉴질랜드를 떠날 때까지 세 명의 집주인들에게 큰 도움을 받게 되었다.

첫 주인은 우리 집에게 작은 방을 세내어 주고 집을 얻을 때까지 요모조모 살갑게 보살펴 준 주인아주머니다. 우리 가족에게 알맞은 집을 얻기까지 얼마나 걸릴지 알 수 없는 상황에서 무턱대고 호텔에 묵으면서 집을 알아보고 다닐 수가 없었다. 저렴한 민박집이라도 구하게 되면 다행이지만 오클랜드엔 그런 집도 흔하지 않아서 난처한 지경에 있을 때 정보지에 실린 작은 집을 방문하게 되었다.

그런데 전화를 하고 찾아간 방은 가족이 살기에는 너무 비좁은 방이었다. 학생 한 명이 자취하면서 살기에 알맞은 원룸이라고 해야 할 크기였다.

"방이 이렇게 좁아서 가족이 살기는 힘들 거예요. 다른 곳을 알아보는 게 낫겠네요."

좁은 방을 가족들에게 세놓기가 부담스러웠던 아주머니는 다른 곳을 알아보라며 우리를 돌려보냈다.

"그래도 저희가 지금 사정이 급해서 그러는데 집을 구할 때까지 이곳에서 머물면 안 되겠습니까?"

우리가 이곳에 온 지 얼마 안 되어 형편이 급한 걸 아신 아주머니께서,

"그럼, 불편한 대로 있으면서 천천히 알아봐요. 우리도 처음 왔을 땐 다 힘들고 답답했죠."

주인아주머니의 배려로 방 하나에 화장실, 부엌이 달린 조그만 곳에서 3주간 머물며 우선 짐을 풀 수 있었다.

어렵사리 임시 거처를 정하고 나자 한결 마음이 편안해져서 여유를 가지고 인근에 나온 집을 부지런히 보러 다닌 끝에 햇빛이 잘 들고 1층에 독립가옥처럼 되어 있는 집을 얻을 수 있게 되었다. 우리 가족이 뉴질랜드를 떠날 때까지 함께했던 그 집은 햇빛이 너무 잘 들고 풍광이 좋은 집이었는데 집 앞에 레몬 트리도 있고 뒷마당엔 작은 텃밭도 있어서 야채는 손수 길러 먹을 수 있었다.

특히나, 기억에 남는 것은 그 집의 주인 어르신들이었다. 너무나 친절하고 따뜻하게 우리 가족을 대해 줘서 사는 내내 편안하고 조용하게 보낼 수 있었다. 집주인 어른들은 한국분들이었는데 원룸을 정리하고 들어오는 날 집 안에 들어가자 부엌살림들이 한 가득 부엌과 거실에 정리되어 있었다.

"살림살이가 하나도 없는 듯해서 집에서 안 쓰는 물건들 좀 내려다 놨으니 쓰세요. 혹시 쓰던 물건이라 내키지 않을까 걱정이 되긴 한데

필요할 듯해서 이것저것 챙겨 놨어요."

옷가지밖에 들고 가지 않았던 우리로서는 너무나도 감사한 일이었고 그 분들의 배려로 소소한 살림을 꾸려 생활을 시작할 수 있게 되었다. 그곳은 원래 손님들이 오면 내주던 게스트룸으로 이용하던 곳이라, 소파, 침대, 책상 같은 가구들이 있었는데 그 모든 것도 저렴한 가격으로 우리에게 넘겨주었다. 뜻밖에 배려로 생활에 필요한 기본 살림과 가구들이 해결이 되는 바람에 큰 시름을 내려놓게 되었다.

아침에 들어가 그렇게 인사를 나누고 주신 살림들과 가져온 짐 가지들을 정리하고 있는데 바깥에서 차 한대가 요란하게 멈추어 서더니 우리 집 현관문을 누군가가 두드렸다. 문을 열었더니, 나이가 지긋하신 분이 차에서 쌀 한 가마니를 꺼내서 주시더니,

"뉴질랜드에 살러 왔다니 환영하네. 이건 환영 선물이니 잘 먹고,

나와 함께 어디 좀 가세."

"네, 그런데 누구신데요?"

"나는 집주인과 잘 아는 사람인데 집주인이 자네 가족들 이야기를 하며 걱정을 많이 하더군."

"네?"

"집 계약할 때 보니 뉴질랜드에 살러 온 것 같은데 아무 준비도 없이 온 듯하다고 그러면서 자네 일자리도 알아봐 달라고 성화를 부려 며칠 동안 좀 알아봤네."

이게 도대체 뭔 일인가 싶어 아내와 나는 이 상황을 이해하려고 노력했지만 도통 당황스럽기만 하였다. 하여간 그 분이 다시 말을 꺼냈다.

"지금 급한 일 없으면 나랑 면접 보러 가세. 시간은 되지?"

"아…예."

일이 어떻게 돌아가는지 알 수는 없었지만 처음 본 그 어르신과 함께 차를 타고 따라갔다. 잠시 후 도착한 곳은 집에서 아주 가까운 곳에 위치해 있는 한인 식품점이었다.

"응, 내가 며칠 전에 이야기한 사람이야. 한국에서 온 지 얼마 안 되었으니 잘 알려 주라고."

"그럼 면접 잘 보고 나는 먼저 가네."

얼떨결에 인터뷰를 마치고 나서 집으로 돌아왔다.

"어디까지 다녀온 거야?"

"응, 가까운 곳에 한인 식료품 집이 있네. 거기서 인터뷰 보고 왔어."

"갑작스럽긴 한데 어떻게 할 거야?"

"그러긴 한데…우리 가족을 생각해 줘서 이렇게 해주셨는데 우선 일을 하면서 생각해 보는 게 나을 거 같아."

"거기서 무슨 일을 하는데?"

"하하하…무슨 일이냐면 말이지…"

"뭔데 그래?"

"가게 청소하고 물건 진열하고 배추김치 절이고 야채 다듬고 포장하고 다 하는 거야, 뭐든지 다."

그렇게 집, 일자리 그리고 살림살이까지 다른 나라에서 오랜 시간이 걸릴 일들이 일사천리로 해결이 되어 버렸다(아내는 지금도 뉴질랜드에서 살았던 우리 집이 그간 지냈던 어떤 곳보다 마음이 들었다고 종종 말한다).

한동안 다른 특별한 일 없이 두세 달을 살 즈음에 집주인 어른들이 집을 팔고 시골로 들어가기로 했다는 이야기를 전해 들었다. 어렵게 구한 좋은 집을 내놓고 다시 집을 알아봐야 하는 걱정을 하던 참에 새 주인 어른들을 맞이하게 되었다. 뉴질랜드 이민 초기에 건너오신 어르신들로 전 주인들과는 거꾸로 농장을 정리하고 도시로 나오면서 집을 구입하셨던 참이었다.

주인 할머니가 이사를 다 마친 후 내려와서 이런저런 얘기를 편하게 하시면서,

"그전에 살던 대로 같이 살아요."

결국 그 집은 우리가 뉴질랜드를 떠나기로 결정을 하고 방을 내놓아 달라고 말씀드리자 일부러 그 시기에 맞춰 우리가 떠나는 날 두 분도 그 집을 어느 영국인들에게 팔고 같이 떠났다. 인근에 있는 더 작은

집을 얻어서 이사를 했는데 하루는 두 분이 이사 갈 집이라며 함께 가서 보여 주셨는데 역시 빛이 잘 들고 따뜻한 집이었다.

"언제든 다시 오게 되면 연락하라고 집을 가르쳐 주는 거야. 꼭 다시 찾아 와."

우리 가족이 그곳에 살면서 해결할 수 없는 힘든 상황에 처해 있을 때마다 항상 뒤에서 티나지 않게 조용히 도와주셨던 분들이었다.

두 분 다 경상도 특유의 무뚝뚝함으로 무장을 하신 분들이긴 했지만 만화 주제가처럼 무슨 일이 생기면 어느샌가 나타나서 많은 도움을 주고 싹 사라지는 영웅 타입의 어르신들이었다.

아이들 비자 문제로 학교에 가지 못하고 있을 때(이때가 20년 여행 중 가장 힘든 때였다) 뉴질랜드에서 떠나기 직전 차를 처분하지 못해 발을 동동 굴릴 때도 마치 우리의 맘을 들여다보듯이 조용히 일처리를 다 해주셨다.

뉴질랜드 일기

앞 단락에서 언급한 것처럼 20여 년 세계를 돌아다니면서 가장 힘든 시기를 뽑으라면, 뉴질랜드에 처음 들어가서 정착할 때라고 말할 수 있겠다. 그 이유를 구구절절 설명하기보다는 당시 내가 썼던 일기를 일부 발췌 요약하여 올리는 것이 이해를 돕는 데 더 나을 듯해 보인다. 그리고 남의 일기를 훔쳐보는(?) 것도 나름 재미라면 재미일 수 있다는 생각에…

248

진이의 칼리지 락밴드 시절

2009년 3월 29일

이곳에 온 지 이틀째이다. 이번엔 왜 이리도 마음이 안 놓이는지…
은행에 가서 일도 보고 차도 알아보고 집도 알아봐야 한다. 흘러가는
대로 거스르지 않고 다만 최선의 노력을 한다는 각오로 이곳에서 열심
히 살아야겠다. 여기가 섬나라이고 자연 환경은 좋은데 아이들의 장래
는 다소 불확실한 거 같다. 교회에서 비빔밥 한 그릇, 저녁엔 모텔에서
라면을 먹었다.

2009년 3월 30일

오늘은 아침부터 부지런히 돌아다녔다. 은행에 가서 계좌(takapuna
지점 ASB은행) 열고 시내에 나가 국민은행 오클랜드 지점에서 송금 보

낸 거 확인하고 카드도 받고, 세상 참 좋아졌다. 두 군데다 한국 사람이 다 해주니 영어 못 해서 고생할 일이 없었다. 이제 웬만한 외국엔 현지어를 몰라도 대충 살아가는 데 전혀 지장이 없다. 이틀째 저녁은 라면으로 때우고 있다. 초기에 돈 깨지기 시작하면 정말 살기 힘든 게 이민 생활이고 있어도 없어야 되는 게 이민 생활의 첫걸음을 잘하는 길이다. 다들 사람들 조심하라고 걱정 어린 시선으로 말을 한다. 그러고 보면 이 세상에 누굴 믿고 누구에게 의지하란 말인가.

2009년 3월 31일

오늘은 조금 특별한 날이다. 왜냐하면 오늘 모텔에서 나와 조그만 원룸에 일단 짐을 풀었다. 처음엔 우리가 4인 가족이라 힘들겠다고 말하더니 우리 형편이 딱한 걸 알고 집 구할 때까지 있으라고 양해해 주셨다. 어제 저녁부터 일정이 조금 꼬이면서 짜증도 났는데, 어찌되었던 오늘 밤은 이렇게라도 자리 잡을 수 있어서 너무 감사하다. 3일간의 호텔비로 450불을 지불하고 300/일주일짜리 방에 들어왔다. 2000불 가져온 돈이 벌써 바닥이 보이니 돈이라는 게 허망할 뿐이다. (300불 차 계약금, 외식비 105불, 마켓비용 140불, 기름 40불, 주차비 20불, 기타 등등)

2009년 4월 3일

어제는 너무 피곤해서 그냥 잤다. 어젠 차도 픽업해서 집에 가져다 놓았고 저녁엔 쇼핑몰에 가서 70불짜리 책상도 하나 샀다. 운전을 해

보았는데 계속 와이퍼만 움직였다. 왜냐하면 이곳은 운전대가 오른쪽에 있어서 깜박이도 오른손으로 작동하니 거기에 익숙하지 않은 나는 계속 물을 쏴대고 와이퍼만 움직였다. 여긴 오른쪽 우선이고 차선도 좌측통행이고 우회전할 때 신호를 받고 해야 하고 양보도 해야 한다.

2009년 4월 8일

비가 내려서인지 인적도 없고 이곳 뉴질랜드는 크게 할 것도 없고 노후를 보내기엔 너무 좋은 곳이지만 세금도 너무 높고 사람들이 소비 생활에 대한 관심도 없고 사치도 하지 않아서 시장으로서의 매력은 없어 보인다. 물론 이곳도 있을 거 다 있고 다들 사업에 장사도 하지만 먹고사는 것 외엔 큰돈 벌기는 쉽지 않아 보인다. 제대로 된 위락 시설이나 볼거리(우리 입장에서)는 거의 없고 때 묻지 않은 자연 환경과 소박한 국민들, 조용한 나라…다.

2009년 4월 14일

오늘 오클랜드에서 처음으로 보금자리로 이사했다. 이곳에 올 때 가지고 온 짐을 이제야 풀어 놓는다. 그 사이에 짐이 많이 늘었다. 이불도 많이 생기고 살림살이도 이것저것… 챙기다 보니 자꾸 나온다. 아이들이 쌈장(잠시 있던 집의 강아지 이름)과 헤어지며 많이 서운해했다. 쌈장도 이제 헤어지는 줄 아는지 아주머니 품에서 심하게 몸을 흔들며 떠나는 우리를 향해 짖어댄다. 살아 있는 무엇이든지간에 정을 주며 이리도 그 마음이 서로 통하는가 보다. 오늘 집 주인에게

370+330(침대, 소파)를 지불하였다. 돈은 찾으면 금방금방 지갑에서 나가 버린다.

2009년 4월 15일

오늘은 수요일이다. 월요일이 휴일(부활절)이라 그런지 한 주가 빨리 지나간다. 아무렴 나에게는 매일이 휴일인데…이곳에서 피아노 배달은 100불이란다. 재미있는 사실은 옮겨 갈 집에 계단이 있으면 계단 하나에 3불씩 계산을 한단다. 물론 이곳은 아파트도 거의 없어 계단을 이용할 일도 없지만 참 재미있는 계산법이다.

오늘 전화와 인터넷을 신청했다. 은행 잔고와 주소지 확인 때문에 잔고 증명을 하러 갔는데 서류 복사해 주면서 2불을 받는다. 여긴 돈 나올 때가 없어서 그런지 어떻게든 돈을 가져간다. 피아노와 계단도 그런 의미에서 한통속일 게다. 그리고 매장에서 물건을 사서 배달을 해와도 집 앞까지이지 집 안까지 들여놓으면 또 돈이고 이리저리 움직이면 돈이란다.

참 웃기는 동네다.

2009년 4월 22일

20일 아침에 인터넷 모뎀이 배달됐다. 아침 일찍 부랴부랴 연결하니 인터넷이 되었다. 이제 남은 건 070 전화만 연결하면 되는데 혼자서 용감하게 해보려다 완전히 망쳐 놓았다. 하루 종일 070과 싸우다가 결국 지인의 도움으로 저녁에 전화를 연결했다. 어머니에게 전화드리니 그간 연락이 없어 너무 걱정이 많으셨다고 한다. 불효가 이런 게 아닌가 싶다. 자주 연락 못 드리고 너무 죄송하다. 밤에 이곳저곳 전화드려서 안부를 전했다.

월요일에 슬이는 파자마 파티를 갔다. 오랜만에 슬립오버를 하니 마음이 며칠 전부터 들떠 있었다. 아무리 좋은 것도 다 제자리에 있어야 빛을 발휘하는 거 같다. 우리 아이들은 벌써 9개월째 학교를 다니지 않고 있다.

중국에서 나와서부터니 아이들이 감정적으로 많이 시달렸고 스트레스도 많았다. 아이들은 학교에 다니고 나와 아내도 각자 자기 자리에 있어야 스스로 만족하고 충실한 삶을 살 수 있는 거 같다. 서류 문제가 이른 시간에 해결이 잘되어 아이들이 학교에 가서 즐거운 학창 시절을 보냈으면 한다.

2009년 4월 30일

오늘은 4월의 마지막 날이다. 여기 온 지도 벌써 한 달이 지나고 이젠 처음의 당황스러움도 어느 정도 안정이 되어 가고 있다. 살림살이도 필요한 것은 갖춰졌고(물론 아직도 자잘한 생활용품이 많이 없지만) 밥 해먹고 사는 데 문제는 없다. 아직 애들의 학생비자가 나오지 않아 아이들이 학교에 가지 못하고 집에 있는 게 가장 큰 문제이다.

집사람은 학교(요리학교)에 잘 적응하고 다니는 듯싶다. 처음 생각과 다르게 시험도 많고 호락호락한 데가 아니라 당황했다고 한다. 근데 시험도 잘 보고 열심히 공부하고 있으니 좋은 결과가 나올 것이다.

나도 요즘 집에서 뭐든 해보려고 하는데… 비자가 나오는 대로 일자리도 알아봐야겠다.

2009년 6월 4일

벌써 6월이 4일이나 지나간 아침이다. 아직 비자는 나오지 않았다. 아이들은 여전히 집에서 하루를 보내고 있다. 학교에 찾아가 이야기를 해봐도 비자가 없으면 학교를 다닐 수 없다는 말과 아니면 2만 불이 넘는 수업료를 내는 방법밖에 없다고 했다. 우리 형편이 두 아이를 위해 4만 불이라는 거액을 부담할 처지가 되지 않았다.

오늘 아침 또 한 번 생각하고 내 스스로를 자책하고 있다. 나는 남의 말을 전혀 들으려 하지 않는다. 나의 신조나 생각, 계획이 모든 게 옳다고 생각하고 그게 어그러지면 세상이 어리석다고 한탄해 버리곤 한다. 내 마음대로 살려고 하고 아이들과 아내의 삶도 내 삶의 가치 척도에 맞추어 살게 했던 나의 교만과 어리석음을 생각하니 창피하기 이를 데 없다.

2009년 6월 8일

오늘 새벽에 일찍 눈이 떠졌다. 내 마음에 뭔지 모를 억눌림이 있었고 깊은 잠이 들지 않았다. 나는 아버지 없이 자라서 아버지의 사랑이 뭔지 잘 알지 못한다. 나는 항상 내가 스스로 판단하고 결정해서 이곳까지 왔고 내 스스로에게 후회 없는 삶을 살았노라고 자화자찬하며 이 날까지 살아왔다. 아이들에게도 좋은 아버지 만나 이렇게 세상 구경하며 살고 있고, 공부에 스트레스 안 받고 내가 설계하고 계획한 대로 살면 너희들은 이 세상에서 가장 행복하고 성공하는 아이들이 될 거라고 말하며 살아왔다.

아침에 아이들과 함께 울었다.

2009년 7월 9일

어느덧 4개월의 시간이 훌쩍 지나가고 있다. 이곳은 지금 겨울에 들어서는 초입인지라 비도 많이 오고 날씨도 쌀쌀하니 춥다. 인터넷으로 보는 한국은 여름휴가에 장마에 시끄러운데 좀체 이 추운 날씨에 한국의 여름이 실감이 나지 않는다. 작년 여름엔 중국에서 들어가서 뭐하고 지냈는지 생각도 잘 나지 않는다.

아직은 내가 사랑이 많이 부족하다는 것을 느낀다. 누군가에게 도움이 되려면 물질이나 지식보단 사랑이 필요하다는 걸 깨닫는다. 나는 아직까지 이 땅을 사랑하지 못하였고 이곳에 사는 사람들을 사랑하지 못하였고 내 아이들을 사랑하지 못하였다.

풍선 이야기

자기 욕심껏 풍선을 분다. 조금만 더 조금만 더 이렇게 욕심을 부리다 보면 결국 풍선은 터져 버리고 말 것이다. 세상의 모든 부와 명예를 다 얻으려고 하지만 우리는 이를 다 가질 수도 없거니와 결국은 허공 속에 사라져 버릴 것이다. 풍선 밖의 공기도 부와 명예요, 내가 풍선 속에 불어넣은 것도 부와 명예라면 내 욕심이 도를 넘었을 때 결국 내

풍선 속엔 아무것도 남지 않을 것이다.

2009년 7월 25일

우리가 할 수 있는 일이 과연 무엇일까? 우리는 뭐든지 할 수 있고 이 세상을 좌지우지하는 만물의 영장이다. 하지만 그래서 우리가 할 수 있는 건 뭐가 있을까? 마음대로 안 되는 게 세상사이고 근심과 걱정 없이 살 수 없는 게 우리네 인생이다.

아직도 비자 문제가 해결되지 않아 스트레스를 많이 받는다. 아이들은 순전히 나로 인해서 이 문제가 생긴 걸 알지 못하고 말해 줘도 그게 뭔지 잘 모르는 듯싶다. 벌써 4달째 이곳에서 맥 놓고 있는 나는 너무 힘들다. 이렇게 아무것도 할 수 없는데 그렇게 기고만장하여 떠벌이고 다녔으니 우습고 가소롭다. 나의 교만으로 인해 또 내가 어찌할 도리 없는 상황으로 인해 내 아이들이 학교에 가지도 못하고 나는 이를 해결할 아무 능력도 방법도 없음을 뼈저리게 느낀다.

2009년 7월 28일

비자가 아직까지 나오지 않았다. 비자가 나오지 않은 관계로 아이들이 학교에 다니지 못한 지 몇 달이 흘렀다. 우리 가족 전부가 너무 지쳐 있고 아이들이 너무 힘들어서 도저히 이렇게는 더 버틸 힘이 없다.

한국으로 돌아가기로 하고 이민국에 전화를 했다. 한국으로 돌아갈 테니 여권을 돌려주기 바란다고 했다. 돌아오는 대답은 케이스가 진행

중이니 여권을 돌려주지 못한단다.

아….

떠나는 것도 내 마음대로 할 수가 없었다. 내가 할 수 있는 게 뭐가 있나? 피가 마른다.

2009년 8월 7일

8월이 벌써 한 주가 훌쩍 갔다. 어려움은 쉽게 풀리지 않으니 그곳에 어려움의 매력이 있는 거 같다. 벌써 4달의 시간이 흘렀지만 비자는 나오지 않고 있고 이젠 거의 막바지에 온 느낌이다.

아직 비자는 진행중이란다…

2009년 10월 12일

40일 기도 마지막 날에 날아든 임시 비자의 소식. 벌써 6개월의 시간이 흘러갔다. 더 깊은 묵상과 말씀을 겸허히 읽고 이번 시간을 절대 허투루 보내지 않아야겠다. 사랑하는 일에 계산하지 말고 아내의 말을 더욱 잘 들어야겠다. 그 사람은 하나님이 내게 주신 가장 큰 선물이다.

오늘 아이들이 이곳에 와서 학교에 첫 등교한 날이다. 그간 온 가족이 학교 문제로 극심한 스트레스를 받아왔다. 지금 이 순간 바라는 건 잘 적응하고, 잘 따라가는 것밖에 없다. 처음 내가 아이들을 학교에 보내지 않았던 게 지난 해 8월이니 어느덧 14개월 만이다.

그때에는 일이 이렇게까지 되리라는 생각을 하지 않았다. 단지 금방 나갈 거니까 학교보다는 자기 하고 싶은 공부를 하라고 했던 건데… 정말 예상치 못하게 여기까지 왔으니 나의 어리석음으로 인한 무모한 계획이 얼마나 부질없는 짓이었는지 두고두고 후회하고 반성한다. 참으로 긴긴 시간 맘과 육신이 깊은 절망과 시험과 저주에 빠져 있었다.

뉴질랜드 일기는 여기서 마무리하고, 마지막으로 집주인 가족들에게 이 글을 빌려 감사드린다. 긴 시간 동안 우리 가족을 위로해 주고 작은 따님은 편지와 전화로 이민국 업무를 대부분 해결해 주었다. 20년간의 기간 중에 가장 힘들고 괴로웠던 시기였다.

뉴질랜드의 길

나는 오늘도 길을 나선다.

누군가를 만나러 가는 길이고 일터로 향하는 길이다.

길 위에 쉼 없이 이어지는 차량 행진과 어깨를 부딪칠 정도로 바쁘게 갈 길을 재촉하는 군중들 속에 나도 한 점을 차지하고 분주하게 걷고 있다. 그러다 가끔 가던 길을 멈추고서 내 주위를 빙 둘러보곤 한다.

'저들은 어디로 그렇게 바삐들 가는 걸까?'

'나는 지금 어디를 향해 가고 있었지?'

그렇게 몇 초가 흐르고, 난 이내 내 갈 길을 재촉한다.

나에게 길이란 목적지에 도착하기 위해 내 앞에 놓여 있는 빨리 지나가야 할 남겨진 거리 정도나 갈 길 바쁜 내가 이동하는 데 필요한 수

단일 뿐이다. 그렇고 그런 의미밖엔 없었던 길이 나에게 삶의 기쁨과 소중한 의미로 바뀌어 다가온 곳이 있다. 바로 뉴질랜드의 길이었다.

우리 가족이 처음 뉴질랜드 땅에 발을 디뎠을 때, 작은딸이 한마디 했다.

"여긴 잔디가 참 좋네."

내가 본 뉴질랜드의 첫 느낌도 하늘은 손에 닿을 듯 가깝고 푸르렀으며, 온 사방엔 초록빛이 가득한 잔디로 둘러쌓여 있었고, 살랑살랑 불어오는 가을바람은 너무나도 시원하게 내 얼굴을 스쳐가는 자연이 가득한 그런 곳이었다.

오클랜드에 집을 구하고 주변을 돌아다녀 볼 여유가 생겼을 때 쯤, 둘러본 우리 동네의 풍경은 흡사 한적한 휴양지의 별장촌 같은 분위기였다. 온 동네는 쥐 죽은 듯 고요하여 오직 바람 소리만이 가라앉은 분위기를 일깨우려 애쓰고 있었고, 집 앞으로는 하루 종일 내다보아도 가끔 개를 데리고 산책하는 할머니와 하루에 한 번 정도 다녀가는 우편배달부 외엔 전혀 인기척을 느낄 수 없을 정도로 조용한 곳이었다.

집에서 도보로 20분 정도를 걷다 보면 뉴질랜드를 감싸고 있는 남태평양의 짙고 푸르른 바다를 볼 수 있었는데, 우리나라와는 다르게 그 아름다운 해변가에는 산책로 외엔 그 어떤 상업 시설도 있지 않아 그야말로 자연 그대로의 모습을 유지, 보존하고 있었다. 해변가를 따라서 걷다 보면 울퉁불퉁 솟아 있는 바위를 건너가야 하고 발이 빠질 듯한 진흙 밭을 건너서 모래사장을 내리 걸으면 어느 덧 또 다른 해변가를 만나게 된다. 내가 지금 어느 해변에 있는지 이정표도 적혀 있지 않는 해변가에서 나는 내가 왔던 길을 바위며, 진흙 밟이며 나무 한 그루 등 자연이 내게 준 길 위의 이정표를 되짚어 가며 집으로 돌아가곤 했다.

요즘은 한국의 하늘에서 좀처럼 보기 힘든 게 있는데 다름 아닌 무지개이다. 뉴질랜드에선 비가 오고 나면 무지개가 하나도 아닌 쌍무지개로 하늘 이편저편에서 자태를 뽐내며 나타나곤 한다. 어릴 적 고향 하늘에서 무지개를 본 이후, 이렇게 많은 무지개와 마주한 곳은 오직 뉴질랜드가 유일한 곳이다.

차를 몰고 가다 보면 떠오르는 무지개에 온 가족이 넋을 뺏겨 한쪽으로 차를 대고 길 위에 서서 사진을 찍고 감탄사를 연발하곤 하였다. 그럴 때조차도 주위엔 조심스럽게 지나가는 자동차의 작은 소리만 있을 뿐, 날카로운 경적 소리는 들리지 않는다.

한번은 고속도로로 들어가는 입구에서 갑자기 차를 세울 수밖에 없었다. 바로 내 앞에서 오리 가족 12마리가 엄마 오리를 따라 고속도로를 건너가는 중이었다. 2차선이라 내 옆 차선에도 차가 있었고 그 뒤로도 많은 차가 꼬리를 물고 늘어섰지만 아무도 경적을 울리지는 않았다. 그 길에선 오리 가족이 먼저 들어왔으므로 우선권이 있다는 듯이 빨간 신호등이 바뀌길 기다리는 것처럼 조용히 기다릴 뿐이다. 그렇게 오리 가족이 길을 다 건너가고 나서야 우리들은 차를 움직일 수 있었다.

뉴질랜드 생활 중 가장 행복한 시간 중 하나는 저녁 식사 후 집 주변의 산책로를 따라 동네 한 바퀴를 도는 시간이었다. 아내와 손을 잡고 이런저런 이야기를 나누며 한 1시간 30분 정도 되는 동네 한 바퀴를 도는 시간은 그야말로 휴식의 시간이었고 우리 부부가 정담을 나누는 시간이 되었다. 산책로는 아스팔트가 아닌 마치 시골길 같은 자연스러움이 가득했고, 반듯하지 않은 길은 구부러지고 굴곡이 있는 땅 모양 그대로 만들어져 있어서 걷다 보면 정이 새록새록 생기는 길이었다.

어딘가로 목적지를 정해 놓고 앞만 보고 달려가게 만들어 놓은 곧고 탄탄한 길이 아니라, 걷다 보면 이웃집의 저녁 풍경도 엿볼 수 있었고 담 너머로 열려 있는 정원의 과실수 크기도 재볼 수 있었고 마당의 꽃들도 감상하고 집 앞에 놓인 우체통의 서로 다른 모습도 비교해 볼 수 있는 멋들어진 산책로였다.

그 길을 걸으면 우리 부부는 자연 속에 숨 쉬며 살아가는 사람들의 냄새를 맡을 수 있는 한 편의 수채화 속을 걷는 듯한 느낌을 받았고, 같은 길이지만 시간에 따라 계절에 따라 또 다른 매력을 풍기는 따스하고 정감이 가는 길이었다. 갑작스러운 소나기에 부산스럽게 뛰어가지 않고 내리는 빗방울을 쏟아지는 햇살을 받듯이 편안하게 맞으며 걸어가는 사람들을 볼 때면, 저 사람들은 언제 뛰어다닐까 싶을 정도로 흠뻑 비에 맞으며 천천히 걷는 곳이 뉴질랜드의 길이다.

다분히 사람이 걷는 인도뿐만이 아니라 차가 다니는 도로에서도 느림의 미학을 추구하는 곳이 뉴질랜드의 길이다. 그래서일까 차가 다니는 도로에는 유난히도 과속방지턱이 많이 있다. 차를 몰다 보면 참으로 귀찮은 것이 과속방지턱이다. 달릴 만하면 나타나서 바쁜 나를 막아서는 방해꾼 녀석이다. 하지만 이 고약한 녀석과 사귀게 되었을 때, 나는 차츰차츰 느린 속도에 익숙해져 갔고 차를 몰고 가면서도 주위를 둘러볼 여유를 되찾았고 들판을 바라보고 풀을 뜯고 있는 소나 양도 볼 수 있게 되었다.

동네 어귀를 들어서면 정원에서 뛰어노는 아이들의 웃음소리도 들려왔고, 내 귓등을 흘러가는 바람의 속삭임도 들을 수 있었으며 꽃 냄새도 맡을 만큼, 삶의 속도가 나에게서 빼앗아 간 생활의 작은 즐거움을 되찾아 준, 길 위의 작은 친구가 되었다. 그 친구를 볼 때면 난 앞이 아니라 옆을 바라볼 수 있었다. 그리고 역시 뉴질랜드의 도로는 직선이 아니라 곡선이었다.

그곳에 살다 보면 이상하게 보이는 것 중 하나가, 많은 사람들이 신발을 신지 않고 길 위를 돌아다니는 것이다. 집 앞 어귀라면 혹시 모르지만 대형 쇼핑몰에서도 길거리에서도 신발을 신지 않은 사람들을 자주 볼 수 있다. 그들은 길 위에서 어떠한 위험도 발견하지 못하기에 집 앞 길에서도 바닷가 해변가에서도 심지어 쇼핑센터에서도 그냥 편하고 여유롭게 맨발로 길을 활보한다.

그곳에서 산 지 얼마 되지 않아 우리 집 아이들도 학교에서 집에 돌아올 때면, 신발을 가방에 묶고 맨발로 돌아오곤 했다. 비가 오면 비를 맞고 맨발로 물을 튀기며 옷은 흠뻑 젖어도 얼굴엔 행복한 미소가 가득한 채로 길을 걸어왔다.

이렇게 뉴질랜드의 길은 따뜻하고 부드러운 길이다. 맨발로 걷다 보면 전해지는 따뜻한 온기는 나를 자연의 한 부분으로 동화하게 만든

다. 길은 마치 자연의 숨결이고 핏줄인 듯하다. 우리는 그 위에서 숨을 쉬고, 길을 걸으며 이웃과 소통하고 자연과 교감을 누리며 우리 삶을 풍요롭게 만들며 살아가는 것이다. 도시의 한 가운데서 오직 내 발 끝만 보며 걷고 있는 나를 보며, 오늘 또다시 나는 그 길을 걷고 싶다!

수학 쪽지 시험

"아빠, 오늘 수학 시험 봤는데 나 백점 맞았다." 작은딸이 문을 열고 들어서자마자 들뜬 목소리로 자랑을 했다.

"오! 진짜, 대단한데 시험지 가져와 봐."

"우리 반에서 백점 맞은 애는 나하고 다른 한국 아이, 딱 두 명이야."

"그렇게 어려운데 우리 딸이 백점이야."

"우리 둘 중에서도 내가 더 먼저 시험지를 냈으니까 내가 일등이야."

"정말로 대단하네. 빨리 시험지 보여 줘, 슬아."

"음…아빠, 시험지 보고 화내면 안 돼."

"아니 왜 화를 내? 백점 맞았는데 칭찬해 주려고 가져오라는 건데."

"그래도 시험지 보고 화내면 안 돼. 약속!"

"무슨 소리인지? 알았으니까 얼른 가져와 봐."

딸아이는 조그만 수학 쪽지 시험지를 내 눈앞에 펼쳐 놓았다. 그 종이 위엔 100이라는 숫자가 적혀 있었다.

"야, 이게 수학 시험이야?"

"아빠, 화 안 내기로 했잖아."

"화내는 게 아니라 기가 막혀 말이 안 나온다."

"그래도 우리 반 애들은 이것도 제대로 못 풀어서 시간 내에 푼 아이들도 몇 명 안 돼."

"그걸 말이라고 하는 거냐?"

"나도 황당하기는 한데 그래도 백점이잖아!"

딸아이가 수학 시험에서 백점을 맞아 왔음에도 불구하고 기분이 좋기는커녕 기가 막힌 이유는 다름 아닌 시험문제 때문이었다. 그 당시 우리 딸은 한국으로 치자면 초등학교 6학년이었고 뉴질랜드 학제로는 중학교 1학년이었다. 그리고 그날 보고 온 수학 시험은 10분 안에 푸는 50문제 덧셈 문제였다.

정확히 따지자면 수학이 아니라 산수 시험이 맞는 표현이라고 본다. 기막힌 산수 문제는 1+2=?, 3+5=?, 7+1=?, 0+1=?, 0+0=? 이었다.

거기에 덧붙여, 더 황당한 건 답이 두 자리 수가 안 나오도록 세심한 주의를 기울였다는 것이다. 그래서 8+6, 3+9 같이 십을 넘는 답이 없도록 주의해서 문제를 냈단다. '아무리 쪽지 시험이라도 그렇지 이걸 문제라고, 한국 같으면 유치원에서나 다룰 문제를 시험으로 보다니' 슬이가 100점을 맞았지만 계속 딴소리를 했던 이유가 여기에 있었다.

뉴질랜드가 애들에겐 천국이라는 소리를 많이 듣기도 하고 학교에선 공부보다는 인성 교육이나 놀이 등에 신경을 많이 쓰고 커리큘럼 자체도 요리, 목공, 서핑 같은 도저히 한국 교육 시스템에선 다룰 수 없는 분야를 다룬다는 건 알았지만, 이날의 시험 문제를 보곤 이건 아니지 않나 싶은 마음이 드는 게 어쩔 수 없는 부모 마음이었다.

그렇게 며칠이 지난 후 이젠 아들 녀석이 수학 쪽지 시험을 보고 와서 100점이 아니고 한 문제를 실수했다며 내놓았다. 그 당시 아들은 중3 과정의 뉴질랜드 고등학교를 다녔는데, 이내 펴본 시험 문제는 정말이지 기절초풍이었다.

문제는 13+27, 45+78, 56+92 같은 두 자리 수 덧셈 문제였다. 그나마 고등학교라고 1+3 수준에서는 벗어났으니 하며 위로하기에도 너무 기가 막혀 "참 할 말 없음."으로 끝냈다. 며칠 사이에 이런 일을 겪다 보니, 이 나라는 학교에서 애들을 공부시키겠다는 건지 데리고 놀겠다는 건지 도통 이해가 되질 않았다.

지금 생각해도 어처구니없는 쪽지 시험이었지만, 그들 속에서 함께 살아가는 시간이 쌓여 가며 그들의 문화를 알아 가고 교육 철학을 깨달아 가게 되었다.

뉴질랜드의 교육은 아주 실용적이다. 초등학교 시절엔 교육의 대부분이 놀이를 통해 이루어진다. 교실에서 교과서를 통한 지식의 습득보다는 다양한 체험과 활동을 통해 세상을 살아가는 데 필요한 기초적이고 기본적인 소양을 키우는 데 중점을 둔다. 하루 종일 또래들과 웃고 떠들고 놀다가 집으로 돌아오니 잘 먹고 잘 잘 수밖에 없다.

인터와 칼리지로 진학을 하면 다양한 분야를 공부하긴 하지만 그것도 공부를 위한 공부가 아니라 사람이 살아가는 데 꼭 필요한 기본 바탕을 깔아 주는 공부이다. 영어, 수학, 역사 등 교과 과목 공부와는 별도로 각자의 소질과 특기에 따라 여러 가지 클럽 활동을 할 수 있다. 특히, 목공, 요리, 수영 등 살아가는 데 꼭 필요한 것들은 우리의 국영수 과목처럼 정규 교과목으로 가르친다.

그런 면에서 수학을 놓고 보면 더하기, 빼기는 살아가는 데 꼭 필요한 것이고 나머지 미분, 적분, 싸인, 코싸인 같은 건 계산기나 컴퓨터를 이용하면 되는 것이다. 그리고 공부를 더 하고 싶은 사람은 대학에 가서 전공으로 제대로 하면 된다. 초, 중, 고 때에 죽기 살기로 경쟁하며 밤낮 없이 학교와 학원으로 빙빙 도는 우리네 학생들 모습과는 너무나 달랐다.

"아빠, 나 이번에 3학년 올라갔어."

"축하한다. 그동안 너무 고생했는데 다행이구나."

"지금 무슨 이야기하시는 거죠?"

"우리 딸이 이번에 2학년에서 3학년 올라간다잖아. 요즘에 공부하느라 스트레스가 많았는데 통과했다니 다행이야."

뉴질랜드 초등학교 시절 슬

"네? 학기가 지나면 올라가는 거지, 그게 축하해 줄 정도의 일인가요?"

"아이고! 이 사람 모르는 소리하지 마. 여기 대학은 시간 지나면 졸업하는 대학이 아니야."

"밤잠 안 자고 공부해도 떨어지고 유급하는 애들이 부지기수인데, 한 번에 올라갔다니 칭찬해 줘야지."

난 이 말을 듣고 처음엔 이해가 가질 않았다. 간혹 외국 대학은 들어가긴 쉬워도 졸업하긴 힘들다는 정도의 말은 오가며 들었지만 한 학년 올라가기가 이렇게 힘든 줄은 꿈에도 몰랐다. 지금 살고 있는 독일만 해도 처음 100명이 입학한 후, 1년이 지나면 50% 이상이 떨어져 나가고 한 학년 올라가기가 험난한 산이다 보니 20여 명 남짓 졸업장을 받는 게 현실이라고 한다.

그러다 보니 어릴 때는 기본에 충실하며 인간이 가져야 할 품성과 자기의 재능을 찾을 수 있도록 도와주는 방향으로 아이들을 지도하고, 고등학교를 졸업하면 직업학교로 일터로 대학교로 각자의 진로를 정해 흩어지는 것이다. 그리고 공부를 택해 대학교를 가게 되면 전공 공부에 전념해야 하고 거기서부터는 경쟁도 하고 성과도 내고 최선을 다해야 한다.

처음 선택한 진로가 아니라면 중간에라도 다른 길을 찾아보도록 도와주고 기회를 주는 것이 외국의 교육 방식이다. 그렇게 함으로써 한국처럼 유명무실한 대학 졸업장을 따는 게 목적이 아니라, 청년들에게 기회를 주되 스스로 책임을 지게 하면서 진로에 대해 고민하고 노력해서 성취하게 만든다.

그 속에는 직업의 서열화나 연봉의 높고 낮음이나 사회적 평판은 그리 중요한 게 아니다. 자기 스스로가 선택한 진로에서 노력하고 성취하면서 사회 구성원으로 스스로 택한 분야에서 사회에 이바지하며 만족감을 누리며 살아가는 것이다.

멕시코의 경우에도 명함을 보면 대학을 졸업해 학사 학위가 있는 사람은 사장일지라도 지위보다는 '학사 아무개'라고 적는다. 그만큼 대학을 졸업해서 학사가 된다는 것은 자랑스러운 일인 것이다. 등록금만 내고 대충 시험 보고 리포트 베껴 내고 책 한권 읽지 않는 대학 공부가 그런 자긍심을 주지는 않을 것이다. 좋은 직장에 들어가기 위해 화려한 스펙을 준비하는 대학이 그러한 명예를 주지는 않을 것이다.

오늘날 우리 사회의 고학력 인플레는 심각한 사회문제이다. 엄청난 학비를 지불해 가며 무조건 대학 졸업장을 받기는 하지만 가히 영광스럽지도 못하고 자랑거리도 아니고 졸업 후 취업에 도움이 되느냐 마느냐로만 이용될 뿐이다. 실상 대학 졸업장이 내 인생에 무슨 역할을 하고 어떤 의미가 있는가는 짚어 봐야 할 심각한 문제라고 본다.

한국 사회는 대학을 서열화해서 줄을 세워 놓고 온 국민을 그 기준에 따라 등급을 정하는 비인간적인 사회이다. 어떤 이유나 의미는 필요치 않고 오직 좋은 대학의 간판을 따고 좋은 학점을 얻어 대기업에 입사하는 게 한국 교육의 최종 목적이 된 지 오래다. 인간으로서 기본 소양을 갖추고 자신의 특출난 재능과 자질을 키워 나가는 다양한 방법의 교육방식은 애시당초 시도도 안 되었거니와 토론조차 무의미할 정도로 필요 없는 일이 되었다. 오직 필요한 건 대학 간판과 화려한 스펙 그리고 월급 많이 주는 회사 합격증이 인생 성공의 척도가 되어 버린 듯하다.

한강의 기적을 만든 건 한국인의 교육열이라는 말이 있지만, 21세기 한국을 이끌어 갈 다음 세대의 우리 아이들에게도 20세기 경제 도약 시기의 무조건적인 경쟁과 성공의 틀이 그대로 적용된다면 우리 사회의 미래는 후진할 수밖에 없다는 생각이 든다.

이젠 우리 아이들에게 21세기 세계에 맞는 옷을 입을 수 있는 기회를 만들어 주어야 하는 게 기성세대의 몫이라고 믿는다. 꿈과 희망을 꾸어야 하는 청년 세대가 날품팔이가 되어 저임금 파트타임의 노동자로 전락하고 좋은 직장만을 추구한다면 다가올 우리 사회의 미래는 암울할 수밖에 없을 것이다. 하여간 세계 각국을 돌아다니다 보니 교육이라고 이름 붙이기도 민망한 게 오늘날 한국의 교육 현실이 아닐까 한다.

하루는 골프 하루는 낚시

어렸을 적 매주 빼놓지 않고 보았던 「미래소년 코난」이라는 만화가 있다. 핵전쟁으로 모든 사람들이 죽고 마지막 남은 인류를 품어 준 유일한 땅의 모티브가 된 곳이 바로 뉴질랜드란다. 현재 이 글을 쓰는 베를린은 어제 내린 눈으로 집 주위가 하얗게 눈으로 쌓여 있고 해도 짧은 한겨울이지만 지구 반대쪽 뉴질랜드의 겨울은 따뜻한 햇살과 맛있는 과일이 풍성한 여름이 한창이다.

아직 전 세계를 다 돌아보지는 못했지만 20여 년간 돌아본 경험치로 3개월에서 6개월 휴양을 원한다면 뉴질랜드만 한 곳이 없다고 본다. 때 묻지 않은 자연과 윤기가 잘잘 흐르는 황토 흙에서 자란 유기농 농산물, 다양한 과일 등 자연 먹거리도 풍부한 곳이다.

한 동네에서 함께 살던 오랜 친구 두 분이 살던 아파트를 팔아 뉴질랜드로 이민을 오게 되었다. 뉴질랜드에 자리를 잡은 후 이 두 분은 서로 다른 두 길을 걷기 시작하였다. 한 분은 초기 정착으로 쓴 돈을 제외한 나머지로 한국에서처럼 무언가를 하기 위해서 식당을 개업하셨다. 처음 몇 달 간 놀면서 돈을 쓰고 있자니 미래에 대한 불안함도 있고 매일 먹고 노는 게 익숙하지 않아서 새로운 일거리를 찾으신 것이다.

처음엔 두 분이 함께 식당을 할까도 의논했지만 다른 분은 그동안 한국에서 열심히 살았으니 아파트를 판 돈이 다 떨어질 때까지 그냥 놀기로 결심하고 가져온 돈을 야금야금 까먹기로 하셨단다. 그렇게 결정이 난 후부터 한 분은 식당에서 열심히 하루를 보내고 다른 분은 하루는 골프장, 하루는 낚시로 유유자적하며 각자 생활을 시작하셨다.

그렇게 몇 년이 흐른 후, 두 분의 운명은 서로 다른 길을 향하였다. 식당을 개업하고 일을 시작한 분은 처음 하는 식당일도 힘들었지만 외국에서 겪는 다양한 행정적인 일을 해결하는 데도 많은 어려움이 있었다. 더군다나 식당일이라는 게 쉴 틈이 없이 밤낮으로 분주하다 보니 애초에 뉴질랜드에 올 때 꿈꿨던 여유는 어디로 사라져 버리고 한국에서보다 힘든 나날을 보내게 되었다.

게다가 사업을 시작하기 전에 시장 조사나 투자 여건을 미처 조사하지 않고 뭐든지 열심히 하면 되겠지라고만 생각하고 일을 진행시킨 건 큰 착오가 되었다. 뉴질랜드는 전체 인구가 500만 명밖에 안 되는데다 가장 큰 도시인 오클랜드도조차도 100만 명 정도이고, 베트남과 중국 식당도 많이 있었고 당연히 이미 자리 잡은 한국 식당들까지 포화 상태로 시장 진입이 쉽지 않았다.

막연히 내가 한국 사람이고 한국 식당을 하면 밥은 먹고살겠지 하는 안일한 생각으로 시작한 사업으로 아파트를 팔아서 가져 온 노후 자금은 이내 사라져 버리고 말았다.

그에 반하여 하루는 골프를 치고 하루는 낚시하는 그 분은 매일 50불에서 100불을 들고 나가 하루 온종일 놀다가 집으로 오는 생활을 하면서 간간히 본인이 할 수 있는 파트타임 일 정도만 하면서 뉴질랜드 생활을 즐기셨다. 물론, 콧노래도 한두 번이라고 매일 이렇게 노는 게 사실 상당히 어려운 일이다. 특히, 어려서부터 끊임없이 뭔가를 해야 하고 쫓기는 생활에 익숙해져 버린 한국인들에겐 좀이 쑤셔서 놀라고 해도 못 노는 분들이 많을 거라고 본다. 하지만 노는 것도 배워야 하고 시간을 쓰는 법도 배워야 한다.

이처럼 이민 생활의 정답은 없다. 이민의 성패는 각자의 기준에 따라 다를 것이지만 이주한 곳에서 정착하지 못하고 다시 고국으로 돌아간다면 성공한 이민은 결코 아니라고 본다. 우선 현지 국가의 여러 가지 사정을 여유 있게 알아보는 시간을 가지는 게 아주 중요하다. 한국에서 이랬으니까 여기서도 이러면 된다는 식의 사고방식은 아주 위험한 발상이다.

이민 초기 심리적으로 가장 부담스러운 것들 중 하나가 생활비이다. 한국에서는 매달 벌어서 쓰는 생활비라 그러려니 하고 별 의식이 없었다면 이민 초기 특별한 돈벌이 없이 가져온 돈으로 곳감 빼먹듯이 빼서 쓰는 생활비 때문에 매달 통장 잔고 보기가 겁이 날 지경이다. 들어오는 데는 없고 나갈 일이 계속 생기는 이민 초기엔 정말 밑 빠진 독에 물 붓기라는 말이 과언이 아닐 지경이다. 그래서 조급한 마음에 무리수를 두는 경우가 허다하고 이럴 경우엔 자연스레 판단력이 흐려지고 달콤한 말에 쉽게 넘어가는 경우가 비일비재 하다.

닿지 않는 곳의 너, 일본

일본 학교를 다녀 보고 싶어요

2011년 뉴질랜드 생활을 정리하고 나오자마자 중국 대련으로 가서 3개월의 시간을 보내고 여름방학 때쯤 우리 가족은 다음 행선지를 찾아 한국으로 잠깐 나왔다.

하루는 진이가 나에게 와서는,

"아빠, 일본에서 학교를 다녀 보고 싶어요."

"갑자기 일본은 왜?"

"일본어를 할 줄 알기는 한데 학교에서 수업도 듣고 친구도 사귀어 보고 싶어서요."

"그래, 일본 학교를 다녀 보고 싶다 이거지. 알았어. 한번 알아볼게."

2008년도 중국에서 나오면서 일본을 갈까 하고 알아보던 중 여러 가지 복합적인 어려움으로 끝내 이루지 못한 기억도 있고 해서 이번에는 가능한 한 기회를 만들어 보고 싶었다. 그날부터 나는 일본 학교에

대해 알아보기 시작했다. 우선 국내에 있는 일본 학교 쪽을 알아봤는데, 마침 서울에 일본인들을 위한 학교가 하나 있었다. 하지만 그곳은 순수 일본인 자녀나 부모 한쪽이라도 일본인이어야 하는 조건이 있어 일찌감치 접어 버렸다.

몇 해 전 동경으로 가족 배낭여행을 다녀 온 터라 오사카로 방향을 정하고 인터넷을 뒤지기 시작했다. 우선적으로 오사카에 있는 한인 학교를 알아보는데 금강학원과 백두학원 두 학교가 눈에 들어왔다. 그리고 조심스럽게 두 학원에 전화해 보았는데 마침 금강학원에서 전화를 받았고 교감 선생님과 통화를 하게 되었다.

"안녕하세요, 여긴 서울인데요. 한 가지 여쭤 보려고 전화드렸습니다."

"네, 무슨 일이신지?"

"제가 아들이 있는데 일본 학교를 다니고 싶다고 해서 알아보는 중입니다."

"저희 학교는 원칙적으로 비자도 있고 정식으로 일본에 거주하는 학생들을 받습니다."

"혹시 인터뷰는 가능할까요?"

"네, 가능하긴 하지만 저희 학교에서 받아 줄 수 있다는 확답을 드릴 수는 없습니다."

"뭐, 그래도 일단 만나 주신다니 오사카에 가서 찾아뵙겠습니다."

"굳이 오시겠다면 알겠습니다만, 학교에 오시기 전에 약속을 잡아 주십시오."

"네, 오사카에 도착해서 연락하고 찾아뵙겠습니다."

"네, 알겠습니다." 너무 막무가내다 싶기도 했지만 설사 안 된다 해도 아들에게 '난 최선을 다했다'고 말하고 싶었다.

전화를 끊자마자, 아내에게 일본으로 떠날 테니 짐을 싸라고 말하자,

"일본 학교에서 받아 준대요?"

"아니, 인터뷰하러 오라는데, 다른 데는 아예 말도 못 붙이는데 이게 어디야."

"아니 그런다고 짐을 싸서 온 가족이 무작정 일본을 간다는 게 말이 된다고 생각해요?"

"안 되면 일본 여행이나 하고 좀 살다 오지 뭘 그렇게 깊이 고민하고 그래. 그냥 짐이나 싸."

"야, 김진 우리 곧 오사카로 갈 테니까 인터뷰 잘하고 아빠가 너한테 해줄 수 있는 것은 여기까지야. 이제부턴 네가 해결해라."

"아빠, 진짜로 가는 거예요?"

"왜? 일본 학교 가고 싶다며?"

"네, 그래도 진짜로 갈 거라곤 생각 안 했는데."

"쫄지 마! 안 되면 오사카에서 놀다 오면 돼. 학교 못 가도 너무 실망하지 말고 알았지."

"네, 아빠."

며칠 후 우리는 오사카행 비행기에 몸을 실었다. 오사카 도착 다음 날, 나는 학교에 전화를 걸었고 다음 날 10시에 교감 선생님을 만나기로 약속을 잡았다. 다음 날 아침 학교에 늦지 않게 도착한 우리 가족이

학교 안으로 들어가자 서무실에서 한 일본분이 나오더니, 교감 선생님
이 앞선 회의가 아직 안 끝나 조금 늦어지겠다며 양해를 구하고선 잠
깐만 기다려 달라고 하였다. 그래서 우리 가족은 복도 끝에 서서 기다
리고 있었는데 한 한국분이 반대편 복도에서 걸어오더니 우리에게 말
을 건넸다.

"무슨 일로 오셨습니까?"

"네, 교감 선생님을 만나 뵈러 왔는데 회의 중이라 잠시 기다리고
있습니다."

"저희 학교는 처음이신 거 같은데 여기서 기다리지 마시고 제 방에
들어가시죠."

"아니, 괜찮습니다만…"

"자, 들어가시죠. 이쪽으로 오세요." 우리가 들어간 방은 다른 곳이

일본 도쿄 여행

아닌 교장실이었고 그 분은 바로 교장 선생님이었다. 모두 자리를 잡고 앉자 교장 선생님이 먼저 우리에게 말을 건네주셨다.

"그래, 무슨 일로 교감 선생님을 만나려고 하셨습니까?"

나는 우리 가족의 세계 일주 과정의 이야기와 더불어 오사카에 오게 된 저간의 사정을 쭉 말씀드렸다. 교장 선생님은 우리 가족의 긴 여정을 들으시고는,

"정말 놀랍습니다. 그렇게 긴 시간 동안 아이들과 함께 여행을 해오시다니!"

"아이들이 자기들끼리 일본어를 공부하고는 학교를 꼭 다녀 보고 싶다 해서 이렇게 무작정 찾아뵙게 됐습니다."

"다른 건 몰라도 아이들 교육은 한 나라의 미래에 대한 투자이고, 타국 땅에 있는 한인 학교의 건립 의미와도 부합되니 대승적 견지에서

긍정적으로 검토해야 되겠죠. 다만, 저희 학교는 어학코스가 없어서 바로 수업에 들어가야 하는데 아이들이 수업을 따라갈 수 있을지 그게 걱정입니다."

"진이, 슬이 너희들 할 수 있겠어?"

"네, 할 수 있을 거 같아요, 아빠."

그렇게 이야기를 나누는 도중에 일본인 교감 선생님이 교장실 문을 열고 들어오셨다.

"교장 선생님, 죄송합니다. 회의가 이제 끝났습니다." 그러고는 우리 가족을 보고 같이 제 방으로 가자고 하셨다.

"아, 교감 선생님 상담은 제가 다 했습니다. 이야기는 다 됐는데 아이들의 수준이 어느 정도인지 테스트 좀 부탁드립니다."

"그렇습니까? 죄송합니다. 제가 해야 할 일인데, 그럼." 그렇게 교감 선생님이 일어와 수학 테스트를 위하여 데리고 나간 사이 우리 부부는 학교의 역사와 교육 이념 그리고 현재 학교 현황에 대해 교장 선생님으로부터 자세한 설명을 들을 수 있었다. 한 시간 이상의 시간이 지난 후에 교감 선생님과 아이들이 함께 방으로 들어왔고 교감 선생님이 이야기를 시작했다.

"아이들의 일본어 실력이 수업을 듣는 데 큰 지장이 없을 듯합니다. 게다가 큰아이는 일본 고어까지도 어느 정도 할 정도의 실력을 갖추고 있네요."

"아니, 아이들이 학원이나 학교에서 일어를 공부해 본 적이 없다는 게 사실인가요?" 특별히 아이들에게 일어 공부를 시킨 적이 없었지만,

고어까지 한다는 게 나로서도 의아한 사실이었다.

"진, 어떻게 일본 고어를 알아?"

"전국시대 사무라이들이 나오는 애니메이션을 보고 배웠죠."

교장 선생님은 크게 놀라며 아이들에게 일본어 학습 방법을 이것저것 물어보더니 이내 고개를 끄덕거리시며,

"수업을 따라가는 데 문제가 없다 하니 내일부터 저희 학교에서 공부할 수 있도록 하겠습니다."

"너무 감사합니다. 교장 선생님!"

"나가시면 서무과에서 다른 행정적인 문제는 도와 드릴 겁니다. 너희들 공부 열심히 해서 꼭 나라의 동량이 되어야 한다."

그렇게 우리 아이들은 오사카의 금강학원에서 공부를 할 수 있게 되었고, 별 다른 문제없이 즐거운 시간을 보낼 수 있게 되었다. 만화책과 애니메이션으로만 익혔던 일본어를 현실에서 쓰게 되고 한국과 일본의 역사와 문화를 공부하고 일본 친구들과 어울리며 스스로 원하던 것을 마음껏 누릴 수 있게 되었다.

얼마 전 오래간만에 교장 선생님에게 이메일로 안부를 물었던 적이 있었다. 교장 선생님은 그곳의 임기를 마치고 지금은 한국으로 돌아와 지방에서 근무를 하고 계셨다. 그때 복도에서 그 분을 만난 건 우리 가족에겐 너무나 큰 행운이었다. 다른 어떤 것보다 아이들의 교육과 미래만을 생각하고 흔쾌히 기회를 만들어 주고 아이들을 안아 주신 교장 선생님에게 이 글을 통해 다시 한 번 고개 숙여 감사드린다.

우리에겐 너무 소중한 햇빛을 돌려주세요

20년간 전 세계를 여행하며 살아오는 동안 가장 열악한 주거 환경은 단연코 일본이다. 처음 일본에 가기 전에 민박집 위주로 장기 체류를 할 수 있는지 여부를 물어보았고, 그중에 깨끗하고 저렴한 곳을 찾으려고 노력했다. 그런데 9월 이후에는 오사카가 한국 여행객들이 자주 찾는 일명 피크 기간이 도래하기 때문에 장기체류할 수 있는 빈방을 찾기란 너무나 힘들었다.

우리 가족이 하루 머무는 민박 비용이 15만 원, 한 달 체류 비용만 150만 원 정도인데 피크 기간에는 더 많은 돈을 받을 수 있어 민박집 입장에선 굳이 장기 손님에게 방을 내줄 필요가 없었던 것이다. 다만 우리가 제시한 조건(3개월 체류)이 나왔던 것은 비수기에도 방을 쓰니 안정적 수입이 보장된다는 것 정도였다.

하여튼 성수기 피크 때 하루 이틀 방을 비워 주기로 하고(그 이틀 동안은 다른 숙소를 정해 나갔다 와야 했다) 우선 3개월 계약으로 민박집 한 군데를 얻어서 들어갔다. 일본을 관광 3개월 무비자로 들어갔으니 3개월을 머물다 잠시 나와 있다 다시 3개월을 있기로 한 것이다. 이게 편법이긴 했어도 일본은 좀처럼 장기 체류 비자 받기가 쉽지 않았고 너무 비싸서 있을 수도 없었다.

그렇게 계약을 하고 들어가자 그곳에선 민박집 방 중에 가장 외지고 안쪽에 있는 방을 배정해 주었다. 뭐 집이 좁고 답답하고 값은 비싸고 이런 것도 불만이었지만 또 하나의 결정적인 악조건이 있었다. 우리가 지내는 좁은 방 안으로 한줄기의 햇빛도 들지 않는다는 거였다.

민박집에선 이 방이 다른 방보다 조금 더 넓고 인터넷도 잘 연결되고 베란다에 세탁기도 있으니 가족이 살기엔 나을 거라고 했다. 한 층에 세 개의 방이 있는 구조였는데 앞의 두 개는 길가 쪽으로 베란다가 있어서 밖을 볼 수도 있거니와 가장 큰 장점은 하루 한두 시간이지만 햇빛도 들어온다는 것이다. 하지만 우리가 머문 안쪽의 방은 건물 뒤로 베란다가 있어 창문을 열면 옆 건물의 커다란 벽 외엔 보이는 게 없었다.

그런 형편이니 햇빛이라곤 한 점도 없는 토굴 속 같았다. 이불과 요는 금방 곰팡이가 피어오르고 집 안 공기는 하루 종일 축축해 있었다. 게다가 우리가 머문 시기가 9월부터 12월 사이여서 날씨도 스산한데다 방까지 음침하니 잠시도 집 안에 머물기가 힘들 정도였다.

아침에 아이들이 학교에 가고 나면 집안 청소(곰팡이 때문에 매일 같이 청소를 하였다)를 하고 나면 아내와 나는 옷을 입고 근처 공원이나 오사카 도심 거리를 그냥 걸어다녔다. 집 안 토굴 속에 있는 거보다는 그 방편이 훨씬 나았고, 그렇게 시내 구경을 하고 다니다 보니 어느새 오사카 시내 중심지는 골목길까지 완전히 꿰뚫게 되었다. 간혹 지하철역 10 정거장 이상도 걸어다니고, 오늘은 동쪽 내일은 서쪽 이렇게 끝까지 직진하다 돌아오는 뚜벅이 생활을 하였다.

그렇게 3개월을 살고 나서 잠시 2주 정도 한국에 들어갔다 다시 일본으로 들어가게 되었다. 이번엔 민박집 주인에게 부탁해 건너편 길이 보이는 곳으로 옮겨 달라고 강하게 말하였다. 인터넷이 좀 안 잡혀도 좋고 세탁기가 없어도 괜찮으니 무조건 햇빛이 드는 앞 방으로 옮겨

달라고 요구했다.

　그렇게 해서 전에 머물던 토굴 같은 방에서 간신히 빠져나올 수 있게 되었다. 이제는 아침에 일어나면 베란다 창문으로 지나가는 사람도 볼 수 있고 이불도 내다 털 수 있고 잠시나마 햇빛도 쳐다볼 수 있게 되었다.

　이 글을 쓰다 보니 내가 소박한 가정주부가 되어 있는 것 같은 착각마저 든다. 하여간 아내는 일본에서 그렇게 살고 난 후 다시는 일본에 가서 살고 싶지 않다고 선언을 하였다. 그때는 충분히 아내의 심정에 공감할 정도로 정말이지 열악한 상황에서 살았었다.

　우리가 살아가면서 너무나 당연하게 여기며 전혀 고맙다는 생각조차 하지 않으면서 누리는 게 많이 있다. 당장 내 곁엔 스마트폰과 인터넷만 있어도 살 수 있고 게임만 하고 TV만 보고 있어도 좋을 거 같은 생각이 들기도 한다. 하지만 정작 소중한 햇빛, 공기, 부모의 사랑, 좋은 친구 등등 이런 것들은 내 주변에 항상 있고 언제나 쉽게 가졌기에 우리는 그것에 대한 소중함을 모르는 것이다. 우리가 언젠가 그런 것들을 잃고 놓치고 버리게 되면 그 어떤 것을 잃는 것보다 우리 스스로를 가장 힘들게 하는 것일 게다.

오늘 이 글을 쓰면서 나 스스로 먼저 쉽게 대하고 무시해 버리고 감사를 잃어버린 것은 없는지 돌아보는 시간을 가져야겠다. 잃고 나서 소중함을 알게 해준 한줄기의 햇빛이 내 삶에 얼마나 큰 행복을 주는지 깨달은 오사카의 겨울을 생각하며 이 글을 써본다.

붕어빵과 라멘

각 대륙별로 다른 나라에서 살다 보니 현실적인 생활 물가에 대한 비교가 자연스럽게 되는 편이다. 월세를 포함한 주거비용, 식료품비, 공과금과 교통비를 포함한 일반 잡비 등은 어느 나라에 살든 그 항목이 대동소이하다. 그동안 여행하고 살았었던 나라와 도시들을 비교해 볼 때 첫 번째로 물가가 비쌌던 곳은 단연코 일본이다.

정말 일본의 물가는 살인적이라고 표현할 수밖에 달리 설명 할 수 없을 정도다. 여러 나라에서 임대하여 살았던 집만 비교해도 확연히 구분이 된다. 방 2개에 거실, 부엌 그리고 화장실이 있는 집이 우리가 살았던 일반적인 크기였다면, 일본에선 다른 나라와 비슷한 금액을 지불하고도 4명이 함께 누우면 딱 맞는 정도의 방과 좁은 부엌이 전부였다.

　식료품의 값도 워낙 비싸다 보니 말 그대로 밥과 김치 외에 반찬 하나 해먹기가 쉽지 않았다. 농담처럼 군대에서도 1식 3찬을 주는데 "이건 정말 아니야." 하면서 왜 일본 영화 속에서 장아찌 하나에 밥을 먹는 줄 절로 알게 될 정도였다. 과일이라곤 겨우 바나나 한 무더기 정도 외엔 사과 하나 사기가 어려웠고 외식은 꿈도 꾸지 못했다.

　그런데 이런 궁핍한 생활이 절약을 위한 일이었다면 그나마 괜찮겠지만, 다른 나라에서 쓰는 생활비와 같거나 혹은 더 많이 지출하면서도 이런 형편없는 식단을 꾸렸으니 기가 찰 정도였다. 하루는 슬이가 학교를 다녀오는 길에 종이봉투에 뭔가를 담아 가져왔다. 뭔가 하고 열어 보니 붕어빵 한 개가 들어 있었다.

　"슬아, 이건 무슨 붕어빵이야?"

　"붕어빵이 너무 먹고 싶어서 사러 갔는데 돈이 없어서 한 개밖에 못 샀어요."

　"이 조그만 붕어빵이 얼마이기에 달랑 한 마리만 사온 거야?"

　"한 개에 300엔." 그 당시 환율로 거의 4500원 정도였다. 얼마 전 한국에 가서 추석을 쇠러 고향으로 갔을 때에 마침 버스 정류장 옆에서 붕어빵을 팔고 있었는데, 아이들이 사는 걸 보니 1000원에 3개를 주는 것을 봤었는데… 하여간 그날 오후 우리 가족은 비싼 일본 붕어빵 한 개를 진이가 학교에서 돌아오길 기다렸다 아주 조심스레 사등분하여 시식, 음미하였다. 정말이지 진짜 붕어를 사다 먹어도 이보단 싸겠단 생각에 넷이서 참 재미있게 먹었었다.

또 한번은 토요일 오후에 진이와 슬이 교회 친구들이 오사카 시내 게임센터에서 함께 논다고 하는 통에 다른 부모들로부터 아이들 보호를 부탁받아 시내에 함께 나간 적이 있었다. 아이들이 게임센터에 들어가서 노는 동안, 아내와 나는 시내 쇼핑가를 돌아다니며 구경하고 커피 한잔 마시며 아이들을 기다렸다가 저녁 시간쯤 되어 나오는 아이들을 다시 만났다. 시간도 마침 저녁때인지라 아이들에게 밥 먹고 집으로 돌아가라며, 뭘 먹고 싶으냐고 묻자 대부분의 아이들이 라멘을 먹자고 해서 주변의 라멘 가게에 들어가게 되었다. 모두 9명이 각자 라멘을 시켜서 다 먹고 나니 아이들이 내게 와서 저녁 라멘 값이라며 돈을 건넸다.

"오늘 저녁 라멘은 아저씨가 사주는 거야." 아이들은 엄마가 저녁값을 따로 줬다며 받으라고 하는데 난 무슨 라멘 값이 얼마나 나온다고 애들한테 돈을 받나 싶기도 하고, 설사 비싼 고기를 먹었어도 어른인 내가 내는 게 당연한 일이었다. 하여간 포부도 당당하게 '일본은 더치페이가 너무 확실하구만' 하고 속으로 생각하며 계산대로 갔다.

"만 엔입니다."

라멘 값은 약 만 엔, 우리 돈으로 환산하면 15만원이 나왔다. 태연하게 돈을 치루고 나오기 했지만 내 평생에 라면 먹고 15만원을 내보기는 처음인지라 정말 할 말이 없었다. 오랜 이야기지만 대학 시절 동아리 선배들과 함께 분식집에 가서 라면에 밥까지 시켜 먹어도 2만원 안에서 모두들 배불리 먹었던 것이 바로 라면이었는데… 이 돈이면 서울에선 한식 뷔페를 가서 배불리 실컷 먹고 생색도 내며 낼 돈인데, 이

건 고작 라멘 사주고 그런 거금을 내었으니 차원이 다른 일본 물가에 혀를 내두를 수밖에 없었다.

한번은 도쿄를 여행할 때 일이다.

일요일 긴자거리는 차가 다니지 않는 거리로 바뀌어 길 위에선 여러 가지 행사가 벌어지고 있었다. 우리 가족은 길거리를 돌아다니며 구경을 하다가 여행 가이드북에 나온 튀김집을 들어갔다. 그리고 모듬 튀김 세트를 주문했는데 아담한 소쿠리에 여섯 개의 야채 튀김이 담겨 나왔다. 맛도 있고 예쁘기도 했지만 가격은 무려 7만원이었다. 헉! 튀김 6개를 먹고 낸 7만원은 내 생애 가장 비싼 음식으로 내 평생 깨지기 힘든 기록이지 않을까 싶다.

어느 집사님이 자기 경험담이라며 해주신 이야기인데 일본인들과 점심을 먹고 본인이 그 점심값을 다 계산하셨단다. 그리고 커피를 먹으러 갔는데 같이 간 일본인들 중에 그 누구도 커피값을 내주는 사람이 없어 자기 커피값을 내고 마셨단다. 한국 같으면 내가 밥 사면 상대방이 커피값 정도는 내주는 게 상식적인 것인데, 일본인들은 그렇지 않으니 술을 함께 마셔도 자기 술값은 먼저 자리를 떠도 테이블 위에 내놓고 가는 게 당연한 일이다.

일본에 오기 전에 지독한 일본인들의 더치페이 습관에 관해 비웃으며 이야기했던 기억들이 많이 난다. 하지만 일본에서는 남에게 얻어먹어도 부담스러워지고 함부로 사는 것도 무리가 있으니 다른 사람들과 편하게 어울리기엔 더치페이만큼 좋은 방법이 없다는 걸 생활 속에서 깨달았다. 한국처럼 "내가 살게.", "내가 낼게." 몇 번 했다간, 또 그게 술

값이라면 일본에선 바로 파산하지 않을까 싶다.

하여튼 살인적인 물가로 인해 일본에 사는 내내 쥐여 짜고 또 짜서 살았지만 삶의 질은 20년간의 외국 생활 중에 최악이라고 우리 가족 모두 만장일치로 동의하는 바이다.

세상에서 가장 맛있는 쌀밥

예전 일본의 에도 시절에 수많은 일본 사람이 이름 모를 병에 시름 시름 앓다가 죽었다고 한다. 현대 용어로 각기병이라고 하는 질병인데 에도 시절에 속출했다고 해서 일명 '에도병'이라고도 불리기도 했단다. 이 병의 이름부터가 특이한 게, 각기병(beriberi)이라는 이름은 '나는 할 수 없어, 나는 할 수 없어(I can't, I can't)'를 의미하는 스리랑카 원주민의 언어로부터 유래된 것으로 알려져 있다.

전형적인 티아민(비타민 B1) 결핍증으로 인해 발생하는 병인데 정제된 쌀을 주식으로 먹는 경우에 나타나며, 몇 주일간 정제된 쌀만 먹으면 발생할 수 있다는 것이다. 그 당시 에도 사람들은 백미의 맛이 너무 좋아 반찬은 거의 먹지 않고 흰 쌀밥만으로 하루 세 끼를 먹다 보니 이런 병에 걸렸던 것이다.

간혹 일본 드라마나 영화를 보면 밥 한 공기에 장아찌나, 단무지에 미소국 정도 차려진 식사 장면을 흔하게 볼 수 있다. 한번은 일본에서 오니기리(주먹밥) 만드는 모습을 본 적이 있는데 물에 소금과 식초를 살짝 부어 섞은 물에 손을 잠시 담갔다가 흰 쌀밥을 쥐고 양손으로 주

먹밥 모양을 만들어 놓는 게 전부였다. 물론 기호에 맞추어 안에 뭘 넣기도 하지만 넣어 봐야 단무지 조각이나 매실 장아찌 한 조각 아니면 곁에 김 조각 하나 붙이는 정도였다.

'얼마나 백미가 맛이 있으면 저렇게 죽을 때까지 밥만 먹고 살 수 있을까?', 참 궁금했고 우리나라 같이 한 상 잔뜩 차려 먹는 데 익숙한 나로서는 일본인들의 밥 문화가 참 이해 가지 않는 것들 중 하나였다.

그런데 일본에 사는 동안 이해하기 힘들었던 식탁 풍경을 온전히 받아들일 수 있게 되었다. 흔히 돈이 없고 형편이 쪼달릴 때 "밥만 먹고 산다."라는 말을 자주하곤 하는데, 일본에서 우리 가족이야말로 정말 '밥'만 먹고 살았다. 다른 나라에 살 때처럼 식료품을 구하기 힘들어서 못 먹었던 건 아니다.

재래시장이나 마트를 찾으면 너무나 다양하고 먹음직한 재료와 음식이 차고 넘치지만 살인적인 시장 물가로 인해 장 보는 게 여의치 않았다. 일본 재래시장에 가면 다양한 장아찌와 반찬류도 많이 있고 교포들이 운영하는 가게에는 김치를 비롯한 한식 재료들이 종류대로 다 준비되어 있지만 김치 하나만 해도 세 끼 정도 먹을 양이면 몇 만원을 지출해야 하니 도저히 사먹을 수가 없었다. 그래서 찾은 방법이 한국에서 택배로 보내 주는 김치를 받아서 먹는 거였는데 의외로 택배비가 저렴하고 기일도 오래 걸리지 않아 이런 방식으로 김치나 장류를 받아서 먹게 되었다.

이렇게 비싼 장바구니 물가에 한껏 기가 죽어 살긴 했지만, 밥만 먹고 살았다고 궁상을 떨려고 쓰는 글이 아니라 의도치 않게 밥(?)만을 메인으로 먹게 되면서 세상에서 최고로 맛있는 밥맛을 알게 되었다. 정말이지 이 밥 맛이란 게 실로 경이적이다.

갓 지어 김이 모락모락 오르는 밥을 한 숟가락 떠서 입안에 넣고 씹고 있으면 기름기가 살살 돌고 단맛이 퍼지는 게 정말 일품이다. 난 원래 이 세상에서 가장 맛있는 음식이 밥과 시원한 보리차인 사람이어서 유독 요리보다는 밥에 예민한데 일본에서 먹은 밥은 내가 그동안 각 대륙에서 나오는 다양한 쌀로 지어서 먹어 본 밥 중에서도 단연코 최고라고 할 수 있었다.

밥이 이리도 맛이 있으니 돈이 있어 다른 반찬을 할 수 있다 해도 주로 밥이 메인이 되기에 충분했다. 중국의 경우 밥이라는 게 요리를 먹기 위한 사이드로 나오는 찐빵과 같은 수준이다. 우리나라는 중국과 일본의 딱 중간으로 밥과 반찬 모두에 의미를 부여하는 식문화를 가지고 있다. 간단히 말하자면 중국은 요리가 우선이고 한국은 반찬과 밥이 다 좋아야 하고 일본은 밥이 우선인 것이다. 그래서 음식 문화도 중국은 요리가, 한국은 정식(밥과 반찬 포함), 일본은 덮밥이 주메뉴이지 않을까 싶다. 밥 하나에도 세 나라가 밥과 반찬이란 공통의 요소를 갖고 있지만 자세히 들여다보면 이렇게 다른 점이 있는 것이다.

하여간 일본 생활을 마치고 돌아오는 짐을 쌀 때 집에 남은 쌀이 있었는데 어머니에게 좋은 쌀밥을 한 번 지어 해드리고 싶어서 다른 짐을 포기하면서도 쌀자루는 가져왔고, 그 쌀로 고향에 가서 어머니에게 흰 쌀 밥을 지어 드렸다.

목도리와 장독대

오사카에 머물던 어느 해 2월의 겨울 날, 싸늘한 아침 공기를 염려하여 가방을 메고 있는 아들에게 이렇게 말을 건넸다.

"추운데 아빠 목도리 하고 갈래."

"네, 주세요." 대답하며, 아들은 내가 건넨 목도리를 목에 두르고 학교를 갔다. 그렇게 아들의 목에 따뜻한 목도리라도 챙겨 보내고 나자, 추운 날 길 밖에 내보내는 아내나 나나 피차 조금은 안도의 마음이 들었다.

그렇게 아침엔 늘상 메고 다니던 목도리인데, 어느 날 저녁에 아들의 목엔 내 것이 아닌 하얀 목도리가 두툼하니 따뜻하게 또아리를 틀고 있는 것이 보였다.

"그거 어디서 난 무슨 목도리야?"

"응, 그냥…"

응, 그냥이라니, 아니 무슨 그런 대답이 다 있느냐며 아빠 목도리는 지금 어디에 있는지를 거듭 묻자 비실비실 웃으며, "그게 어디 있더라? 잊어버렸나?" 그러면서 슬그머니 자기 방으로 들어가 버렸다.

그 순간, 이건 무슨 상황인가 하고 빠르게 머리를 굴리며 아내와 눈빛을 마주쳐 가며 추리를 하기 시작했고, 이내 오빠의 일거수일투족을 감시하는 작은딸의 도움으로 그 하얗고 두툼한 목도리의 정체를 알게 되었다. 같은 반의 여자 친구가 이번 겨울 내내 공들여 짜준 목도리로, 우리 아들이 이성에게서 처음 받은 정성과 사랑이 듬뿍 담긴 선물이었다.

이때쯤 아들이 옷을 갈아입고 나오자, 아내는 빠르게 여러 가지를 묻기 시작했다.

"누가 짜준 거야?", "그 아이는 어떻게 생겼어?", "공부는 잘해?" 등등 아주 공격적이고 적극적으로 추궁해 들어가기 시작했다. 아들은 심상치 않은 분위기를 파악하고선 이걸 어느 선까지 말해야 하는지를 속으로 정하느라 진땀을 빼고 있었다.

둘의 그런 공방을 지켜보면서 나는 자연스레 아들의 방으로 향하였고 (물론, 나의 귀는 거실에 놓아 둔 채로) 그곳에서 내 목도리를 찾기 시작하였다. 그리고 책상 한 켠 가방 뒤쪽에 땀에 쩌든 체육복 사이로 내던져져 쭈글쭈글하게 놓여 있는 목도리를 보게 되었다.

이번 겨울에 설을 쇠기 위하여 고향에 내려갔을 때 셋째 누님이 겨울에 춥다며 매형 것을 몰래 갖다 준 비싼 목도리인데, 결국은 이런 몰골로 내버려져 있다니… 체육복과 함께 돌돌 말려져 있는 내 목도리를 끄집어내어 손에 들고 거실로 나왔다. 이젠 어느 정도 취조가 끝나 가고 있었고 아내는 안심 반 걱정 반의 얼굴로 아들 방에서 나오는 나를 쳐다보았다.

"목도리 잘 찾았어요?"

"응, 방에 있네."라며 들고 나온 목도리는 내 손에서 축 떨궈져 있었고 따뜻한 방 안의 훈기와는 상관없이 아들은 하얀 목도리를 목에 꽁꽁 두르고 코까지 막고 두 손으로 쥐고 있었다.

"야, 더운데 집에 왔으면 목도리 벗지?"

"아니요, 괜찮아요." 하고선 자기 방으로 들어가 버렸다.

내가 아내를 보고 "쟨 뭐야?"라고 약간 언성을 높이자, "어떻게 받은 선물인데 벗겠어요."라며 어처구니없다는 듯이 웃었다.

그 이후로 그 자식은 바깥에 나갈 때는 말할 것도 없고 집 안에 있을 때도 목도리를 목에서 떼어 놓지 않고 마치 신체의 일부인 양 두르고 다녔다. 한 번은 전철을 타고 가는 도중에 아빠가 추워서 그러는데 목도리 좀 주라고 하자, 깜짝 놀라는 얼굴로 말이 되는 소리를 하라는 폼으로, "아빠, 이건 줄 수가 없어요."라며 아주 단호한 목소리로 거절을 하였다.

그렇게 정이 많고 착한 녀석이었던 아들은 어디 가고 그 자식이 내 앞에 서서 냉정하게 아니란다. 집에 고모나 사촌들이 놀러 와도 그 자식은 집 안에서 목도리를 두르고 다니는 꼴사나운 장면을 계속 연출하고 있었다.

가끔씩 그 꼴이 보기 싫어 "집에선 목도리 좀 벗지." 혹은 "냄새 나니까 빨아서 둘러라." 해도 요지부동이다. '허허, 이것 참 야단났네'라는 노래 가사가 머릿속을 맴맴 돌아다니고, '저걸 어떻게 하나' 하고 걱정도 되었다. 흐르는 세월을 잡을 수 없듯이 몸과 마음이 커가는 자식을 어떻게 말리며 내 품에서만 키울 수 있단 말인가. 하지만 그런 모습이 눈꼴사나운 것은 뭐 부인할 수 없는 사실이었다.

그 이후 몇 년의 시간이 흘러 맞이한 이번 겨울, 우리 아들의 목엔 별 의미 없는 흔한 목도리가 목에 둘러져 있었다. 아마 사춘기 시절 애지중지했던 그 목도리의 행방에 관심은커녕 기억이나 하려나 싶었다. 어쩌면 그 하얗고 두툼한 목도리는 커가는 아들의 모습을 물끄러미 바라보며 추억을 되새기는 나에게나 의미가 있는 물건이 되어 버렸다. 마치 작년 가을의 우리 어머니처럼…

지난가을 고향 어머니 집에 갔을 때, 학창 시절 나의 첫 번째 여자친구가 건네준 선물인 귀여운 장독대가 여전히 우리 어머니 화장대 앞에 놓여 있었다. 처음엔 '엄마는 저게 뭔지 알고 아직도 가지고 다니시나?' 하고 의아해했었다. 우리 어머니도 그게 무슨 물건인지도 모르고 오늘날까지 오랜 세월을 자신의 물건인 줄 알고 계속 잘 가지고 다니셨단다. 그때까지도 우리 엄마의 그 말의 뜻을 잘 모르고 있었다.

'내 물건인 줄 알고 지금까지 가지고 있었다'

부모가 되어 봐야 부모의 맘을 안다고 했던가! 우리 아들도 잊고 지내는 하얀 목도리를 아버지인 나는 잊지 못하고 기억하고 있는 것처럼

일본 중학교 진이 졸업식에서 선생님과 함께

우리 어머니도 긴긴 시간 나도 잊고 지냈던 막내아들 첫 사랑의 추억
을 혼자 기억하고 계셨다는 생각이 문득 들었다. 막둥이에 대한 추억
과 사랑 때문에 아무 값어치 없는 물건을 오늘도 가장 눈에 잘 띄는 화
장대 앞에 두고 고등학교 시절 막내아들을 기억하려고 그 작은 물건을
간직하지 않았나 싶다.

자식은 크면 부모를 떠나는 게 인지상정이지만 부모의 마음은 영원
히 함께하고 싶은 것일 게다. 그러나 이 철부지 아들은 외국을 떠돌아
다니다 보니 명절이나 생신 때조차도 겨우 전화 한 통이 전부인 아들
이 되어 있었다.

2년 전쯤, 이삿짐을 옮기다 옛날 앨범에서 연습장 종이 하나가 떨
어졌다. 그 종이를 펼쳐 보니, 고등학교 시절 끄적여 놓았던 글귀가 보
였다.

'내 꿈은 우리 엄마랑 북 치고 장구 치며 판소리하기'

이미 내 기억 속에서는 사라져 버린 17살의 내가 아직도 그 앨범 속에 살아서 나를 일깨워 주었다. 마침 이번 봄, 이제는 다 커버린 내 자식들을 놔두고 잠시 어머니와 보내기로 마음먹고 고향행을 감행했다.

대학에 입학해 서울로 떠나며 엄마 품을 떠난 후 결혼을 하고 자식을 낳고 세상을 떠돌아다니다 보니 어느덧 20년이 넘는 세월이 훌쩍 지나가 버렸다. 이제 더 늦기 전에 삶이 허락해 주는 짧은 시간만이라도 노모와 함께 손잡고 따뜻한 봄의 꽃길도 거닐고 어머니가 좋아하시는 판소리를 틀어 놓고 막걸리 한잔 같이하는 소풍도 떠나야겠다.

Germany

전쟁 속에 핀 꽃, 독일

작별과 새로운 시작을 꿈꾸다

궁핍했던 일본 오사카 생활은 아이들의 학교 졸업으로 자연스레 정리할 수 있었다. 7개월 정도의 짧은 기간 일본에 머물렀지만 아이들은 학교생활을 큰 무리 없이 잘 소화해 내며 자기들이 원했던 일본의 문화나 학교생활을 체험해 볼 수 있는 좋은 시간과 기회를 가졌었다.

일본 학교를 다니며 일본어와 기타 학과 공부를 하는 건 당연한 일일 테고 두 아이 모두 각자 일본에서 학교를 다니며 해보고 싶다고 한 일들이 있었다.

작은애는 또래 아이들과 함께하는 수학여행과 교복을 입고(교복 입고 학교 다니는 게 꿈이었다) 학교에 등교하는 것이었고 큰애는 학교를 다니며 일본 친구도 사귀고 애니메이션 본 고장에서 그들의 문화와 글을 제대로 배워 볼 기회를 가져보고 싶어 했다.

우리 부부는 썩 만족할 만한 생활을 보내진 못했지만, 동굴같이 칙

칙하고 눅눅한 방 덕분에(?) 반 강제적으로 매일 오사카 시내를 뚜벅이가 되어 거닐며 햇빛도 쬐고 골목길 하나하나를 다 헤매고 돌아다니며 이야기도 많이 하고 원 없이 아이 쇼핑을 했었다.

학교에서는 진이에게 고등학교 진학을 권하였지만, 고교 진학을 하려면 그동안 임시방편으로 살아왔던 방식으론 3년이란 긴 시간을 보낼 수 없기에 본격적으로 일본에 정착하기 위한 방안을 찾아봐야 했다.

하지만 가족 모두가 장기 체류할 수 있는 비자 문제나 살인적인 물가를 견딜 만한 경제 활동 등 해결하기 어려운 문제들이 너무 많았고, 가족 모두 이쯤해서 일본을 떠나야겠다는 마음이 일치하여 짧지만 진하게 경험한 일본 오사카 생활을 뒤로 하고 한국으로 돌아왔다. 일본에서 짧은 시간 보내며 아껴 쓴다고 했지만 워낙 살인적인 물가에 환율도 최악(1엔 1500원)일 때라 잘 먹지도 쓰지도 못하면서도 다른 곳에 비해 지출은 훨씬 많았다.

지금도 그때를 떠올리면 어떻게 살았나 싶을 정도로 빈곤하게 살았다. 지금 이 글을 쓰는 베를린 아파트의 부엌이 일본에서 거주 공간 전체와 똑같을 정도였으니 일본에 비하면 평수만 보면 궁궐 같은 집이라 해도 과언이 아닐 게다.

일본에서 한국으로 돌아온 2012년, 전 세계가 유럽발 금융위기로 또 한 번 휘청거리게 되면서 우리 가족의 앞날은 또 다시 불확실성과 많은 어려움 속으로 빠져들어 갔었다.

인생이란 게 내가 열심히 산다고 모든 게 해결되는 게 아니듯이, 세상의 태풍이 우리 가족의 삶에 휘몰아치게 되면서 우리 가족은 거의 빈사 상태에 빠지게 되었다. 매번 겪게 되는 '떠나느냐 남느냐'라는 딜레마에 빠지지만 이럴 때일수록 다음 여행을 떠날 때까지 각자의 자리에서 할 수 있는 일을 하는 게 최선이란 걸 여러 번의 경험으로 체득하였다.

두 계절을 한국에서 보내며 아이들은 한국에서 하고 싶었던 일도 하고 부족한 공부도 하면서 시간을 보냈고 나는 일을 하면서 다음 여행을 준비하였다. 어느덧 계절은 가을이 되어 갔고 다시 짐을 싸서 떠나야 할 시기가 다가왔다.

더 늦추게 되면 도리 없이 겨울을 한국에서 보내야 할 상황이 되는데 그렇게 늦춰지면 이제는 고등학생이 되어 버린 아이들에게 무척 큰 공백이 생길 듯하였다. 이왕에 마음먹은 거 조금 부족하더라도 매번 그랬듯이 유럽에 도착해서 고민해 보기로 하였다.

어느 때와 마찬가지로 일단, 유럽행 왕복 비행기 티켓을 끊었다. 항상 그렇듯이 모든 문제의 해결점은 현장에 있지 내 머릿속이나 책상 위에 있지 않았다.

내 머릿속의 계산은 다음과 같았다.

유럽에서 산다는 것은 경제적인 형편이나 여러 문제를 고려하면 변수가 아닌 불가능한 상수가 훨씬 많다. 이런 상황을 어렴풋이나마 알고 있었기에 처음 나갈 땐 유럽에서 자리 잡고 살아갈 수 있을 거라 생각하지 않았고 3개월 정도 여행을 하고 돌아온다는 마음으로 가볍게 떠나자고 마음먹었다.

잘츠부르크에서 사촌들과 여행

　물론, 우리가 자리를 잡을 수 있는 기회를 가진다면 당연히 머물겠지만 이번만은 그렇게 마음먹기도 쉽지 않은 상황이다. 가족들에게도 유럽 여행을 떠난다고만 말하고 "3개월 건강하게 여행하고 돌아오자." 고 말하고 고민은 나 혼자 하기로 했다.

　그 당시 콜롬비아에 사업거리를 만들어서 시작하는 단계였으므로 여행이 끝나면 자연스레 남미로 향할 계획까지 세웠었다. 가족들이 유럽의 어느 한 도시에 자리를 잡게 된다면 나 혼자라도 남미로 가서 돈을 벌 요량이었다.

　그렇게 2012년 9월 우리 가족은 이탈리아 밀라노행 비행기를 탔다. 이탈리아 밀라노에는 미국 체류 시절 알고 지냈던 한 가족이 주재원으로 나와 3년째 생활을 하고 있었다. 우리 가족의 여정을 오래도록 지켜봐 왔던 분들이라 따뜻하게 우리 가족을 맞아 주었다.

우선, 그 댁에 짐을 풀고 2달여간의 서유럽 여행을 시작했다. 여행 겸 정착지 사전 정찰을 위한 프랑스, 독일, 스페인, 이탈리아 4개국을 두 달여간 돌아다녔는데 여행에서 돌아와 지친 우리 가족을 매번 편안하게 반겨 주고 여러 가지 유용한 정보도 제공해 주며 많은 배려를 해 주었다.

마지막에 우리 가족이 독일 베를린으로 살려고 떠나는 새벽녘에, 가방엔 여름옷과 바람막이 홑 잠바가 전부였던 우리 가족에게 따뜻한 겨울 잠바 한 장씩을 선물해 주었다. 이렇게 글 말미에라도 예은이네에게 고마움의 글을 남길 수 있어서 참 다행이다.

그렇게 우리의 유럽 생활은 독일 베를린을 정착지로 현재 약 4년을 이어 오고 있다. 출발 전 내 머릿속의 계획은 현실에서의 해결점과는 역시 차이가 있었다.

독일 베를린에서 집 구하기

여러 나라에서 집 렌트를 해보았지만 독일에서의 집 구하기가 가장 어려웠었다. 보통은 2주 안에 살 집을 구했는데 독일에선 한 달이 넘어가도 집을 구할 수 있으리란 가망이 전혀 느껴지지 않을 정도였다. 우리가 10월 말에서 11월 정도에 집을 구하러 다니는데 날씨마저도 찬바람이 불기 시작하는 늦가을이라 그런지 마음마저 움츠러드는 시기였다.

독일 베를린에서 대체로 집을 구하는 방법은 인터넷에 등록된 부동산 사이트를 통해 자신에게 맞는 조건을 대입하고, 거기에 맞춰 검색되는 집들에 특징들을 살핀 후에 등록된 전화번호로 전화해 집을 볼 시간을 예약하고, 그 시간에 집을 둘러보고 자기의 인적 사항과 기타 필요 첨부 서류를 동봉해 신청하는 것이다. 그러면 부동산 관리회사는 접수된 서류를 검토해 가장 적합한 사람을 골라 인터뷰하고 하자가 없으면 계약을 하는 과정이다.

아주 일반적인 방법인데 이 방법이 우리 가족의 경우에는 치명적인 어려움을 주었다. 집 계약을 원할 경우 첨부하는 서류들이 문제였는데, 주로 신분 증명과 고정수입에 관해 요구하는 서류들이었다. 하지만 우리 가족은 쉬운 말로 떠돌이 유목 가족인데 그 당시엔 아직 비자도 없을 때였고 더욱이 직장이나 고정 수입이 없는 나로서는 내 수입을 증명할 방법이 전혀 없었다. 여러 집을 둘러보고 접수를 해보았지만 매번 탈락하기만 하였다. 역시나 서류에서 문제가 발생했다.

그래서 한번은 부동산 관리회사에 가서 1년치를 일시불로 낼 테니 집을 줄 수 없느냐고 묻자, 회사 측에서 하는 말이 "돈은 우리가 당신보다 많다. 우리는 단지 우리가 관리하는 집에 들어오는 세입자가 어떤 사람이고 그 사람이 사는 동안 문제를 일으키지 않고 집을 잘 사용할 수 있는 사람인지 판단하기 위해 서류를 보는 것."뿐이란다.

건물주로부터 위임을 받아 관리하는 회사로서는 어떤 위험을 굳이 감당할 필요가 없음일 것이다. '그 말을 듣고 나자, 아 독일에선 집 구하기 힘들겠다는 생각이 들었고 상황이 이 정도라면 이쯤해서 포기하는 것이 맞지 않나'라고 생각하게 되었다. 그런데 문제는 집을 포기하면 모든 걸 포기하고 떠나야 한다는 것이다. 호텔이나 민박집에서 한 가족이 장기간 머물며 생활한다는 건 실로 불가능한 일이었기에 이것이 실로 심각한 문제였다.

서류 이외에 또 한 가지 어려운 점은 독일의 집들은 세를 낼 때 부엌 싱크대 정도만 해주고 집 안에 아무것도 없이 세를 주는 게 일반적이라는 데 있었다. 한번은 밤에 집을 보러 갔는데 이게 시커멓게 불도 안 들어오고 귀신 나오게 생긴 아파트인데 가구는 물론이거니와 형광등부터 시작해 완전히 내가 다 장만해야 한다는 것이다. 중국과는 완전히 딴판이었다. 그런 이유로 독일에서는 이사를 갈 때 전구를 포함해 카펫까지 다 뜯어 간단다. 나가기 전에 처음 상태로 돌려놓아야 하는 게 일반적인 사항이라 싫어도 뜯어 가서 버리더라도 그렇게 해야 하는 것이다.

서류를 작성해서 통과하는 일도 벅찬데 계약을 했다 한들, 어떻게 처음부터 집 하나를 꾸미나 싶어 한숨만 나올 지경이었다. 도저히 머리를 굴려 봐도 답도 안 나오고 게다가 베를린이 최근 유입 인구가 늘어나 집값이 하루가 멀다 하고 높아지고 있으니 그야말로 첩첩산중이었다.

그렇게 민박집에 머물며 걱정이 쌓여 갈 때 뜻밖의 소식이 날아왔다. 민박을 하던 한국분이 계신데 이 분이 이번에 민박집을 정리하기로 했다며 우리가 머문 민박집에 침대를 팔기 위해 연락을 하셨다. 이야기를 전해 듣자마자 그 밤에 민박집을 찾아갔다. 아파트 방 3개에 부엌 하나 화장실 하나를 가진 조그마한 민박집이었는데 아주머니 혼자서 조용히 10여 년 하다가 이젠 쉬려고 정리한다고 하였다.

10여 년을 사용한 낡은 살림이지만 정갈하신 분이라 깨끗하게 쓰신 살림살이였다. 살림살이라곤 아무것도 없는 우리로서는 최고의 조건이었기에 아내와 나는 돌아볼 것도 없이 우리가 이걸 다 인수할 테니, 꼭 이 집을 우리에게 넘겨주십사 간곡하게 부탁하였다. 우리가 그렇게 적극적으로 부탁하자 민박집 사장님은 부동산 회사에다가도 자기가 잘 말해서 꼭 필요한 서류만 제출하고 계약할 수 있도록 도와주겠다고 하였다.

독일의 경우 주택을 렌트할 때 세입자 우선과 보호를 기초로 법이 만들어져 있어서 세가 밀렸다고 함부로 내쫓지도 못하거니와 매년 월세의 인상도 거의 없거나 물가 상승률 이하로 제한을 두고 있어, 보통의 독일인들은 한 번 들어온 집에서 생을 마치는 경우도 많고 세를 주고 살지만 자기 집처럼 여기고 사는 경우가 많다는 것이다.

우리 집 가까운 곳에 사는 한국 간호사분도 지금 집에서 20년을 넘게 살았고 집도 몇 만 유로를 들여 직접 내부 수리를 다 했다고 하였다. 또 다른 분은 유학생 시절 얻은 아파트에서 결혼해 아이 둘을 낳고 대학생이 되는 30년 가까운 세월을 한 아파트에서 살고 있다고 한다. 월 렌트비도 30년 전과 별 차이가 없을 정도라니 우리나라처럼 2년마다 오르는 전세, 월세 값에 난민처럼 집을 옮기는 처지에선 정말 꿈같은 이야기일 수밖에 없다.

그만큼 한 번 들어오면 수십 년을 사니 처음부터 그렇게 까다롭게 사람을 고르는 건지도 모르겠다. 어쨌든 뜻밖의 행운과 주위 분들의 도움으로 지금의 우리 집을 10여 년 전 계약한 월세와 같은 조건으로 또 나가기 전에 월세를 올리지도 않겠다는 호조건으로 계약을 하고 살림살이도 저렴하게 일체를 넘겨줘서 모든 고민을 한 번에 털어 내게 되었다.

독일에 사는 동안 누가 집을 어떻게 구했느냐고 물으면 웃으면서 이렇게 대답한다.

"민박집을 인수했습니다."

그러면 대개는 우리가 민박을 하는 줄 아는데 실제로 민박을 하진 않는다. 하지만 민박집을 인수한 건 맞지 않나! 이 글을 빌려 수고해 주고 도와주신 두 민박집 사장님들과 통역해 주신 또 다른 두 분께도 참 감사하다고 전하고 싶다.

형광등 갈기

독일 사람들의 평균 신장이 180cm가 넘는다는 기사를 어디에선가 본 듯하다. 베를린의 거리를 걷다 보면 건장하고 우람한 사람들을 흔히 볼 수 있다. 그래서인지 대개의 독일 집들은 천장이 우리나라에 비해 상당히 높다.

원래도 높은데 우리 집은 아파트 일층이라 그런지 무려 4m가 넘는다. 커다란 돌집에 높은 천장을 가진 집이라, 여름에 집에 들어오면 동굴에 들어온 듯 서늘하다. 처음 집에 이사를 들어갔을 때 집 안 붙박이장 위에 긴 사다리와 작은 사다리 두개가 있었다. 그걸 본 순간 '뭐 집에 이렇게 긴 사다리가 필요할까?' 하곤 건드리지도 않았었다.

예전부터 나는 집 안에서 아내에게 못질도 못 하고 형광등도 갈지 못하는 위인이라고 매번 구박받는 처지였고 또 그런데 소질도 없어 불이 나가도 그냥 깜깜한 채로 살자는 편이다. 그런데 이번에 독일에서 그 소소한 형광등 갈기가 그 높은 천장 덕에 문제를 일으켰다.

워낙 높은 곳에 바짝 붙어 있던 부엌 형광등이 나가 버린 것이다. 잠자는 방이면 예전부터 그랬듯이 깜깜한 채로 버틸 텐데 음식하고 밥 먹는 부엌이라 버틸 재간이 없었다. 처음엔 집에 있는 2m 정도의 사다리로 올라가서 갈면 되겠지 싶어 편하게 사다리를 대고 올라갔다. 아, 그런데 정말 안타까운 게 내 키가 작아서 사다리 꼭대기에 올라서 두 팔을 뻗어도 겨우 손끝에 형광등이 닿는 정도의 다시 말하지만, 정말 안타까운 상황이 벌어진 것이다. 얼마 전 페인트칠을 하러 온 독일 사람은 사다리 끝까지 오르지 않아도 페인트칠까지 하던데…

'나는 아… 키가 작다'

10cm만 더 컸어도 되는 건데 하곤 애써 짧은 팔로 갖은 노력을 다 해서 나가 버린 형광등을 빼고 새 형광등을 가는데 이게 팔이 짧으니 겨우 걸기도 힘든 지경이었다. 결국 땀만 삐질삐질 흘리다가 정말 볼품없고 체면도 없이 애들과 아내 앞에서 조용히 내려왔다.

'정말 굴욕적이야, 아……'

그렇게 며칠을 없는 채로 살다가 안 되겠다 싶어서 관리 사무실에 조금 더 긴 3미터짜리 사다리를 빌리러 갔다. 긴 사다리를 가지고 오르니, 아 이게 참 여유롭고 편한 것이다. 아, 이제 끝났나 싶었는데 그

렇게 형광등을 갈고 나서 사다리를 돌려주고 돌아오자 등이 다시 나가
버린 것이다.

그래서 다음 날 다시 빌려와 또 다시 걸어 놓고 불이 들어 온 걸 몇
번 확인하고 나서 돌려주면 어김없이 또 나가 버렸다. 3일째 다시 사다
리를 빌리러 가니 관리인이 무슨 등을 매일 가느냐고 짜증을 냈다. 미
안하다고 하고선 아들과 그 사다리를 들고 오며 문득 이런 생각이 들
었다.

멕시코에 살 때는 내가 이 정도 찾아가면 멕시칸들은 청하지 않아
도 무슨 일인데 매일 사다리를 빌려 가느냐며 같이 따라와서 완전 분
해를 하든 고치든 다 도와주고 갈 텐데, 아니 어제 벌써 우리 집 초인
종을 눌렀을 텐데.

'아 보고 싶다. 까를로스, 곤잘레스…'

여하튼 며칠간의 각고(?)의 노력 끝에 새롭게 단 형광등은 지금 우
리 부엌에서 밝게 빛나고 있다. 내가 그동안 해온 그 어떤 일보다 높은
성취감을 준 집안일이었기에 이렇게 글을 써본다. 마침내 다 갈고 들
어오는 그 밝은 빛에 간만에 아내한테 어깨 좀 폈다. 푸하하.

우리 집 아이들

독일에 들어와 집을 얻고 자리를 잡은 지 벌써 3년이 지나고 해로
는 4년 차가 되어 가고 있다. 지나는 시간의 속도가 아쉬움을 느낄 새
도 없을 정도로 빠르니, 날이 가고 달이 차서 기울어질 뿐이다. 초반에

20년간 다닌 곳을 표기한 지도와 졸업장들

힘겨웠던 시간이 지나고, 아이들은 이제 독일의 학교생활에 완전히 적응이 되어 자기 자리를 잡았고 아내도 한 주간의 일정이 빽빽하여 아침부터 부산스러움이 느껴질 정도로 이곳 생활에 가족 모두 잘 스며든 듯싶다.

작년 여름 체류변경에 따른 비자 문제가 많은 이들의 기도와 은혜로 해결되고 나니 다들 한시름 놓고 미래를 설계하는 모양이다. 큰애는 한국에서부터 유럽으로 떠나기 전에 나에게 와서 이런 말을 한 적이 있다.

"아빠 드릴 말씀이 있는데요."

"응, 뭔데?"

"이번에 나가서 자리 잡으면 고등학교는 한곳에서 다니고 싶어요."

"어… 그래. 그렇게 하자."

이렇게 대답을 했지만 내심 '그동안은 어려서 졸졸 따라다니는 어린애였지만, 이젠 아이들이 많이 커서 자기 의견이 생기고 계획을 세우니 이제껏 하는 것처럼 내 뜻대로 해서는 안 되겠구나' 하는 마음이 들었다. 그도 그럴 것이 현지 학교에 적응해 고생 끝에 언어도 익숙해지고 친구들도 사귈 만하면 나라를 옮기다 보니, 아이들에게는 그것이 항상 불평불만이었고 그래서 항상 큰 어려움이 있었다는 것은 어렵지 않게 짐작이 되었다. 게다가 큰애의 경우엔 이제 곧 성인이 되는 나이다 보니 자기 진로를 많이 고민하고 있었던 것이다. 다행스럽게도 지난여름에는 엄마의 비자 문제도 해결되어 가족이 함께 독일에 거주할 수 있게 되었고 이젠 자기 스스로도 심리적으로나 주변이 안정이 되니 여러 가지 미래에 대한 꿈을 꾸는 듯하다.

그래서인지 요즘 부쩍 대학이나 직업, 공부하고 싶은 것 등을 자주 이야기하는데, 듣고 있노라면 '많이 컸구나' 하는 마음에 고맙고 기특한 마음이 가득하다. 작은애는 어학반과 본 반을 왔다 갔다 하며 수업을 따라가려고 노력하는 모습이 가끔은 안쓰러울 정도다. 작은애의 경우엔 작년 한 해가 참 힘든 한 해였다. 질풍노도의 사춘기가 와서 걸어다니는 시한폭탄이요, 누르면 튀어나오는 불만투성이들이 온 가족의 혼을 빼놓기 십상이었다.

"내가 독일에 오자고 한 적 없잖아."

"난 한국에 가고 싶어."

"왜 모든 걸 아빠 맘대로 결정하고 나한테 하라고 하는 거야?"

"왜 내가 독일에 와서 독일어를 배워야 해, 난 배우기 싫어. 안 할래." 등등.

프라하에서 사촌들과

이러면서 울고 떼를 써서 작년 한 해 온 가족을 심히 달달 볶아 댔었다. 그럴 때마다 어르기도 하고 달래기도 하면서 사춘기 딸의 비위를 맞추느라 애도 많이 태웠었다. 가끔은 아무 이유도 없이 짜증을 내고 터무니없는 소리를 해대서 온 가족을 상대로 시비를 걸고 육박전도 마다 않았던 때가 심심치 않게 있었다.

그때마다 "피가 끓는 나이인데, 이건 뭐 방법이 없구만.", "시간이 약이지." 하며 아내와 서로 위로하며 넘기기가 부지기수였다. 가끔은 "나도 내가 왜 이러는지 모르겠어." 하곤 엉엉 울 때면, 한창 예민한 사춘기 시절에 밖으로 너무 힘든 상황에 놓아두었다는 미안함에 같이 눈시울을 붉히곤 했었다.

외국에서 태어나 여태까지 평생(?) 부모를 따라 세상을 유랑하면서, 새로운 언어를 배우는 어려움에 현지 생활에 적응하고 이젠 나름 어려워진 중학교 학습 내용까지 따라가려니 많이 힘들어하는 모습이다. 피가 거꾸로 솟는 한 해를 잘 참아 주고 시간이 흐르니, 올해 들어서는 많이 안정이 되고 스스로 자기 삶을 꾸려 가기 시작했다.

얼마 전부터 책에도 많은 애정이 생겨 독서의 즐거움을 알아 가는 모양으로 제법 두꺼운 책들을 척척 읽어 내고 있다. 그간 배워 온 언어들을 잊어 먹지 않게 일본어, 영어, 한국어, 독일어 이렇게 네 가지 언어를 한 주씩 돌아가며 읽고 있는데 보고 있는 나조차도 부러울 때가 많다. 그리고 부족한 수업 내용을 따라가려고 주변 친구들과 도서관도 다니고 좋아하는 아이돌 음악도 듣고 영화도 보러 가고 화사한 봄날의 10대 소녀 같은 일상을 꾸려 가고 있어서 참 고마울 뿐이다.

벌써 한국을 떠난 지 약 20년째, 지금의 나에겐 아이들이 너무 건강하게 잘 자라 주어서 더 이상 바랄 게 없을 정도로 흡족하다. 가족들 그 누구라도 이런 생활을 견뎌 내지 못했더라면 오늘날 우리 가족은 또 다른 삶의 현장에 머물러 있었을 것이다. 온 가족이 특히, 아이들이 잘 따라와 주고 스스로 외부 환경에 도전하고 이겨 냈기에 우리 가족은 이런 기나긴 유랑을 할 수 있었다.

유별나고 희한한 아버지를 만난 죄로 누구도 해보지 않은 삶을 생고생을 하며 함께해 주니 미안함과 고마움뿐이다. 더더욱 아이들은 이 별난 아빠가 좋단다. 그리고 우리 가족이 함께 있어 행복하다니 나로선 더 바랄 게 없을 지경이다. 가까운 날에 스스로 독립해서 우리 품을 떠나게 되는 날까지 화목하고 서로 의지하는 유랑가족이 되어서 세상 저 끝까지 탐험을 계속했으면 한다.

물론 우리 아들이 고등학교 졸업하고 나서…?

가져가지 못하니까 안 살래

얼마 전 베를린 우리 집에서 일어난 일이다.

"식기세척기 가져가려고 왔어요."

"네, 원래 가져가신다는 날보다 늦어졌네요. 덕분에 그동안 잘 썼습니다."

"새 집 이사 가는 게 늦어져서 이제야 가져가네요."

몇 달 전부터 가져가겠거니 했던 식기세척기가 오늘에야 자리를 비우게 된 것이다. 그렇게 부엌 중앙에 자리 잡고 있던 식기세척기가 사라지고 지금 우리 집엔 식기세척기가 없다. 처음 현재 살고 있는 집을 들어올 때 쓰던 살림살이(한 10여 년 쓰던 물건들)를 통으로 매입하기로 하고 돈을 지불했지만 식기세척기는 새로 산 지 얼마 안 된 물건이고 가져간다고 해서 그간 보관해 온 것이다.

그렇게 부엌 한가운데가 텅 비게 되고 또한 독일은 물 값이 비싸 설거지하는 데 식기세척기를 이용하는 게 더 유리하다고 주변 분들이 아내에게 자주 이야기하곤 해서 내가 제안을 했다.

"우리도 하나 사자. 그렇게 비싸지 않은데."

"오래 쓸 것도 아닌데 뭐하러 비싼 돈을 들여 살림을 늘려요."라고 아주 간편한 대답이 돌아왔다. 항상 언젠가 어디로든 떠난다는 생각이 이제는 바닥에 깔려 있기에 아내는 무슨 물건을 사는 데 항상 주저하고 두 번, 세 번 생각을 한다. 그래서 없으면 없는 대로 또 생기면 쓰고 아니면 조금 불편하게 살면 된다고 한다.

어느 가정이나 생활을 꾸려 가는 데 필요한 것은 아주 소소한 것부터 가전제품, 가구에 이르기까지 헤아릴 수 없을 정도로 많다. 하지만 역설적이게도 살림살이라는 게 또 없으면 한없이 없는 대로 살아지게 된다. 우리 가족의 삶의 여정이 짧은 여행이 아니라 한곳에 일정기간 정착해 살다 다시 떠나는 유목민과 같은 삶을 살기에 대개의 여행자들과 다른 점들 중 하나가 살림살이 장만이다.

우리 가족의 경우 어디로 가야 할지 행선지가 정해지지 않은 채로 떠나는 경우가 대부분이라서 바로 직전의 쓰던 살림살이를 운송 회사를 통한 운반도 불가능하고 대부분 떠나기 직전 필요한 분들에게 넘기고 나오게 되는 게 일상이다. 미국에서 떠나올 때에는 피아노, 이태리 가죽 소파, 가전제품 등 고가 제품들뿐만 아니라 양념통 같은 아주 소소한 물건까지 온통 주변 분들에게 무상으로 다 건네주고 왔다.

그래서 욕심을 부려 살림을 장만해 봐야 가져가지 못한다는 걸 알고 난 후에는 최소한의 살림살이만을 가지고 살게 되었다. 규모야 어찌되었든 매번 새로운 땅에서 새 살림살이를 장만하는 건 우리 가족에게 아주 큰일 중의 하나이다. 돈이라도 넉넉하면 새로 전부 장만하겠지만 현실이 안 받쳐 주니 대개는 중고를 하나씩 모으며 살게 되는데 결국 살림살이 장만은 떠나는 날이 정해질 때까지도 계속 지속되곤 한다.

대야에 채칼, 심지어 뚫어 뻥까지 필요한 게 뭐 그리도 많은지 그렇게 하나씩 생활에 필요한 걸 들여놓다가 떠나게 되면 한순간에 다 놓

314

고 떠나야 되는 일이 반복되니 생활을 해나가는 아내에게는 커다란 스트레스임에는 틀림없다. 생활의 패턴이 이러다 보니 아내는 좀체 쇼핑을 하거나 새 물건을 장만하지 않는다.

간혹 내가 기분 좀 내려고 무언가를 사준다고 해도 돌아오는 대답은 늘 한결같다.

"가져가지 못하니까, 안 살래."

한껏 기분 좀 내려다 이런 소리를 들으면 김이 팍 새 버리곤 하지만 돌이켜 보면 이 말처럼 우리 생활을 대변해 주는 말도 없기에 그냥 윈도우 쇼핑으로 갈음하고 당장 입으로 먹을 수 있는 음식물이나 구매해서 돌아오는 경우가 허다하다.

그래도 이번 독일에선 약간의 변화가 있긴 했다. 아내가 결단코 그동안 한 번도 사지 않은 게 하나 있었는데 그건 바로 '새 그릇'이었다. 그동안은 그릇이나 냄비 같은 것은 항상 중고로 구입하여 썼었다. 다른 살림살이와 다르게 '예쁜 그릇 세트'라는 게 살림하는 주부들에겐 갖고 싶은 물건들 중 하나라고 한다. 그런데 그런 그릇을 아내는 결혼하고 한 번도 사보지 못한 것이다.

이 그릇이란 게 장식하고 가만히 놔두고 보거나 쓰는 것이지 이삿짐에 자주 넣고 옮기다 보면 깨지기 십상이고 또 무게도 만만치 않아 가져가기도 쉽지 않은 물건이다. 그런 그릇을 결혼 후 처음으로 이곳 독일에서 장만한 것이다. 식기세트도 장만하고 접시 몇 개지만 세트로 사가지고 와서 음식을 하고 그곳에 담아낼 때 아내의 표정을 잊을 수 없다.

나 역시도 새 그릇에 음식을 담아 먹으니 음식도 더 맛나 보였고 실제 맛도 더 있었다. 그런 걸 보면 내가 그동안 아내의 평범한 생활 속 행복을 많이 빼앗은 듯해서 참 미안했다. 이곳 생활이 얼마나 지속될지 아무도 모르지만 단 한 번 구입한 그릇 세트는 정말 아깝지 않을 정도로 잘 써야 되겠다.

베를린의 크리스마스

2013년도 크리스마스가 훌쩍 지나고 새해도 어느덧 일주일이 지나갔다. 작년에는 외국에 나온 이후 처음으로 가족들과 떨어져 콜롬비아 보고타에서 연말연시를 보냈던 터라, 올겨울은 꼭 가족과 함께 북유럽의 크리스마스와 새해를 함께 보내고 싶은 마음이 컸었다.

이곳 베를린은 12월 1일을 기점으로 온 도시가 크리스마스 모드로 전환되어 도시의 주요 쇼핑가마다 커다란 크리스마스 마켓이 개장을 한다. 어른, 아이 할 것 없이 저녁이면 크리스마스 마켓을 찾아 가족, 친구들과 어울려 놀이기구도 타고 따뜻한 와인 한 잔씩을 하면서 크리스마스 밤풍경을 즐긴다.

아이들은 벌써 이곳 생활에 적응이 되었는지 친구들과 약속을 하여 주말에는 두 아이 모두 친구들과 함께 크리스마스 마켓을 다니고 있다. 우리 가족도 24일 저녁에 아이들과 함께 시내에 나가 아주 이국적인 세밀 구경도 하고 독일 장터 음식도 사먹으며 크리스마스 분위기를 만끽하고 돌아왔다. 일반적인 독일 가정들은 이날 외출을 자제하고 멀

뉴질랜드의 소박한 크리스마스

리서 온 가족들과 둘러앉아 선물도 나누고 정담을 나누는 게 흔한 풍경이다. 우리로 치면 설날 풍경이라고 보면 될 듯하다.

오랜 세월 여러 나라를 다니다 보니 각국의 겨울 풍경 특히 크리스마스 풍경은 참으로 다양했던 것 같다. 대체적으로 우리 가족이 주로 머물던 곳들은 겨울이 따뜻하거나 눈이 오지 않는 곳이 대부분이어서 제대로 된 겨울 크리스마스는 이곳 베를린이 처음이지 않을까 싶다.

몇 년 전, 중국 대련에 가서야 추운 날씨에 눈을 보며 겨울다운 겨울을 처음 맞아 보았으니, 그전에 맞은 겨울 크리스마스는 반팔 티 차림이거나 혹은 햇빛이 강렬한 낮에 듣는 캐롤송, 열대 야자수 위에서 썰매를 타고 내려오는 산타할아버지 그런 것들이 대부분이었다.

하여간 여러 나라의 크리스마스 모습에는 다양한 특색이 있다.

중국의 크리스마스는 종교와는 아무 상관없는 그냥 하루 쉬는 날의 의미가 강하고 도시 전체가 크리스마스가 그냥 장사 대목으로 바뀌어 여기저기서 온통 시끄러운 캐롤송만 울려 댈 뿐이다. 아기 예수 탄생의 경건함이나 한 해의 마지막을 가족과 함께 보내는 날이 아니라 신나고 즐거운 쇼핑의 계절이고 흥겨운 연말 분위기가 짙다.

뉴질랜드는 남반구라서 계절은 여름인데 그래도 그들만의 문화적 배경(뉴질랜드는 선교사가 세운 나라이다)이 있어서인지 크리스마스 분위기를 내려고 애를 쓰지만 워낙 조용한 나라인데다 날씨도 안 받쳐 주니 좀체 기분이 나지는 않는다.

그런 와중에도 매년 우리 아이들의 크리스마스 분위기를 살려 주신 분은 바로 산타할아버지이다. 산타할아버지는 매년 빼놓지 않고 우리 집을 찾아왔고 꼭 아이들에게 필요한 선물을 남겨 놓고 떠났다.

추운 북극의 하늘에서 썰매를 타고 저 지구 반대쪽 따뜻한 섬나라로, 남미의 그 높은 고산지대로, 우중충한 날씨에 칙칙한 가랑비가 오락거리는 LA거리로, 매년 우리 가족이 어느 곳에 머물고 있든 꼭 아이들 선물을 들고 찾아와 주었다.

올해는 아이들이 산타할아버지가 사는 북구 가까운 곳에 있으니 우리 아이들에게 찾아오기가 좀 수월할 거란 생각이 든다. 아이들이 많이 자란 지금은 은근슬쩍 산타할아버지는 상상 속 인물이라고 얘기를 꺼내어도 두 아이들은 배시시 웃으며 산타할아버지는 분명히 계셔서 올해도 선물을 가져오실 거라고 한다. 역시 믿으면 믿는 대로 이루어지는가 보다. 올해도 어김없이 산타할아버지는 우리 집에 다녀갔다.

그리고 보니 나 또한 크리스마스 선물로 멋진 새 차를 받은 적이 있

베를린의 크리스마스

다. 미국 LA 살던 시절, 처음 구입한 중고차가 2년쯤 지나니 여기저기 고장이 나기 시작했고 급기야 12월 크리스마스 시즌에 맞춰 쇼핑을 다녀오다 길에서 퍼져 버렸다. 그 당시 마침 어머니도 손주들 보러 미국에 와 계실 때였는데 노모를 걱정시켜 드릴까 봐 더 걱정이 되었다. 그래도 다행인 게 미국에서 첫 직업이 자동차 판매였던 덕분에 곧바로 사무실로 찾아갔고 연말 프로모션으로 나온 새 차를 구입하기로 했다.

그런데 여기에서 갑자기 문제가 생겼다. 내가 미국에 온 지 얼마 되지 않아 쌓인 신용이 없다 보니 고금리의 할부 금융을 이용해야 했고 무이자 프로모션의 혜택을 볼 수 없게 되었다. 그런데 이 둘 사이의 금액 차이가 4000불 가까이 났다. 여기저기 문의한 끝에 신용이 좋은 사람이 보증을 서면 무이자로 살 수 있다는데 누구에게 보증을 서달라는게 너무 어려운 일이고 그렇다고 4000불이나 더 내고 사자니 아깝고 부담스러웠다.

그때 한 선배에게 전화를 해서 어려운 부탁을 하니, 흔쾌히 허락하며 1시간이 넘는 거리를 와서 보증 서류에 사인을 하고 "메리 크리스마스! 괜찮은 선물이지." 하고 바로 돌아갔다. 그날이 23일 밤 7시였는데 나에게 새 차를 인도하기 위해 딜러도 보험회사도 모두 일과가 끝났음에도 기다려 다 처리해 주었다.

마침 그날은 애프터 스쿨에서 크리스마스 공연을 하는 날이어서 어머니와 아내만 먼저 보낸 터였는데 정말 다행히도 새 차를 몰고 가서 온 가족 모두가 첫 시승을 함께할 수 있었다. 우리 어머니는 "차 사준 양반 은혜를 잊으면 안 된다. 그 양반 내가 밥 한 끼 대접해야 하는데." 하고 10년이 훌쩍 지난 이야기를 지금도 하신다. 당연히 지금도 그 형님과는 연락을 하며 잘 지내고 있다. 크리스마스의 추억은 오랫동안 기억에서 지워지지 않는다. 교회를 다니지 않은 시절에도 그랬고 올해도 또 다른 추억들이 나의 삶 속에 잘 매듭지어져 선물 보따리로 남겨져 있다.

베를린 거리 곳곳이 크리스마스 장식으로 뒤덮여 있을 때면 집 근처 공터엔 상인들이 크리스마스트리를 가져다 놓고 시즌 장사에 한창 바쁘다. 여기에서 나무를 사다가 어릴 때 카드에서 보았던 세모 난 트리에 갖가지 예쁜 구슬과 장식으로 한껏 멋을 부려 놓았다. 겨울 한 철 장사를 하는지라 24일 저녁이 되면 가격이 거의 떨이수준으로 떨어지고 그날이 지나면 다시 예전의 공터로 돌아가니 연초에 그곳을 지나칠 때면 왠지 허전하기까지 했다.

그럼 이 많은 트리들은 나중에 어떻게 처리가 될까? 궁금하여 물어보니, 이 트리들은 각 가정에서 분위기를 한껏 내다가 1월초가 되면 동네별로 수거 날짜를 공지하고 길바닥에 나오게 되면, 그 많은 나무들을 수거하여 동물들 사료에 사용한단다.

며칠 사이에 길을 걸으면서 지금 길 밖에 버려져서 쌓여 있는 나무들을 바라보며 내년 이맘때 다시 볼 수 있을까? 하는 생각을 잠시 해보기도 한다. 도통 내일을 알 수 없는 삶이 가지는 아쉬움이라고 할까?

교과서가 필요 없는 줄 알았지

한국에서는 3월 새 학년이 시작된 지도 벌써 한 달이 지났다. 이제 새로운 학교, 반 그리고 친구들에 많이 익숙해졌을 만한 시간들이 흘렀다. 하지만 아직은 새로움과 기대감으로 즐거운 계획들을 많이 설계하는 시간이라 생각한다.

하지만 이와 달리 우리 가족이 살고 있는 독일은 9월에 새 학년 새 학기가 시작된다. 그래서 3월에 가지는 2주간의 부활절 방학이 끝나는 4월 첫째 주부터 실질적인 2학기가 시작된다. 학창시절 전체를 한국에서 보낸 나로선 아무래도 자식들을 보내며 느끼는 교육 방식에 대하여 관심을 가질 수밖에 없었다.

동양과 서양의 교육 방식을 한마디로 비교해 보면 '자율과 타율' 이렇게 규정하고 싶다.

선생님들이 학기 중 가장 많이 하는 말이 있다.

"잘하고 있어?"

이 말에는 다양한 의미가 내포되어 있다. '공부하는 데 어려움은 없니?', '도움이 필요하지는 않니?', '언제든지 나에게 질문이나 도움을 요청해 줘' 등등. 하지만 독일에선 결과가 눈앞에 나오기까지 절대로 방심해선 안 된다.

작은딸은 시험을 보고 나서, 학기가 끝나고 새 학년 진급을 하러 가던 날도 다른 학교로 옮겨 가던 날까지도 아침에는 웃고 나갔다 오후에는 울고 오곤 하였다.

1,2점을 받을 거라고 철썩 같이 믿고 학교에 갔다가 4,5점을 받고 울고 돌아왔다(독일은 1부터 6까지 있고 1이 높은 점수이고 6은 낙제점이다).

9학년에서 10학년 올라가는 시험을 보고 별 문제없을 거라며 늠름하게 학교로 향했다가 오후엔 유급을 당했다며 울고 돌아왔다. 또 한번은 상급학교 진학을 위해 시험을 치르고 기분 좋게 집에 돌아왔다가 입학식 날 가지 못하게 되었다고 울며 돌아왔다. 그래서 독일에 와서는 매 학기 초와 말에는 아침 인사가 항상 조심스러워서 이젠 아주 대놓고 "끝까지 믿지 말고 방심하면 안 된다."라고 주문을 외워 준다.

이처럼 독일에 와서 3년간 보낸 학교생활은 배신과 반전의 연속이었다. 새 학기가 시작되고 2주일 정도가 지났을 때쯤, 아침에 작은딸의 가방 싸는 모습을 지켜보다가 이상한 점을 알게 되었다. 가방 안에 폴더와 노트만 잔뜩 있고 교과서가 보이지 않았다.

"학기가 시작됐는데 교과서 안 나눠 주니? 가방에 책이 하나도 없어!"

"수업 시간에 프린트물로 공부하고 책은 거의 사용 안 해."

"원래 교과서가 없는 거야? 아니면 너만 없는 거야?"

"가지고 있는 애들도 있고 없는 애들도 있고 선생님이 아무 말도 안 해."

"오늘 선생님께 찾아가서 교과서를 어떻게 해야 하는지 물어보고 와라. 나중에 울지 말고." 그렇게 아침나절에 우리의 대화는 끝이 났다.

오후가 되어 학교에서 돌아온 딸아이는 "아빠, 선생님에게 교과서를 물어봤더니 지하 도서관에 가서 담당자에게 말하고 필요한 과목을 가져가라고 하셨어."

"왜 진작 말해 주지 않고 2주씩이나 교과서도 없이 공부하게 내버려둔 거야?"

"음, 내가 물어보지 않아서 필요 없는 줄 알았대."

참으로 기상천외한 답이지만 독일 사회에선 딱 알맞은 답이다. 필요한 자가, 혹은 궁금한 자가 물어보고 찾으면 도와준다. 이게 내가 독일 땅에서 배운 큰 교훈 중 하나였다. 학교에서 가장 중요한 교과서도 찾지 않으면 알려 주지 않는 독일인데 다른 건 말하면 입만 아픈 일이다. 수업 중에 모르는 거나 의문이 나면 선생님들께 여쭈어 보면 된다. 그러면 성심성의껏 친절하게 가르쳐 주고 도움을 주는 게 독일인들이다.

하지만 요구하거나 부탁하지 않으면 별 문제가 없다고 생각하고 그대로 평가해 버리는 게 또한 독일인이다. 그래서 선생님과 소통하고 의논하거나 하지 않은 학생은 자기와 선생님의 눈높이 차이만큼 매번 배신을 당한다.

"나는 네가 다 아는 줄 알았어. 나는 네가 별 문제없을 거라고 생각 했지. 왜냐하면 나에게 아무 말도 해주지 않았잖아."

3년 차가 되어 새 학교로 옮긴 이후 작은 아이는 틈만 나면 묻고 이 야기하려고 노력한다. 저번 학기 성적은 자기가 예상하고 선생님과 상 의하고 들은 바와 비슷하게 나와서 울지 않고 성적표를 들고 돌아왔 다. 스스로 공부하고 필요하면 도움을 청하거나 요구하고 그렇게 열린 공간에서 함께 해가는 방식이다.

수업 시간에 선생님이 수업에 들어오지 않으면 학생이 선생님을 찾 아야 한다. 혹 그렇지 않으면 그건 선생님의 잘못이 아니라 학생들의 잘못으로 취급받는다. 수업 준비도 학생들이 해와서 토론하고 문제 제 기하고 해결해 가는 과정으로 이끌다 보니 처음 독일어도 서툴고 문화 에도 익숙하지 않은 외국인에겐 따라가기 쉽지 않은 일이다.

이곳에 3년을 머물며 많은 한국의 조기 유학생들이 오긴 하지만 중 도에 탈락하고 돌아가는 경우가 대부분이라고 봐야 한다. 대학생들의 경우도 이와 다르지 않아 몇 배의 노력을 기울여야지 겨우 수업에 따 라갈 정도이니 학비가 무료이고 선진 수업 방식이라 하지만 절대 쉽게 유학을 결정할 일은 아니다.

우리나라에서처럼 정해진 교과목에 짜여진 계획대로 학교와 학원 을 뱅뱅 돌며 타율적인 공부가 몸에 배인 아이들에게 자기가 뭘 모르 고 무엇을 공부해서 선생님에게 발표해야 할지를 스스로 정해야 하는 자율의 문화는 너무나 어색한 옷임에 틀림없다. 올 학기부터 11학년 대표를 맡고 있는 큰아이도 독일 학교생활 중 가장 힘든 일이 스스로 어떤 주제를 결정하고 공부하는 것이라고 종종 말하곤 한다.

세상의 곳간

우리 가족을 바다 건너 세상으로 이끈 계기는 역시 IMF라는 초유의 사태였다. 그 당시 누구라도 그렇겠지만 전쟁이 아닌 다음에야 세상이 무너진다는 느낌을 처음으로 받아 본 기억이 난다. 그야말로 나라의 곳간이 거덜이 나고 나도 가족을 데리고 새로운 땅으로 살길을 찾아 떠났다.

20세기엔 나라에 난리가 나면 짐을 싸서 형편이 좀 나은 나라 안의 이 고을 저 고을로 피난을 떠났었다. 세기가 바뀌어 이제 한 나라가 어려움에 처하면 사람들은 나라를 등지고 좀 더 나은 나라로 삶의 터전을 옮기는 게 다반사가 되었다. 특히, 요즘 유럽 전체를 들썩이는 난민 문제는 이런 현상을 극명하게 드러내는 사회 현상이다.

인간이라면 누구나 행복한 삶을 추구하고 안전하고 복지가 잘 갖추어진 나라로 이주를 원할 것이다. 물론, 누구나 원한다고 다 이루어질 수는 없지만 오늘도 많은 나라의 사람들이 유럽 땅으로 그 중에서도 가장 포용력이 큰 독일로 향하고 있다. 난민들의 원활한 정착을 위해선 우선적으로 주거 문제가 해결되어야 하고 이후엔 난민들의 취업과 아이들의 교육이 필시 뒤따라야 할 사항들이다. 이런 제반 사항들이 해결이 되어야만 그들이 낯선 나라에서 마음의 안정을 갖고 그 나라에 동화되어 살아갈 수 있게 된다.

우리 큰애의 학교에도 얼마 전 난민들을 위한 독일어 반이 생겨서 매주 낯선 아이들이 학교로 등교하기 시작했단다. 아이들에게 현지 국가의 언어를 습득하게 하는 건 사회동화와 정착에 절대적인 요소이므로 그동안 어학반을 따로 두지 않은 학교들도 한 클래스씩 맡아 아이들을 교육하기 시작했다.

2012년 우리 가족이 찾은 유럽 땅은 금융위기 이후 찾아 온 경제적 고통으로 신음하던 시절이었다. 풍요롭고 따뜻한 땅일 거라 생각했던 이탈리아, 스페인, 그리스 등은 갑자기 몰아친 재정위기로 방문객을 따뜻하게 맞아 줄 형편이 되지 않았다.

2015년 유럽은 난민 문제로 몸살을 앓았었다. 그리고 2016년에도 여전히 난민은 유럽 전체를 특히, 우리 가족이 머무는 독일에선 커다란 사회적, 정치적 화두가 되어 있다. 며칠 전 교회 회의에 참석했다 아주 놀랍고 대단한 소식을 듣게 되었다. 그건 다름 아닌 독일 종교청이 우리가 쓰는 교회를 난민들의 임시 시설로 쓰기로 결정함으로써 함께 하던 독일 교회와 우리 교회가 새로운 예배 장소를 찾아야 한다는 소식이었다.

독일 종교청에서 각 지역별로 난민들을 위한 임시 주거 시설을 제공하기 위해 각 구역별 회의를 거쳐 한 교회씩을 시설 전환하기로 하였단다. 나를 더욱 놀라게 한 것은 우리가 현재 쓰는 교회는 얼마 전 3백만 유로(약 40억)를 들여 대대적인 공사를 하고 막 새롭게 단장한 교회였다. 넓은 교회 바닥은 우리식의 온돌이 깔려 있어 겨울에도 따뜻하게 지낼 수 있게 되어 있는 곳이었는데 이렇게 좋은 시설이 되어

헝가리 부다페스트 여행 중

있어서 우리 교회가 피택되었단다.

그리고 다음 달까지는 자리를 비워 줘야만 하는데 최소 2년 이상 될 거라는 소식이었다. 곧이어 교회 어른들은 모여서 이에 관한 회의를 시작했는데 의외로 불평이나 짜증 섞인 소리가 나오는 게 아니라 독일 종교청의 처사를 존중하고 칭찬하면서 앞으로 어떻게 새로운 예배 장소를 찾을 것인지 차분하게 이야기를 나누셨다.

말이 최소 2년이지 무려 40여 년을 사용한 교회와 작별을 고해야 함을 다들 담담히 받아들이셨다. 우리의 작은 불편함을 이야기하기 전에 어려움에 처해 있는 난민들의 사정을 우선 생각하고 그들을 우선적으로 고려한 종교청의 제안에 모두들 기쁜 마음으로 받아들이신 것이다.

매주 월요일 점심 땐 한국인들이 베를린 인근에 있는 난민 시설을 찾아가 점심 배식 봉사를 하고 있다. 예전에 담배 공장을 난민 시설로 개조해 약 1000여명이 머물고 있었다. 그리고 다음 주에는 1000명의 난민이 이곳에 더 수용된다고 한다. 처음 배식 봉사를 따라가던 날, 매서운 겨울 추위에 몸을 꽁꽁 싸매고 가면서 내가 찾아가고 있는 그곳은 공장이라 상당히 추울 거라 예상하고 그곳에서 먹고 자는 난민들을 걱정하였지만 이건 기우에 지나지 않았다.

실내에 들어가자 훈훈한 온기가 가득했고 난민들의 표정도 편안해 보였고 아이들은 한곳에 모여 그림도 그리고 놀이에 열중하고 있었다. 그들에게 건네지는 식사의 양은 충분히 제공되고 있었고 더욱이 난민의 출신 국가를 배려한 음식으로 제공되는 걸 보고 그 세심함에 놀랄 수밖에 없었다. 이곳 독일에만 작년 한 해 백만 명의 난민이 유입되었고 올 1월에만도 벌써 5만 명이 넘는 인원이 들어왔다고 한다.

곳간의 크기는 경제력의 크기만을 말하는 건 아니다. 잘 꾸려 놓은 안방을 내어 주고 따뜻한 음식으로 맞아 주는 건 찬기 도는 헛간에 먹다 남은 보리밥 한 덩이를 건네는 부잣집 인심과는 사뭇 다르다. 유리걸식으로 배를 채우며 살아가느냐?, 아니면 시나 읊조리고 산천 구경하며 한량으로 살아가느냐? 이 두 가지의 기준점은 세상의 곳간이다. 떠돌이 삶에 대해선 공통점이 있지만 얼핏 떠올리기에도 너무 다른 두 나그네 삶의 모습이다.

잊혀져 가는 50년, 파독 간호사 이야기

지난 2015년이 조국 광복 70주년을 기념하는 해로 조국의 해방과 통일이라는 민족의 역사를 축하하고 미래를 설계하는 한 해로 기억된다면, 2016년 올해는 한국 현대사에 있어 조국 근대화와 산업화의 선봉에 섰던 파독 간호사들을 위로하고 그들을 재조명하는 해가 되길 바라면서 몇 자 적어 볼까 한다.

2016년은 독일 땅에 살고 계신 많은 파독 간호사분들에겐 아주 의미가 깊은 해이다. 그건 다름 아닌 올해가 파독 간호사 50주년을 맞이하는 해이기 때문이다. 1966년부터 1976년까지 실업문제 해소와 외화획득을 위한 해외인력 수출의 일환으로 한국정부에서 독일(서독)에 파견한 2만여 명의 간호사들과 간호조무사들이 독일 땅을 밟은 지 무려 50년이 되는 해이다.

20대의 꽃분홍 치마를 입고 프랑크푸르트 공항에 내렸던 그 분들이 이젠 70대 중반의 고운 할머니들이 되어 이곳 독일 땅에서 오늘도 망향가를 부르며 살아가고 계신다. 이곳 베를린을 포함한 독일 전역의 광부, 간호사를 중심으로 한 한인 공동체는 다른 한인 이민사회와는 뚜렷이 구별되는 역사적 의미와 시간을 내재한 한인 공동체라 볼 수 있다. 50년 가까운 생활을 제한된 한 공간에서 간호사라는 같은 직종에 근무하며 지내시다 보니, 누구 집에 숟가락이 몇 개인지 알고 지낸다는 말이 과장이 아닐 정도로 서로 친가족 이상으로 의지하며 지내는 게 마치 한국의 어느 한 집성촌을 떠다 놓았다고 할 정도이다.

70이 넘어선 할머니들이 "누구야.", "언니." 이렇게 서로를 호칭하는 걸 보면 20대 처녀 시절부터 동고동락하며 연애하고 결혼하고 아이들도 같이 키우며 온 생을 함께 한 운명 공동체라는 생각이 당연히 들 수밖에 없다. 특히, 베를린은 서독과는 근무 환경이 많이 달라서 동서 냉전시대 동서독의 분단 속에 또 한 번 동서 베를린으로 갈린 섬처럼 고립되어 서독인들마저도 오려고 하지 않았던 외딴 섬이다. 그곳에서 파독 간호사분들은 20년 이상을 한 가족처럼 공동체를 이루며 외로움과 두려움을 이겨 내고 꿋꿋이 살아오셨다.

작년 한국에서 기록적인 흥행을 거두었던 영화 「국제시장」 속 남녀 주인공들은 독일이라는 이국땅에서 광부와 간호사로서 만나 험난한 타국 생활의 희로애락을 함께 겪고 평생의 인연을 맺으며 고단한 삶의 질곡을 함께 살아 내는 이야기로 온 국민의 심금을 울리기도 했다.

그런데 그 영화의 현실 속 주인공들이 영화보다 더 극적인 갖가지 사연을 품고 돌아가지 못하는 조국과 가족들을 맘에 품고 평생을 살고 있는 땅이 이곳 독일이다. 가난하고 먹고살기 힘든 시절, 전국 각지에서 나름의 사연들을 가지고 비행기에 올라탄 고운 처자들이 머나먼 타향 땅으로 떠날 때 타국 생활 50년이 되어 갈 줄을 그 누군들 상상이나 했겠는가!

처음에 3년 계약만 끝나면 고향땅으로 돌아가 가족들과 오손도손 살 수 있을 거라 믿고 눈물을 머금으며 견뎌 낸 세월이 어느덧 50년이 되어 버린 것이다. 공항에 도착한 첫날, 어디로 가는지도 모르고 병원 관계자의 인솔에 따라 트럭에 올라타고 도착한 낯선 병원에서 한 손에는 독일어 사전을 들고 이리저리 뛰어다니며 일을 하다, 새벽녘엔 병

원 복도에 앉아 고향으로 가고 싶다고 엉엉 목 놓아 울던 날들이 쌓이고 쌓여 50년이 흘러 버렸노라고 넋두리를 하시는 모습들을 볼 때면 눈가에 눈물이 고이지 않을 수 없었다.

그렇게 모진 환경 속에서도 힘겹게 벌은 돈들은 고향에 있는 가족과 친지들에게 보내고 자신에게는 인색하셨던 분들이 바로 파독 간호사분들이다. 심지어 임신과 육아로 인해 일을 하지 못하면 고향으로 돈을 보내지 못할까 노심초사하여 일부러 아이를 갖지 않은 할머니들을 보고 나면, 이제 남편도 돌아가시고 늙은 노년에 혼자서 쓸쓸히 맞이할 타국의 밤이 너무 외롭고 쓸쓸하게만 느껴진다.

더군다나 고향 땅에 돌아가고 싶어도 기다려 줄 부모형제도 없는 분들이 태반인데다, 얼굴도 낯설은 조카나 친척들이 그들을 환영해 주기는 인정이 녹록치 않은 시대가 되어 버렸다. 어쩌면 「국제시장」의 주인공 부부는 조국에서 가족과 함께 늙어 가고 돌아가신 어머니 제삿

날 온 식구가 모여서 밥도 같이하고 손자손녀들 재롱을 즐길 수 있어 여기 계신 분들보단 다행이라는 생각마저 든다.

그렇게 반백년의 세월이 한 해 한 해 지나다 보니, 하루가 다르게 병환에 눕는 분들이 생겨나고 아침엔 서로들 안부를 확인하며 노인들이 노인들을 간호하는 형편이 되어 버린 게 오늘날 광부, 간호사 공동체의 모습이다. 혹시 간밤에 일이 생겨 아침에 일어나지 못할까 봐 비상 열쇠 한두 개쯤은 친한 지인들끼리 교환해 보관하는 건 당연한 일이 되어 버린 지 오래다.

매해 새해가 되면 교회 모든 식구들이 한자리에 모여 가족사진을 찍는다. 우리 가족은 2013년부터 그 분들의 가족사진에 합류하게 되었다. 그런데 매해 사진을 찍고서 한 장 한 장 벽에 걸어 놓고 보고 있으면 참 마음이 스산해져 간다. 숫자만 해를 바꾸는 게 아니라 사진 속 가족들이 줄어들고 있어 이렇게 한 세대가 저물어 감을 느낄 때면 마음이 울컥하고 저려 오기만 한다.

3년여의 짧은 시간 동안에도 우리 가족을 살뜰한 애정으로 한없이 보듬어 주고 어머니처럼 아이들에겐 할머니처럼 한 가족으로 안아 주신 푸근한 마음을 잊을 수가 없기 때문이다. 파독 간호사 할머니들을 보고 있자면 가끔은 '한국말 잘하는 독일사람' 같다는 느낌이 들 정도로 독일 사회에 동화되어 살고 계신다. 수많은 악조건에서도 독일 사회에서 가난한 나라에서 온 노동자로서 동정이 아니라, 근면 성실한 직업인으로 현지인들과 동일한 대우를 받으며 지금껏 살아온 것에 대해 큰 자부심을 갖고 살아가고 계신다.

때론 전문적이고 이성적이시며 한 치의 오류도 용납하지 않고 자기 의견을 뚜렷이 비치는 모습들을 볼 때면 '독일 사람이구나'라는 말이 절로 나올 때도 있다. 하지만 이런 간호사분들도 결국은 한없이 정겨운 우리네 할머니 모습 그대로를 품고 50년을 독일 사회에서 살아오신 것이다. 70년대 이후 독일에 공부하러 온 유학생에서부터 주재원, 여행객 등등 고국 땅에서 온 누구든 간에 따뜻한 밥 한 공기 챙겨 먹이려는 그 분들의 마음은 꽃다운 20대부터 70이 넘은 지금까지도 한결같은 마음이시다.

추석이나 설에는 한국에서보다 더 맛있는 떡, 강정, 전 등등 정말 상다리가 휘어지게들 음식을 해서 유학생이며 젊은 가족들에게 풍족히 먹고 싸가게 해주고, 혹시라도 누가 학교나 병원에서 어려움이 있으면 만사를 제쳐 두고 달려가 통역도 해주고 여러 인맥을 이용해 어려운 문제들을 척척 해결해 주는 키다리 아저씨, 아니 키다리 할머니들이시다.

베를린을 포함한 서독 전체 한인 커뮤니티 살림살이는 아직도 은퇴한 파독 간호사분들이 챙기신다고 해도 과언이 아닐 것이다. 이처럼 50년 전에도 조국과 가족들을 위해 헌신한 이 분들은 현업에서 은퇴한 이후로도 독일 내 한인 공동체를 위해 가장 많이 봉사하고 계신다. 하지만 평생 자기보다 나라와 가족, 남을 위해 희생하셨던 이 분들의 노후는 우리가 예상하는 선진국에서의 안정된 연금 생활자의 모습과는 일견 거리가 있어 보인다.

특히, 치매에 걸리신 분들에겐 독일의 의료시스템도 아무런 효능을 발휘하지 못하고 있는 실정이다. 거의 평생을 독일어를 쓰며 살았지만 흐릿해지는 기억 속에 남은 의사소통 수단은 모국어인 한국어뿐이다. 하지만 독일 사회에서 한국어를 아는 사람은 거의 없다 보니, 누군가의 손길이 절실한 순간에 의사소통이 가능한 사람은 요양원이나 병원엔 없기 십상이다.

많은 파독 간호사들이 자녀조차 없는 경우도 많을 뿐더러, 결혼을 하지 않은 채 독일 사회에서 이방인으로 혼자 살아오신 분들도 상당수가 계신다. 그러기에 50년간 외로이 살아왔지만 죽음을 앞두고 홀로 타국의 병원에서 잊힌 존재로 죽는다는 것은 너무 두려운 일인 것이다. 독일 베를린에서 10여 년간 이종 문화 간 호스피스 단체 '동행'을 운영해 오신 파독 간호사 출신의 김인선 님은 이런 말씀을 해주셨다.

"우리 사는 진짜 모습은 영화 「국제시장」에도 나오지 않아요. 평생 한국을 그리워하고 살다 결국 미움까지 생긴 사람들입니다. 파독 간호사였던 한 할머니는 치매에 걸리자 30년 넘게 쓰던 독일어를 까먹었어요. 그러더니 한국말만 하고, 한국 음식을 찾아요. 그 할머니를 독일 사람이 어떻게 돌보나요. 이 분들이 돌아가실 날이 얼마 남지 않았어요. 한국으로 돌아갈 수도 없는 이들을 위해서 앞으로 10년간 할 일이 정말 많아요."

이렇게 공동체에 절실히 요구되는 봉사를 하는 이 단체도 작년 초 파산하고 이젠 더 이상 존재하지 않는 단체가 되었다. 그동안 단체의 대표와 뜻을 함께하는 간호사분들의 사재와 후원금을 털어 운영하던 동행은 잊혀져 가는 과거의 역사처럼 그 불빛을 잃고야 말았다.

올해 독일에선 파독 간호사 50주년을 기념하는 많은 행사가 예정되어 있다. 하지만 많은 행사들이 연로해진 간호사분들에게 필요한 지원과 보살핌보다는 단체나 자신들의 홍보에 치중하는 이벤트 위주로 기획되고 있는 듯싶다. 이러한 행사들을 대하면서 느껴지는 이미지는 마치 예전에 겨울만 되면, 어디선가 나타나 거대한 플래카드를 걸고 라면박스와 종합선물세트 주위로 고아원 아이들을 세우고 사진 찍고 사라지는 흔하디흔한 장면들이 떠오르기만 한다.

50년이란 긴 세월과 마주한 이때, 간호사 분들의 고국방문이나 가수들의 대규모 위문 공연보다는 양로원이나 쉼터 혹은 '동행' 같은 호스피스 단체를 다시 살리는 지속적인 지원과 관심이 더욱더 필요하고 절실한 상황이라 본다.

2016년 파독 간호사 50주년의 모습은 일회성 이벤트 행사로 간호사분들을 위로하는 잠시 잠깐의 진통제가 아니라 진정 현대사의 힘든 한 시절을 짊어지고 갔던 그 분들의 노고와 희생에 감사드리고, 그 분들의 편안한 노후를 지원할 수 있게끔 정부와 민간이 손을 내미는 근본적인 대책이 발전적으로 논의되는 한 해가 되길 바란다.

Ⅲ 생활밀착형 이민 여행 정보

외국에서 내는
수업료

살다 보면 인생의 한 지점에서 다른 지점으로 옮겨 가야 하는 때가
자주 다가온다. 어릴 때 부모 품을 벗어나 처음으로 어린이집이라는 공
동체에 들어가면서부터 학교에 입학하고 상급 학교로 진학을 하고 군
대를 가고 결혼하고 직장을 들어가면서 삶의 터전을 바꿔 가는 게 흔
한 일이다. 이처럼 우리 스스로 원하든 혹은 원하지 않든 매번 새롭고
낯선 환경과 맞닥뜨리는 것이 삶이 우리에게 주는 또 다른 숙제이다.

매번 새로운 출발선에 서보면 좀 더 나아진 자신을 꿈꿔 보고 도전
해 보고 싶다. 하지만 새로운 출발선 앞에 서면 그전의 익숙하고 자연
스러웠던 나의 모습은 온데간데없이 사라지고 어리숙하고 당황스러
워하는 모습만 남게 된다. 집 인근의 상급 학교 진학만 해도 첫날 눈에
비치는 학교 풍경이나 그 속에 머무는 시간 동안 나는 어디로 가야할
지, 무엇을 해야 할지 매 순간 망설이며 미적거리기 일쑤이다.

평생 살아온 내 나라에서도 많은 시행착오를 겪게 되는데, 이민이

라는 선택을 하고 새 출발을 하게 되면 아무래도 국내와는 다른 이질적인 문화와 관습 때문에 과다비용과 터무니없는 지출을 하게 된다. 아니, 할 수밖에 없다. 이를 흔히 그 사회에 지불하는 '수업료'를 내게 된다고 말한다. 이민자들에게 물어보면 거의 대부분 본인이 낸 수업료에 대한 일화들이 몇 개씩은 있다.

생각해 보니, 우리 가족도 여러 해 세계 각국을 돌아다니며 꽤 많은 수업료를 낸 듯하다. 수업료를 낸 기억들이 꽤 오래 잊히지 않고 기억되는 이유 중엔 살다 보면 너무나 당연한 일이고 아무것도 아닌데, 처음엔 모르고 겁나고 해서 지불하는 비용들이기 때문이다. 또 하나는 이렇게 우리 가족처럼 여러 나라를 자주 다니다 보면 익숙해질 만한데도 역시나 새롭고 낯선 곳은 우리 가족에게 매번 수업료를 청구한다.

다만, 이게 수업료로 치부할 정도의 금액이란 게 불행 중 다행일 뿐, 간혹 그러한 일로 범죄에 가까운 피해를 입는 경우가 주변에서 종종 일어나기에 항상 주의를 기울이는 데 게으름을 피우지는 않는다. 그리고 굳이 스스로를 위로하자면, 여행 초기에는 억울해하고 화도 내보았지만 이젠 적당한 선에서 알면서도 웃으며 받아들이고 가능한 적게 내도록 노력하는 정도이다.

그래도 예방적 차원에서 가급적 목돈은 들고 가지 않는다. 사기꾼이나 질 나쁜 이민 브로커들은 돈 냄새를 잘 맡기도 하지만 아무래도 돈이 있으면 나도 모르게 티를 내게 되고 그런 모습이 주위에 소문이 나서 스스로 어려움에 빠져드는 계기를 만들기도 한다.

그럼 이민 정착 과정에서 수업료를 지불하는 근본적인 이유는 어디에서 나오는 걸까?

　내 나름대로의 답이지만, 첫째는 뭐니 뭐니 해도 언어이다. 우선, 말이 통하지 않으니 본인 스스로 할 수 있는 일이 거의 없다고 봐야 한다. 돌이켜 보면, 말이 되는 나라와 그렇지 않은 나라의 수업료엔 상당한 차이가 있었다. 그 나라의 언어가 가능하면 굳이 남에게 부탁을 하지 않고 직접 물어보고 돌아다니며 알아볼 수 있기에 따로 수업료를 낼 일이 적어진다.

　설령 현지 언어가 전혀 되지 않는다고 해도 자질구레한 많은 일들은 발품을 팔며 열심히 돌아다니며 적응을 해나가야 한다. '머리가 나쁘면 손발이 고생한다'는 말을 긍정적으로 해석해 보면 부지런을 떨어야지 그나마 상쇄되는 면이 있다는 것이어서 손발이 고생하면 상당 부분 만회할 수가 있다.

　모든 것을 돈으로 해결하려고 들면 초기 정착비로 돈은 돈대로 들고 적응하는 데도 게으름을 부린 만큼 늦어지게 된다. 이를 흔히 '독학'이라고 할 수 있겠다.

　둘째는 '누굴 만나느냐?'인데 이것이 정말 중요한 문제이다. 이민자들이 하는 말 중에 "공항에 누가 픽업 나왔느냐에 따라 그 사람의 이민 생활 자체가 정해진다."라는 명언이 있다. 낯선 외국에서 어떤 이를 만나느냐는 초기 이민 생활의 거의 대부분을 좌지우지하는 절대적인 부분을 차지한다.

　오리가 갓 알에서 나오면 처음 본 이를 엄마로 알듯이 초기 이민 생활은 픽업 나온 분의 영향을 받아 직업도 구하게 되고 그 분의 의견이 많이 반영된 투자도 하게 된다. 우리 정서상 처음부터 큰 신세를 진 사람의 의견을 나와 맞지 않다고 단호하게 거절하기는 쉽지 않다. 그런 이유로 뜻하지 않게 불순한 이를 만나면 수업료라고 치부하기엔 감당키 어려운 낭패를 당하기 십상이니 조심해야 한다.

그래서 많은 이민자들이 낯선 이보다는 자연스레 친척이나 지인을 찾게 된다. 먼 친척이라도 아니면 주변에 누군가 조금이라도 안면이 있으면, 도움을 받을 수 있을까 하고 부탁을 하는 게 인지상정이다. 하지만 여기에도 함정은 있다. 그 연고로 인해 도움을 받을 수도 있지만 더 지독한 어려움에 빠질 수도 있고 사람까지 잃는 경우도 흔하므로 항상 조심해야 한다. 이런 경우 돈보다는 마음의 상처가 너무 커서 이민 생활 자체가 최악의 경우로 흘러갈 수도 있다.

또 반대의 경우로는 지인의 도움으로 현지에 연착륙을 하게 되면, 이를 자기 공으로 알고 고마움보다는 당연함으로 받고 지인의 도움을 아주 가볍게 치부해 버리는 오류를 범하기도 한다. 이런 자만이 나중에 스스로를 덫에 빠지게 해 자신과 주위를 힘들게 만들 수도 있다. '잘 되면 내 탓이고 안 되면 남 탓'이라는 말 그대로다.

우리가 지불하는 수업료가 몇 푼의 돈이라면 오히려 안심할 수 있다. 하지만 내야 할 수업료가 '사람'이라면 정말 감당하기 힘든 일이 된다. 많은 이들이 이민 초창기에 친척이나 가족들과 등을 지고 오랫동안 소원하게 지내는 경우는 이민 사회에서 허다한 일이다. 사람에 대한 막연한 기대감과 무성의가 인간관계 자체를 갈라놓는다.

여하튼 이렇게 남의 나라에 발 딛고 자리 잡는다는 게 쉽지 않은 일

독일 베를린에서 사귄 남미 출신 부부들과 홈파티

이다. 물질적으로 정신적으로 오랜 시간 긴장하고 보내야 되는 이민 초기는 모든 이민자들에게 제일 힘든 시기이다. 그래도 그 시기만 무난히 넘기게 되면 정 붙이고 잘 살 수 있는 게 또한 이민이다.

그럼 수업료를 안 내거나 적게 내는 방법이 있을까?

내 생각엔 없다. 내 자신도 이렇게 오래 돌아 다녀도 매번 조금씩은 수업료를 내고 있다. 다만, 최소한으로 낼 방법은 있다. 돈도 사람도 잃지 않고 무난히 정착하기에 가장 좋은 방법은 '겸손함'과 '진지함'이라고 본다. 내가 한국에서 누렸거나 지녔던 모든 기득권과 권세는 한국을 떠날 때 다 버려야 한다.

이민 초기 정착의 가장 큰 적은 거만함과 과도한 자신감이다. 내 허리가 꼿꼿하고 어깨에 힘이 들어갈수록 내야 하는 품위 유지비 즉, 수업료는 과다 청구될 확률이 높다. 아는 체하지도 말고 많이 가진 체하지도 말고 항상 낮은 자세로 여러 사람의 말과 경험에 귀 기울여야 한다. 초심을 잃지 않고 게으름을 부리지 않고 노력한다면 큰 무리 없이 잘 정착할 수 있다.

그리고 가장 중요한 것은 사람에 대한 예의를 갖추고 항상 귀하게 대해야 한다. 세상 모든 일에는 오고 감이 있듯이 내가 먼저 인사하고 겸손해지면 그에 걸맞게 좋은 이들이 내 주위에 다가온다. 그래서 우리 가족이 떠날 때 첫 번째로 드리는 기도 제목은 그 곳에서 좋은 분들을 만나게 해달라는 기도다. 그 기도 속엔 우리 스스로도 그들에게 좋은 사람이 되었으면 하는 바람 역시 들어 있다.

그래서인지 우리 가족들은 매번 들어가서 사는 곳마다 따뜻하고 좋으신 분들을 만나서 사귈 수 있었고, 지금까지도 연락하며 지내고 있으니 참으로 고마운 일이다. 지금도 전 세계에서 많은 지인들이 우리 가족을 응원하고 기도해 주신다. 이 글을 통해 그리운 모든 이들에게 다시 한 번 감사드리고 싶다.

나의 신분증,
비자

한 국가 내에 도시에서 도시로 이동이 아닌 나라에서 나라로 이동이다 보니 합법적인 전입신고를 위한 필수 서류가 비자이다. 세계 일주에 도전하는 여행자들은 특정한 나라에 장기간 체류하지 않기에 비자 문제로 골머리를 앓는 경우는 드물다. 특히, 요즈음 대한민국의 위상이 많이 올라간 덕에 대부분의 나라와는 무비자 협정이 맺어져 있고 그게 아니라도 간소한 절차를 거쳐 여행 비자를 취득하면 쉽게 출입국이 가능하다.

이와 달리 우리 가족처럼 특정 국가에 정착해 보통의 이민자들처럼 일상생활을 하기 위해선 임시방편적인 해결책인 여행 비자나 무비자 기간으론 불가능하고 장기 체류를 위한 비자 취득이 꼭 필요한 핵심 사항이다. 장기 체류 비자 취득은 옮겨 갈 나라를 정할 때 최우선적으로 확인해야 할 사항이고 현지에서 합법적으로 거주하면서 살아 볼 기회를 가질 수 있는 최소한의 필요조건이기도 하다. 장기 체류 비자를 취득하지 않으면 외국을 단지 여행으로 지나가는 것 이상의 행위를 할 수 없는 게 현실이다.

그런 이유로 비자가 만기되거나 더 이상 연장이 안 되는 시점이 우리가 한곳을 정리하고 새로운 곳으로 옮기는 타이밍이 되는 경우도 있었다. 지금 이 글을 쓰는 바로 전 달에 독일에서도 비자가 만료되어 다시 연장이 안 되면 온 가족이 나올 수밖에 없는 처지였는데, 서류도 잘 준비하였고 주위에서 도와주어 가족 모두가 연장된 기간까지 독일에서 지낼 수 있게 되었다.

유학이 됐든 이민이 됐든 해외에 장기 체류해 본 이들이라면 비자 발급이 얼마나 사람을 스트레스 받게 하는 일인지 알 것이다. 수없이 반복해 중요성을 강조해도 지나치지 않을 장기 체류 비자의 문제는 취득이 결코 쉽지 않다는 데 있다.

남들은 일생에 한 번 가기도 힘들고 큰맘을 먹고도 가기가 힘든 게 이민이다. 그런데 우리는 20년간 벌써 7번을 해왔으니 그 와중에 각 나라마다 제출할 서류의 다양함과 방식도 다 달라서 어렵기도 했지만, 서류를 제출하고서도 그 이후 기다리면서 겪는 시간들은 정말 피가 마르고 눈물을 삼키며 밤잠을 못 이루며 보내야 하는 날들이 많았다.

그렇게 겨우 받고나도 '다시 재연장은 어떻게 해야 하나?' 하는 또 다른 걱정이 시작되는 첫날이라 참 어렵고 고달픈 일의 연속이다. 그래서 내가 왜 내 나라에서 서류 걱정 없이 살 수 있는데 이 고생을 사서 하나 하는 생각이 들 때도 많았다.

또, 준비를 잘해서 시도한다고 모든 나라에서 비자를 취득할 수 있는 건 아니다. 어떤 나라들은 애시당초 우리 가족들 상황에서는 접근 불가능한 나라들도 있다. 다행스럽게도 여태 돌아다니며 여러 어려움 속에서도 의외로 쉽게 장기 체류 비자를 받은 경우도 있었고 주위 분들의 도움으로 취득한 경우도 있었다. 여하튼 체류 비자에 대한 정답은 없다고 생각한다.

어떤 여건에서 어느 담당자를 만나느냐와 그때의 정부 정책의 방향까지 모든 상황들이 내가 통제할 수 있는 게 하나도 없는 그 나라 정부의 고유 권한이므로 요구하는 지침대로 성실하고 정확하게 준비해서 대답을 기다리는 수밖에는 없다.

비자 종류도 다양하고 나라마다 규정과 사정이 다 다르기 때문에 가장 최선의 선택과 최소 비용을 따져야 하고 또 같은 조건이라도 비자는 이민 담당관의 개인 재량이 많은 이유로 어떤 변수가 생길지 도저히 분간할 수 없으니 다 해놓고 기다릴 수밖에 달리 방법이 없다. 물론, 불법 체류를 할 수도 있겠지만 매 순간 불안하게 살아야 하고 불체자로서 많은 불이익을 감내하는 건 당연하거니와 아이들의 학교 문제나 관공서와도 거의 접촉이 불가해서 당하는 여러 불편함을 고려하면 굳이 그런 불법을 행할 이유가 없다. 또 이럴 경우에는 추후 출국을 한이후에도 오랜 기간 이민국 전산망에 기록이 남기 때문에 아이들은 성인이 된 후에도 기록상 불이익의 대상이 될 수 있다.

이렇듯 어려운 비자여도 다 사람의 일인 것도 사실인지라 비자로 인한 부정적인 감정이 대부분이지만 20년간 세계를 돌아다니는 우리 가족은 정말 많은 도움과 행운이 함께했던 것 같다. 그랬으니 지금껏

뉴질랜드 요리 학교의 아내

돌아다니며 먹고살 수 있었지 않았나 생각한다.

비자에 대한 이런저런 이야기를 풀어 이야기를 했지만 역설적이게
도 다른 이들이 이민이나, 비자 문제를 물어 오면 위의 이야기를 포함
해 내가 보고 겪은 이야기를 곁들이지만, 어쨌든 마지막 결론은 이것
인 거 같다.

"전 세계 220여 개 이상의 나라가 있고 우리나라가 3개월 무비자
협정을 맺은 나라만 돌아다녀도 아마 50여 년은 족히 돌 수 있을 것이
다. 중요한 것은 비자가 없어서 못 가는 게 아니라 용기와 도전 정신이
부족해서이고 또 내가 가진 게 많고 버리기 두려워서라고."

그리고 비자 이야기가 나온 김에 비자와 관련된 아내의 사교육비에
대한 부분을 짚고 넘어가야겠다. 대부분의 가정에서 가장 많이 지출되
는 항목 중 하나는 아이들 사교육비일 것이다. 오랜만에 한국으로 들어

와 친구들을 만나 봐도 아이들 학원 안 보내는 이들이 없고 학원비가 가정 경제에 상당한 부담이 되고 있다고 대부분이 푸념하기 일쑤다.

이와 반대로 우리 집은 아이들 사교육비가 아닌 아내의 사교육비가 훨씬 많이 들어갔다. 좀 의아하겠지만 분명한 사실이다. 그래서 나는 자주 아내에게 이렇게 말한다.

"돈 들여 가르쳐 주었는데 왜 돌아오는 게 없냐?"고 핀잔을 주면, "내가 하고 싶어서 공부하는 거야? 제발 나 그만 공부할 테니까 학교 보내지 마." 하고 오히려 큰 소리를 친다. 물론, 내가 해도 되지만 난 공부하기 싫어서 아내에게 떠넘기는 거니 가끔 미안하기도 했다. 그렇지만 아내는 태생이 모범생이고 난 원래 공부에 취미가 없던 터라 착실히 학교에 잘 다니는 아내가 하는 게 맞다고 본다.

많은 독자들이 이게 도대체 뭔 소리인가 할 텐데, 이 모든 상황의 발단은 바로 '비자' 때문이다. 일반적인 이민 절차를 밟아 떠나는 이민이나 혹은 회사 차원의 주재원이나 공무상 나가는 관용이 아닌 순수 개인 자격이기 때문에 우리 가족의 장기 체류 비자 취득은 참 어려운 과제이다. 그 어려움 속에서도 가장 쉽게 비자에 접근하는 방법이 바로 학교를 다니는 어학비자나 학생비자 취득이다.

뉴질랜드의 경우는 '유학 후 이민 프로그램'이란 게 있어서 아내가 요리학교에 등록을 하고 다니면 배우자에겐 취업비자가 나오고 배우자 취업비자에 동반해 아이들은 학생비자가 연쇄적으로 나오는 비자 프로그램이 있다. 그래서 아내는 1년간 2만 불 이상의 돈을 들여 요리학교를 다니며 팔자에 없는 서양 요리 공부를 하였다. 처음 뉴질랜드를 들어갈 땐 원예 쪽으로 정하고 들어갔는데 야외에서 하는 현장 교육이 많고 힘이 많이 드는 일이라서 요리 쪽으로 방향을 선회한 것이다. 아내가 요리를 좋아하고 솜씨도 있었고 또 배워 두면 나도 맛있는 요리를 먹을 수 있지 않을까 하는 마음에 적극적으로 찬성을 하였다. 하지만 결론부터 얘기하면, 내 바람과는 달리 그때 배운 서양 요리 중 지금까지 집에서 만들어 준 요리는 단 하나도 없었다.

독일의 경우도 아이들은 독일 정부의 무상 공교육의 혜택을 받고 있지만 정작 아내는 장기 체류를 위하여 어학비자를 신청했고 어학원에 수강료를 내고 열심히 독일어 공부를 했다. 전체적으로 약 20년간 아이들을 키우면서 아이들을 위한 사교육비보다 아내가 비자를 취득하기 위한 방편으로 낸 사교육비가 훨씬 더 많이 들어갔다. 그래서 우리 집은 애들보다 엄마의 사교육비에 허리가 휠 지경이다.

이런 것만 봐도 우리 가족이 남들과는 다른 형태의 삶을 살고 있는 건 확실해 보인다. 그래도 아내가 사치하는 데 안 쓰고 공부하는 데 썼으니 좋은 건가? 아마 이렇게 물으면 아내는 "아이고 내 팔자야. 좋은 옷 한 벌, 그릇 한 번 못 사보고 맘에 없는 공부만 한다."고 투덜거릴 터이다.

거주지 선택 기준과
급행료

여행을 떠나든 이민을 가든 가장 먼저 해결해야 할 문제는 숙박이다. 잠자리를 옮기는 일 자체가 많은 스트레스를 주는 일이다 보니, 낯선 곳에서 안전함과 편안함을 주는 잠자리를 얻는 건 노력도 필요하고 상당한 운도 따라야 한다.

우리 가족처럼 거주형 세계 일주를 하는 경우, 처음 구하는 집에서 그 나라를 떠날 때까지 사는 게 가장 효율적인 방법이라 처음 집을 어디에 어떤 조건으로 구하느냐는 이후 생활 전반에 절대적인 영향을 끼친다고 보아도 무방하다. 집이라는 게 한 번 얻으면 다시 옮긴다는 게 여간 힘든 일이 아니다. 이사라는 게 옆집으로 옮기든 나라를 옮기든 집안 살림을 싸고 풀고 하는 거 자체가 엄청난 일이기 때문이다.

그래서 집을 보지 않고 남의 이야기만 듣고 무작정 계약하게 되면 사는 기간 내내 매우 힘들게 된다. 그래서 개인적으로 집은 살림하는 가정의 살림 규모나 쓰임새를 전체적으로 알고 있는 여자가 직접 보고 요모조모 잘 따져서 선택하는 게 맞다고 본다. 하여간 우리 부부가 경험해 온 바로는 이민 생활에서 집을 구할 때는 다음을 꼭 고려해야 한다.

우선, 아이들이 다니는 학교와 가까운 곳에 위치한 집을 얻는 게 중요하다. 한국과는 다르게 대부분의 외국은 초중등까지는 아이들을 픽업하는 경우가 많기 때문에 학교와 집의 거리가 가까우면 여러 가지로 용이한 점이 많다. 또한, 쇼핑센터나 시장이 가까운 곳에 있어야 한다. 이민 생활 초기에 필요한 것도 많고 살 것도 많은데 지리적으로 익숙하지 않기에 멀리 움직이는 데는 상당한 불편함이 있다. 일단 이 정도는 꼭 고려해서 거주지를 선택해야 한다. 그리고 이왕 거주지 이야기가 나온 김에 좀 더 고려해야 할 사항들을 살펴봄과 동시에 멕시코에 있었던 일화를 잠깐 적어 보겠다.

여러 나라를 거치며 살다 보니 자연스레 각국을 비교하는 습관이 생기게 되었다. 한 국가에 장기 체류를 하기 위해선 여러 가지 사항을 차근차근 준비해야 한다. 대부분 아는 이야기겠지만 가장 기본적인 것은 다음과 같다.

첫째, 장기 체류가 가능한 비자를 받아야 한다.

둘째, 여행을 위한 단기간의 숙소가 아닌 최소 1년 이상을 머물 주거지를 구해야 한다.

셋째, 아이들이 학교를 다닐 수 있는지 확인해 보아야 한다.

넷째, 현지에서 생활할 수 있는 여건이 되는지 알아봐야 한다.

이렇듯 여행을 할 때와는 다른 각도로 여러 가지 사항들을 점검해

야 한다. 이러한 일을 진행하다 보면 결국 수많은 서류들을 준비하고 제출해야 할 일이 계속 생겨난다. 한국에 살 때도 마찬가지이지만 이런 서류 하나하나 준비한다는 게 쉽지 않은 일일 뿐만 아니라 열심히 준비해서 가더라도 재수 없으면(?) 퇴짜를 맞고 다시 준비해야 하는 일이 부지기수이다. 이런 일들이 수월하게 진행되지 않고 제동이 걸리다 보면 돈은 돈대로 쓰면서 일이 진행이 안 되니 초창기 정착할 때 많은 스트레스를 받는다.

처음 멕시코에 갔을 때도 셀 수도 없이 많은 시행착오를 겪을 수밖에 없었다. 나라마다 행정 절차가 다르고 필요한 양식이나 서류의 종류도 전부 다르기 때문에 매번 다시 준비해야 하는 게 다반사다. 한 가지 공통적인 건 아이들 예방주사 기록부와 학력 증명서 그리고 돈은 꼭 필요하다는 것이다.

멕시코엔 이런 말이 있다. "멕시코에선 되는 일도 없고 안 되는 일도 없다.", "입이 말하는 게 아니라 돈이 말한다(boca no habla dinero habla)."

처음 그 땅에 도착했을 때 그곳에 오랫동안 거주한 교민분이 알쏭달쏭한 이런 이야기를 해줬다. 처음엔 이게 뭔 소리인지 알아들을 수도 없었고 이 분이 장난치는 건가 하는 생각도 들었었다. 그런데 한 3~4개월 살아 보니 슬슬 그 뜻을 알아 가는 상황들이 내 앞에 일어났다.

가장 인상에 남았던 일은 비자 문제였다. 처음 교환학생 신분으로 멕시코에 갔을 때 일이다. 같이 간 일행 모두 동시에 학생비자를 신청하고 한 학기를 공부하던 중이었다. 그렇게 한 학기가 다 가는 동안에도 비자는 나오지 않았고 여름 방학을 맞아 칠레를 가려던 나는 학생비자가 있는 내 여권을 받아야만 국외로 나갈 수가 있었다. 그 당시 같이 공부하러 왔었던 아내도 비자를 신청했는데 6개월 전에 신청한 내비자는 깜깜 무소식인데 훨씬 늦게 신청한 아내의 비자는 신청한 지 3주 만에 나왔다는 연락을 받고 이민국으로 같이 찾으러 갔다. 여기에서 교민분의 한 가지 팁이 있었다.

둘이서 같이 칠레를 가려고 하는데 내 경우엔 신청한 지 6개월이 다 되어 가니 곧 나오겠거니 하며 마냥 기다렸고 아내의 경우엔 갑작스레 비자를 신청해 받으려다 보니 교민분의 조언을 받아 그것을 실천했는데 그건 다름 아닌 '급행료'였다. 그런데 급행료의 속도가 고속전철보다 빠르고 6개월째 도착하지 않는 내 여권은 완행열차도 아니고 아예 함흥차사였던 것이다.

더 희한하고 기막힌 일은 이때부터 일어났다. 아내 여권을 받기 위해 창구에서 기다리는데 책상 위에 몇 개의 한국 여권이 눈에 들어왔다. 호기심에 맨 위의 여권을 펼쳐 보자 그건 다름 아닌 완행열차를 타고 도착한 내 여권과 동기들 여권 몇 개였다.

　'우리 것도 같이 도착했구나' 하고 잠깐 자리를 비웠다 돌아온 직원에게 내 여권이 왔으면 지금 주면 안 되겠느냐고 물어보자 황급히 책상 위 여권을 책상 서랍에 넣어 버리고 "무슨 소리를 하나?"고 되물었다.

　"방금 책상 위 여권 중에 내 여권이 있으니 지금 주면 되잖아요."

　잠시 서랍을 열어 확인하는 척하다가 아니라고 딱 잡아떼었다. 기가 막히고 화가 났지만 여기에서 소동을 벌이면 나만 손해겠다 싶어 일단 집으로 돌아왔다. 저녁 때 다시 그 교민분에게 찾아가 오전에 생긴 일을 이야기하자,

　"급행료를 내야지."

　"아니, 6개월을 기다렸는데 급행료라니오?"

　"서랍에서 내 여권을 꺼내는 시간을 줄이는 돈이지, 음…"

　"아니 세상에 그런 돈도 있어요?"

　다음 날 이민청을 다시 찾아갔고 억울하기도 하고 약도 올랐지만 급한 놈이 우물 판다고 난 웃는 얼굴로 인사하고 조용히 급행료를 지불하였다. 그러자 그 직원은 서랍에서 내 여권을 꺼내 주며 "다시 찾아보니 여기 있네." 하고 씩 웃으며 건네주었다.

　지금 생각해 주면 급행료로 지불한 건 20뻬소 정도의 금액으로 우

리 돈으로 치면 2000원 정도 되었다. 그런 일을 몇 차례 경험하다 보니 '입이 말하는 게 아니라 돈이 말한다(Boca no habla Dinero habla)'라는 말이 그 사회에선 진리의 말씀이란 것을 깨달을 수 있었다.

이후 멕시코에서 사업 비자를 내고 여러 가지 행정 절차를 밟을 때엔 가급적 변호사를 통해 일을 하였고 급행료를 안 내는 대신 수임료를 톡톡히 지불하였다.

각국의 대중교통과 자가용

21세기 새로운 개념의 유목민임을 자처하는 우리 가족은 유목에 대한 개념들을 새롭게 세워 나가야 할 필요가 생겼다. 개인의 정체성만큼이나 휴먼노마드의 정체성을 확립해 간다는 건 낯설고 다른 문화 속에서도 우리 식대로 이질적인 사회와 독특하게 융화해 가는 데 꼭 필요한 요소이기 때문이다.

그중 하나가 한곳에 머물러 살아가는 동안 어떤 운송수단을 이용하며 살아야 하는지를 정하는 것도 주요한 일 중의 하나다. 새로운 삶의 터전으로 정한 곳에 도착하면 여러 가지 준비하고 처리해야 할 일도 많을 뿐만 아니라 실어 날라야 할 큰살림부터 소소한 것까지, 어느 정도 살림이 잡힐 때까진 아주 분주하게 움직여야 하는데 이때 가장 필요한 게 바로 운송수단이다.

또한, 일정 기간 살아가는 동안 꼭 고려해야 할 대중 인프라 중 가장 중요한 게 교통이기도 하다. 쉽게 풀어 쓰자면, 국가 간 이동이 있을 뿐이지 여기에서 저기로 '이사'하는 거라고 간주한다면 생활의 편의성면에서 교통 문제는 아주 중요한 일이다. 그래서 대중교통이 잘되어 있는 나라와 그렇지 않은 나라에 따라 차를 구입할지 대중교통을 이용할지 정해야 한다.

물론, 돈이 많으면 차를 사서 편하게 몰고 다니다 떠날 때 팔고 가면 그만이지만 주머니 사정이 여의치 않은 형편에 떠도는 삶이라 유지비나 세금, 감가상각비, 보험료 등등 차 한 대를 유지하는 데 들어가는 비용이 상당한지라 신중하게 고려할 수밖에 없다.

이 모든 사항을 고려해 차를 사기로 정하고 나면 우선적으로 현지 운전면허증을 획득해야 한다. 통상 국제 운전면허증은 1년이고 가끔 이를 인정 안 해 주는 나라도 있어서 가급적 현지 운전면허증부터 따 놓고 본다. 이렇게 운전면허증을 취득하다 보니 본의 아니게 면허증 컬렉션을 하게 되었다. 우리처럼 여러 나라의 운전면허증을 가지고 있으면 쉽게 다른 나라 면허증으로 별다른 시험 없이 바꾸기에 용이하긴 하다. 다만, 이 또한 수수료가 아까워 안 바꾸기도 한다.

멕시코의 경우 처음엔 대중교통을 이용하고 장사 나갈 땐 트럭을 빌려 쓰다가, 그 후 형편이 좀 나아져 중고밴을 구입해 사용하였다. 9인승 큰 밴을 구입했는데 지방에 장사 다닐 때 물건도 싣고 사람도 타고 다니기에 적합하고 가끔은 노숙보다는 차에서 잠도 잘 수 있어서 아주 유용하게 이용하였다. 워낙 땅덩어리가 큰 나라이다 보니, 한 번 움직이면 7~8시간은 달려야 하는 형편이라 오지로 장사 다니는 나에겐 꼭 필요하였다.

　멕시코는 교통질서가 중국 못지않은 곳이어서 말이 차로 바뀐 카우
보이들을 보는 것처럼 일단 치고 나가는 사람이 우선이다. 1차선에서
우회전을 하는가 하면 '양보'란 말은 절대로 내놓으면 안 될 금기어라
도 되는 것처럼 집에 가려면 큰 차로 밀고 다니는 게 교통 전쟁에서 이
기는 데 안성맞춤이었다.

　미국은 차가 없으면 살 수가 없는 나라이다 보니 가자마자 5000불
짜리 중고 자동차를 장만하여 3년여를 타고 다녔다. 나의 첫 애마는 크
리스마스를 앞두고 쇼핑몰을 다녀오는 걸 마지막으로 내 곁을 떠났다.
그러고 보니 미국에선 버스를 딱 한 번 탄 기억이 있는데, 미국에 도착
한 지 3일 만에 아들을 데리고 한인타운에 간다고 버스를 탔다가 잘못
내려 무려 30블럭 정도를 걸어갔다. 나중에 차를 타고 그 길을 지나가
며 격세지감을 느꼈지만, 모르니 걸었지 차로도 한참 되는 길을 어린애

를 어르고 달래며 걸어가서 달랑 지도 한 장을 사서 가지고 돌아왔다.

어쨌든, 미국에서 차는 필수품이기 때문에 가능하면 미국 현지 운전면허증도 따고, 도착하는 대로 차를 구입하는 게 옳다. 중국은 택시비를 포함한 대중교통비가 한국에 비하면 아주 저렴한 편이라 애초부터 차를 구입할 계획조차 세우지 않았다. 집 앞에 나가 잠시만 기다리면 오는 택시를 타고 다니는 게 편하고 비용면으로도 유리하거니와 중국의 교통지옥 속에서 굳이 위험하게 운전을 할 이유도 없었다.

중국 사람들은 운전을 클랙슨으로 한다고 한다. 길에 나서면 얼마나 시끄러운지 나는 정신이 하나도 없는데 중국인들은 클랙슨의 소리를 듣고 교통 상황을 파악해 운전을 한다니 경이로울 정도였다. 거기에 더해 교통사고가 나면 외국인이 뒷감당하는 게 너무나 힘들고 복잡하다고 해서 아예 시도조차 하지 않고 편안히 버스나 택시를 타고 다녔다. 여담이지만, 한국분이 차 사고를 냈는데 그 분 사무실로 다치신 분의 일가친척과 심지어 마을 사람들까지 찾아와 항의를 하고 위로금을 요구했다니, 믿기지 않는 일이지만 엄연한 사실이다.

뉴질랜드는 대중교통이 잘되어 있지 않고 큰 노선 몇 개만 운행되는 곳이라, 미국과 같이 가자마자 차부터 구입하였다. 뉴질랜드에서 가장 문제가 되는 것은 운전대가 오른쪽에 있는 일본식이라 한국 사람들에겐 상당히 부자연스럽다. 처음엔 깜박이 켠다고 하고서 와이퍼를 수없이 작동시키고 뉴질랜드식 로터리 문화에 적응을 못 해 뒤차나 반대쪽 차들에게 욕도 많이 얻어먹고, 툭하면 보조석으로 갔다 돌아오길 수없이 한 후에야 적응하게 되었다.

운전이 어렵거나 교통법규가 달라서 힘든 게 아니라, 운전석 위치가 달라서 많이 헷갈렸으며 한국 사람들은 운전 부주의보다는 착각 때문에 자주 차 사고를 일으켰다. 특히 바뀐 운전석에 앉아 운전을 한 지 2달이 지날 때쯤 되면 방심하다가 사고를 내는 경우가 많다고 해서 사는 내내 조심하며 운전을 하였다. 재미있는 것은 뉴질랜드에서 돌아와 서울에 잠깐 머물 때, 승차할 때마다 왼쪽인지 오른쪽인지 헷갈려서 몇 번이나 실수를 한 적이 있다.

일본은 짧은 기간 머물며 사느라 주로 전철을 이용하였으나, 그나마 대중교통비도 너무나 비싸서 가까운 곳은 걸어다녔다. 뉴질랜드와 운전대가 같은 방향이라 면허증 교환엔 어려움이 없었지만 몇 번 알아만 보고 수수료도 아깝다는 생각에 접고 말았다. 아이들의 경우엔 매달 학교에서 발행해 주는 학생증과 교통 패스일자가 적힌 종이를 가져가서 그 날짜만큼만 발행해 주는 학생 패스를 구입해 사용하였다.

독일은 정말로 대중교통이 잘되어 있다. 거미줄이라는 말이 딱 어울리는 나라이다. 독일이 어떤 나라인가? 자동차의 나라로 그 유명한 독일산 명차 브랜드의 산지가 아닌가. 하지만 대부분의 독일 사람들도 자가용보다는 대중교통과 자전거를 많이 이용하고 우리 가족도 한 달짜리 패스를 구입해 대중교통을 이용하고 있다. 학생들은 저렴한 학생 요금으로 매달 티켓을 구입해 한 달 내내 무제한으로 이용할 수 있으며 우리 부부도 1년 티켓을 구입해서 이용한다. 1년 티켓은 평일 오후 8시 이후나 주말에는 동승자 한 명은 공짜로 탑승할 수 있어서 아주 효율적이다. 집 바로 앞에 버스와 지하철 정류장이 3분 내에 있고 가격도 물가에 비하면 저렴한 편이라 편리하게 이용하고 있는 중이다.

이렇게 각국의 교통 인프라를 잘 파악해 우리 현실에 가장 적합한 식으로 현지에서 운송수단을 정하면 된다.

각국의 운전면허증
컬렉션

위에서 각국의 대중교통과 자동차의 중요성을 언급했기에 이번에는 각국의 운전면허증에 대한 이야기를 시작하겠다. 다소 중복되는 면이 있을 수도 있지만 알아 두면 좋은 상식이기에 별도의 장으로 구성해 본다. 하여간 각국의 형편에 따라, 우선 그 나라에 입국, 체류를 위해서는 자격에 맞는 비자를 갖추어야 함은 말할 것도 없거니와, 몇몇 경우를 제외하고는 대부분 자가운전을 위한 운전면허증 역시 필수항목이 된다.

우리나라도 그렇지만 외국에서는 차를 몰지 않으면 불편한 경우가 아주 많다. 일단 땅이 넓다 보니 건물들이 모여 있지 않고 멀리 떨어져 있는 게 대부분이고, 자가용이 보편적인 나라에서는 대중교통 수단이 빈약하여 차가 있지 않으면 좀처럼 바깥일 보기가 쉽지가 않다. 처음 도착해 며칠은 다른 이의 도움을 받아야 하지만, 가능하면 짧은 시간 안에 차를 장만하고 운전면허증을 취득하는 일이 민폐도 줄이고 빨리

현지에 적응하는 데도 큰 도움이 되므로 운전면허증과 차 구입은 우선적으로 해결해야 할 문제이다. 물론 아까 말한 것처럼 자동차보다 대중교통이 더 편한 경우도 있지만 말이다.

국제 운전면허증으로 1년 정도 유용하게 쓰지만, 나라에 따라 이를 인정하지 않거나 혹은 경찰이 시비를 걸 경우가 있으므로 가능한 빨리 현지 운전면허증을 가지는 게 가장 현명한 방법이다. 우리 부부는 다양한 나라의 운전면허증을 가지고 있다. 멕시코, 칠레, 미국, 뉴질랜드, 한국 그리고 곧 유로 면허증도 받을 예정이다.

나라마다 운전면허증 받는 절차도 많이 다르다. 처음 외국 면허증을 가진 곳은 멕시코였다. 참고로 나는 그전까지 한국 운전면허증도 가지고 있지 않아서 멕시코에서 본 면허 시험이 생애 최초의 운전면허 시험이었다. 나와 아내 둘 다 시험을 봐야 했기에 사전 답사차 정보와 절차를 알아보기 위해 아내를 먼저 시험을 보게 하였다. 면허 시험 중 필기시험이 있는데, 아내의 스페인어 실력이 훨씬 낫고 공부도 더 열심히 했으므로 아내가 먼저 도전하게 되었다.

면허 시험장에 들어가 시험을 보고 실기까지 한 번에 아내가 정식으로 합격하고 온 다음에 하는 말이, "그리 어렵지 않은데 당신도 내일 가서 따서 와." 너무도 편안히 얘기해서 다음 날 나도 시험을 보러 갔다.

멕시코는 외국인이 필기시험을 보는 데 통역관을 대동할 수 있다. 그래서 난 통역관이라고 하고 아내를 대동하고 시험장에 들어섰다. 그때 진이가 2살 때인데 아이를 포함해서 온 가족이 다 함께 시험장에 들어갔다. 그리고 온 가족이 합심하여 필기시험을 치렀다.

그렇게 필기는 패스를 하고 다음 순서인 실기는 자기차를 가지고 면허 시험장을 한 바퀴 돌고 난 뒤 주차하는 거였다. 주행시험도 코스 시험도 없었다. 지금도 신기한 게 그곳은 운전 실기를 보러 갈 때 자기 차를 끌고 가야 운전면허 시험을 볼 수 있었다. 운전면허가 없는데 차를 몰고 가서 그 차로 운전 실기를 봐야 했다. 뭔가 좀 많이 이상하다는 느낌이지만 방식이 그렇다니 따를 수밖에 없다. 하여간 그렇게 해서 나도 내 차를 가지고 들어가서 건물 중앙의 정원을 한 바퀴 돌고 뒤로 주차하는 것으로 무난히 시험에 통과할 수 있었고 간단한 신체검사를 통과한 후, 생애 최초의 운전면허를 손에 쥐게 되었다.

미국은 자동차의 나라여서 그야말로 차가 없으면 꼼짝도 못 하는 나라이다. 미국이야말로 차와 면허증은 의식주만큼이나 중요하다고 해도 과언이 아닐 것이다. 미국에선 이민자들의 국가여서 그런지 한국어 시험문제가 있었고 필기시험을 통과한 후, 시험관을 동행한 채 시내를 한 바퀴 도는데 시험관의 지시에 따라 운전을 하고 그 점수에 따라 합격 여부가 정해진다.

멕시코와는 다르게 자기차를 가져갈 수 없고 시험장 안의 차를 이용하게 되어 있어 대개는 같은 차를 가지고 허가받은 동승자와 운전 연습을 하고선 시험을 보게 된다. 한국처럼 운전 연습을 해주는 학원들이 한인타운 내에도 여러 군데 있어 크게 어렵지는 않았다.

아까도 언급했지만 중국의 경우엔 외국인 명의의 차 구입도 힘들거니와 사고 시에 많은 불이익이 있다고 해서 구입하지 않았고 오히려 택시를 이용하는 게 저렴하고 편리해 따로 운전면허증을 따지 않았다. 운전면허증을 취득하는 게 어렵지는 않으나 줄서서 기다리고 돈은 돈대로 들어가고 또 급행료가 있어 뒷돈이 들어가고 해서 차도 안 살 건데 돈을 들여야 할 필요가 없어 중국 면허증은 따지 않았다.

뉴질랜드는 운전면허 필기시험을 한글로 볼 수 있었다. 하지만 뉴질랜드는 운전대가 우리와 반대이기에 교통 체계도 다른 점이 많이 있었다. 한 이틀 공부를 열심히 하고 가서 긴장된 마음으로 면허 시험장에 있는 서류에 인적사항을 적고 있는데 그곳에서 일하는 분이 "운전면허증 가지고 있느냐."고 물어봤다. 혹시나 하는 마음에 "미국 면허증이 있는데요." 하며 미국 면허증을 보여 주었더니 서류는 필요 없다며 시험 없이 바로 뉴질랜드 운전면허증을 주었다.

한국에서도 미국 운전면허증을 가지고 가자 필기시험만으로 한국

면허증을 바꾸어 주었다. 대학 입학시험 이후 내가 한국에서 본 유일한 시험이었다. 오랜만의 국가고시(?)라 중압감이 상당했지만 다행히 좋은 점수가 나와 뒤늦게나마 내 평생의 유일하게 한국 국가 자격증을 갖게 되었다.

일본은 뉴질랜드와 같은 교통체계와 운전대도 같아서 뉴질랜드 면허증으로 교환이 가능하다고 들었는데, 차도 없는데다 체류 기간이 길지도 않아서 마음을 접었다. 나중에 혹시 필요하면 뉴질랜드 면허증이 만기되기 전에 가서 바꾸면 될 듯하다. 이렇게 여러 국가의 면허증이 있다 보면 이리 바꾸고 저리 바꾸고 하면 굳이 면허증을 얻는 데 많은 에너지를 안 써도 되는 편리함은 있다.

또 이곳 유럽은 한국 면허증만 있으면 현지 면허증으로 바로 바꾸어 준다니 우리나라의 국위가 많이 높아진 듯하다. 현대 사회에서 운전면허증은 꼭 필요한 것뿐만 아니라, 이민자에겐 합법적인 체류자라는 신분증의 역할까지 하는 아주 중요한 것이기에 매번 나라를 옮기면서도 항상 우선순위로 챙겨야 하는 것이다.

아내는 아직 운전을 할 줄 모른다. 운전을 할 기회가 많지 않다 보니 열심히 시험만 보고 면허증을 따긴 했지만 집에 안전하게 보관해 두었다. 그렇게 모아 놓은 장롱 면허들은 글로벌하게도 무려 5개국이나 된다. 거의 운전면허증 컬렉션을 한다고나 할까. 참 웃픈 현실이다.

교육은 의무,
각국의 학교들

20여 년에 가까운 기나긴 세계 여행을 하면서 가장 신경을 많이 쓴 부분은 아이들 교육 문제이다. 신문 지면에 우리 가족의 삶이 소개되었을 때도 상당수 누리꾼들이 아이들 교육에 관한 부분을 언급했을 정도로 부모인 우리뿐만 아니라 남들 눈에도 아이들 교육은 자못 관심이 가는 부분이었나 보다.

처음 한국을 떠날 때만 해도 큰애가 2살이 채 안되었으니 아이들 교육은 현실적인 문제가 아니었지만 여행이 본격화되고 길어지면서 매번 서로 다른 언어와 문화권으로 이주를 하다 보니 자연스레 아이들 교육에 많은 관심을 기울일 수밖에 없었다. 게다가 삶의 전체를 외국에서 보내는 아이들에게 우리말과 글 그리고 정체성을 심어 주는 것은 또 다른 힘든 과제였다.

우리 아이들의 학교 이력에 관한 이야기를 간단하게 열거하자면, 멕시코에서 진이는 유치원을 과달라하라와 멕시코시티 그리고 칠레

368

튀니지 여행 중 소풍 온 학생들과 함께한 아내

산티아고와 한국 등 총 3개국 4군데를 다녔고, 슬이는 미국에서 내내 유치원을 다니다 초등학교에 입학을 하였다.

미국에서 진이와 슬이 둘 다 집 인근의 초등학교를 다녔는데 슬이는 유치원부터 시작해 초등학교를 다녔다. 공립학교라서 따로 학비나 기타 부교재비는 없었다. 학기 초가 되면 아이들 학용품과 장난감까지 세트로 해서 모든 아이들에게 나눠 주었다. 때때로 아이들 간식에 아이스크림까지 제공해 주어 일체 학교에 관한 비용은 들지 않았다.

중국에서는 두 아이 모두 사립 초등학교를 다녔는데, 사립이라고 무작정 비싼 곳이 아니라 우리가 살던 아파트 단지 초입에 위치한 사립 초등학교는 한 달 5만원 내외만 지불하면 다닐 수 있는 곳으로 그 당시 중국 물가와 비교해도 아주 저렴한 사립학교였다. 근처에 지역 공립학교도 있었지만 비자 문제도 있었고 시설이 너무 열악해서 보낼

뉴질랜드 진이의 중학교 졸업식

수가 없었다. 큰아이는 중국에서 초등학교를 졸업했다.

　뉴질랜드는 부모가 취업 비자가 있는 경우엔 학비가 무료이고 그렇지 않고 유학생 신분이면 상당한 금액의 학비를 내야 한다. 다행히도 우리 아이들은 내가 취업비자를 취득하게 되면서 무료로 초등학교와 중학교를 다닐 수 있게 되었다. 그곳에서 진이는 중학교를 졸업하고 뉴질랜드 고등학교에 진학하였고, 슬이는 초등학교를 졸업하고 오빠가 다니던 중학교로 진학해 학교를 다녔다. 뉴질랜드의 학교는 학습적인 능력보다는 사람이 살면서 필요하고 알아야 할 실제적인 것들을 교육시켰다. 그래서 야외 학습도 많고 스포츠라든지 실습 시간이 유난히 많은 곳이다.

　일본은 두 아이 모두 민단이 운영하는 사립학교에 입학하여 초등학교와 중학교를 다녔고 그 학교에서 졸업하면서 슬이는 초등학교만

4개국에서 다닌 끝에 졸업장을 받게 되었고, 진이 또한 중학교 졸업을 두 번이나 하게 되었다.

독일에선 전체 교육 과정이 무료인데다, 외국에서 오는 중고등부 학생들을 위해서는 독일어 입문 과정인 독일어 어학반을 학교 내 한 반을 따로 설치해서 교과 과정을 진행시킨다. 이런 프로그램은 낯설고 어려운 독일어를 기초부터 천천히 배울 수 있게끔 도와주고 현지 학교 생활에 적응하는 데 큰 도움을 주는 효율적이고 꼭 필요한 프로그램이라고 본다.

우리 집 아이들도 독일어에 대한 기초가 전혀 없었던 관계로 처음엔 독일어 학습반이 개설된 학교에 배정받아 같은 교실에서 기초 독일어를 배우게 되면서 처음으로 남매가 한 교실에서 공부를 하게 되었다. 물론, 그 이후 두 아이는 독일어 학습 진도에 따라 서로 다른 학교로 나뉘어 갔는데, 진이가 독일 학제에 따라 학년을 내리는 바람에 학년은 같게 되었다.

진이는 베를린에서도 공부를 많이 하기로 소문난 김나지움으로 가게 되었고 슬이는 공부가 하기 싫다고 떼를 써서 공부에 부담이 없는 제쿤다 슐레로 보내게 됐다. 이후 제쿤다 슐레를 졸업하고 베를린 내에 있는 미국 김나지움으로 재입학하여 그동안 공부 안 하고 논 대가를 톡톡히 치르고 있다.

이처럼 우리는 아이들 학교는 최대한 그 지역 학교를 선택하여 보냈었고 그에 따른 교육비나 과외비는 거의 없었다고 할 정도로 여러 국가의 좋은 교육 환경에 도움과 은혜를 받았다.

우선, 지역 학교를 선택하는 이유로는 학비가 무료이거나 저렴함도 있고 지역 학교가 지니고 있는 그 나라 고유의 교육 철학과 목표에 따라 아이들이 현지에 동화되어 교육을 받을 수 있는 최적의 학교라고 생각했기 때문이다. 더군다나 지역 학교를 다니면 현지어를 가장 빠르고 쉽게 배울 수 있으며 현지 또래 아이들과 교우 관계를 가질 기회를 자연스럽게 얻게 되면서 그들의 문화나 관습 등 생활 전반에 대한 현지 적응에 최적의 선택이라고 본다.

이렇게 다양한 나라의 교육을 경험하면서 많은 일화가 있었는데, 그중에 기억나는 몇 개가 있어 이 장에서 덧붙여 보겠다.

미국에서 아이들을 학교에 보내면 3가지 정도는 세뇌를 시킨다고 할 정도로 교육시키는 게 있다.

첫째, 누군가(부모, 선생님을 포함한 어른들)로 부터 정신적, 육체적 학대를 받았을 땐 꼭 신고를 해라.

둘째, 마약이나 담배는 절대로 해서는 안 된다.

셋째, 미국에 대한 애국심을 가져라. 초다국적 다인종 이민 국가이다 보니, 미국의 애국주의는 사회 통합을 위해선 필요한 요소이다.

학교에 입학하고부터는 거의 매일 이 세 가지에 대해서 뼈에 사무치도록 교육을 시키다 보니 자연스레 폭력에 대해선 경찰에 신고해야 한다는 의식이 새겨지게 된다. 당연히 미국 학교에서는 체벌이나 심한 벌은 있을 수 없고 주로 말로 다스리거나 아니면 학교생활에 불이익을 주는 쪽으로 아이들을 교육시키는 게 일반이다.

우리나라도 요즘은 체벌이나 학대에 가까운 벌은 자취를 찾아보기 힘들 정도로 교육문화가 바뀌었고 심지어 교권이 추락할 정도라니 학창시절 때 엉덩이가 터지라고 맞으면서 학교를 다닌 우리로서는 격세지감을 느낄 정도이다.

하여간 위와 같이 학교에서 권위주의적인 교육 환경이나 체벌이 사라지는 추세와는 달리 우리 옆 나라 중국은 여전히 우리 시대의 학교 풍경을 그대로 담고 있었다. 미국에서 첫 학교생활을 시작하고 자유로운 교육 환경 속에서 지내 온 우리 집 아이들에게 권위주의적 강압과 규율 심지어 체벌이 용인되는 중국 학교의 풍경은 매우 충격적이었다.

중국어를 전혀 모르던 아이들에게 중국 학교생활은 낯선 한자어를 말하고 익히는 어려움보다 공산주의식 조직 문화와 권위적인 문화와 체벌 등으로 인해 현지 적응에 더 커다란 어려움을 겪게 되었다. 일례로, 수업 중 질문이 있을 때는 두 손을 바로 치켜들고 선생님이 손짓을 하면 자리에서 일어나 질문한다. 수업 중 두 손은 항상 가지런히 책상 위에 올려놓고 수업을 듣는다. 대답은 항상 큰 소리로 또박또박 말해야 한다.

미국에선 가로 앉은 애, 뒤돌아보는 애, 잡담하는 애 별의별 아이들이 각각의 자세로 수업을 듣고 질문이나 대답도 삐딱하니 앉아서 "me, me, me." 하고 왁자지껄하게 하는 분위기였는데 중국의 수업 시간은 완전 딴판이다.

복장도 자유복이 아닌 교복에 빨간 스카프까지 목에 두르고 있으니 외적인 분위기 자체로도 완전 다른 곳이었다. 우리 아이들에게 중국 학교는 이상한 나라의 앨리스가 다니는 학교 뭐 그런 모습이었을 거다. 두 아이 모두 학교에서 돌아오면 얼굴 보기가 무섭게 "아빠, 경찰에 신고해야 해요." 하고 누가 들을까 봐 아주 조심스럽게 귓속말로 속삭여 댔다.

"왜, 무슨 일이 있었어?"

"선생님이 애들을 구둣발로 때리고 잡아서 복도에다 던졌어요."

"운동장에서 엎드려 놓고 매로 때렸어요." 등등 하루 동안 보고 온 체벌과 훈육에 대한 무서움과 놀라움을 전하느라 쉴 새 없이 속삭였다. 미국에서 첫 교육을 받은 우리 아이들에게 이런 모습들은 경찰에 신고해야 하는 범죄행위일 뿐이었다. 처음 이런 모습을 보고 온 날 작은애는 눈물을 흘리며 너무 놀라고 무서웠다고 말했다.

이런 모습을 볼 때면 이걸 문화적인 차이라고 해야 할지, 아니면 잘 못된 문화이니 고쳐야 한다든지 뭔가 아이들에게 납득이 갈 만한 설명을 해주고는 싶은데 어린 아이들을 앉혀 놓고 하나하나 설명하기란 참 힘든 일이었다.

그런데 이렇게 체벌당하는 것보다 더 무섭고 힘든 게 하나 더 있었다. 그건 다름 아닌 월요 조회 시간이었다. 미국에는 없는 문화인 월요 조회 시간이 되면 모든 학생들이 나와서 좌우 열을 맞춰 대열을 이루고 이윽고 교장 선생님의 지루한 훈육의 말씀이 시작된다. 그런데 이 시간 동안 움직이거나 대열이 삐뚤어지면 여지없이 매가 날아오거나 남들 앞에서 엎드려야 하니 꼼짝없이 부동자세로 30분 이상을 서 있어야 했는데, 그 자체가 아이들에겐 정말 힘든 일이었다.

아빠로서 내가 해줄 수 있는 말은 "아빠도 학교 다닐 때 다 했던 일이고 한국이나 중국에서 다 하는 일이야. 하기 힘들겠지만 이 나라에 왔으니 받아들여야 해." 고작 이 정도밖에 없었다.

아이들을 키우는 모든 집들에는 다 있으나 우리 집에는 없는 게 하나 있다. 그건 '장난감'이다.

그렇다. 우리 집엔 아이들 장난감이 없다. 대신에 집 안 어디를 다녀도 있는 게 있다. 그건 다름 아닌 '책'이다. 방에는 물론이고 화장실, 부엌, 거실 등 어디를 가도 책이 돌아다닌다. 내가 책 읽는 걸 좋아하기도 하지만 아내의 교육 방식이기도 했다.

아내는 진이가 한 살도 안 되었을 때 그 당시로는 내 두 달치 월급에 해당되는 어마어마한 돈을 주고 유아용 책 세트를 구입하였다. 어느 날 회사에서 돌아와서 비좁은 원룸에 자리 잡고 있는 그 엄청난 책 세트를 보고 난 그 이후, 나는 몇 년간을 그 어이없는 책 구매에 대해서 아내에게 틈날 때마다 책망하였다.

그 당시 아내가 나의 꾸지람을 듣고 나에게 대꾸한 단 한마디의 말이 있었다.

"이후 절대로 아이에게 장난감을 안 사줄 테니 장난감을 한 번에 사줬다고 생각하고 더 이상 뭐라고 하지 마세요."

정말로 그 이후 아내는 아이에게 일절 장난감은 사주지 않았다. 그리고 진이는 책을 장난감 삼아 애기 때부터 책만 가지고 물고 빨고 보고 읽고 자랐다. 집 안에 책과 엄마 말고는 달리 선택할 게 없었으니 자연스러운 일이었다. 책은 우리 아이에겐 장난감 그 이상의 친구가 되었다. 그렇게 아이가 커감에 따라 우리는 장난감보다는 보고 싶어 하는 책을 많이 사주게 되었다.

미국에서는 학교에서 매 학기 학생들에게 책 카탈로그를 나누어 주고 저렴한 가격에 책을 살 수 있게 출판사와 행사를 하곤 했다. 그런 행사를 통해 학교는 일정 정도의 수익금을 모을 수 있었다. 그럴 때마다 진이는 그 카탈로그에 나오는 책들 중에 자기가 읽고 싶은 책을 체크하고 우리 부부는 거기에 더해서 읽을 만한 책 몇 가지를 더 추천해서 사주곤 했다. 책이 학교에 도착하는 날이면 아이는 커다란 선물을 받은 것처럼 좋아하였고 저녁에 집에 와서 새 책을 바닥에 풀어 놓고 뭘 먼저 읽어야 할지 즐거운 고민을 하곤 했다.

아래의 글은 미국에 있을 때 진이가 가졌던 책에 대한 일화이다.

'학교에서 대부분 시간이 지루해서 책상 밑에 책을 숨겨서 읽었다. 그러다 선생님에게 걸리면 책도 압수당하고 그랬다. 그러고 나면 나는 새로운 책을 꺼내서 읽었다. 책을 많이 읽으라고 아이들에게 가르치는 선생님들이 나에게는 그만 좀 읽으라고 그랬다.

책 읽는 건 시간이 날 때마다 했다. 그래서 아이들과 쉬는 시간에도 같이 놀지 않고 혼자 책을 읽고, 점심시간에도 책을 읽고 하여간 손만 쓰고 있지 않으면 책을 읽었다. 결국 부모님이 선생님께 불려가 나에게서 제발 책을 빼앗으라고 그랬다고 들었다.

미국에서는 학교에서 언제인지는 잘 기억이 안 나지만 어쩌다 한 번씩 책을 주문하는 날이 있었다. 나는 언제나 그날을 기다리며 카탈로그가 오는 날 집에 가서 원하는 책을 전부 다 골랐다. 그리고 책이 오는 날에는 내 책으로만 박스 하나를 가득 채울 정도로 왔다. 책이 오면 뭔가 다시 삶이 풍성해진 것 같아서 기분이 좋았다. 그리고 집에 가면 부모님의 도움으로 우리 집에 있었던 단 하나의 책장을 채워 넣기 시작했다. 미국에서 나올 때쯤에는 꽉 차 있던 걸로 기억한다.'

하여간 이 일화 속에 나오는 것처럼 하루는 선생님이 학부모 상담을 요청해 학교에 간 적이 있다.

오빠와 단둘이 떠난 프랑스 여행에서의 슬

"진이가 책을 너무 많이 보아서 문제입니다."

"아니 무슨 문제가 있나요?"

"반의 다른 아이들에 비해 지적 호기심이 지나치다 할 정도로 왕성해서 질문이 너무 많고 수업 내용이 자기 수준과 안 맞으니 수업 시간에 계속 다른 책을 읽고 있습니다."

"제가 어떻게 지도하면 좋을까요? 선생님!"

"앞으로 진이에게 벌을 줄 때에는 책을 못 읽게 빼앗으면 좋겠는데요."

'책을 빼앗는 벌이라…' 정말이지 오래 살고 볼 일이다. 자식이 책을 너무 읽어서 벌로 책을 빼앗는 부모가 되어 보다니 말이다. 어찌되었든 다른 이유로 받는 벌보다는 부모로서 기분 좋은 이야기였다.

이토록 아이가 책을 읽어 대니 매번 카탈로그가 올 때쯤에는 점점 기분 좋은 신경이 써졌다. 저렴하긴 했지만 책값도 만만치 않았고 집이 비좁다 보니 사실 책을 놔둘 만한 공간도 여의치 않았기 때문이다. 당연히 근처 도서관도 일주일에 두 번 이상은 이용을 하였다.

이후 미국을 떠나 중국에 있을 땐 영문 원서를 구해서 보려니 정말 돈이 많이 들었다. 중국 도서관에서는 볼 만한 책을 구할 수 없으니 신간을 구입해서 보아야 했기 때문이다.

뉴질랜드에서는 집 가까운 곳에 있는 도서관을 이용하여 보고 싶은 책들을 다양하게 볼 수 있었다. 게다가 영어권이다 보니 책 때문에 받는 스트레스는 전혀 없었다.

일본에서는 일본책을 보기 시작하면서 또 책을 사기 시작하였다. 일본은 작은 문구판 책들이 시리즈로 다양하게 나오는데 중고서점이나 세일 매장에 가면 아주 싼 가격에 10권, 20권짜리 시리즈물을 구입할 수 있었다.

요즘, 우리 집 두 아이들은 E-BOOK을 다운로드해서 보고 다니는 모양이다. 종이책을 안 보니 나에게는 좀 이상해 보이고 스마트폰만 들여다보고 있으니 놀고 있나 하고 생각이 많이 드는데 본인들은 책을 읽고 있다고 한다. 믿을 수밖에 별 도리가 없다.

어릴 적엔 돈만 따져서 장난감 비용이 안 들어가 다행이다 싶었는데, 시간이 흘러 아이들이 커가면서 책값도 더 비싸지고 두꺼운 책을 계속 사대니 결과적으론 장난감이 더 나을 뻔도 했다고 생각한 적도 있다. 그래도 자식이 평생의 다섯 수레의 책(5000권 정도)을 읽는다면 이보다 좋은 일이 있을 성싶다. 나 또한 평생의 소원 중 하나가 다섯 수레의 책을 읽고 나만의 서고를 가져 보는 게 꿈이다. 책이라는 부분에서 부전자전이니 참 기분이 좋은 일이다. 막상 이리 글을 쓰니 자식 자랑하는 팔불출 아빠가 된 것 같은 느낌도 들지만 이해해 주시길 바란다. 나도 아버지인 것은 어쩔 수 없으니.

쌀 그리고 한국음식
공수 작전

한국 사람은 밥을 먹고 살아야 한다. 우스갯소리처럼 밖에서 아무리 잘 먹어도 집에 와서 밥 한 순가락을 해야지 포만감을 느낄 정도로 밥은 참 소중하다. 요즘이야 전 세계 어디를 가든 한국 식품과 쌀을 구하는 게 어려운 일이 아니었지만 처음부터 이렇게 좋은 여건은 아니었다.

멕시코에 들어갈 살 즈음에는 한국 식료품을 사려면 멕시코시티에 있는 한국 식당까지 가야지만 그나마 몇 가지를 구입할 수 있었다. 때로는 일본 식당에서 운영하는 가게에 가서 쌀과 기초 양념류를 구입해 먹고는 했다. 기억에 남는 것 중에 하나는 두부가 먹고 싶을 때면 일본 식당에 납품하는 두부를 주문해 먹어야 했는데 이 두부를 일본 할머니가 집에서 직접 만드시는 거라 양이 많지 않고 나오는 주기가 일정하지 않아서 운이 좋아야 두부 한 모 얻는 정도였다.

미국에 살 때는 그야말로 식품의 천국답게 한국 마켓보다 더 다양한 식재료가 넘쳐나게 있었고 특히, 미국에 사는 5년 동안 쌀을 제 돈 내고 사먹은 적은 없을 정도였다. 쌀이 얼마나 흔하냐 하면 추석이나 명절엔 주차장에 쌓아 놓고 한 가마니씩 사은품으로 주기도 하고 20불 정도만 식품을 구입해도 어느 때나 쌀 한 가마니는 공짜로 가져올 정도였다.

독일에서는 이탈리아 북부주에서 나오는 리조또용 쌀을 가지고 밥을 해먹는다. 물론, 미국에서 나오는 재래종 쌀을 구입할 수 있지만 가격도 비싸고 현지에서 나오는 쌀의 회전 속도도 빠른 듯하여 유럽산 쌀을 주로 이용한다.

이렇게 멕시코에 살면서부터 여러 경로로 식료품을 구입해 집에서 한식을 해서 먹었지만 가장 결정적인 쌀은 가져올 수가 없으므로 현지에서 어떻게든 맛있는 쌀로 조달해야만 했다. 한국 식품점이 있으면 그곳에서 어렵지 않게 구입할 수 있고 중국이나 일본은 우리와 같은 식문화권이라 따로 힘들이지 않고 맛있는 쌀을 구입할 수 있다.

좀 더 추가해서 한국 음식 재료 구하는 방법에 대해 조금 설명하겠다. 강산이 바뀌고 사람이 달라져도 쉽게 변하지 않는 게 바로 입맛이다. 예나 지금이나 외국에 나가서 참 적응하기 힘든 것 중의 하나가 바로 음식이란 이야기다.

한국 음식은 한 번 맛을 들이면 그 중독성이 여타의 다른 나라 음식과는 견줄 수가 없을 정도이니, 한국인들은 전 세계 어디를 가도 수단 방법을 안 가리고 한국 음식을 해먹고 특히 할머니들은 현지에서 대체 음식물과 재료들을 정말로 잘들 찾아내시곤 한다.

처음 멕시코 땅에 발을 디딜 때부터 오늘날 베를린까지 우리 집의 식탁 또한 주메뉴는 한식이다. 외국에 살면서 그 나라의 토속 음식이나 유명한 음식도 많이 먹어 봤지만 어쩌다 한 번이지 역시 집에 와서 김치와 밥을 먹어야 개운하고 한 끼를 잘 먹은 거 같다. 아까 말한 것처럼 초창기 멕시코에 살 때만 해도 한국 음식 재료를 구하기 힘들어서 일본마켓을 들락거리며 비싼 가격에 쌀과 간장, 두부 등을 울며 겨자 먹기로 사먹었다. 가끔 마트에 한국 라면이 운이 좋게 나오는 날은 마치 복권에 당첨된 것처럼 카트에 잔뜩 실고 오는 경우도 있었다.

그 당시엔 라면 스프도 귀해서 라면 하나에 스프는 반만 넣고 나머지는 모아 두었다 현지 라면에 넣어 먹거나 국을 끓일 때 넣어서 먹으면 그 맛이 고향의 맛이자 최고의 일품 요리였던 적이 있었다. 배추도 없어서 양배추로 김치를 담가 먹던 시절이었고, 아내가 입덧을 할 때는 만두가 먹고 싶다고 하는데 만두를 구할 길이 없어 미국에 갔다 올까 하고 농담 반 진담 반으로 얘기했던 적도 있었다.

같이 살던 교민 중엔 청국장을 띄우겠다고 수백 번 공을 들여 청국장에 성공해서 교민들에게 나누어 준 분도 계셨고, 따뜻한 밥에 김치 한 조각이면 소원이 없을 때도 있었다. 사정이 이렇다 보니 한국에라도 한 번 다녀올 때면 이민 가방 7~8개 정도에 거의 마트 하나를 통으로 담을 정도로 양념류부터 해서 거의 모든 식자재를 최대한 담아 가지고 왔다.

한번은 우리 어머니가 혼자서 멕시코까지 오신 적이 있었는데 40kg짜리 이민 가방 10개에 어마어마한 음식을 담아 가지고 그 먼 길을 오

멕시코 집에서 할머니, 진 그리고 슬

셨다. 오시기 전부터 뭐가 필요한지 계속 물어보더니 결국은 엄청난 양의 한국 음식물을 가지고 오셨다. 공항 밖에서 어머니를 기다리는데 저 안쪽으로 어머니가 나오셨다. 그래서 현지 공항 직원에게 우리 어머니는 스페인어도 영어도 하지 못하니 내가 들어가서 통역을 하면 안 되겠느냐고 요청을 해서 안쪽으로 들어갈 수 있게 되었다.

어머니 뒤로는 10개의 큰 가방을 항공사 직원들이 카트에 가득 담아 밀고 오고 있었다. 그 어마어마한 짐을 보자 세관원은 순간 당황스러운 표정으로 내 얼굴과 어머니의 얼굴을 번갈아 보며,

"짐이 너무 많아 무검사 통과가 되지 않으니 가방 한 개를 풀어 짐 검사를 해야겠어요."

그리고 바로 10개 중 한 가방을 지목해 세관 검사대에 올려놓고 풀게 하였다. 가방을 열고 하나씩 꺼내는데 정말로 별의별 음식들이 다

나왔다. 흡사 재래시장에 다녀온 것처럼 봉지 하나하나에 종류도 다양하게 쏟아져 나오는데 꺼내는 나도 놀랐지만 그걸 보는 세관원도 할 말을 잃고 있었다.

"도대체 이게 다 뭐죠?"

"한국 음식 재료들인데…" 어떻게든 이 상황을 모면하기 위해 다시 이렇게 설명을 했다.

"네가 한국에 산다고 생각해 봐라. 너도 멕시코 음식이 먹고 싶겠지? 그런데 한국에서 구할 수 없으니 얼마나 답답하겠냐? 이 음식들이 멕시코에선 구할 수가 없는 것들이라서 우리 어머니가 싸가지고 온 것이니 이해해 주라." 이렇게 이야기하는 와중에도 우리 어머니는 밖에 꺼내 놓은 음식물 중 혹여 잃어버릴까 봐 다시 가방에 계속 집어넣고 계셨다.

"너희 어머니에게 집어넣지 말라고 해라. 아직 검사가 안 끝났으니까." 하고 짜증 섞인 투로 이야기를 해왔다.

"엄마 집어넣지 말라 그러잖아요. 이 사람 기분 나쁘게 하면 이것들 뺏길 수 있으니 가만히 계세요." 하고 당부했지만 우리 어머니는 귀한 음식을 잃을까 봐 계속 조바심을 내고 계셨다.

얼마간 검사가 끝난 후에 "짐을 꺼내 조사를 했는데 아무것도 안 뺏을 수는 없으니 여기 깨 한 봉지는 놓고 가라. 깨는 여기서도 파니 별 문제가 안 될 거 같다. 그리고 나머지 다 챙겨서 나가고 다음부턴 이렇게 많은 짐을 가져오면 안 된다고 어머니에게 꼭 알려 줘라." 하고선 깨 한 봉지를 들고 자리를 떴다.

"친정까지 가서 국산 참깨를 일부러 사서 가져온 건데 그걸 가져가는구나." 하고 그걸 달라고 연신 손짓을 해댔다.

"아이고, 엄마 깨 한 봉지 뺏기고 끝나는 게 천만다행이에요. 맘 변하기 전에 빨리 나가요." 그러고 카트를 밀고 나와 부리나케 짐을 싣고 공항을 빠져나왔다.

지금이야 40㎏가방을 가지고 다닐 수도 없고 가지고 다닐 필요가 없을 정도로 전 세계 어디를 가도 한국 식품점이 다 있고 국제 택배로도 다 받아먹을 수 있는 좋은 세상이 되었다. 그래도 여전히 한국 음식에 대한 한인들의 사랑은 유별난 듯싶다.

여기 베를린에서도 한국 식품점이 있지만 여전히 가격이 비싸거나 다 구비되어 있는 게 아니어서 며칠 전 한국에 다녀 온 한 가족들은 200㎏정도의 음식을 가져왔다며 김 한 톨과 아이들 과자 몇 개를 보내왔다.

그 과자를 보고 학교에 가서 친구들과 나누어 먹으라고 하자, "귀한 과자인데 집에서 우리가 먹을 거예요." 하는데, 21세기 오늘날에도 한국음식과 과자는 귀하구나 하는 생각이 들어 웃음만 나올 뿐이었다.

얼마 전 나 또한 한국에 다녀오며 건어물을 잔뜩 택배로 부쳤는데 준비하는 내 모습을 우리 어머니가 보더니 이렇게 말씀하셨다.

"그때 그 아까운 깨를 뺏겨 가지고…"

김치 냄새,
마늘 냄새

요즈음 유럽에선 갈수록 늘어나는 난민 문제로 인한 사회 갈등이 이슬람 과격분자들에 의해 자행된 테러와 맞물려 악화되어 가는 분위기이다. 이러한 흐름이 사회 전반적으로 확산되다 보니, 인종차별을 넘어 극우단체들의 인종증오 범죄 또한 갈수록 늘어나는 추세이다.

인종증오 범죄의 경우는 극단적인 경우라고 할 수 있지만, 타국 생활 구석구석 느껴지는 인종차별 문제는 오롯이 이민자들 삶 가운데 커다란 압박감으로 다가오게 된다. 인종 차별을 느끼는 여러 상황이 생활 속에서 암암리에 비일비재하게 일어나지만, 그중에서도 음식과 연관되어 느껴지는 눈길과 행동들이 우리를 너무 당혹스럽게 만드는 경우가 종종 생긴다.

각 나라나 민족의 특징을 가장 쉽고 정확하게 구별 지어 표현하는 게 바로 음식 문화이다 보니, 이와 관련된 인종 비하 발언이나 행위가 빈번하게 일어난다. 특히, 평범하게 생활하는 가운데 몸에 배어 있는

세비야의 야간 퍼레이드 구경 중 아내와 슬

냄새로 인해 주변의 눈총을 받을 때면 그 스트레스는 실로 엄청나다.

우리 음식인 한식 자체가 발효 식품이 많은데다 강한 양념이 많이 들어가고 특히 서양인들이 싫어하는 마늘을 많이 먹다 보니, 그들은 아주 자연스럽게 우릴 보면 마늘 냄새가 난다며 싫은 기색을 하기도 한다. 예전 박찬호 선수가 마이너시절 라커룸에서 이 마늘 냄새로 인해 동료들과 다툼도 있었고 스트레스를 너무 받아 한식을 끊고 빵만 먹고 살았다는 이야기도 지면에서 본 적이 있다.

얼마 전 유학생들을 위한 삼겹살 파티를 하며 엄마들과 간호사분들이 주고받았던 이야기들이다.

"저번에 주신 김치 너무 맛있게 잘 먹었어요."

"우리 집 김치는 마늘을 넣지 않고 담가서 맛이 없어요."

"아니 왜요?"

"독일인들을 많이 만나는데 매번 마늘 냄새가 난다고 하니까, 이게 여간 스트레스가 아니네요."

"그래서 어떤 분은 금요일에만 한식을 드신다네요."

"간호사로 일하는 주중에는 일절 한식을 입에도 안 대시고 딱 금요일 하루만 한식을 드시고 주말에도 아예 입에 안 대신대요."

"저는 학교에서 수업을 듣는데 제가 앉은 줄엔 아무도 앉지 않아서 얼마나 황당하고 창피했는지 몰라요. 그 이후로 내 옆에 누가 앉아만 주어도 감사하다니까요."

"우리 아이들도 학교에서 그런 일을 당할까 봐 아침엔 자극적이지 않은 음식만 먹여 보내고 있어요."

이처럼 주의도 하고 노력을 해도 평생 먹어 온 음식이 내 몸에 인이 박혀 있는데 그 냄새가 사라질 리 없고, 설사 냄새가 안 나더라도 그들 코에는 맡아진다니 어쩔 수 없는 일이라 이래저래 받아야 하는 눈초리는 피할 수 없는 일이다. 그래서 파독 간호사분들이 초창기 기숙사에 살 때, 한국 간호사들이 한국 음식을 어쩌다 해먹으면 득달같이 달려와서 불평을 하는 독일인들이 미워서 하루는 생선을 많이 사와 솥에 넣고 보란 듯이 펄펄 끓였단다.

아니나 다를까 독일인 관리인과 간호사들이 바로 와서 막 욕을 해대는데 그 간호사분이 보란 듯이 솥뚜껑을 열고 "이건 너네도 먹는 독일 요리다."며 펄펄 끓는 생선 솥을 보여 주니 아무 말도 못 하고 돌아갔단다. 또 다른 분은 전철 내에서 옆자리에 앉은 독일 할머니가 마늘 냄새가 난다며 심한 말을 하길래 당신 몸에선 치즈 냄새가 역겹게 난

390

독일 학교 친구들과 함께

다고 대거리를 해주었단다.

이곳 독일뿐 아니라 전 세계 어디를 가든 이런 일은 흔하디흔한 일이다.

미국에선, 도시락에 김치를 싸와서 밥을 먹고 있으면 멕시칸들이 꼭 밥 먹는 곳으로 들어와서 가스 밸브를 만지며 어디서 가스 냄새가 난다며 고개를 갸우뚱하고 가곤 한다. 이 정도는 웃으면서 즐기는 이야깃거리 정도이다. 뉴질랜드에선 한 한국분이 매일 같이 자기 집에 와서 음식 냄새가 심하다며 따지고 경찰에 신고하는 뉴질랜드 할머니 때문에 나중엔 우울증이 심해져 자살을 했다는 이야기도 들은 적이 있다. 베를린에서 식당을 운영하는 한 부부는 처음 차가 없을 때, 집에 돌아가는 길에 전철을 타면 그 한 칸이 완전히 텅 비어 오직 두 분만 타고 가는 경우도 있었다며 차가 생긴 이후 전철을 안 타니 너무 편안하다고 이야기했다.

이처럼 독특한 한국음식 냄새만 가지고도 숱한 경험담이 나오는 걸 보면 문화가 다른 남의 나라에서 우리의 식문화를 유지하며 살아간다는 것은 참 어려운 일이다. 직접적인 언어나 신체에 가하는 물리적 폭력과 행정적인 차별도 견디기 힘든 일이지만, 눈에도 보이고 몸으로도 느껴지지만 실체가 없이 느껴지는 이러한 차별은 살아가면서 지속적으로 느끼는 것이라 남의 땅에 사는 동안은 감내해야 할 일일지도 모르겠다.

그렇게 외국 생활을 하며 이런저런 일을 겪다 보니, 거꾸로 내 주변에 있는 다른 인종들을 나 스스로가 냄새난다며 피부가 다르다며 몰래 쳐다보고 비웃지 않았는지 반성도 해본다. 이런 면에서 가장 인종 차별적이고 비하가 많은 나라 중 하나가 우리나라라는 사실은 참으로 부끄럽게 여겨야 할 우리의 모습이다. 우리 사회도 우리보다 못사는 후진국 출신의 이민자들에게 얼마나 부지불식간에 비인간적인 대우를 했는지 돌아봐야 할 필요가 있다.

어느 민족이나 그들의 문화와 관습이 있고 태어난 본래의 특징이 있는데 우리와 다르다고 해서 업신여기거나 비하해서는 안 된다는 건 상식적인 일이다. 오늘날처럼 나라 간 인구 이동이 자유롭고 글로벌한 세상에서는 서로 다름을 이해하고 포용하는 너그러움이 이 세상을 평화롭게 공존하는 세상으로 만드는 절대적인 요소라 생각한다.

때때로 한국에 들어가 친지나 친구들을 만날 때면 주변에 있는 외국인들에게 잘 대해 주라고 빼놓지 않고 권하는 편이다. 왜냐하면 나도 외국에 나가면 저 사람들 신세 그 이상도 이하도 아닌 딱 그대로가 내가 가진 그 사회에서의 위상이고 모습이기 때문이다. 동병상련이란 말이 어울리는 대목이다.

마침 얼마 전 한인들 모임의 삼겹살 파티가 있었다. 그날도 음식을 주제로 한참 떠들며 맛있게 먹고 있을 때였다. 길 가던 한 독일인이 현관 앞에서 기웃거리며 안을 들여다보았다.

"무슨 일이세요?"

"잠깐 들어가도 될까요?"

"네, 들어오세요."

"동양 음식에 관심이 많아서 그런데, 나도 같이 할 수 있을까요?"

"물론이죠. 여기에서 편히 드세요."

그렇게 자리 잡은 독일인은 자기 직업이 사회학자이고 다양한 나라의 문화와 풍습을 연구하는 사람이라고 소개하였다. 젊은 날엔 중국과 일본도 다녀왔다며 이야기를 하더니 자기 가족 얘기도 하고 동양 문화와 음식에 대한 관심과 애정을 이야기하며 맛있게 삼겹살을 먹었다.

그 분이 하도 잘 먹어서 우리끼리 "이 사람이 아주 날 잡고 들어왔구만." 하고 말할 정도로 잘 먹고 이야기도 조곤조곤 다 하고 난 후, 마지막엔 자기 명함까지 내놓고 자리를 떴다.

같이 웃으며 한 끼 식사 같이 하는 게 우리가 사는 평범한 모습이라고 본다. 인종차별이 워낙 민감하고 파급력이 큰 이슈라서 그런지 과거와 달리 대놓고 하지는 않는다. 게다가 서구사회 특히, 학교에서는 인종, 성별, 국가를 포함한 개인적인 취향까지도 일체의 차별 행위를 철저하게 규제하고 있다.

특히 독일 학교에서는 어떤 종류의 차별 행위도 용납하지를 않는다. 차별을 나타내는 말과 행위가 있을 때엔 학부모를 호출하여 각별한 주의를 줌과 동시에 학생은 정학을 당하게 된다. 이후에도 시정이 되지 않고 같은 행위가 반복될 시엔 퇴학까지도 시키는 등 무관용의 원칙을 유지하고 있다.

어떤 차별의 문제이든 간에 어릴 적부터 교육을 시키는 게 가장 효과적이고 필요한 일임에 틀림없는 것 같다. 그런 면에서 독일 학교의 그런 원칙은 매우 의미 있다고 할 수 있다.

내려놓음과
평정심

우리 가족이 처음 한국을 떠날 때에 비하면, 요즘은 가족 단위의 해외여행부터 학생들의 조기 유학, 어학연수 등등 해외로 나갈 기회가 무척이나 많아졌고, 해가 갈수록 해외 이민을 계획하는 가정도 많아지고 있는 추세다.

그런데 개인이 어떤 목적(취업, 학업, 여행 등)을 두고 외국에 체류할 때와는 다르게 한 가족이 온전히 그들의 삶을 터전을 외국으로 옮겨야 하는 이민은 기본적인 준비 외에도 다양한 돌발변수에 따른 복잡하고 고려해야 할 사항들이 많이 있다. 하다못해, 서울 살다가 지방으로 발령받아 집이 이사를 가게 되어도 처리해야 할 일들이 산더미에 또 새로운 곳에서 자리 잡기 위해 치러야 할 일들이 얼마나 많은가!

그런데 물설고 낯선 외국으로의 이민은 생각 그 이상으로 몸과 마음을 힘들게 한다. 우선, 이민을 간다는 것은 참으로 소중한 많은 것들과의 이별을 하고 익숙함을 버리고 낯설음과 부딪쳐야 한다는 의미도 들어 있다. 고향 땅을 등져야 되고 가족과 친지, 친구들과의 짧지 않은 이별을 맞이해야 하며, 자신이 한국에서 성취했던 대부분의 기득권을 버려야 한다는 것도 포함된다.

이렇게 삶에서 매우 중요한 세 가지(고향, 사람, 기득권)를 내려놓고 떠나는 게 이민이다 보니 보통의 각오로는 막상 실행하기가 쉽지 않다. 그런데 이렇게도 중요한 결정을 하고 많은 준비 끝에 실행에 옮긴 이민 생활도 떠나기 전에 예상하던 순탄한 삶을 온전히 보장해 주지는 않는다.

오랜 기간 사전 조사부터 온갖 채널을 통해 얻은 정보와 경제적인 준비까지 마치고 비자문제도 해결하고 떠난 이민 생활이 힘들어지는 이유는 무엇일까?

개개인의 다양한 경우와 예측할 수 없는 변수들이 셀 수 없이 많겠지만, 내 생각에는 모든 걸 다 버리고 떠났는데도 결코 버리지 못한 한 가지가 있기 때문이다. 많은 대가를 지불하고 떠난 이민 생활이 새로움, 희망과 도전보다는 외로움, 시련과 위기의 연속이 되게 만든 "그 한 가지가 과연 무엇일까?"

내 경험치로 따져 보면 그 한 가지는 바로 '자기 고집'이다. 오랜 세월이 흐르는 동안 자기도 모르게 학습되고 체화된 자기 경험과 가치판단, 고정관념이 웬만해선 내 안에서 사라지지 않는다. 특히, 중년의 나이가 되어 시작하는 이민 생활은 이런 면에서 현지화에 많은 오류와 갈등의 원인이 되고 만다. 모든 것이 달라지는 외국 생활에서 유연한 사고방식과 다른 것을 받아들이고 이해하려는 마음가짐이야말로 성공

유레일에서

적인 이민 생활의 첫 번째 단계일 것이다.

성공적인 이민을 위해선 무엇보다 더 현지화하고 그들의 사고방식과 생활양식을 받아들여야 한다. 이런 면에서 아이들과 아내들은 적응을 너무 잘하는 편인데, 대부분의 아버지들은 이 부분에서 감정 조절에 실패하고 현지 적응에 어려움을 많이 겪는다.

"나는 이런 사람이다."

"나는 무엇을 했던 사람이다."

"내가 왕년에 어찌어찌 했다" 등등.

고국에 내 마음을 두고 육신만 바다를 건넌 사람들은 현지 생활을 받아들일 마음의 준비가 되어 있지 않은 것이다. 그러다 보니 모든 게 나에게 맞지 않고 나를 인정해 주지 않는 것 같고 갈수록 작아지고 초라해지는 자신만 보일 뿐이다. 이런 감정이 쌓이다 보면 결국 이민이

튀니지 수스 고등학교 축제에서 학생들과 민속춤을 추며

라는 그 자체를 부정하고 한국으로의 복귀만을 생각하는 외톨이가 되고 만다.

일단은 과거로부터 고국의 삶으로부터 자신을 비우고 평정심을 유지해야 한다. 이민 가정들은 현지에서 대부분 여러 형태의 수업료를 내게 된다. 수업료가 작고 한 번에 끝나면 웃고 넘어갈 수도 있지만 집안을 거덜 내는 이민 사기로 한 가족의 삶을 벼랑 끝으로 몰고 가는 경우도 흔하게 볼 수 있다. 안정적인 정착을 위해 급하게 서두르다 일을 그르치고 사기당하기 십상이기도 한 이유도 결국은 자기 성격이나 고집, 자존심이 문제가 되는 경우가 허다하다.

그러면 어떻게 해야 이민 생활에서 느끼는 나와 외부 세계와의 간극을 좁히고 연착륙할 수 있을까?

첫 번째, 현지 언어를 습득해야 한다. 이민을 간 이상 현지 언어를 습득하는 것은 가장 중요한 일이다. 미국같이 한인 사회가 크게 형성이 되어 있는 곳에서도 영어는 꼭 필요한데 하물며 한인 사회가 작거나 역사가 오래되지 않은 곳에선 현지 언어 습득은 생존의 문제가 걸릴 정도로 중대한 문제다. 돈을 벌기 위한 언어는 뒤로하더라도 당장 햄버거 하나 주문하는 데도 등에 식은 땀나게 만드는 게 외국어다 보니 마음 단단히 먹고 상당 기간 언어 공부에 매진해야 한다.

두 번째, 현지인이나 현지 한인들과 교우 관계를 넓힐 수 있는 정기적인 커뮤니티 활동에 적극 참여해야 한다. 외국도 사람 사는 곳이니 결국 그곳에서 누구를 만나느냐에 따라 이민 생활의 중요한 전환점이 된다. 보통은 직장이나 모임, 교회 등에서 누군가를 만나게 되는 경우가 일반적이다. 일자리를 구해 규칙적인 생활 패턴을 만드는 게 최고이지만 그렇지 못한 경우에도, 그게 어떤 공간이든 고립되지 않도록 정기적으로 참여할 수 있는 모임을 갖는 건 참으로 중요하다.

세 번째, 가장 중요한 조건으로 가족 사이에 긴밀한 유대 관계를 유지해야 한다. 낯선 나라에서 내가 믿고 의지할 최후의 보루는 가족임을 잊지 말아야 한다. 한국에서야 부부가 싸우고 나면 친정에도 가고 가까운 친구도 만나 소주 한잔이나 커피 한잔하며 풀 수도 있지만, 이민 생활에서 내밀한 가정사까지 드러낼 만큼 좋은 인연을 만나기는 쉽지 않다.

아이들의 경우도 마찬가지로 가정에서 품어 주지 않으면 힘든 외국 생활에 적응해 가는 게 쉽지 않다. 특히 사춘기를 겪는 10대 아이들의 경우는 이중 삼중으로 힘들 수밖에 없다. 말이 통하는 한국에서도 친구 사귀기, 공부하기가 만만치 않은데 언어도 안 통하는 곳에서 처음 1~2년은 상상 그 이상의 힘든 시련의 시간일 수밖에 없다. 이럴 때일 수록 온 가족이 똘똘 뭉쳐 서로 의지하고 힘이 되어 주어야지 자기만 힘들다고 주장하다 보면 모두가 더욱 힘든 상황에 빠져들게 마련이다.

아이들이 현지 학교에서 문화나 언어, 사고방식을 배워 왔을 때, 부모가 한국식 잣대를 대고 판단해 버리면 아이들은 중간에서 혼란을 느낄 수밖에 없다. 가끔은 부모가 침묵하고 아이가 적응해 갈 수 있도록 기다려 주는 게 좋을 수 있다. 신문이나 방송 혹은 지인을 통해 전해 듣는 이민 생활의 이야기는 여행 떠나기 전 인터넷에서 공유하는 기본적인 여행 상식 정도의 비중일 거라고 본다. 물론, 그것도 기본적으로 중요한 도움이 되지만 여행이라는 게 떠나서 현지에 발을 대자마자 끊임없이 돌발변수가 생기고 여행의 일정은 변화가 불가피할 경우가 부지기수다.

그런데 온 가족이 떠나 생활 전체를 들었다 놓는 이민은 애시당초 계획대로 되지 않는다고 염두에 두는 게 오히려 속이 편할 수 있다. 있는 그대로 받아들이고 끝끝내 평정심을 유지해야 한다. 특히, 가장의 평정심은 가족 모두의 정서에 영향을 끼치므로 더더욱 담대함이 필요하다. 울고 싶어도 돌아가고 싶어도 도저히 이해할 수 없어도 그 자리를 지키고 묵묵히 견뎌 내야 한다. 그래야만, 당신의 아내와 아이들이 두려워하지 않고 헤쳐 나갈 힘을 얻을 것이다.

우리나라

우물 안 개구리

공든 탑이 무너진다

외로운 전사

21세기 검객

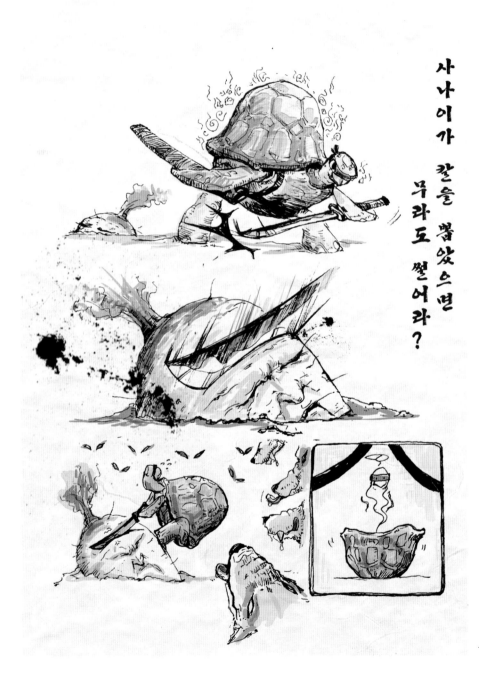

사나이가 칼을 뽑았으면 무라도 썰어라?

사나이가 칼을 뽑았어도

때가 아니면 집어 넣자.

계란으로 바위 깨기

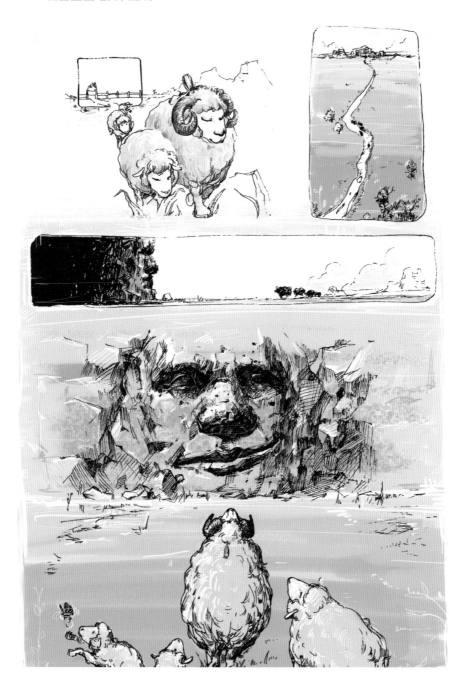

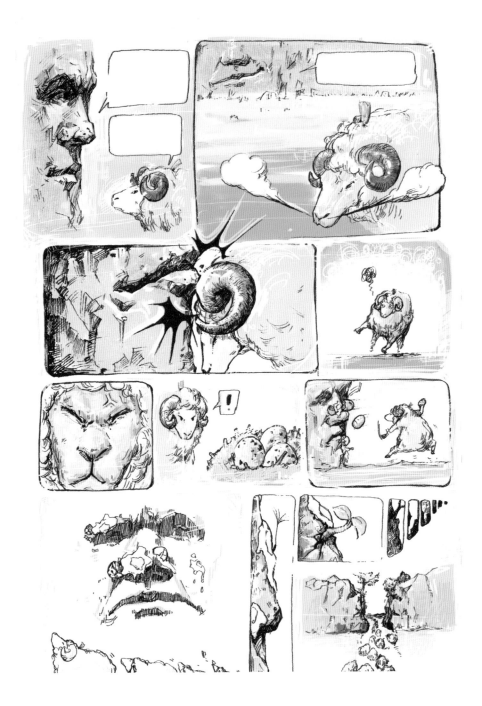

사공이 많아야 산 너머 더 큰 바다로 갈 수 있다

레드 선

이 나라를 구하소서

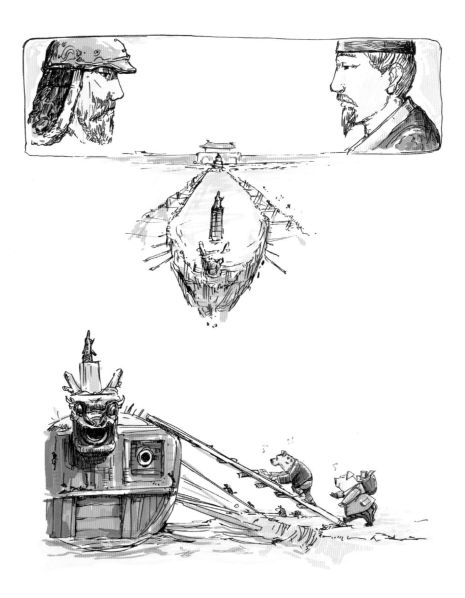

쳇바퀴를 떠나 쳇바퀴로

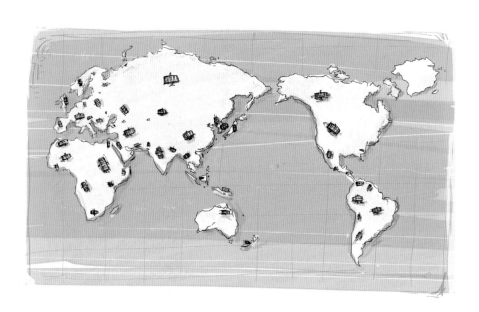

짐 싸서 떠나다

노마드의 길

독립

낯설음에 익숙해진 우리들의 이야기

아빠, 김현성

하루가 멀다 하고 모든 매체에서 잔인하고 슬픈 사건 사고 소식을 전해 주고 있다.

예전에 푸르기만 하던 5월의 하늘이 이제는 미세먼지로 뿌옇게 흐려져 그 색깔을 잃어버린 모습처럼 오늘을 사는 우리 사회의 모습은 '왜?'라는 질문이 필요 없는 정신 분열적이고 탐욕적인 사건과 사고로 일그러져 더 이상 몸도 마음도 편하게 숨 쉬는 것조차 힘들게 되어 버렸다.

이에 더해 우리의 삶을 짓누르는 삶의 고단함과 희망 없는 미래는 이젠 사회 전반에 무서운 전염병처럼 퍼져 있다. 모든 걸 포기해 가고 있다는 N포 세대의 젊은 세대부터 40줄에 들어서면 벌써 명퇴나 구조 조정을 걱정해야 하는 중년세대 그리고 늙어서도 생활고에 시달리고 외롭고 불안한 노후를 맞이하는 어르신들까지, 전 세대가 삶의 여유가 아닌 불안감과 좌절감에 휩싸여 있다.

온 나라가 이 지경에 처하다 보니 모든 세대에 걸쳐 '갈 수 있다면 이민을 떠나고 싶다'는 의견이 80%에 이르렀다는 설문조사가 나오는 것도 고개가 끄덕거려짐은 어쩔 수 없다. 금수저와 흙수저로 대변되는 부의 양극화 시대에 대학을 나오고 스펙을 쌓아도 아무런 비전도 찾을 수 없다고 울부짖는 20, 30대 청춘들의 '헬조선 탈출'은 이젠 기성세대나 기득권을 풍자하는 의미를 넘어서 현실 속의 합당한 대안으로 자리 잡아 가고 있는 게 작금의 실상이다

헬조선 탈출, 곧 이민에 대한 갈망은 오로지 젊은 세대에 국한된 것은 아니다.

위에서도 언급했듯이 정년이라는 말이 무색해진 시대에 40이 넘으면 또 다른 삶을 반 강제적으로 찾아봐야 하는 중년 세대에게는 스스로의 삶의 무게도 힘겹지만 자녀들에게 같은 삶의 모습을 전해 주기 싫은 부모의 간절함이 더해져 아이들에게 보다 나은 교육이나 삶의 환경에서 키우고 싶은 마음에 이민을 많이 고민하는 듯하다.

어린 아이들부터 중년 세대까지 살고 있는 고국을 떠나 캐나다, 미국, 호주, 유럽 등등 서구 선진국으로 기회만 되면 떠나고 싶은 마음이니 나라 전체가 마음은 콩밭에 가 있는 신세가 되어 버렸다. 지난 세대와 달리 21세기를 살아갈 현 세대는 이민을 더 나은 삶을 위한 하나의 선택으로 여기는 경향이 짙다.

어려서부터 외국어 공부에 단련되어 있고 해외여행과 교환학생 같

은 이제는 흔해진 기회를 통해 외국에 나가 현지에서 직접 살아 보고 체험해 볼 기회들이 많아서 남의 나라에 산다는 이질감을 쉽게 극복할 훈련들이 자동으로 되어 있다. 이렇게 기본기들이 잘 닦여 있는 데다 공부도 많이 해서 총명하고 한국인 특유의 성실성까지 갖추고 있어 한국에서 노력하는 만큼만 인내할 수 있다면 이민은 꽉 막힌 삶의 또 다른 기회를 줄 수 있다고 생각한다.

또한 아이러니하게도 한국 내의 여러 가지 불합리와 폭력에 시달려 떠나려는 사람들에게 한국이라는 나라의 국격은 여러 가지로 도움을 주고 있다. 자국 내에서 안정적이고 수준 높은 삶을 영위할 수 있으며, 세계 각국을 비자 없이 자유롭게 여행하고, 원하는 나라에 취업할 수 있는 혜택을 가진 여권은 어느 나라일까?

영국의 시사주간 이코노미스트가 컨설팅사 '헨리 앤드 파트너스'의 집계를 인용한 보도에 따르면 이러한 기준에서 2015년 한국 '여권'의 가치는 세계 국가들 가운데 36위에 해당하는 것으로 나타났다. 국내적 요인은 해당국의 경제력과 유엔인간개발지수, 그리고 평화로움과 안정성을 종합했다. 대외적 요인으로는 한 시민이 자유롭게 여행, 정착할 수 있는 나라 수와 이들 나라의 경제력과 안정성 등을 고려한 것이다. 위의 말은 간단하게 설명하자면 타국에 가서 한국 사람은 비자 받기도 유리하고 경제생활을 하기에도 괜찮다는 말이다.

700만 해외 동포시대가 열린 지 오래되었다. 전 세계 어느 곳을 가든 한국인이 없는 곳이 없고 많은 나라에서 한인 커뮤니티가 형성되어 한인 경제권을 만들고 그 위상을 높여 가고 있다. 이민에 대한 막연한 환상도 위험한 일이지만 세계화 시대에 자신의 입지를 좁히고 기회를 차단하는 어리석음도 범하면 안 될 것이다. 어쩌면 흙수저들에겐 학연도 지연도 혈연도 철저히 무시되고 오직 능력과 성실함으로 도전해 볼 수 있는 외국이 스스로를 세상에 내놓고 객관적으로 평가받을 수 있는 좋은 기회라 생각한다.

한국을 제외한 이 세상 어디에도 단지 서울대를 나왔다는 이유로 일류로 대우해 주는 곳은 없다. 거꾸로 말하면 내가 스펙이 부족하고 집안이 안 좋아도 전혀 개념치 않는다. 이 세상에서 자기 삶을 꾸려 가는 데 있어서 오직 땀과 노력으로 승부를 할 수 있다는 말이다. 한국 사회가 가진 잣대에 실망하지 말고 세상이 요구하는 글로벌 스탠다드에 나를 맞추는 대범함과 자신감을 가지길 바란다.

다만 집 떠나면 고생이라고 했던가, 아무리 서구 선진 국가들이 잘 정비된 사회 복지 제도와 교육 환경 그리고 여유를 갖고 있다 하더라도 그건 어쩌면 자국민들을 위한 제도이고 여유이다. 이민자들은 그곳에 도착하는 순간부터 이방인의 위치에 머물면서 여러 가지 설움과 불이익을 당할 수밖에 없다.

그러한 모든 어려움을 극복하고 그들 속에 들어가 하나가 되었을 때, 제대로 누릴 수 있는 기회가 찾아온다. 여행가방 몇 개를 들고 독일 땅에 들어와 머문 지 벌써 4년째를 향하고 있다. 가족들 모두 지금의 생활에 만족해하며 각자의 자리에서 주어진 삶을 잘 꾸려 가고 있다. 무엇보다도 독일어 한마디 하지 못한 채 독일 땅을 밟았던 두 아이들이 낯선 환경 속에서도 잘 이겨 내고 노력해 주고 주변의 많은 분들

이 걱정해 주고 도와주셔서 큰 어려움 없이 이곳 생활에 익숙해져 간 듯싶다.

4월까지는 북유럽이 추위가 남아서 변덕이 심한 날씨도 5월이 되면서 따스한 햇살에 여기저기 어여쁜 꽃들이 만개하고 공원은 하루가 다르게 푸르름을 더해 간다. 급하게 서두를 필요도 누군가에게 재촉할 일도 없이 각자 주어진 시간과 일을 자기만의 속도에 맞춰 진행시키면 된다.

현재 두 아이들은 고등학교에 재학 중인데, 곧 다가올 대학 입시를 대비해야 할 학년이 되었다. 외국에 산다고 자식에 대한 공부 걱정이 없어지겠는가? 올 가을이면 고2, 고3이 되는 시기라 부모 입장에서 내심 조바심이 생겨 "공부 좀 해라." 하고 잔소리하는 빈도수가 잦아지고 있지만 아이들은 한결같이 "잘하고 있으니 걱정하지 마세요."라고만 하니 우리 부부는 속으로만 끙끙 앓는 중이다.

결론은 우리가 아무리 재촉해 봐야 학교나 주변 분위기는 전혀 달라질 게 없다는 분위기이고 공부는 스스로 알아서 하고 나온 결과에 대해 자기가 책임을 지는 방식이 '독일 스타일'이다.

급하게 서두를 필요도 누군가에게 재촉할 일도 없이 각자 주어진 시간과 일을 자기만의 속도에 맞춰 진행시키면 된다. 고정관념과 편견에 길들여진 가치관을 버리고 새로움과 다양한 가치를 받아들일 포용성과 용기만 있다면 눈을 세상 밖으로 돌려보자.

참고로 한국과 달리 이곳 독일은 유치원부터 대학교를 포함한 대학원 박사과정까지 모든 공립학교의 학비는 무료이다. 10학년까지 의무 교육이 끝난 후에 진학을 원할 경우 시험에 통과해야 하고 국민의 세금으로 운영되는 학교라 공부를 제대로 하지 않으면 그에 따른 책임도 반드시 묻는 엄격한 유급과 제적 제도가 있다.

또 하나, 최고로 가치 있는 여권의 나라 1위는 '독일'이란다.

엄마, 남혜용

참으로 평온한 밤이다.

우리 네 식구가 낯선 타지에서 다치거나 아프지 않고 온 가족이 함께 저녁 먹고 웃고 얘기하다 각자 침대로 돌아가기 전 아들과 딸이 부드럽게 입 맞추어 주는 이 행복에 감사드린다. 사람마다 생각하기에 달려 있듯이 부족하다면 부족하고 풍족하다면 풍족한 우리네의 삶 가운데, 약 20년을 돌아다니며 살아온 우리 가족은 언제나 주어진 형편과 상황에 최선을 다할 뿐 무조건 앞으로 그저 달려가지만은 않았다.

대신 주신 것에 만족하며 누리고 느끼고 새로운 것에 능동적으로 대처하며 욕심 부리지 않고 주위를 돌아보며 비교가 아닌 스스로 균형과 중심을 잃지 않고, 독특한 우리 가족만의 길을 걸어왔다고 생각한다. 학교에서 돌아오는 아이들에게 나는 날마다 장난기 가득하게 묻는다.

"오늘 학교에서 일등 했어?"

"당연하죠. 엄마가 원하는 만큼!" 하고 아들이 답한다.

그러나 딸아이는 대답한다.

"그런 걸 왜 해? 일등 안 해도 이렇게 행복한데."

나는 전형적인 한국 엄마이지만 우리 아이들은 아빠보다 더 독특한 색깔을 지닌 그러나 순수하고 솔직하고 끈끈한 가족애를 품고 있는 십 대 청소년이 되었다. 세계 여행을 하며 살았다고 해서 우리가 독특하다거나 특별할 것이라는 편견은 버려 주기를 바란다.

우리 가족의 차별성은 세계 여행이나 아이들이 구사할 줄 아는 몇 개의 언어 능력이 아니라 전적으로 남편 김현성 님의 남다른 인생관 혹은 가치관의 영향으로 두 아이 모두 그러한 아빠의 사고와 행동에 100% 동의하고 열렬히 지지하고 존경하는 덕분에 완성되어진 '세상을 바라보는 객관적인 사고'라고 거창하게 말하고 싶지만, 그것은 솔직한 표현이 아니다.

　우리 가족의 차별성은 단순히 주위를 살피고 조화를 이루면서도 각자 자신의 신념을 지키며 함께 살아간다는 것이다.

　아이들은 어떤 문제에 직면했을 때 그 문제를 부모인 우리에게 자연스럽게 얘기하고 함께 토론하고 상의하며 언성이 높아질 때도 있으나 남편은 해결되어 가는 과정을 꼼꼼히 짚어 가며 분석해 주고 확실하게 점검하도록 많은 대화의 시간을 갖는다. 아이들은 그 과정을 통해서 배우고 깨닫고 그에 따른 결과를 받아들이고 인정하는 데 담대해졌다. 또한 본인 스스로 노력한 만큼의 대가가 주어진다는 것도 잘 알게 되었다.

　우리 부부는 두 아이들에 대하여 희생적이지 않다. 항상 미정착적인 삶을 살고 있지만 미안해하지도 않는다. 남편은 아이들에게 늘 당당하고 즐겁고 유쾌하고 솔직하다. 우리 네 식구는 각자의 위치와 공간에서 개체로 확실히 홀로 살아가고는 있지만, 우리를 하나라고 봐도 무방할 것이다.

　왜냐하면 우리 가족은 서로를 너무나 사랑하고 자랑스러워하기에…

　오늘날까지 타지를 떠돌며 살아가는 네 명의 이 사람들을 늘 애타게 보고파 하시며, 밥은 잘 먹는지 굶지는 않는지, 잠자리는 편한지, 아이들 공부는 잘하는지 태산같이 걱정하시는 어머니와 형제들의 배려와 도움 덕분에 이 생활이 가능했음을 이 자리를 빌려 고백하고 싶다.

　연로하신 노모를 생각할 때면 너무 불효해서 가슴이 먹먹하다. 우리

만 좋다고 돌아다니는 자식인데도 항상 세상의 최고로 여기며 장하다고 추켜세워 주시는 우리 어머니께 진심으로 사랑한다고 전하고 싶다.

아들, 김진

나는 내 자신이 특수한 환경에서 자라 왔다는 것도 남들과는 다른 것들을 경험할 수 있는 복을 받았다는 것도 자각하고 있다. 우리 가족이 이렇게 돌아다니며 생활할 수 있었던 것은 아빠의 의지도 있었겠지만 분명한 것은 나도 원했던 길이라는 것이다.

물론 내 자신이 얼마 전까지는 미성년자였으니 부모님이 가는 곳을 따라가야 한다는 어쩔 수 없는 이유도 있었겠지만, 그래도 아빠가 가졌던 '온 가족 다 같이 세계 여행'이란 큰 꿈을 존경하고 그 길을 함께 선택한 것은 엄연한 사실이다.

돌아다니면서 모든 것이 다 좋았던 것은 아니다. 문화나 언어에 적응하는 것을 포함해 매번 가는 곳마다 모든 것을 처음부터 다시 시작해야 하는 것에 짜증도 많이 났었다. 이사 가면 두고 가야 하는 물건도 있었고, 친구들과는 더 이상 못 만난다는 안타까움과 또 다시 혼자라는 외로움도 자리 잡고 있었다.

언젠가 비자 문제로 1년 가까이 학교를 못 가게 되었을 때는 학교의 소중함을 절실히 깨달았던 적도 있다. 학교는 공부하는 곳인 동시에 친구를 만나는 장소이기도 하다. 그때 당시 학교를 다니지 못했던 나는 처음 몇 개월은 즐거웠지만, 그것도 한때일 뿐 금방 지루해지고 거의 가족하고만 지내는 생활에 질려 버렸던 기억이 난다. 그때 정말이지 학교가 얼마나 소중하고 중요한 곳인지 깨달았다.

그리고 성격이 소극적이어서 각국으로 계속 옮겨 다니는 일은 내게는 더더욱 힘든 일이었다. 하지만 그만큼 환경의 급격한 변화는 나를 변화시켰고, 새로운 환경에 적응하게 만들었다. 누구든지 이런 상황에 처하게 되면 아마도 새로운 환경에 대한 적응력은 자연스레 높아질 거라고 생각한다. 물론 나도 마찬가지였다.

말도 많이 배워 이제는 어디 가서도 대화를 나눌 수 있는 기술도 익혔다. 어릴 적 울보에, 책벌레라 자주 놀림을 당하던 내가 다양한 나라의 문화와 사람들을 접하면서 좋은 쪽으로 바뀌었다고 생각한다. 하지만 나도 이제 성인이 되어 내 자신의 미래에 대해 생각해 보니, 한곳에 머물러 공부를 하는 것이 중요하다고 느껴졌다. 내가 더 이상 느긋하게 지금의 상황에만 적응하는 것이 아니라, 앞으로 펼쳐질 미래를 위해 준비해야 된다는 생각이 들었다.

벌써 친구들에 비해 대학 입학이 2년이나 늦었지만 그것은 그리 중요한 문제가 아니다. 난 남다른 경험을 쌓았고, 언어도 많이 배웠다. 세계 여행을 통해 공부나 성적만큼이나 중요한 것들을 잔뜩 배웠다. 그 대가로 자연스레 미뤄졌던 학교와 장래에 대한 걱정을 지금 한다고 생각하고, 이렇게 사는 것도 지금의 생활도 나름 즐겁다.

외국을 돌아다니면서 언제나 느꼈던 것 중 하나가 외국으로 이사 가는 가족들의 아이들이나 유학 오는 학생들이 항상 자기 나라 사람들끼리 모여 다니는 것이다. 어렸을 때는 나도 그랬지만 돌아다니면서 이것이 그리 좋은 방법이 아니라는 것을 깨달은 후엔 되도록이면 외국 친구들을 사귀려고 노력했다. 외국까지 나와 공부하는데 현지인을 통해 그 나라의 문화와 언어를 배우지 않는 건 아까운 일이라 생각해서다.

나는 우리 가족과 여행하는 것을 이사 간다는 느낌이 아니라 새로운 삶을 시작한다는 것으로 받아들이고 모든 것에 도전하는 마음을 가졌다. 새로운 경험을 하며, 내 자신을 키우고, 변하고 성장할 수 있는 기회로 여긴 것이다.

'만약. 한곳에서만 머물렀다면?' 하는 이제는 돌이킬 수도 없는 상상도 자주 해본다.

　나는 어떻게 자랐을까?, 지금보다 더 나았을까? 이렇게 가정하고 고민하게 되는 건 어쩔 수 없는 지금 내 상태에 대한 불안과 앞으로의 미래에 대한 걱정 때문인 것 같다. 하지만 이런 생각의 끝에 나온 답은 분명하다. 역시나 가족과 함께했던 이 길은 잘못되지 않았고, 후회가 되지 않는 멋진 길이라고.

　내가 이제 와서 뭘 생각하든 내가 살고 있는 건 지금뿐이고 돌아보면 내 삶이 생각할 수도 없을 만큼 바뀔 수 있는 수많은 갈림길이 있었어도 우리 가족이 선택한 길이 지금의 결과고 거기에 떳떳해야 한다고 생각한다. 그것만큼은 선택이 아니라 의무라고 우리 가족한테 주어지는 관심이나 나에게 걸린 기대를 보답하지 않으면 안 된다고 생각해서다.

그만큼 나는 많은 것을 받아 왔고 그거에 맞는 결과를 내는 것이 내일이라고 생각하기 때문이다. 나는 이렇게 많이 받은 것을 언젠가 남에게 나눠 주고 많은 사람에게 도움이 되는 사람이 되고 싶다.

마지막으로 어렵고 힘든 순간마다 나에게 가장 큰 버팀목이 되어 주신 할머니에게 사랑한다는 말씀을 드리고 싶다. 우리 할머니는 몇 년에 한두 달씩밖에 만나지 못했지만 누구보다 나를 사랑해 주셨고 아껴주셨다. 우리 할머니 덕분에 지금의 내가 있었고, 예의 바르게 잘 자랄 수 있게 되었다고 생각한다.

딸, 김슬

여행을 하면서 항상 불만이 많았다.

오랫동안 나는 평범한 가정 속에서 태어났으면 '이렇게 살고 있지 않을 텐데' 하는 생각에 늘 내 삶을 원망하고 있었다. 점점 크면서 모든 걸 다 부정적으로 보고 새로운 것들에 반감이 들기 시작했다. 무언가에 익숙해지면 얼마 지나지 않아 떠나야 하고 버려야 하는 과정이 반복되면서, 나는 떠나보내야 되는 슬픔에 무뎌지고 있었다. 그러한 삶이 익숙해지면서 새로운 걸 또 마주할 때면 일부러 그것에 정들지 않으려고 했다. 집도 사람도 물건도.

하지만 어느새 나는 그 새로운 환경 속에서 익숙한 것을 찾기 시작했고 그 결과 모든 새로운 것에 익숙해지고 있었다. 어디를 가든지 항상 내 곁에는 나를 생각해 주고 관심 가져 주는 친구들, 나를 편안하게 해주는 집이랑 그 무엇보다도 중요한 가족이 있었기에 적응 못 할 때가 있어도 견뎌 낼 수 있었다.

그리고 이 여행을 통해 내가 얼마나 큰 특권을 누리고 있었는지 깨닫게 되었고 그 안에서 또 한 번 가족의 소중함을 알게 됐다. 내가 바랐던 대로 평범한 가정 속에서 살았다면 나도 공부와 성적에 치여 살고 어쩌면 가족들이랑 다 같이 밥을 먹을 수 있다는 게 얼마나 감사한 건지 알지 못했을지도 모른다.

밤이면 온 가족이 한 방에 모여서 영화를 본다거나 서로 오늘 하루 무슨 일이 있었는지 얘기를 나눌 때 가족끼리 누릴 수 있는 사소한 행복의 중요성을 알게 되었다. 지금까지 많은 일들이 있었고 앞으로도 더 있겠지만 여태 해왔듯이 잘해 나갈 수 있다고 믿는다.

　아빠가 늘 말하듯이 내가 가지지 못한 것들에 불만을 갖지 않고 내가 가지고 있는 것들에 감사하고 자만하지 않으면서 내 주변 사람들에게 도움이 될 수 있는 사람이 되도록 노력할 거다. 17년 동안은 엄마 아빠가 오빠와 나를 위해서 밑받침을 만들어 줬다면 앞으로는 우리가 스스로 우리의 앞날을 만들어 나가야 한다고 생각한다.

그림 이명환

성균관대학교 시각 디자인 전공.

300불로 떠난 이민, 20년 세계일주가 되다
대책 없는 가족의 생활 거주형 세계여행기

글 김현성 **그림** 이명환
발행일 2016년 9월 10일 초판 1쇄 | 2016년 12월 24일 초판 2쇄
발행처 다반 **발행인** 노승현 **출판등록** 제2011-08호(2011년 1월 20일)
주소 서울특별시 금천구 가산디지털1로 196 1003호(가산동, 에이스테크노타워 10차)
전화 02) 868-4979 **팩스** 02) 868-4978
이메일 davanbook@naver.com
블로그 http://blog.naver.com/davanbook
홈페이지 http://davanbook.modoo.at
페이스북 www.facebook.com/davanbook

ISBN 979-11-85264-16-5 03810

다반-일상의 책